文學新象 258

CHINA RICH
瘋狂亞洲富豪
女人有錢真好

KEVIN KWAN 關凱文——著 黃哲昕——譯

GIRLFRIEND

II

高寶書版集團

倫敦

2012年9月8日，上午9點

今日凌晨4點至4點半之間，於斯隆大街路段，一輛紅色法拉利458直接撞上周仰傑（Jimmy Choo）的櫥窗。由於意外發生在凌晨，沒有民眾目擊事故現場。據警方表示，事故車輛上的兩名乘客已被送往聖馬利醫院救治，目前已暫時脫離生命危險，車主身分尚在調查中。

——莎拉·萊爾，《倫敦紀事報》

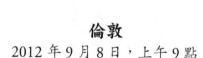

序幕

北京，首都國際機場

◆二〇一二年九月九日，下午七點四十五分

「等一下，我是坐頭等艙，帶我去頭等艙。」艾迪森・鄭頤指氣使地命令空服員。

「鄭先生，這裡就是頭等艙。」空服員用乾脆俐落的語氣回答，就像他那身幹練的海軍制服一般。

艾迪（艾迪森的暱稱）還是沒反應過來，困惑地問：「這裡是頭等艙？怎麼沒有私人艙位？」

「鄭先生，很抱歉，英國航空的班機是不配備私人艙位的[1]。如果您感興趣，我可以向您介紹頭等艙的特別服務……」

「算了算了，不用了。」艾迪像個賭氣的小學生，把他的鴕鳥皮手提包往座位上一甩。

1 艾迪很不走運，全世界只有阿聯酋航空、阿提哈德航空、新加坡航空旗下的空中巴士A380才配備有私人客艙。阿聯酋航空甚至為頭等艙乘客配備了兩間奢華的SPA浴室，千尺聚會（High Mile Club，又名「高空俱樂部」）的成員可別錯過了。

真他媽的有夠倒楣！為了銀行得做這種犧牲！

艾迪森．鄭，香港私人銀行「貴公子」，憑其嬌縱狂妄的性格、奢靡高調的生活、衣冠楚楚的形象、優雅的嬌妻（費歐娜）、上鏡的孩子們以及高貴的出身（他媽媽是新加坡楊氏家族的雅莉珊卓．楊），在香港社交圈裡聲名遠播。這樣的天之驕子，怎麼能忍受和普通老百姓擠在同一個機艙呢？

五個小時前，艾迪正在香港銀行家會所裡悠閒地享用午餐，誰知一通電話，他就不得不搭上公司飛機趕赴北京，再轉搭這班民航機飛往倫敦。上一次忍受這種搭民航機的「屈辱」已經是好多年以前的事了。但誰叫鮑太太就在這架破爛的飛機上，自己不得已得配合她。

但是她到底坐在哪？艾迪希望能在這簡陋的頭等艙裡找到她。但座艙長告訴他，頭等艙裡沒有姓鮑的乘客。

「不可能，她肯定在這班飛機上，你們去查一下乘客名單。」艾迪命令道。

幾分鐘後，空服員把艾迪帶到機艙的第37排E座位——沒錯，經濟艙。座位上是一位身穿駝絨高領毛衣和法蘭絨褲子的嬌小女士，像三明治般被擠在兩名乘客之間。

「鮑太太？鮑邵燕太太？」艾迪難以置信地用中文問道。

女士抬頭，露出一個無力的笑容：「您就是鄭先生？」

「是的，很榮幸見到您。不過在這種情況下見面還真是遺憾。」艾迪露出鬆了一口氣的笑容。他為鮑氏家族管理海外帳戶已經八年了，這還是第一次見到鮑家人。雖然略顯疲態，但鮑邵燕依舊比他所想像的更有姿色，無論是細膩的肌膚與水汪汪的大眼，還是因烏黑的秀髮綁成低馬尾而襯托出的立體顴骨，都很難令人相信她居然有個正在讀研究所的兒子。

「您怎麼坐經濟艙？是不是出了什麼狀況？」艾迪急切地問道。

「沒有。我向來都是坐經濟艙。」鮑太太說。

艾迪臉上的震驚表露無遺。鮑太太的丈夫鮑高良不僅是政府高官，同時還是中國最大製藥廠的繼承人。在艾迪眼裡，鮑氏家族可不是一般的客戶，而是超高端五星級VIP客戶。

鮑太太見狀，解釋說：「我們家只有我兒子會搭頭等艙。卡爾頓吃得慣那些高級的西式餐點，而且他的學業壓力很大，偶爾享受一下也是應該的。但我不吃飛機餐，在航行中又睡不著，所以覺得沒必要花那個冤枉錢。」

典型的大陸人思維！艾迪強忍住翻白眼的衝動。這些大陸父母總是把每一分血汗錢揮霍在他們的「小國王」身上，自己卻縮衣節食。看看他們把這堆小孩寵成什麼德性?!就拿這位二十三歲的卡爾頓．鮑來說吧，他應該要在劍橋大學完成畢業論文答辯的，但就在答辯的前一晚，他完美模擬了早期的哈利王子——花了近四萬英鎊玩遍了倫敦的夜店，還開著那輛嶄新的法拉利破壞了沿街的商店，如今在鬼門關前走一遭。更糟的是，艾迪還必須把這險情瞞著眼前這位母親。

艾迪左右為難。於情於理，他都必須陪伴在這位「超高端五星級VIP客戶」身旁；但要在這種像是貧民窟一樣的地方忍受長達十一個小時，恐怕一下飛機他就要去做結腸鏡檢查了。更糟的是，要是被人認出來怎麼辦？那麼「鄭大公子擠經濟艙」的照片就會立刻在各媒體間瘋傳……但是不管怎樣，他都不能把如此重要的客戶丟在經濟艙，自己跑去躺在太空椅上，享受著二十年的干邑白蘭地。艾迪嫌惡地看了眼鮑太太周圍的人：左邊是個平頭年輕人，幾乎整個人都要貼到鮑太太身上了；右邊則是個神經質的中年婦女，緊緊抓著手中的嘔吐袋。

艾迪心生一計，壓低聲音說：「鮑太太，我很樂意與您一同坐在這裡，但我有要緊機密需要與您商量，能否讓我為您安排頭等艙的座位？銀行那邊也一定會堅持為您升等的。當然了，升等的費用由我們負擔。這樣就能多些隱私，我們也好慢慢聊。」

鮑太太稍微猶豫了一下，接著說道：「好吧，既然是銀行的意思，我也不好推辭。」

飛機起飛後，空服員送上開胃酒時兩人已經面對面坐在豪華的座位上。關於升等這件事，艾迪連一秒鐘都沒有浪費。

「鮑太太，我在登機前已經與倫敦那邊取得聯繫，令郎現在已經沒有生命危險，脾臟修復手術很成功，整形外科團隊已經可以接手了。」

「真的嗎？謝天謝地……」鮑太太如釋重負，這才放心地倚靠在柔軟的座位裡。

「我們也特別安排了倫敦最權威的整形外科醫師彼得．艾胥利，他會在一旁全程參與令郎的手術。」

「我可憐的兒子……」鮑太太眼眶泛淚地說。

「令郎非常幸運。」

「那個英國女孩呢？她怎麼樣了？」

「那位小姐仍在手術中，我想她很快就能脫離險境。」艾迪勉強擠出了一個笑容。

半個小時以前，艾迪在北京首都國際機場的另一架私人飛機上，與自家銀行的亞洲區總裁奈傑爾．湯林森，以及鮑氏家族一頭灰髮的保全主管老秦，開了一次緊急危機處理會議，後兩人現在已經坐上里爾噴射機了。開會時，三人擠在奈傑爾的筆電前，透過倫敦傳回來經過加密的視訊影像瞭解了卡爾頓的最新情況：

「卡爾頓的手術結束了。他這回真的玩得太過火了，好在駕駛座的安全氣囊及時彈出，事實上他受到的傷害已經是最輕的了……但同車的那個英國女孩可就沒那麼幸運了，她還在深度昏迷中，醫院正在盡力減輕她腦部的積水，這也是醫院目前唯一能做的事。」

「還有一個女孩呢？」老秦焦急地對著模糊的電腦螢幕發問。

「很遺憾，那個女孩當場就身亡了。」

奈傑爾嘆口氣，問道：「那女孩是中國人？」

「據目前掌握的情況來看……是的。」

艾迪搖搖頭：「這實在是天殺的一團亂。我們得在這事情傳開之前，與親屬取得聯繫。」

「一台法拉利是要怎麼塞三個人……」奈傑爾說。

老秦緊張地把玩他放在漆光胡桃木檯面上的手機。「鮑先生現在正陪同中國國務院總理參訪加拿大，不得被打擾。鮑太太給我的指示是，不能讓鮑先生知道任何醜聞，尤其是關於那位身亡的女孩……現在是敏感時期，黨內領導階層正在進行十年一次的大改革。」

「當然，當然。」奈傑爾保證，「我們會對外宣稱那個白人女孩是鮑少爺的女友。即便鮑先生聽聞此事，車子裡也只有一個女孩。」

「一個女孩？老秦，鮑先生不會聽說有任何女孩！放心吧，我處理過更棘手的事，是那些關於阿拉伯王子的，所有事都會安排妥當的。」艾迪自誇道。

奈傑爾給了艾迪一個警告的眼色。這家銀行一向以謹慎自豪，最忌諱把客戶的隱私洩漏出去。「我們在倫敦有最專業、最迅速的公關團隊，並由我親自指揮，您儘管放心。」奈傑爾說完，轉頭問艾迪，「你覺得要花多少錢才能封住倫敦媒體的口？」

艾迪深吸一口氣，在心裡快速地計算了一下，然後說：「不僅是要封媒體的口，還有警察、救護車司機、醫生護士，以及最難辦的遇難者家屬。粗略算下來，至少也得先準備個一千萬英鎊。」

「好吧。這樣吧，你一到倫敦，就直接帶鮑太太到事務所去，讓她先簽個提款協定，再帶她去醫院。我就是不知道該怎樣向她解釋這筆鉅款的用途……」

「這好辦，就跟她說那女孩需要器官移植。」老秦建議道。

艾迪補充：「我們還可以說是要賠償周仰傑店裡的損失，你知道的，那些鞋子可比器官移植燒錢得多。」

海德公園
二〇一二年九月十日，倫敦

埃莉諾・楊啜了口早茶，腦子裡想著待會開溜的藉口。她正與自己的三位閨密——洛蕾娜・

林、娜汀．邵、黛西．傅——一同在倫敦度假。和三位好朋友馬不停蹄地奔波了兩日，埃莉諾真希望能有哪怕只是幾個小時的私人時間。

這四人都迫切需要這趟旅行來緩解壓力：洛蕾娜剛被診斷出患有肉毒桿菌過敏；黛西則因為孫子該就讀哪所幼稚園的問題，與兒媳再次起爭執；埃莉諾一直很苦惱：她的兒子尼基[2]已經兩年沒和她說過話了；至於娜汀就更糟了，她被女兒的新公寓——就是現在她們所在的這間——狠狠擺了一道……

「阿啦啦嘛[3]！真不愧是五千萬美元的豪宅，我連馬桶都不會沖！」娜汀一踏入餐廳，便忍不住地叫嚷。

「所有東西都這麼高科技，妳期盼哪些功能呢？」洛蕾娜毫無顧忌地笑道，「這馬桶有沒有幫妳洗咖撐[4]？」

「別提了，我傻乎乎地在所有感應開關前揮了半天的手，結果一滴水都沒見到！」娜汀覺得自己落伍了，撲通一聲癱倒在沙發上。這套沙發的造型也是未來感十足，乍看之下，彷彿是由紅色天鵝絨細繩不規則地堆砌而成。

黛西大咧咧地咀嚼著肉鬆麵包，說道：「恕我直言，妳女兒這間公寓不只是有恐怖的高科技，最嚇人的是這天價吧！」

2 指尼可拉斯．楊，本書中一般被稱呼為「尼克」或「尼基」。
3 Alamak，馬來語，類似於「我的天啊」的感歎詞。
4 閩南語，意為「洗屁股」。

「哎呀，她用五千萬就只買了個名頭和中心地段嘛，」埃莉諾嗤笑道，「換作是我，好歹挑間放眼就能看到海德公園的房子，而不是正對著哈威．尼克斯[5]。」

娜汀歎氣道：「妳是第一天認識我家那位小公主嗎？芙蘭雀絲卡哪在乎什麼自然風光，她只希望能望著最心愛的百貨公司入睡！還好，她找了個願意為她透支的老公。」

場面陷入尷尬的沉默，在場的人都心知肚明，自打娜汀的公公，羅納德．邵爵士，從持續六年的植物人狀態中甦醒過來，嚴格控管家族的開支後，娜汀的日子就不好過了。她那揮金如土的寶貝女兒芙蘭雀絲卡（曾被 *Singapore Tattle* 評選為全球最會穿搭的五十大女人之一）無法繼續豐富自己那價值連城的更衣間，索性顏面也不顧了，和剛與蘿倫．李結婚的梁氏財團公子羅德瑞克．梁來了段婚外情。

新加坡是個八卦的社會，這緋聞馬上就傳到了蘿倫的祖母李詠嫻的耳朵裡。老太太可不是好惹的人物，當即命令東南亞所有權貴家族與梁、邵兩家斷絕來往。最後，吃了教訓的羅德瑞克只好乖乖回到妻子身邊。

發現自己被社交圈唾棄後，芙蘭雀絲卡只好逃到英國避難，很快就找了個「勉勉強強算半個億萬富翁的伊朗籍猶太人」[6]結婚。期間，娜汀一直被蒙在鼓裡，直至芙蘭雀絲卡搬到海德公園旁邊的天價公寓裡，和卡達王室做了鄰居，她才向母親說了自己的現狀。娜汀知道以後，自然要

5 Harvey Nichols，創立於倫敦的英國高級百貨公司。

6 引自綽號為「亞洲廣播一姐」的卡珊德拉．尚。

來倫敦探望這對新婚夫婦。但想當然她們不過是想見識見識這五千萬美元的豪宅，更重要的是，還能順便省下一筆不菲的住宿費[7]。

當其他人正在討論今天的購物行程，埃莉諾已經想好了無傷大雅的小謊言：「我今早恐怕沒辦法去逛街了……我得去陪尚家人再吃一頓早餐。要是讓他們知道我來倫敦沒去探望他們，那些人是不會善罷甘休的。」

黛西埋怨道：「妳不該讓他們知道妳來倫敦！」

「阿啦嘛！妳又不是不知道卡珊德拉．尚那對順風耳，她簡直像配有特殊雷達一樣。要是讓那姑奶奶知道我沒去拜訪她家兩位老人家，我以後可就麻煩了。我能怎麼辦啦（lah）？這就是嫁給楊家要付出的代價。」埃莉諾假裝不滿地抱怨，但事實上她嫁給菲利普．楊到現在已經三十年了，菲利普的表哥——威名遠播的「皇尚家族」——還從未在禮數方面對她有過任何要求。若是楊家夫婦共赴英國，尚家的確會盡足地主之誼，邀他們到位於薩里的「宮殿」做客，不然至少也會設宴款待；如果只有埃莉諾一人來，尚家人倒也乾脆——就當不知道。

當然，埃莉諾老早就放棄攀附自己那些勢利眼、妄自尊大的夫家親戚，但在這種情況下，只有提到尚家才能擋住她們的八卦心。如果她拿其他人做擋箭牌，這幾個 kay poh[8] 的朋友肯定會打破沙鍋問到底。光是提到尚家就能嚇阻她們的好奇心了。

7 埃莉諾與她的朋友們寧願擠一間客房，甚至打地鋪，也不願在住宿上花冤枉錢。即便她們能毫不猶豫地在南洋珍珠這樣的「小玩意兒」上花九萬美元。

8 閩南語「雞婆」的意思。

趁三人嘰嘰喳喳地討論要去哈洛德百貨裡試吃美食，埃莉諾默不作聲地回房間換上了時髦的駝色 Akris 褲裝、英國賽車綠 MaxMara 外套，再戴上她那標誌性的 Cutler and Gross 金絲框墨鏡，悄悄出門了。[9] 她離開位於騎士橋的大樓，向東步行了兩個街區，來到伯克利酒店前，一輛銀色捷豹 XJL 停在修剪得完美的林木前等候。埃莉諾仍擔心朋友們會偷偷跟上，緊張兮兮地環顧四周，確定沒人跟蹤後才鑽進車廂。

隨後埃莉諾現身於梅費爾區的康諾特街一棟連棟別墅前，不論是喬治亞式的紅白磚牆表面，或是光亮的黑色大門，都無法顯露出內部暗藏著什麼玄機。埃莉諾按下門鈴，話筒那頭立刻有了回應：「您好，我可以為您服務嗎？」

「啊，我是埃莉諾．楊，預約了今天上午十點……」埃莉諾的口音瞬間轉變為道地的英腔。話還沒說完，門就喀嚓一聲開了。開門的是一名身著條紋正裝、壯碩威嚴的男人，他將埃莉諾帶到明亮空曠的前廳。

坐在深藍色的 Maison Jansen 辦公桌後面的年輕女性朝埃莉諾甜甜一笑，恭敬地問候道：「早安，楊女士。請稍候片刻，我們這就為您聯繫。」

埃莉諾點點頭，她很清楚這裡的程序。內側的牆壁由數扇金屬邊框的玻璃門構成，門後便是別墅後院的花園，埃莉諾已經看見一名黑衣光頭男穿過花園正朝她走過來。片刻後，方才穿條紋

9　埃莉諾平日裡不怎麼穿價格高昂的精品服飾，美其名曰「早就對品牌沒興趣了」。即便如此，她還是保留了一些心儀的精品，用於今天這種特殊的日子。

衣的男人將她帶到光頭男面前，簡練地說：「楊女士要找迪亞波先生。」埃莉諾注意到這兩位員工耳旁都佩戴著不易察覺的通訊設備。光頭男護送埃莉諾經過一條有著玻璃天篷，將整個庭園一分為二，兩側飾以整齊劃一的灌木的廊道，接著他們進入一幢現代感十足、表面覆上黑鈦金屬與五彩玻璃的建築。

埃莉諾在光頭男的帶領下走進建築，被下一道關卡攔住了去路。光頭男朝話筒內重複剛才的話：「楊女士，找迪亞波先生。」接著門鎖就喀擦一聲自動打開了。在電梯裡待了一小段時間後出來，埃莉諾踏進全球頂級私人銀行列支敦堡集團（Liechtenburg）的接待大廳，才終於感到今早以來第一次的放鬆。

就像眾多亞洲高端客戶一樣，埃利諾也擁有多個不同的帳戶。「二戰」時期日軍佔領新加坡，埃莉諾的雙親被關押進興樓的俘虜集中營，失去了一大部分的財產。有了這個慘痛的教訓，二老幾十年如一日地向子女灌輸他們的理財格言——絕對不能把雞蛋放在同個籃子裡！數十年後的今天，埃莉諾奮鬥半生積累了屬於自己的財富，仍把父母的教誨銘記於心。即便她的家鄉新加坡是世界上最安全的金融中心之一，埃莉諾——就像她的朋友們一樣——還是堅持把財產分別存到世界各地不同的銀行，且為了安全起見最好是採匿名的方式。

其中最得埃莉諾青睞的還是列支敦堡集團，他們管理她絕大部分的財產，而她的私人顧問彼得．迪亞波，則持續提供她最高的資產報酬率。埃莉諾每年都會找各種藉口，至少造訪倫敦一次，在彼得的陪同下「檢閱」自己的投資狀況，這對她來說是一種享受。（且彼得神似埃莉諾最喜歡的演員李察．張伯倫——尤其是他在影集《刺鳥》（*The Thorn Birds*）中飾演的角色——埃利諾有多次機會與彼得對坐在油光鋥亮的黑檀木桌前，想像著他就是那位優雅和藹的神父，聆聽他解說其精妙絕倫的投資方案。）

在接待室等待時，埃莉諾取出金．湯普森（Jim Thompson）泰絲口紅盒，對著上面的化妝鏡最後一次確認妝容。她心情愉悅地欣賞花瓶中的紫色海芋，看著鮮豔的綠色莖幹纏繞成一個緊密的螺旋狀，同時腦子裡計算著需要為這次的倫敦行領出多少錢。這周新幣市場呈下跌趨勢，當下應盡可能地用英鎊消費。昨天的午餐和晚餐分別是黛西與洛蕾娜付的賬，今天該輪到自己了。三人知道娜汀最近手頭拮据，便體貼地替她負擔了這趟旅行的全部開銷，由三人輪流結帳。

這時，有人推開了接待室的銀框大門，埃莉諾滿懷期待地起身。然而進來的不是她的偶像彼得．迪亞波，而是一位中國女士，後面還跟著一張熟悉的面孔——艾迪森．鄭。

艾迪的驚訝絲毫不亞於埃莉諾，他忍不住問道：「我的天哪！埃兒（埃莉諾的暱稱）舅媽！您怎麼在這？」

埃莉諾當然知道這位外甥在列支敦堡集團工作，但據她所知，艾迪是集團香港區的總經理，埃莉諾沒想到會在這裡遇到他。她特地到倫敦來開戶就是為了避開熟人。她只能紅著臉支吾地解釋道：「噢……哈囉……我正巧跟朋友約了一起吃早餐。」。唉唷唉唷唉唷！被抓到了！

「啊！原來如此。」艾迪回答，感覺到尷尬的氣氛。想當然這隻狡猾的老狐狸也是我們的客戶。

「我是前天到的，娜汀．邵邀我來探望她的女兒。你知道的，就是芙蘭雀絲卡。」完了這下整個家族都要知道我把錢藏在英國了。

艾迪看似恭敬地答道：「啊！芙蘭雀絲卡．邵。我聽說她嫁了個阿拉伯富豪？」阿嬤還老擔心舅舅家的日子不寬裕，等著，我一定要把這件事告訴她！

「他是伊朗籍猶太人，非常帥。他們剛搬到海德公園附近的公寓。」埃利諾說。感謝老天他不會知道我的十六位數帳戶密碼。

艾迪繼續假意奉承道：「哇！邵夫人可真是得了個金龜婿。」我得從彼得嘴裡套出她的帳戶資訊！他可不敢瞞我——那個自以為是的人。

「是呀，我想他是還不錯，和你一樣是銀行業的。」埃莉諾心不在焉地附和道，她發現艾迪身邊這位同伴似乎很焦慮，貌似片刻也不願多待。她衣著端莊且低調，與常見的中國富豪截然不同。艾迪對她態度恭敬，顯然不是一般的客戶。埃莉諾不由得好奇——她究竟是什麼人？艾迪和她來倫敦做什麼？

艾迪當然不讓她有機會問起這件事，假惺惺笑著說：「祝您用餐愉快。」說完，便帶著那位女士離開了。

稍晚，艾迪陪同鮑太太趕往聖馬利醫院，探望完目前還在加護病房的卡爾頓後，便帶她到女王大道上的一家中餐廳，他本以為龍蝦麵[10]可以讓她打起精神，但顯然這位不停哭泣的女人完全沒有胃口。邵燕在毫無心理準備的情況下目睹兒子那樣的景象：卡爾頓的腦袋腫脹得跟西瓜一樣

10 這家餐廳把拱形的天花板刷得雪白，若把招牌一遮，簡直就是一個八〇年代的希臘小酒館。但就算環遊世界，也找不到另一家中餐廳能做出這麼道地的龍蝦麵了：純手工的手捍麵，淋上濃郁的薑蔥醬汁，再搭配蘇格蘭海的新鮮蝦肉。

大，鼻子、嘴巴到脖子全插滿管子；兩條腿都斷了，手臂則是二級燒傷，少數沒包紮的部分也血肉模糊，就像是被狠狠踩了一腳的寶特瓶。

邵燕執意要陪在兒子身邊，但探視時間已經過了，醫院不允許家人陪護。她知道車禍很嚴重，卻沒想到是這種程度，沒人敢告訴她實情。為什麼不告訴她？為什麼不告訴老秦？她老公人呢？她對於她先生感到憤怒。她氣憤她必須獨自面對這一切，而他卻在遠方跟加拿大人握手還有剪綵。

對面的邵燕失控地啜泣讓艾迪尷尬不已。她就不能往好處想想嗎？至少她兒子還**活著**！憑如今的醫學技術，幾次手術下來他就能夠恢復原狀了，甚至可能比原本更好。有「哈利街的米開朗基羅」之稱的彼得．艾胥利教授親自操刀，她兒子搞不好能成為中國版的萊恩．葛斯林也說不定呢。

抵達倫敦之前，艾迪以為一兩天內就能把這件事處理好，還打算順便去喬．摩根（Joe Morgan）買一套新的春裝，再來一雙最新款的喬治．克利弗利（George Cleverley）皮鞋。但事與願違，不知道是誰把這起事故的消息透露給了亞洲通訊社，他們正用盡所有方法探聽一切。艾迪不得不努力去疏通「蘇格蘭場」[11]的關係，還要不停地聯繫「艦隊街」[12]，目前事情正處於鬧大的風險，他根本沒有閒工夫應付這位歇斯底里的母親。

11 英國人對首都倫敦警察廳總部所在地的一個轉喻式稱呼。
12 英國媒體的代名詞。

情況已經夠糟了，這時艾迪餘光突然掃到一個熟悉的身影：該死的又是埃兒舅媽。她跟東方珠寶公司的老闆娘黛西・傅、穿著土氣的娜汀・邵和洛蕾娜・林一起走進餐廳。真是他媽的，除了這三家中餐廳[13]，中國人在倫敦就沒別的地方吃飯了嗎？亞洲的八卦女王組合遇上痛哭流涕的鮑邵燕。等等——這未必是件壞事，早上在銀行他抓到了埃利諾的把柄，他可以用這件事做為籌碼也說不定。此時此刻，他正好需要一個信得過的人替他顧好鮑太太，好讓自己專心善後別的事。如果鮑太太與亞洲上流名媛在倫敦共進晚餐的消息傳開，說不定還能暫時分散狗仔隊的注意力呢。

艾迪起身走往餐梯中央的圓桌。埃莉諾是所有人裡第一個看見他走過來的，她惱怒地收緊下巴。艾迪・鄭果然會來這裡，這個白癡最好別提起早上遇見我的事，不然我就把列支敦堡集團告到倒閉！

「哎，這不是埃兒舅媽嗎？」艾迪明知故問。

「艾迪，我們又見面了！你怎麼也來倫敦了？」埃莉諾驚呼，裝出很驚訝的樣子。

艾迪笑著在對方的臉頰上輕輕一碰。我的天，拜託誰來頒給她一座奧斯卡。「我是來倫敦出差的。真巧，到處都能遇到您！」

埃莉諾鬆了一口氣，看來他也順著我的態度做回應。「女士們，妳們一定認識我這個在香港的外甥吧？他母親是菲利普的妹妹雅莉絲（雅莉珊卓・鄭的暱稱）。而他父親是世界知名的心臟

13 倫敦的中餐「聖三一」就是Four Seasons的北京烤鴨、Mandarin Kitchen的龍蝦麵與Royal China的中式糕點。

外科醫師麥爾坎・鄭！」

幾位女士們興奮地嘰嘰喳喳道：「當然認識！哎呀，世界可真小！」娜汀分明與雅莉珊卓・鄭素未謀面，卻也熱情地問候道：「你媽媽最近還好嗎？」

「她非常好，現在正在曼谷探望凱特阿姨呢！」

「哎呀！是你遠嫁泰國的阿姨！」娜汀的語氣不禁多出了幾分敬畏，她早就聽說這位凱薩琳・楊嫁進了泰國皇室。

埃莉諾強忍住翻白眼的衝動。這個好外甥可真會找機會攀親帶故、自抬身價呀。

艾迪見時機成熟，便用中文道：「那麼，尊貴的女士們，請容晚輩向大家鄭重介紹鮑邵燕鮑太太。」

邵燕禮貌地向四人點頭問好，娜汀立刻注意到邵燕穿的是諾悠翩雅（Loro Piana）的喀什米爾開襟毛衣、思琳（Ceine）剪裁出眾的鉛筆裙、Robert Clergerie 的低跟鞋，搭配一個看不出什麼品牌的漆皮手拿包。評語：毫無特色，但對於大陸人來說，卻意外地優雅。

洛蕾娜則緊盯著對方手指上的鑽戒——八～八・五克拉，顏色D頂級白鑽，淨度 VS1 或 VVS2，鐳射切割，兩側各有一顆鑲嵌於白金之中的三克拉三角形黃鑽。毋庸置疑，這是香港 Ronald Abram 的獨門設計。評語：不俗。但她能在東方珠寶買到更好的鑽石。

至於黛西，她一點也不在意對方外表如何，她在意的是身家背景：「您姓鮑？冒昧問一句，南京鮑氏是您的……」

「是的，鮑高良是我的丈夫。」鮑太太笑著回答。終於有人說正確的中文了，且她知道我們的家族。

「哎呀呀，真是有緣！先前鮑先生與中國代表團共赴新加坡時，我與他有過一面之緣呢！女士們，鮑先生之前是江蘇的官員。鮑太太，我們正要點餐，您應該與我們一起用餐才對。」黛西禮貌地說。

艾迪要的就是這個效果，附和道：「妳們實在是太體貼了！事實上，鮑太太目前正需要陪伴，現在對她來說不容易，她兒子兩天前不幸在倫敦出車禍受了重傷——」

「我的天——哪！」娜汀哭喊。

艾迪繼續趁熱打鐵：「我恐怕不能久留，我得去替鮑家人處理一些媒體方面的事情，我想鮑太太一定很開心有您們的陪伴。她對倫敦不熟悉，對這裡的一切都感到非常茫然……」

「放心吧，我們會照顧好她的！」洛蕾娜向艾迪保證道。

「那我就放心了！埃兒舅媽，我對這附近不熟，您能告訴我在哪裡比較好攔計程車嗎？」

「沒問題。」埃莉諾說，兩人一同來到餐廳外面。

當其他女士們安慰邵燕的時候，餐廳外，艾迪嚴肅地對埃莉諾道：「埃兒舅媽，我有個不情之請，不知道能否請您這幾天多陪陪鮑太太，儘量讓她開心一些？更重要的是，能否請您和您的朋友們，別向媒體透露這件事？尤其是亞洲的媒體……等這件事結束後，我任憑舅媽差遣。」

「哎呀，你可以百分之百相信我。我的朋友們也都不是喜歡八卦的人。」埃利諾堅定地說。

艾迪殷勤地點點頭，但他心裡清楚得很，自己一上車後，這些女人就會迫不及待地發訊息跟亞洲的人們炫耀與鮑太太同席；不出一日，這消息肯定就會登上那些討人厭的八卦專欄，屆時大家都會認為鮑邵燕在倫敦僅是為了享用美食與四處購物。

埃莉諾直勾勾地盯著艾迪：「那麼，是不是該輪到你了？」

「埃兒舅媽，您這話是什麼意思？我不懂呢！」

「**早餐**……懂了嗎？」

「啊！這您儘管放心，我早就忘了那件事了。在加入私人銀行界的時候我就曾立下絕對保密的誓言，即便是做夢我也絕對不可能背叛客戶的隱私。列支敦堡集團能提供的不就是謹慎與誠信嗎？」

埃莉諾回到餐廳，對於這奇怪的事情轉折感到如釋重負。這一突發狀況，不僅除去了她被艾迪抓住的把柄，反倒還讓他欠了自己一個人情。她回到席間，桌面上已多了一盤龍蝦麵，肥碩多汁的蝦肉鋪在熱氣騰騰的麵條上，但所有人都沒有開動的意思，她們全都帶著別有意味的表情看著埃莉諾，看來非常想知道艾迪跟她說了些什麼。

埃莉諾剛落座，黛西便笑嘻嘻地湊了上來：「鮑太太剛給我們看了她兒子的照片，長得可真帥！她現在非常擔心這孩子臉上的疤痕沒辦法復原。我說不用擔心，倫敦的整形技術可是世界一流的。」

黛西說完後把手機遞到埃莉諾面前，一看到照片，她的雙眼突然就已幾乎不會察覺到的幅度睜大。

「不覺得他**很帥**嗎？」黛西興奮地問。

埃利諾抬頭並以一種漠不關心的語調說：「是啊，真的很帥。」

之後便沒有人再提起邵燕的兒子。但她們腦子裡正不約而同想著同一件事。世界上不可能有這種巧合，鮑邵燕這位受重傷的兒子，與那個造成埃利諾與她兒子，尼可拉斯．楊，產生隔閡的女人長得簡直是一個模子刻出來的。

沒錯，卡爾頓．鮑簡直就是瑞秋．朱的翻版。

第一部

這年頭誰都敢自稱億萬富翁，
殊不知要做億萬富翁，得先花掉這「億萬」！

——香港賽馬會的某富豪

文華酒店

◆二〇一三年一月二十五日，香港

二〇一二年年初，一對兄妹在位於倫敦漢普斯特德的房子裡清理已故母親的遺物。他們在閣樓的一只皮箱裡，找到一堆古舊的中國畫卷。妹妹恰巧有朋友在佳士得精品拍賣行（Christie's）工作，所以她把這些古畫卷一口氣塞進四個森寶利超市（Sainsbury's）的購物袋中，提到了位於老布朗普頓路上的拍賣會場，想委託專業人士鑒定，看看這些畫卷到底值多少錢。

當一位資深中國古畫專家展開其中一卷畫作後，竟嚇到差點心臟驟停。攤在他眼前的這套畫卷有著特殊的渲染方式，立刻讓他聯想到一組被認為已失傳許久的作品。難道這真的是清朝畫家袁江於一六九三年創作的《十八成宮》？傳說這套畫卷在一八六〇年的第二次鴉片戰爭期間，被侵略者劫掠出宮，早已失傳於海外了。

拍賣行的職員們一窩蜂地圍上來。整套畫卷共有二十四張，每張各兩公尺又十三公分高，皆保存完好。將所有圖畫並列排開，總長超過十公尺，幾乎占滿了兩個工作室的地面空間。最後，這位專家確定，眼前的恢宏畫作就是他傾注半生研究的中國古繪畫文獻中提到的《十八成宮》圖屏真跡。

《十八成宮》所繪的是十八世紀一座富麗堂皇的皇家避暑莊園，現位於西安市北面的山巒之中。自它落成起，就被譽為世界上最宏偉氣派的皇室建築群之一，其占地面積之大，在莊園中各殿間往來必須騎馬。在這些古代絲質畫卷之上，盤根錯節的亭臺樓閣，以及清幽閒適的小橋流水，在栩栩如生的彩色墨水揮灑之下，都躍然蜿蜒於青藍相間的群山之中。

在如此精美絕倫的傑作面前，眾人敬畏地忘了言語。發現這組畫作就像找到一幅達文西或維梅爾的失傳之作一樣。拍賣行的亞洲藝術國際總監聽聞，衝進來看到這幅畫作之時禁不住一陣暈眩，且必須強迫自己退後幾步，生怕自己一個沒站穩，傷到地上的寶貝。

藝術總監強忍住激動的熱淚，最後吩咐下屬：「快聯繫香港的弗朗索瓦，請他馬上帶著奧利佛．錢[14]來倫敦！」他穩了穩情緒，繼續亢奮地說：「我們要帶著這個『美人』來場世界巡迴之旅！我們將在日內瓦、倫敦辦展覽，還要去我們在紐約洛克斐勒中心的展廳！我要讓全世界的頂尖收藏家有機會一睹『她』的風采！在這之後我們才要把她帶到香港，並在農曆新年前進行拍賣，到時所有中國人們肯定都會期待到口吐白沫！」

14 佳士得最具權勢的副主席之一，與世界頂級收藏家們交情匪淺（多認識幾個重量級的亞洲家族總是有益無害的）。

這正是為什麼一年後的今天柯琳娜．高－佟[15]坐在香港文華酒店的快船廊內，頗不耐煩地等待萊斯特．劉與瓦萊麗．劉的赴約。她那精緻的浮雕名片上，印著「藝術諮詢」的頭銜，但對於她少數特定的客戶而言，她提供的服務可遠不止於此。柯琳娜出身於香港一個歷史最為悠久的家族，並且又將自身的人脈優勢最大限度地用在了獲利可觀的兼職上。針對像劉氏家族這樣的大客戶，柯琳娜負責了他們的所有事情——從牆上裝飾的畫作到穿衣的品味——所有服務都是為了讓他們保有最尊貴俱樂部的會員資格、被邀請參加上流聚會、以及讓他們的孩子們進入全市最頂尖的學校。簡單地說，她就是那些試圖擠入上流社會的人的專屬形象顧問。

柯琳娜隔著老遠就看見劉家夫婦正走上樓梯朝大廳過來。這對夫婦的氣場太過強烈，以至於她必須設法穩住自己。她還記得初見兩人時，他們從頭到腳都穿著普拉達（Prada）。在這些來自廣東的富豪眼裡，這象徵高度的精緻與品味，但在柯琳娜看來，這就像是在放肆尖叫以宣揚來自中國內陸的財富。

幸好經過柯琳娜的巧手改造，萊斯特身著一襲產自英倫裁縫街的 Kilgour 三件式訂製西裝，走進快船廊時盡顯幹練風度；瓦萊麗則身穿時髦的 J.Mendel 銀色波斯羊毛大衣，搭配適當的黑珍珠首飾與那雙浪凡（Lanvin）鴿子灰麂皮踝靴，可惜美中不足的是她的手提包——光滑的漸層染色爬蟲類外皮顯然是來自某種稀有動物，但不知怎麼，柯琳娜總覺得只有家庭主婦會拿這種包。她默默把這一瑕疵記在心裡，打算待會委婉地稍加提醒。

15　這是「娘家姓氏」＋「夫家姓氏」的寫法，「高－佟」指柯琳娜原來姓「高」，嫁人後丈夫姓「佟」，下同。

瓦萊麗來到桌邊鄭重的道歉：「非常不好意思我們遲到了。司機搞錯了地點，把我們送到置地文華東方酒店去了。」

「沒關係。」柯琳娜親切地回答。她最無法忍受不守時，但客戶的道歉態度如此誠懇，她也就不抱怨了。

瓦萊麗入座後，好奇地問道：「沒想到會約在這裡見面，不覺得四季酒店更好嗎？」

「即便是半島酒店也比這裡好啊！」萊斯特也在一旁幫腔，還不屑地看了看大廳天花板上那七〇年代風格的水晶吊燈。

「半島酒店和四季酒店都快變成觀光景點了。文華才是長久以來得體的香港本地人喝茶聊天的首選之地。還記得我小時候，我奶奶高－佟夫人每個月至少會帶我來一次。」柯琳娜耐心地解釋道，「對了，千萬別叫這裡『文華東方』，我們本地人都簡稱這裡為『文華』。」

「哦……」瓦萊麗感到有點心虛並環顧四周，仔細瞧瞧鑲著橡木的牆壁，與周圍擁有完美柔軟度的扶手椅，接著突然睜大雙眼。她往前傾想看得更清楚些，並興奮地對著柯琳娜耳語：「妳有看到那邊的人嗎？那不是費歐娜．佟－鄭和她的婆婆雅莉珊卓．鄭嗎？她們在陪萊道理（Ladoory）家族的人喝茶嗎？」

「他們是誰？」萊斯特的嗓門有點大。

「噓！你小聲點！別看那邊，我等一下再跟你說。」瓦萊麗緊張地用中文制止他。

柯琳娜欣慰地一笑。瓦萊麗學得很快。劉氏夫婦是柯琳娜的新客戶，卻也是柯琳娜最中意的一類客戶，她稱他們為紅色貴族。不同於其他新移民過去的富豪們，這些客戶是中國領導階層的後代——人們稱他們為「富二代」——擁有與生俱來的涵養與優秀的應答能力，且與他們的祖、父輩不同的是，他們不曾經歷過「大躍進」與「文化大革命」這些悲劇帶來的動盪與不安，這些對他們而言都只是些古老的歷史事件。大量到令人震驚的錢財對他們來說唾手可得，故而他們對此也抱持嗤之以鼻的態度。

萊斯特家族掌管中國最大的保險集團；而瓦萊麗是土生土長的上海人，父親是位麻醉醫師。兩人是在雪梨大學念書的時候認識的。隨著與日俱增的財富加上日益高雅的品味，讓這對三十多歲的夫婦野心勃勃地努力爭取在亞洲上流社會的位置。他們迫不及待地要在倫敦、上海、雪梨、紐約，以及香港深水灣那間新落成宛如郵輪的房子裡，掛滿博物館等級的藝術品，並且希望《香港雜談》（*Hong Kong Tattle*）盡快來替他們做獨家報導。

萊斯特直接進入正題：「妳覺得那套圖屏最後會以多少錢成交？」

「這個嘛……這次約二位來就是想討論這件事。您上次說要準備五千五百萬，但我覺得今晚這場拍賣可能會創下新紀錄。您可以再多準備兩千萬嗎？」柯琳娜小心翼翼地回答，先試一試水溫。

萊斯特不動聲色。他從銀色蛋糕架上拿了一個臘腸捲，然後開口問道：「妳確定它有這麼值錢嗎？」

「劉先生，那套圖屏可說是目前中國繪畫市場上最重要的作品，這絕對是個千載難逢的機會——」

「這組畫和我們家的圓形大廳真是太搭了！」瓦萊麗忍不住說道，「我們可以把它們全掛起來，整幅畫就會像一幅全景圖，並且還要把一、二樓的牆壁重新粉刷一次來搭配圖畫的顏色，我好愛那藏青色……」

柯琳娜沒有理會瓦萊麗的藝術創意，繼續說：「除去作品本身不談，只要擁有它就能創造不可估量的價值。想像一下這樣一份無價之寶擺放在您家中，對您夫婦二人，乃至整個劉家家族的地位，是何等的提升啊！且你們更可以藉此躋身世界頂級收藏家的行列。我聽說邴家、王家、郭家都打算競標；台北的黃家也正抵達香港——時間點是否有點有趣？此外，我還有個確切的消息，柯林和亞拉敏塔上周也請了幾位台北故宮博物院的研究員到現場鑑定這組圖畫。」

「噢……亞拉敏塔・邱。她真的好美，又好時髦！我至今都忘不掉她那場不可思議的婚禮。妳知道她嗎？」瓦萊麗問。

「我也應邀參加了他們的婚禮。」

瓦萊麗驚訝不已。她試著想像眼前這位永遠穿著喬治・亞曼尼（Giorgio Armani）三件式褲裝、貌不驚人的中年女人，竟然也參加了那場全亞洲最驚豔四座的盛宴。有些人就是這等幸運，出生在對的家庭。

柯琳娜言歸正傳：「我最後再說明一下，拍賣會在今晚八點準時開始，我已經為二位確認了佳士得的VVIP包廂。二位全程只需在包廂中觀看，我會在底下的拍賣現場為您們進行競標。」

「我們不用跟妳一起嗎？」瓦萊麗有些困惑。

「不，二位只需在樓上的包廂裡觀看就行，在那裡可以俯視整個拍賣會場。」

「為什麼？待在會場才能身臨其境呀！」

柯琳娜搖頭苦笑道：「相信我，比起待在拍賣現場，您們會更想待在VVIP包廂，世界頂尖的收藏家都在那裡，您們一定能享受——」

「等等，」萊斯特插話，「如果我們得標了呢？其他人要怎麼知道**我們**是贏家？」

「首先，二位身處VVIP包廂，已經備受矚目了，旁人必然會猜測二位的身分。到了第二天，我也會委託《南華早報》（*South China Morning Post*）的熟人發佈一篇未經證實的報導，說和諧保險集團的劉氏夫婦以天價拍得絕世圖屏。請相信我，這種隱晦優雅的作法才是對的，可以引導大眾不斷猜測，且您也會**想要**那篇未經證實的報導。」

「哇，柯琳娜，妳真是太聰明了！」瓦萊麗歡呼道，她已經躍躍欲試了。

然而萊斯特仍想不通：「但如果是『未經證實』，人們怎麼會知道是真的假的？」

「哎呀，你是烏龜啊那麼遲鈍！下個月我們舉辦喬遷派對時大家就會看到啦！」瓦萊麗忍不住啪的一巴掌拍到丈夫的大腿上責備道。「到時他們就能用羨慕的眼神親自確認了。」

香港會議展覽中心位於灣仔碼頭，其飛鳥展翅式的弧形屋頂，彷彿就像一隻自維多利亞灣上方滑行而過的鬼蝠魟。這天晚上，娛樂圈明星、社交名流、民間富豪等一群在柯琳娜眼中無關緊要的小人物一齊踏進大廳，爭先恐後地想搶到視野最佳的位置，見證這場世紀拍賣；會場的後方則被嚴陣以待的國際媒體以及湊熱鬧的觀眾占滿。於此同時，上方奢華舒適的VVIP包廂中，萊斯特和瓦萊麗正一邊品嚐羅蘭香檳（Laurent-Perrier）與Café Gray的甜點，一邊與眾多上流人士交際甚歡，極其快樂享受。

當拍賣官走上打磨拋光過的的木質講台，會場的燈光逐漸昏暗下來。一面巨大鑲著格紋金框的屏風緩緩地自牆邊而出；下一瞬間，巨幅屏風開始延展，讓二十四幅圖屏在同一時間展現出各自的榮耀，屏風前方先進的照明系統更讓展示效果加乘，彷彿光線源自於畫卷本身，在眾人懾服的驚歎聲中，周圍的光線重新亮起。拍賣官毫不囉唆直接進入正式環節：「由清朝康熙年間畫家袁江創作於一六九三年，極為罕見的二十四幅圖屏，絲質面料，描繪西安十八成宮……起標價就訂為……一百萬美元？」

當柯琳娜舉起藍色號碼牌第一次出價，瓦萊麗感到體內腎上腺素急速飆升。五百萬，一千萬，一千兩百萬，一千五百萬，兩千萬……號碼牌如狂風驟雨般起起落落。才過了幾分鐘，競標價就飆升到了四千萬美元。萊斯特眉頭緊鎖，試著分析底下的拍賣會場，彷彿那裡正在進行一盤難解的棋局；瓦萊麗則期待到不停把指甲掐進丈夫的肩膀。

當競價飆到六千萬美元時，萊斯特的手機響了。另一端傳來柯琳娜焦急的聲音：「suey doh sei[16]，競價飆得太快了！照這個情況下去，價格很快就會超越你的七千五百萬！怎麼辦——是繼續，還是放棄？」

萊斯特不由得倒抽一口氣，任何超過五百萬美元的消費，肯定會被父親的會計師發現，到時還得勞心勞力地去解釋……「繼續吧，直到我喊停為止。」他吩咐道。

瓦萊麗的腦袋興奮地一陣暈眩。快了，就快了！她想像自己馬上就要得到連亞拉敏塔・邱

16 廣東話的「真是倒楣透了。」

都垂涎三尺的寶物了！價格飆到八千萬美元以後，競價速度總算緩了下來。目前除了柯琳娜，沒有其他人舉牌了。但競價仍在繼續，還有兩三位透過電話競標的競爭者在遠端發號施令；加價的幅度從一百萬美元下降到五十萬美元。萊斯特閉上雙眼，祈禱自己能在九千萬美元以內得標……即便被父親臭罵他也認了。他可以藉口說他可是替家族買到了價值一億美元的名望。

突然間會場的後方響起一陣騷動。嘈雜的交頭接耳聲之中，站立的賓客紛紛讓出一條通道。即便場內聚集了無數盛裝打扮的名人，但在這位突然出現的女子面前皆黯然失色。這名驚為天人的中國女子，擁有墨黑色的長髮、烈焰紅唇與撲得雪白的肌膚，身穿顯得有點誇張的隆重黑絲絨露肩禮服，從群眾中緩緩走出。在她身側還有兩頭佩戴鑲鑽項圈、毛色雪白的俄羅斯獵狼犬。這位女士就在眾目睽睽之下，步履優雅地朝會場中央走去。

拍賣官刻意朝著麥克風清了清喉嚨，試圖把賓客們的注意力拉回來：「價格已到八千五百五十萬！有八千六百萬嗎？」

柯琳娜看到其中一名電話代表點了點頭，便搶在他之前舉牌。然而幾乎是同時，方才登場的黑絲絨禮服女子也舉起了牌子。佳士得的亞洲總監在包廂中目睹了這一切，轉頭對一旁的助理說：「我覺得這女人是來嘩眾取寵刷存在感的。」他仔細觀察了一番，又說：「她的牌號是269，你幫我查一下她的身分，看看這人到底有沒有通過預審資格。」

坐在一旁替私人客戶競標的奧利佛．錢笑道：「放心吧，在場沒有比她更有資格的了。」從這名女士帶著兩隻「銀色護衛」進門起，奧利佛的觀劇用望遠鏡就沒從她身上移開過。

「她是誰？」總監疑問。

「呵呵，她的鼻子和下巴顯然動過刀，也肯定有豐頰……但我能肯定，269 號投標人就是戴太太。」

「你說的莫非是卡蘿．戴——去年過世的馬來西亞拿督戴東履的遺孀？」

「不，不，她是拿督戴東履的媳婦，繼承了父親億萬財富的伯納德．戴的妻子。沒錯，這位穿著黑色禮服的就是之前那位肥皂劇女星——**凱蒂．龐**。」

香港灣仔，晚上八點二十五分

「各位觀眾晚安，歡迎收看 CNN 國際新聞。現在由記者桑尼．周為各位帶來最前線的特別報導……記者目前正位於香港會議展覽中心，今晚，全球頂級收藏家們會聚在此，競標爭奪《十八成宮》圖屏。就在剛剛，競標價格飆到了令人難以置信的九千萬美元！做個比較讓大家更有概念……二〇一〇年，一只清乾隆年間的花瓶以八千五百九十萬美元的天價在倫敦售出，打破了世界紀錄。但那是在倫敦。在亞洲，最高紀錄是二〇一一年，齊白石真跡[17]所締造的六千五百四十萬美元！也就是說，這次競標已經打破**兩個**世界記錄了！……就在十分鐘前，拿督戴東履的媳婦、億萬富翁伯納德．戴的妻子、前著名演員凱蒂．龐突然牽著兩隻威武的獵狼犬現身拍賣會場，參與競標，造成現場一陣轟動。此時此刻，仍有四人在與她競爭。我們獲得消息，其中一人

17　其後這幅畫被質疑為贗品，遭到得標者「退貨」（或許，他們只是覺得這畫和家裡的沙發不搭）。

是洛杉磯蓋蒂博物館的代表，還有兩人疑為亞拉敏塔·邱，以及和諧保險劉氏夫婦的代表，而我們尚未得知神祕的第四人的身分，敬請關注我們的後續報導！現在將鏡頭還給克理斯汀……」

上古道理，喬治亞，凌晨十二點三十分

「這牽著兩條狗的可笑女人是要和我們槓到底嗎?!」亞拉敏塔對著筆電咒罵，顯然沒有透過拍賣會場的直播影片認出凱蒂·龐。她在高加索山上滑了一整天的雪，現在全身上下沒有一處不痠痛，而進度延遲的拍賣，害她現在不能在巨大的嵌入式浴缸裡享受目前最需要的泡泡浴。

「現在標到多少了？」柯林慵懶地問道。他正躺在黑白相間的犛牛皮毛毯上，享受著壁爐散發出的溫暖。

「不告訴你——你一定不會同意。」

「我確實不贊成，敏敏（亞拉敏塔的暱稱）。說吧，多少錢？」

「噓！我正在投標！」亞拉敏塔把他打發到一邊，繼續跟遠在現場的代表聯繫。

柯林費力地從舒服的毛毯裡爬起來，走到他老婆所在放置電腦與電話的桌前，他在螢幕前眨了兩次眼睛，不敢相信看到的景象。「妳起肖啊？[18]妳真的打算花九千萬大洋買一堆古老的卷軸？」

18 閩南語，意思是「你瘋了嗎？」。

亞拉敏塔看了他一眼：「你把那些沾滿大象屎的油畫搬進家裡的時候，我可是什麼都沒說。所以你沒資格說我。」

「等等，我那些克里斯・奧菲利（Chris Ofilis）的畫每幅也就兩三百萬美元，想想這九千萬美元可以買多少幅沾滿大象屎的畫——」

亞拉敏塔把話筒蓋住，對柯林說：「與其在這裡廢話，不如去做點有用的事，幫我泡杯熱可可，別忘了加些棉花糖——競標不會停，除非我說停！」

「妳打算把這些畫掛在哪？我們家可沒多的空間了。」柯林繼續說。

「這你就不必操心了，我想它們掛在我媽在不丹新開的飯店大廳裡肯定很棒，**該死！**那黑衣服的婊子又競價了！她到底是誰？長得有點像是中國版的蒂塔・萬提斯……」

柯林無奈地搖了搖頭，歎氣道：「敏敏，妳這樣太衝動了。如果妳真那麼想要那些畫，就把電話給我，我來說。論競標，我可比妳有經驗多了。首先，妳得先設定個高標——妳的高標是多少？」

Cold Storage 超市，Jelita 購物中心，新加坡，晚上八點三十五分

手機響起時，艾絲翠・梁正在超市購物，家裡的廚師明晚請假，她得親自張羅晚餐。她那五歲的兒子卡西恩此刻正站立在購物車前端，做出他最喜歡的那個李奧納多・狄卡皮歐在鐵達尼號船頭做的動作。艾絲翠不喜歡在公共場合講電話，但看到打來的是遠在香港的表弟奧利佛・錢，

想必有急事，她便把購物車推到蔬果區前，按下了接聽鍵。

「什麼事？」

「妳真是錯過了今年最有意思的拍賣！」奧利佛興高采烈地說。

「今天的那場？說說看，哪裡有趣了？」

「現在還沒結束呢！妳絕對不會相信，凱蒂・龐突然出現在拍賣會場加入競標，看她那架勢，像是不惜傾家蕩產也要把那畫卷弄到手。」

「**凱蒂・龐？**」

「除了她還有誰？穿了一身X夫人晚禮服，還牽著兩條戴著鑲石項圈的獵狼犬，看起來倒挺威風的。」

「她什麼時候對古玩字畫感興趣了？伯納德也去了？我不覺得他會願意把錢花在大麻和遊艇之外的地方。」

「沒看見伯納德。不過，要是凱蒂成功標下那套古畫，他們夫妻就會立刻躋身亞洲頂級收藏家的行列。」

「嗯……看來我真的錯過好戲了。」

「現在還在和我們競爭的只剩凱蒂、亞拉敏塔・李，還有由柯琳娜・高－佟代表的某對中國夫妻……對了，還有蓋蒂博物館。價格已經標到九千四百萬美元了，我知道妳之前說過沒有上限，但我覺得還是要跟妳確認一下是否要繼續……」

「九千四百萬嗎？繼續……卡西恩，別玩那些冷凍豆子！」

「九千六百萬了……我的耶穌基督聖母瑪利亞啊！快要一億了！繼續嗎？」

「繼續。」

「那對中國夫妻放棄了。妳真該看看他們的表情，沮喪得像是失去了他們的第一個兒子。現在我們加碼到一億五百萬了。」

「卡西恩，你苦苦哀求也沒用，我絕不會讓你買冷凍漢堡的。你知道那裡面添加了多少防腐劑嗎？給我放下！」

「這要登上金氏世界紀錄了，艾絲翠。從來沒有人花這麼多錢買一幅中國畫。一億一千萬。一億一千五百萬。目前是亞拉敏塔跟凱蒂在競爭，繼續嗎？」

卡西恩賴在冰淇淋冷凍櫃旁，艾絲翠生氣地瞪著他，對著手機說：「我得掛了……你的任務就是幫我買到那套畫，這是屬於博物館的東西，我不在乎需要花多少錢。」

大約十分鐘後，艾絲翠正在櫃臺邊排隊結帳，手機又響了。她對收銀員抱歉地笑了笑，接通電話。

「不好意思又來煩妳——但我們把價格加到一億九千五百萬美元了……」

「**真假?!**」艾絲翠的表情終於有了些變化。同時，她還從卡西恩的小手中搶過一根 Mars 巧克力棒。

「千真萬確……蓋蒂博物館在一億五千萬的時候棄標了，一億八千萬的時候亞拉敏塔那邊也不出聲了……現在只剩下我們和凱蒂，她看起來勢在必得。到這個價格，我是真的不建議繼續下去。要是博物館那邊楚凌知道妳花了這麼多錢，恐怕會嚇出心臟病吧。」

「她不會知道的……到時候我會匿名捐贈。」

「即便如此，艾絲翠，我知道這不是錢的問題，但用這個價格買一幅畫實在太可笑了。」

「真是可惡。你說得對，一億九千五百萬實在太誇張了。若凱蒂真這麼想要那就給她吧。」艾絲翠說，並從皮夾裡掏出一堆優惠券，遞給收銀員。

三十秒後，拍賣會場上終於響起了清脆的木槌聲——《十八成宮》圖屏以一億九千五百萬美元結標，締造中國文物拍賣史上的最高價格。在台下賓客震耳欲聾的掌聲中，凱蒂．龐對著攝影機鏡頭擺出最完美的姿態，此起彼落的鎂光燈就像阿富汗首都喀布爾內的簡易爆炸裝置一樣。其中一頭獵狼犬開始吠叫。現在全世界都知道凱蒂．龐——應該說戴太太，她堅持被如此稱呼——即將隆重登場了。

加州，庫比蒂諾

◆二〇一三年二月九日，中國除夕夜

「男生們踢完足球回來了，妳最好和傑森保持些距離，省得被黏上一身臭汗。」當車庫那邊傳來一陣喧鬧聲，薩曼莎．朱提醒身邊的表妹瑞秋，她們正坐在華特叔叔與金阿姨家廚房的木椅上，準備年夜飯要吃的水餃。

薩曼莎那二十一歲的弟弟傑森搶在尼可拉斯．楊前面破門而入，興奮地宣布：「哈哈，我們這次痛宰林家兄弟！」他從冰箱裡抓出兩瓶佳得樂運動飲料並拋給尼克一瓶。「老爸老媽咧？我還以為會看見一群歇斯底里的阿姨們在廚房裡奮戰呢！」

「老爸去接路易絲大阿姨還沒回來，老媽、芙羅拉姨媽跟凱芮姑媽去大華超市採購了。」薩曼莎說。

「又去那裡購物？哈哈，還好我溜得快，否則又會被她們拉去當司機。那地方都快變成

『Fobby』[19]的集散地了，停車場簡直就是豐田經銷商！阿這次又要買什麼？」傑森問。

「什麼都得買……瑞伊叔叔剛才打電話來了，說他們全家都會過來，你是見識過他家那些男孩子的食量的。」薩曼莎一邊說，一邊熟練地把豬肉韭菜餡夾到餃子皮上，遞給瑞秋。

瑞秋把半成品放在手中稍加揉捏，餃子便成型了，她開玩笑道：「傑森，你可得做好心理準備了，貝琳達嬸嬸要是看見你的新刺青，肯定有很多話要說。」

「貝琳達嬸嬸是誰？」尼克好奇地問。

傑森吐了吐舌頭：「哈！你還沒見過貝琳達嬸嬸吧？她是瑞伊叔叔的老婆！瑞伊叔叔你認識嗎？哦，你該叫他舅舅的[20]——他是一名口腔頜面外科醫師，他們在門洛帕克市有棟豪華別墅，所以貝琳達嬸嬸覺得自己就像是唐登莊園的女主人。她每年除夕都這樣，到最後一刻才通知要帶著那幫被寵壞的兒子們來『臨幸』我們家，我媽都快被她逼瘋了！」

「是『唐頓莊園』才對，傑斯（傑森的暱稱）。」薩曼莎糾正道，「還有，她也沒像你說得那麼壞，她才剛從溫哥華趕回來，就這樣。」

「溫哥華？我看是『香哥華』[21]吧！」傑森嗤笑道，將空罐子精準地拋進廚房門邊回收桶裡的 Bed Bath & Beyond 大號塑膠袋。「尼克，你可得小心了，貝琳達嬸嬸肯定會很愛你，因為你講

---

19 即「Fresh off the boat（移民菜鳥）」的簡稱，第二、三、四代亞裔移民喜歡把這個對第一代亞裔移民的謔稱掛在嘴邊，來彰顯自己的優越感。

20 薩曼莎和傑森的父親華特．朱是瑞秋．朱的母親凱芮的遠房兄弟，因此華特的弟弟瑞伊對於凱芮來說也是兄弟，對於瑞秋和尼克就是舅舅。

21 即英文「Hongcouver」，溫哥華因香港移民眾多而得此戲稱。

起話來就像《新娘百分百》裡的男主角！」

傍晚六點半左右，朱家共二十二人都抵達了。長輩們圍坐在鋪著塑膠墊的薔薇木餐桌前，晚輩們，以及小孩子們，則坐在客廳的三張麻將桌邊（青少年與大學生們擠在電視大螢幕前看籃球比賽，一邊消滅一盤又一盤的鍋貼）。

各式各樣把盤子裝得滿滿的菜餚被陸續端出：烤鴨、巨型炸蝦、芥藍蒸香菇，以及佐有烤豬肉與扇貝的長壽麵。金阿姨看了看大家，焦急地說道：「瑞伊他們還沒到嗎？不能再等了不然菜要涼了！」

「貝琳達婚婚可能還在糾結要穿哪件香奈兒出門吧。」薩曼莎調侃道。

話才剛說完門鈴就響了。瑞伊與貝琳達．朱進門，後面跟著四個穿著不同顏色雷夫．羅倫（Ralph Lauren）Polo 衫的青春期兒子。貝琳達身穿高腰奶油絲質長褲、有波浪狀烏干紗袖子的鮮豔橘色襯衫、香奈兒腰帶——她的個人商標，以及一對用在舊金山歌劇院開幕式更適合的超大香檳色珍珠耳環。

「親愛的家人們，新年快樂！」瑞伊愉悅地向眾人打招呼，同時把一盒日本梨獻給大哥華特。貝琳達則小心翼翼地把一個 Le Creuset 鑄鐵鍋端給金阿姨。「妳可以幫我加熱這鍋東西嗎？用烤箱一百一十五度烤個二十分鐘就行了。」

「哎呀，這麼客氣幹嘛？還專程帶吃的來……」

「不是啦……這是我自己要吃的，我最近在執行生機飲食。」貝琳達說。

當眾人終於坐定開始大快朵頤後，華特笑著對對面的瑞秋說：「瑞秋，說起來，我還從沒和妳一起過過除夕夜，妳通常只有感恩節才回來。」

「是呀，因為尼克和我還有一些婚禮的事情要忙。」瑞秋解釋道。

提到婚禮，貝琳達突然興奮地說：「**瑞秋．朱！我真是不敢相信！我都坐在這裡十分鐘了，妳竟然還沒讓我看妳的訂婚戒指！快過來這裡！**」

瑞秋順從地來到她跟前，伸出右手讓她好好瞧瞧。「哎……真是……漂亮！」貝琳達用一種尖銳的聲音說，幾乎無法掩飾她的驚訝。這尼克該不會是衝著瑞秋的錢來的吧？可憐的瑞秋竟然只能接受這種小鵝卵石，這應該連一．五克拉都不到吧。

「就只是個簡單的戒指，正好是我喜歡的樣式。」瑞秋謙虛地說，看了眼對方手指上的欖尖形切割大鑽石。

「是，是，很樸素，很襯妳的氣質。」貝琳達回應，接著她轉頭問尼克：「尼克，這只戒指是在哪買的？新加坡嗎？」

尼克禮貌地回答：「這是我表姐艾絲翠托她巴黎的朋友喬爾[22]買到的。」

「要找到這麼一個玩意兒，恐怕要跑遍整個巴黎吧？」貝琳達自言自語。

「嘿，你們是在巴黎訂婚的嗎？」住在馬里布的表姐薇薇安興奮地插嘴道，「我媽說你找了一群默劇演員來表演。」

22 指喬爾．亞瑟．羅森塔爾（Joel Arthur Rosenthal），簡稱「JAR of Paris」，他以純手工打造的珠寶受到全世界的青睞。若貝琳達對珠寶真有足夠的鑒賞知識，就不難發現瑞秋那枚「樸素」戒指切割得完美無瑕，鑽石表面上還覆著細若髮絲的白金與藍寶石（而尼克是不會告訴瑞秋真實價格的）。

「默劇演員？」尼克嚇得看著薇薇安，「我保證我絕對沒有請默劇演員。」

「那還不快點告訴我們實情？」金阿姨趁機煽風點火。

尼克看向瑞秋：「何不由妳來說呢，肯定說得比我好。」

眾人期盼的眼神讓瑞秋頗感壓力，她深吸一口氣：「好吧！是這樣的……在我們巴黎之旅的最後一晚，尼克說為我準備了一場特別的晚宴，但又不肯告訴我細節，我當時就預感有大事要發生。結果呢，他把我帶到了塞納河中央小島上的某座古老建築……」

「蘭伯特府邸……是聖路易斯島上的一間飯店。」尼克解釋。

「對。尼克在這間飯店的屋頂上準備了一桌燭光晚餐。皎潔的月光灑在河面上，大提琴家在角落演奏悠揚的德布西曲子，一切都是那麼完美。尼克甚至專程從巴黎頂級的飯店請來了兩名法國籍越南大廚，只可惜我緊張到一點胃口都沒有。」

尼克反省道：「回想起來，六道菜真的不太合適。」

瑞秋點點頭：「每次服務員掀開銀質餐蓋時，我都以為裡面會裝著求婚戒指。事實證明我想太多了。晚餐結束，大提琴家也開始收拾東西後，我想說：『看來不是今晚。』但就在我們正要離開時，河面上傳來了號角聲，一艘塞納河遊船從飯店邊開過，所有乘客都集中在甲板上。忽然音樂聲響起，所有人向羚羊一樣一齊跳到長凳上，開始跳起舞來。事後我才知道，這些乘客全部都是巴黎歌劇院芭蕾舞團的舞者，尼克花重金聘請他們，為我獻上一支特別的舞蹈。」

「真是浪漫！」貝琳達由衷地讚歎道，「然後尼克就求婚了？」

「還沒呢！舞蹈表演結束後，我們就下了樓。當時的我雖然沉浸在剛剛美妙絕倫的演出中，但心裡還是有點失望這不是求婚。我們出了飯店，街道上靜悄悄的，只有一個男人孤零零地站在樹下，望著河面發呆。這人見我們出現，突然開始彈奏吉他。那旋律我再熟悉不過了，是臉部特寫合唱團（Talking Heads）的《就是這個地方》（*This Must Be the Place*）——當年我們第一次見面的那個夜晚，散步到華盛頓廣場公園時，街頭藝人彈的就是這首歌。當那個男人一開口，我突然發現：**他就是當年的那位街頭藝人！**」

「不是吧！」薩曼莎震驚地捂住了嘴，其餘人則完全沉浸在這個故事之中。

「沒錯！尼克費盡心思，在奧斯汀找到了這位歌手並幫助他飛到巴黎。他已經沒有當年的金色鬍鬚了，但他那嗓音，我一輩子也忘不了……然後，在我還沒搞清楚到底發生什麼事的時候，尼克已經朝我單膝跪下，手心裡捧著一個精緻的絲絨小盒子。我的腦子瞬間打結，不等尼克把那句關鍵的話說完，就拚命地回答：『我願意！我願意！』」甲板上的舞者全都熱烈地大聲歡呼。」

「這是我聽過最浪漫的求婚！」薩曼莎邊抹去眼角的淚水邊讚歎道。她早先聽聞瑞秋在新加坡的不幸遭遇時，對於尼克感到非常生氣，他怎麼會沒注意到瑞秋被這麼無禮地對待？當時瑞秋一回到美國，馬上就搬出尼克的房子，薩曼莎對此感到高興，自己的表妹終於擺脫他了。誰知才過沒幾個月，瑞秋又跟他復合了……不過在這同時，薩曼莎也一改對尼克的想法，畢竟他為了挽回瑞秋，不惜與家庭斷絕往來；他耐心地等待瑞秋從傷痛中復原所需要的時間。而如今，這對戀人終於要迎來修成正果的一天。

瑞伊也歡呼道：「幹得好！尼克！恭喜你們呀！我們都很期待下個月去蒙特斯托參加你們的婚禮呢！」

貝琳達在一旁大聲炫耀：「我們這趟打算在歐賈伊谷度假村（Ojai Valley Inn & SPA）多玩幾天。」說完還不忘環視眾人一圈，以確保所有人都有聽到。

瑞秋暗自竊笑了一下，她相信在場其他人都不在意貝琳達阿姨說了些什麼。「聽起來真棒！真希望我們也能有時間。可惜我們得等到五月學期結束之後才能去度蜜月。」

「妳和尼克之前不是才去過中國嗎？」瑞伊疑問道，他話一出口，金阿姨就向他使了個眼色；與此同時，他老婆也毫不留情地捏了他的腿。

「哎喲！」瑞伊一痛之下知道自己說錯話了。貝琳達來之前就告訴過他，瑞秋和尼克一起去中國福州找尋父親的下落，結果又是無功而返。這件事涉及瑞秋家的隱私，旁人是不該過問的。好在尼克反應迅速，立刻回答：「是呀，我們在中國玩了幾天。」

「你們可真是勇敢，我是碰也不敢碰那裡的食物的。我才不管其他人說中國料理有多美味呢，牠們那邊的動物體內都含有致癌物，看看你們這盤烤鴨，我賭牠一定也有打生長激素……」貝琳達邊啃她的蕪菁邊嘲笑。

瑞秋看著那光滑油亮的烤鴨，瞬間沒了胃口。

「沒錯，大家可以信任香港的食物，但中國內陸的絕對不行。」金阿姨附和，熟練地用筷子把烤鴨上的肥肉挑掉。

「錯！」薩曼莎反駁道，「你們怎麼都還對中國心存偏見？我去年到那裡的時候，可是嚐到了此生吃過最棒的美食。你們要是沒去過上海，就絕對不知道什麼叫正宗好吃的小籠包！」

吃飽喝足後，朱家輩分最高的路易絲大阿姨突然開口：「瑞秋，有妳父親的消息嗎？你們找到他了沒？」

戴夫表哥嚇到差點把咬到一半的豬肉吐出來，餐廳裡頓時陷入了尷尬的沉默，眾人鬼鬼祟祟地交換著眼神。瑞秋的臉龐漸漸浮上陰霾，她深吸一口氣後回答道：「不，還沒找到。」

尼克握住瑞秋的手試圖給她勇氣：「我們上個月獲得了一些有趣的線索，不過還沒有進一步的發展。」

「想開些，人生不如意十之八九嘛！」瑞伊舅舅大咧咧地笑道，伸手要去夾炸蝦，結果卻被他老婆制止了。

尼克又說：「至少我們能確定伯父改名換姓了。他的所有官方資料都只有到一九八五年，也就是他即將從北京大學畢業之前。」

「說到大學，你們有沒有聽說佩妮．史他們家的事情？她那寶貝女兒不是洛思加圖斯的畢業生代表嗎？但她竟然沒申請上**任何一間**常春藤聯校！」金阿姨笑著說，試著轉移話題。瑞秋的母親這三十年來獨自一人撫養瑞秋長大，在她面前提起瑞秋父親的話題，她不容易承受。

亨利表哥卻無視金阿姨的「努力」，自告奮勇地表示：「對了，我的公司與上海的一位律師有合作，她的父親在政府任職高官，而她本身也與政府關係密切。要我托她幫忙打聽一下嗎？」

從大家提起這個話題開始，凱芮就一直默不作聲。她忽然砰的一聲把筷子往桌上一放，說：「不要浪費時間了，沒必要去找一個早就消失的人。」

瑞秋看著母親一會，接著一句話都沒說便默默地起身離開。

薩曼莎聲音有些顫抖地說：「凱芮姑媽，再怎麼說，他也是瑞秋的親生父親。瑞秋有權利與他取得聯繫。我無法想像，如果沒有爸爸我的生活會是什麼樣。瑞秋只是想找到他，您怎麼忍心責備她呢？」

新加坡，史各士路

◆二〇一三年二月九日

「妳到了之後，直接把車子開進車庫就可以了。」埃莉諾按照電話裡鮑邵燕的指示，把車開到警衛室，說明自己是來拜訪鮑太太一家，他們前陣子剛在史各士路上這棟嶄新的建築中租了間公寓。

身著深色制服的警衛說道：「是楊女士嗎？沿著左邊的路並按照指標前進就可以了。」埃莉諾把車開進整潔空曠的地下車庫，怪的是裡面一台車都沒有。看來他們是這個社區的第一批住戶。埃利諾心想，並開到一扇白色的金屬鐵門前，門上有個牌子寫著「一號房自動機械車庫（住戶專用）」。鐵門迅速打開，一盞綠燈開始閃爍。她剛把車子開進明亮的車庫，眼前就出現一個電子指示牌閃爍著：「停車，位置正確」。真奇怪……停在這裡就行了嗎？

突然間地面開始移動。埃莉諾嚇得驚呼，她絲毫無法動彈只能緊緊握住方向盤。數秒鐘後，她才意識到車子停在了一塊自動迴旋的平臺上。平臺緩緩轉動了九十度後嘎然而止，現在地面開始上升了。天哪，難道這就是傳說中的「免下車式電梯」?!她右手邊有扇玻璃窗，隨著高度持續上升，新加坡璀璨的夜色在她底下迎風招展。

這間高科技公寓一定是卡爾頓挑選的，埃利諾心想。自從去年九月在倫敦認識鮑邵燕，已過去將近半年了。如今，埃莉諾對鮑家已經算是相當了解。卡爾頓在聖馬利醫院不斷進行各種手術的那段緊繃的時間，埃莉諾與她的朋友們不遺餘力地幫助邵燕以及她的丈夫，高良。卡爾頓一出院，埃莉諾就建議讓他在新加坡而不是北京休養。

「這裡無論是氣候還是空氣品質，都比北京要好太多了，且這邊有許多世界頂級的外科手術專家。我有認識一些新加坡最權威的醫生，能確保卡爾頓獲得最好的治療。」

鮑氏夫婦欣然採納了她的建議。當然，埃莉諾這樣的熱情，也有自己的私心——只要他們待在附近，她就有機會了解有關這個家庭的一切。

要說被慣壞的富二代，埃莉諾見得可多了；但還是第一次見到這種程度的。邵燕已經從北京帶來了三名傭人負責照顧卡爾頓，但她還是堅持親自完成所有事情。更誇張的是，自從他們於去年十一月來到新加坡後，已經搬了三次家了。起初，黛西動用家族人脈，幫助他們以非常划算的價格入住新加坡香格里拉酒店的峽谷翼（Valley Wing）豪華公寓，但卡爾頓對這全新的超豪華住處挑三揀四；於是，他們搬到了利安尼山路上的豪華大樓；然而不到一個月，三人又搬到格蘭芝路上一棟更高檔的房子；如今，則是住在這幢配有可笑汽車電梯的建築裡。

埃莉諾記得她在《財經時報》（*Business Times*）的地產專欄讀過這套公寓的報導——這是全亞洲第一棟擁有生物辨識系統車庫的大樓，且每間公寓都擁有自己的空中車庫。大概只有那些旅居海外，或是錢太多的中國人才會想住在這種地方吧。卡爾頓顯然是後者，這個地方正好滿足了他的需求。

電梯上升到第五十層樓才停下來。首先映入埃莉諾眼簾的，是一間超大客廳。邵燕正站在客廳另一端隔著玻璃牆朝這邊揮手，身旁的卡爾頓則坐在輪椅上。

「歡迎，歡迎。」埃利諾一踏進客廳邵燕就興奮地招呼。

「**阿啦嘛**！真是嚇死我了！地板忽然轉了起來，害得我差點暈倒在車上！」

「真是抱歉，楊太太。這是我的主意……我還以為您會喜歡這類新奇的裝置呢。」卡爾頓解釋道。

邵燕露出一個順從的表情：「妳應該能理解我們為什麼要搬到這裡了……無障礙廂型車可以透過電梯直達公寓，這樣卡爾頓坐車回家就能直接進到客廳了。」

「嗯，確實是很方便，」埃莉諾回答，但她顯然不信「方便進出」是選擇這間公寓的理由。她回頭再看了眼那華而不實的車庫，驚訝地發現剛才那面玻璃牆已經變成了非透明的白色，「哇，這真妙！我還以為你們要坐在客廳盯著自己的車子一整天呢。如果你開的是速霸陸，那感覺會很可憐。」

「想要一直盯著自己的愛車也是可以的。」卡爾頓說，同時手指在 iPad mini 上快速點了幾下，白色牆壁立刻又變回透明。但這次可大不一樣：車庫裡數盞聚光燈及可依心情改變模式的光線讓他那台十二歲的捷豹如同博物館裡的展示品一般。埃莉諾暗自慶幸昨天她的司機艾默剛幫車子打過蠟。

「想像一下，要是有輛金屬鉻色嶄新的藍寶堅尼 Aventador 停在那裡……」卡爾頓邊說邊向他媽媽投以期盼的目光。

邵燕斥責道：「你休想再開跑車了！」

「走著瞧吧……」卡爾頓咕噥了一聲，還給埃莉諾一個賊兮兮的表情。埃莉諾回以微笑，心想這孩子也轉變得太徹底了吧。她還記得卡爾頓剛到新加坡的前幾個禮拜，整個人都處於緊張兮兮的狀態，也幾乎無法跟埃利諾有任何眼神交流或談話。如今這個坐在輪椅上的年輕人已經能和客人正常談話，甚至開玩笑了。搞不好醫生給他開了樂復得[23]或是其他類似的藥物。

寒暄完之後，邵燕帶領埃莉諾來到另一間較正式的起居室，直達天花板的全景落地窗、自帶背光的瑪瑙石背景牆，整個空間極富現代感。兩人坐下後，一名中國女傭端來了擺有丹麥之花（Flora Danica）茶具組的托盤。埃利諾暗地覺得這跟整個空間的裝飾完全搭不起來。

「來，喝杯茶吧。過年前夕妳應該跟妳老公在一起的，結果卻好心在這裡陪我們，真是不好意思。」邵燕親切地說。

「沒關係，菲利普昨天才剛回來。我們家都從初一開始過節。倒是你老公，高良現在在新加坡嗎？」

「妳剛好跟他擦身而過了。他得回北京，這幾天有太多公務要處理了。」

「真是太辛苦了。好吧，那妳可得記得幫他留點——喏，這是給你們的。」埃莉諾說著，把

23 治療憂鬱症、強迫症等精神疾病的特效藥。

一個裝得滿滿的OG[24]大購物袋遞給邵燕。

「妳太客氣啦！」邵燕接過袋子，從裡面掏出各式各樣的盒子，「這些是什麼？看起來好好吃。」

「只是些傳統的新年糕點而已，都是我婆婆家的廚師自己做的。這是鳳梨酥、雞蛋捲、杏仁餅，還有各種口味的娘惹糕。」

「真是太謝謝妳了！等一下，我也準備了禮物要給妳！」說完，她急忙向隔壁房間跑去。

卡爾頓看著五顏六色的糕點說道：「妳人真是太好了楊太太，我們應該先嚐哪個才對？」

「我會先吃沒那麼甜的，像是這個番婆餅就不錯，接著再來塊甜美的鳳梨酥。」埃莉諾建議，兩眼暗自打量卡爾頓的臉，只見他左臉上的傷口已經癒合得差不多了，只剩下一條淡淡的疤痕。這道淡疤搭上端正的顴骨，反而替他添加了一分雅痞的魅力。不得不說這小夥子確實很帥，但即便做了那麼多次重建整形手術，看起來仍與那個瑞秋．朱無比相像，搞得埃莉諾不敢多看。幸好他和尼克一樣，操著一口純正優雅的英腔，而不是瑞秋．朱那可笑的美國腔。

卡爾頓忽然湊到埃莉諾耳邊：「我告訴妳一個祕密，您可千萬別和我媽說。」

「當然。」

卡爾頓鬼鬼祟祟地瞥了眼隔壁，確定他媽媽還沒回來。接著，他竟緩緩地從輪椅上站了起

---

24 Oriental Garments（東方服飾）的簡稱，這是一家成立於一九六二年的新加坡本土連鎖商場。主營物美價廉的服裝、首飾、傢俱百貨等，是新加坡「舊貴族」女士的首選購物去處。她們聲稱自己非Hanro（某內衣品牌）不穿，實則裡面穿的是打折的黛安芬。

來，晃悠悠地走了兩步。

「你可以走了！」埃莉諾驚詫不已。

「噓！您小聲點！」卡爾頓趕忙坐回輪椅上，「在完全恢復正常之前，我不想讓我媽知道。PT[25]說我這個月就能獨力行走了；夏天之前，就可以健步如飛了。」

「真是太恭喜你了！這真是好消息！」埃莉諾表示。

這時，邵燕回來了，她好奇地問道：「你們在聊些什麼這麼開心？卡爾頓跟妳說他馬子要來家裡玩嗎？」

「哦？」埃莉諾瞬間被激起了好奇心。

「媽，她不是我女朋友。」卡爾頓說。

邵燕馬上改口：「好吧，卡爾頓的朋友下周要來探望他。」

卡爾頓發出一聲尷尬的哀號。

「**哎呀**，像卡爾頓這麼帥又這麼聰明，怎麼會沒有朋友呢？我這兒還有一群美少女等著我幫她們介紹呢！」

卡爾頓臉頰泛紅，他轉開話題：「楊太太，您覺得這間公寓的視野怎麼樣？」

「棒極了！從這裡還能看見我家呢。」

「真的假的？哪一棟？快指給我看看！」邵燕興趣來了，跟著埃莉諾來到窗邊。鮑家三口

25 Personal Trainer（私人教練）的簡稱。

來新加坡也三個月了，埃莉諾卻從未邀請他們到家裡作客，邵燕不得不好奇。

「在那座小山丘上，有看到一座看起來像是建在那棟老房子上的高塔嗎？」

「哇，看見了看見了！」邵燕很興奮。

「您家住在哪一樓啊？」卡爾頓問道。

「是頂樓的公寓。」

「哇！我們本來也想買頂樓的，可惜那裡已經有人住了。」卡爾頓順便吹噓一番。

「我看這裡已經夠寬敞了呀！你們不是把整層都租下來了嗎？」

「是呀。這裡三千五百平方英呎，總共四間房。」

「媽呀……房租肯定超貴吧？」

卡爾頓露出一個滿意的笑容說：「噢，我們決定買下這裡了。」

「噢！」埃莉諾表現出羨慕的樣子。

「對的，且我們住進來後真的很喜歡，所以打算把樓上樓下也都買下來……」

邵燕急忙打岔：「沒有沒有，我們只是在想而已。」

「媽，妳這話是什麼意思？」卡爾頓莫名其妙道，「前天不是簽好合約了嗎？現在可不能反悔了！」

邵燕無法辯駁，只能勉強擠出一個笑容。顯然卡爾頓透露太多讓她覺得不太好意思。埃莉諾試圖緩和氣氛，便笑道：「邵燕，我覺得你們這個決定真是太棒了。這區的房價漲不停，新加坡的房地產已經要比倫敦、香港、紐約還要搶手了。」

卡爾頓得意地說：「我也是這樣跟我媽說的。」

邵燕沒有說話，默默地幫好友倒了杯茶。

埃莉諾笑盈盈地接過茶杯，腦子裡的計算機卻開始飛速運轉起來。這樣的鑽石地段，一間公寓少說也要一千五百萬美元——加上空中車庫應該更貴——然後他們買了三間……埃莉諾相信鮑家有本事聘請艾迪．鄭做私人理財顧問，那麼肯定很有錢；但如今看來，她顯然嚴重低估了他們有錢的程度。

還是黛西慧眼識富豪。當日在倫敦，她們幾個與鮑邵燕偶遇後，黛西便篤定：「我敢說，這鮑家肯定比上帝還有錢。妳們絕對不知道這些中國人到底富有到多誇張，昨天彼得和安娜貝爾．李還是中國少數的億萬富翁，現在，有錢人們已經多到數不清了！我兒子說，五年之內，中國的億萬富豪人數一定會超越美國。」

除此之外，洛蕾娜也派了自己最為信任的私家偵探王先生前往中國，專門對鮑氏家族展開詳細的調查。埃莉諾已經迫不及待地想知道調查結果了。

眾人品嚐幾口糕點，邵燕把方才拿來的紅金購物袋遞給埃莉諾，笑道：「新年快樂！只是點小小心意。」

「哎呀，不用啦！這是什麼？」埃利諾說。她從袋裡拿出一個可以立即辨識品牌的橘色搭配棕色的精品盒，打開一看，果然是愛馬仕柏金包。

「怎麼樣，喜歡嗎？我知道妳偏愛素淨的顏色，所以特地挑了這款白色喜馬拉雅鱷魚皮（Himalayan Nile Crocodile）的。」

埃莉諾當然知道這款包，愛馬仕完美仿造了喜馬拉雅貓的毛色，由巧克力棕黑、米白、雪白三種色調組成，一個至少要十萬美元。「**阿啦嘛！**這禮物太貴重了，我不能收！」

邵燕誠懇地說：「小小心意而已，千萬別客氣。」

「好意我心領了，但我真的不能收。我知道這一個要多少錢，妳應該留著自己用的！」

「不，太遲了，來不及了……」邵燕解開手提包的扣環，掀開前蓋，只見內裡的鱷魚皮上凸起兩個字母——E.Y.——沒錯，正是埃莉諾姓名的縮寫。

埃莉諾無可奈何，歎息道：「真是太貴重了……這樣吧，多少錢？我付給妳。」

「妳這是不給我面子呀！」邵燕急了，「一個手提包而已，遠不足以報答妳這幾個月來提供給我們的幫助！」

*妳不知道我真正的目的。*埃莉諾轉向卡爾頓：「快幫我勸勸你媽！」

「楊太太，您就收下吧。這真的沒什麼。」卡爾頓說。

「沒什麼?!我怎麼能平白無故地收下這麼貴重的東西？」

卡爾頓笑道：「來吧，我帶您去看個東西。」說完，他駕著輪椅離開客廳，埃莉諾只得跟上去。兩人來到走廊盡頭，卡爾頓推開一扇客房的門並打開電燈。

眼前的房間還未布置，卻已幾乎沒有地方站立了：地板上擺滿了愛馬仕包與包裝盒。柏金包與凱莉包顯眼地展示在包裝盒上，各種顏色、皮質的琳琅滿目，應有盡有，簡直就是愛馬仕展覽廳！不僅是地面，四面牆的壁櫃裡也陳列著一排排的手提包，還有微微的展示燈光打亮它們。這房裡至少有上百個包包，埃莉諾腦子裡的計算機又要瘋狂運轉了。

卡爾頓在一旁解釋道：「這裡是我媽的禮品室。不僅是您，還有卡姆登醫療中心的醫生、護士、復健師……但凡是有幫助過我的人，人手一個愛馬仕。」

埃莉諾盯著眼花繚亂的包包，啞口無言，只聽卡爾頓繼續笑道：「如您所見，這是我媽的老毛病了。」

邵燕接著又讓埃莉諾挑了幾種其他款式——沒錯，全都客製化印上了「E.Y.」。埃莉諾心疼得在心裡直跺腳。想想看訂做這些包的錢，可以買多少寶來（Noble）和凱德集團（CapitaLand）的股票啊！但表面上她還是得裝出歡喜雀躍的樣子。

埃莉諾再三為禮物致謝，準備打道回府。三人來到玄關處，卡爾頓說：「楊太太，這次您直接搭那邊的電梯下樓吧，我把您的車子送下去，妳到樓下大廳時就能看到它了。」

「太謝謝你了，卡爾頓。再搭一次剛剛那個電梯我可能會恐慌症發作。」

母子二人把埃莉諾送到電梯口。電梯門關閉後，沒有即刻下降，還在原地停留了幾秒。埃莉諾可以清晰地聽見門的另一邊，卡爾頓發出一聲慘叫：「哎喲，很痛欸！我又做錯什麼了?!」

「**你這個白癡！**」邵燕用中文憤怒地大吼，「你跟埃莉諾．楊講那麼多幹嘛？記不住教訓是不是?!」

可惜電梯開始急速下降，瞬間就什麼都聽不見了。

新加坡，里德路

From：艾絲翠．梁－張 <astridleongteo@gmail.com>
Date：2013.2.9 10:42 PM
To：查理．胡 <chales.wu@wumicrosystems.com>
Subject：HNY[26]！

嘿！

新年快樂呀！我今晚去公婆家吃魚生[27]了，現在剛到家。我突然想起那年去你家吃魚生，其中一樣配料是二十四克拉的金葉子。我還記得我把這件事告訴我媽，想說可以嚇嚇她，結果她說：「這些胡家人，已經沒有其他花錢的方式了，只好直接吃進肚子裡！」

有段時間沒寄信給你，因為這幾個月實在是太忙了。我現在感覺像在上班，這段時間我都在美術館幫忙推動它的策略併購。（請務必替我保密，美術館方面想給我一個理事的頭銜或是以我的名字替其中一棟分館命名，但都被我婉拒了。我可不想要名字被刻在牆上，這感覺太病態

26 Happy New Year（新年快樂）的縮寫。

27 「撈魚生」是南洋一帶的民間風俗，傳統年俗之一，尤其流行於新加坡、馬來西亞等地。撈魚生時，往往多人圍坐在桌前，把魚肉、配料與醬料倒在大盤裡，大家站起身，揮動筷子，將魚料撈動，口中還要不斷喊「撈啊！撈啊！發啊！發啊！」而且要越撈越高，以示步步高升之意。

了。）

對了，說到併購，麥可去年剛收購了兩家美國本土的新興技術公司，給了我藉口到加州玩幾天，還順便探望了我哥哥。亞歷山大和莎麗瑪現在定居在布倫特伍德，他們有三個寶貝孩子，一家過得幸福美滿。今年，我媽終於願意跟我一起到洛杉磯去探望她的孫子了（可惜我爸仍不願認莎麗瑪這個兒媳，更別說她的三個孩子了），不出所料，她把幾個孩子寵上了天。沒辦法，那三個小傢伙就是這麼惹人愛。

再看看我家的卡西恩，完全就是個小霸王。好不容易熬過了可怕的兩歲，我滿心以為能鬆口氣了，但怎麼沒人告訴我五歲時期更恐怖？你該慶幸你家裡的幾個都是小公主……我們正考慮延遲一年送卡西恩去讀ACS的小學。（當然麥可不想讓他上ACS的小學，他更中意另一家國際學校，你覺得呢？）

對了，去年十月我們終於搬到了里德路的新家，終於！麥可現在能用他自己的錢買新房子，不需說服太久就能讓他願意搬離原本那間舊公寓。如今的新家，是凱莉．希爾（Kerry Hill）在九〇年代操刀設計的熱帶風情獨棟平房，外搭三個庭院和一個游泳池。我們請了彼得．祖索爾（**Peter Zumthor**）的一位當地弟子來做裝潢，又請了一位義大利籍的建築設計師，讓房子的整體氣息多了些許薩丁尼亞風，少了幾分峇里島風情。（我至今仍對多年前的卡拉迪沃爾普之旅記憶猶新！）

雖然已經請了專業的設計團隊，但搬家跟裝修簡直像一份全職工作。你猜怎麼樣？因為麥可迷上了收集古董字畫，還有老式保時捷，這些東西已經占了九千平方英尺了！我們一樓的客廳根本完全變成古董車的展廳了！兩年前的麥可甚至連套新西裝都捨不得買呢！

說說你的近況吧。我上周看到你登上《連線》的封面了，真為你驕傲！女孩們最近還好嗎？伊莎貝爾呢？看你上封郵件的語氣，你們現在應該處得相當不錯吧？是不是讓我說中了——一場把Wi-Fi和手機拋到一邊的馬爾地夫之旅，能讓任何婚姻都重現生機！

你今年若有計劃來新加坡，務必要告訴我。我要帶你參觀參觀我們家的「古董車經銷商」。

Xo,

A

From：查理．胡 <chales.wu@wumicrosystems.com>

Date：2013.2.10 1:29 AM

To：艾絲翠．梁－張 <astridleongteo@gmail.com>

Subject：Re: HNY!

嗨！艾絲翠，

美術館的工作非常適合妳，我一直覺得妳有這方面的天賦。還有恭喜妳終於搬新家，有足夠的空間了！不過，我最近也不像妳說的那麼幸運。

首先，四歲的達芙妮，現在活脫脫成了個暴露狂。那天她脫光了全身的衣服，在連卡佛

（Lane Crawford）裡東奔西跑了整整十分鐘，才被保姆抓住。我猜店裡的顧客都一心在除夕大特價，沒人發現身邊有個裸體的小女孩。再說說她那個正在經歷假扮小男孩階段的姐姐克蘿伊吧，她不知從哪翻出我那套《北國風雲》（*Northern Exposure*）的DVD，竟迷上了這部劇（可我不覺得她能看懂）。現在她成天叫喊著今後要成為叢林飛行員或警長，伊莎貝爾對此不太高興。不過至少這陣子她和我在一起時比以前開心多了。

最後，祝妳和妳的家人蛇年快樂！

祝好，

查理

＊此封郵件與其任何附件檔，可能包含有「Wu Microsystems」及其附屬機構的機密資訊，若非指定收件人，請勿瀏覽、複製、傳播或利用。若這封郵件錯誤發送至您的信箱中，請即刻通知寄件者，並予以刪除。

From：艾絲翠・梁－張 <astridleongteo@gmail.com>

Date：2013.2.10 10:42 PM

To：查理・胡 <chales.wu@wumicrosystems.com>

Subject：Re: Re: HNY!

我的天，《北國風雲》！你讓我想起了我們在倫敦的日子，當時我們多沉迷這部劇呀！約翰．柯貝特就是我的偶像，不知道他最近在做些什麼？

還記得你當年看了這部劇，是如何突發奇想的嗎？你說你想在奧克尼島或加拿大北部的偏僻公路上買下一家廉價餐廳，然後高價聘請巴黎的首席大廚。說我們要提供最精美、最高檔食物，但完全保留原本公路餐廳的樣子，價格不變，且照樣用簡陋的塑膠盤子盛裝食物。

你還說我可以做一個只穿安．迪穆拉米斯特（Ann Demeulemeester）的服務員，而你是酒保，餐廳的酒架上只有純正的蘇格蘭單一麥芽威士忌和各種稀有名貴的紅酒，但要把標籤全部撕掉，不讓人知道這是什麼酒。人們誤打誤撞走進我們的餐廳，就能享受世間的頂級佳餚……我現在也覺得這是個好主意！

你不用太過擔心女孩們。在我看來，裸體主義也算是一種天真爛漫（但你最好還是把她送去瑞典過夏天）；至於假扮成男生，我表妹蘇菲小時候也那樣（這麼說來，她都三十幾歲了，可我還從未見過她化妝或穿裙子呢）。

xo,

A

PS：你真是越來越惜字如金了。你看看自己前幾封郵件的篇幅，跟我的比起來少太多了。要不是知道你忙得不可開交，要造福全世界，我會覺得自己不受重視呢！

From：查理・胡 <chales.wu@wumicrosystems.com>
Date：2013.2.10 9:04 AM
To：艾絲翠・梁－張 <astridleongteo@gmail.com>
Subject：Re: Re: Re: HNY!

約翰・柯貝特在二〇〇二年的時候和博・德瑞克結婚了，我想他現在應該好得很。

祝好

C

PS：我可沒本事「造福全世界」，這是你老公正在做的事。我這陣子正忙著搜羅願意常住巴塔哥尼亞的大廚——他每月只需招待六名客人即可。

＊此封郵件與其任何附件檔，可能包含有「Wu Microsystems」及其附屬機構的機密資訊，若非指定收件人，請勿瀏覽、複製、傳播或利用。若這封郵件錯誤發送至您的信箱中，請即刻通知寄件者，並予以刪除。

新加坡，泰瑟爾莊園

◆大年初一早上

三輛掛著純銀車牌的賓士S class轎車整齊劃一地擁堵在早晨的車陣之中，準備前往泰瑟爾莊園。它們的車牌號分別是TAN01、TAN02、TAN03，唯恐天下不知地把家族的姓氏擺在了車頭上。莉蓮・梅－陳，這個家族的女家長，此刻正坐在最前面的轎車裡，望著窗外烏節路上鋪天蓋地的紅色、金色新年裝飾。這些裝飾一年比一年多，卻越來越沒品味。

「哎呀！那究竟是什麼啊？」十層樓高的LED螢幕上重複播放著像是癲癇發作的賀年動畫，莉蓮忍不住問。

坐在副駕駛座的艾瑞克・陳笑道：「奶奶，那是一條紅色的蛇，它正在，喏——正在鑽一條金色的隧道？」

艾瑞克的新婚妻子艾芙用她的女高音說：「這蛇長得真怪。」

莉蓮本想說這個橢圓身子扁腦袋的形象似曾相識，讓她不由得想起了她已故丈夫——願上帝保佑他的靈魂——帶她去阿姆斯特丹觀看的那場世間最古怪的表演。「我們應該要走克萊蒙梭大道的，結果現在倒好，全堵在這兒了！」莉蓮焦躁地說。

莉蓮的女兒葛拉汀勸道：「哎呀！走哪條路都會塞啦。」

每逢大年初一，所有新加坡人就會開始各種新年特有的儀式，整個國家上上下下的人都奔走拜訪於親戚朋友之間，互換祝福與紅包[28]，並趁這個時候大吃特吃。這種現象在大年初一、初二這兩天最為勢不可擋，且這裡頭也有許多嚴格的規矩。

通常，拜訪的先後順序要以輩分、地位（說白了就是看誰有錢）為準。謀生在外的成人必須要回家探望父母；輩分低的必須依照歲數大小拜訪輩分高的兄長姊，例如說，隔二代旁系親族，要主動拜訪隔一代旁系親族[29]。如上所述，大年初一拜訪父系親族，大年初二拜訪母系親族。若是出生在豪門望族，那可得做好萬全的準備：Excel 表格與紅包記錄 APP 是絕對少不得的，最好再備些俄羅斯伏特加，來緩解隨之而來的偏頭痛。

陳氏家族很自豪每年大年初一都第一個抵達泰瑟爾莊園。陳家的開創者是十九世紀的橡膠大亨陳華為，其為楊家的隔三代遠親，嚴格來說他們不該第一個到訪的。但自二十世紀六〇年代以來，陳氏家族便建立了在大年初一的早上十點準時現身的傳統（莉蓮的丈夫不願意錯過與家族的 VVIP 們接觸的機會，他們可是一早就到了的）。

---

28 紅包的分量沒定數，取決於贈予者的腰包。若硬要標準，只能說有錢人家的紅包通常是一百美元起跳。春節這一週過後，大多數孩子的口袋裡都會多出數千美元的資產。對部分孩子而言，整年的零用錢全仰仗著春節的紅包。泰瑟爾莊園的紅包習俗與外界略有不同，他們的紅包袋是粉色的牛皮紙，裡面的分量通常也只是「象徵性的」。於是乎，大年初一這天，泰瑟爾莊園裡總能聽見孩子的哀號：「靠天啊！就兩美元?!」。

29 若是你父母離異再婚，或是祖父處處留情娶了幾房姨太太，那可得恭喜你了。

終於，浩蕩的陳家車隊緩緩抵達泰瑟爾大道，接著駛入一條私人的寬敞車道上。葛拉汀臨陣磨槍，抓緊時間幫艾芙上了認識新親戚的最後一堂課：「艾芙，記得要用閩南語和素儀奶奶打招呼，就像我教妳的那樣。記住，在她跟妳說話之前，絕不要主動開口。」

「嗯，我記得！」艾芙點頭，看著道路兩旁如羅馬柱般筆挺的棕櫚樹，一路延伸到自己這輩子見過最大最奢華的豪宅，她感到緊張不已。

艾瑞克促狹道：「還有，千萬不要和素儀奶奶身邊的兩個泰國女侍有眼神接觸，她們的眼神可是能吃人的。」

「吃人……」

「唉呀，別嚇唬她啦。」莉蓮責備道。眾人下了車子，各自為進入豪宅做最後的準備。葛拉汀再三叮囑母親：「媽，我最後再提醒妳一句——千萬、千萬別再提到尼基了！還記得去年，妳一句『尼基在哪兒』，差點害素儀奶奶中風。」

莉蓮低下身子，對著車子的後照鏡整理自己垂落到脖子的幾綹髮絲，說道：「你們怎麼知道尼基今年不會回來？」

葛拉汀看了看眾人的神色，才繼續道：「**唉啊**！妳還不知道最新消息！尼基下個月就要和那個女生結婚了！是莫妮卡．李告訴我的，聽說是泰迪．林透露給他外甥派克．楊的。更荒唐的是——妳相信嗎——他們的婚禮打算在加州的沙灘上舉行，而不是回來新加坡辦一場盛大隆重的典禮。」

「哎呀，這像什麼話！可憐的素儀，還有可憐的埃莉諾，虧她還拚命要把尼基塑造成奶奶最喜歡的孫子，真是白費心思了。」

「媽，妳可記住了，唔該去死[30]。別說些有的沒的。」

「放心，我一句話都不會對素儀說的。」莉蓮保證道。

泰瑟爾莊園就在眼前了，莉蓮覺得煩躁的神經逐漸舒緩了下來。若把新加坡比作被俗氣年味茶毒的孤島，那麼泰瑟爾莊園簡直就是孤島上的綠洲。

邁進前門的一剎那，莉蓮頓時感到神清氣爽。這間遵循傳統的房屋，以自己特有的方式轉變為過節的樣式，且別有一番風味。前廳石桌上原來用以迎客的蝴蝶蘭，如今換成了端莊雍容的牡丹。二樓的休息室中，一幅六公尺長的巨型字畫橫掛在青白相間的牆壁上，其上是中國詩人徐志摩的新年賀辭，聽說是徐志摩本人親手贈予素儀亡夫——詹姆斯．楊爵士的。露臺落地窗的薄紗窗簾此時也已換成了淺玫瑰色的波紋綢材質。

在這沐浴著春光的休息室中，新年的奉茶禮開始了。一家之主尚素儀身著青綠色高領軟綢禮服，佩戴宴會用的珍珠項鍊，一席盛裝地坐在落地窗旁的籐椅上；兩位泰國侍女侍奉在側。素儀的三個兒女都已逾中年，此刻卻如上交作業的孩子一般，在她面前戰戰兢兢地排成一列。費莉希蒂和維多利亞看著她們的長兄菲利普畢恭畢敬地用雙手向母親敬茶，並祝福她身體健康、萬事如意。素儀輕啜了一口紅棗烏龍茶，便輪到長媳埃莉諾敬茶了。埃莉諾剛端起清代龍紋茶壺，就聽見樓下第一批客人到來的聲音。

---

30 粵語，意為「別添亂」或「別把事情搞砸了」。

「這幫姓陳的，來得真是一年比一年早呀！」費莉希蒂語氣不悅。

維多利亞無奈地搖了搖頭：「那個葛拉汀生怕趕不上我們家的早餐，她真是一年比一年胖了，我真是不敢想像她的三酸甘油酯指數。」

「聽說那個一事無成的艾瑞克．陳不久之前娶了個印尼老婆？我倒是想見識見識她的膚色有多深。」

「那女的是印尼籍中國人，她的母親是梁氏姐妹之一，論外貌，我們這裡的人全加起來也比不過她。還有一件事最好別提，卡珊德拉警告我說莉蓮姨媽剛從美國買了一頂新的假髮，她自己覺得這樣看起來比較年輕，但卡珊德拉覺得她根本就像 Puntianak[31]。」

費莉希蒂被逗樂了：「Puntianak ?! 我的老天爺！」

笑音剛落，莉蓮．梅－陳領著一群子孫晚輩，浩浩蕩蕩地擁進客廳。作為陳家之主的莉蓮端莊地來到素儀面前，微微鞠躬，拜了個標準的中國年：「新年快樂，恭喜發財！[32]」

「恭喜發財……請問您是？」素儀透過她那副標誌性的有色透光眼鏡，疑惑並直勾勾地注視著對方。

莉蓮面露窘迫，錯愕道：「素儀，是我呀——莉蓮．梅－陳！」

---

31 印尼民俗裡的女鬼，傳聞出沒在香蕉樹下，頭髮如老鼠窩一般骯髒蓬亂。在印尼與馬來西亞的民間傳說中，Puntianak 是「死於難產的幽靈」，它們喜歡用藏汙納垢的指甲剝開活人的肚皮，吃裡面的內臟。

32 「恭喜發財」是標準且最通用的拜年語了，皮一點的孩子會說「Happy New Year-I Pull Your Ear！」，抑或「恭喜發財，紅包拿來」。

素儀愣了片刻，才不動神色道：「噢！是莉蓮啊。抱歉，妳換了新髮型，一時間沒認出來。我還以為妳是《朝代》裡面的英國女巫呢！」

莉蓮不知該高興還是生氣，但在場的其他人都被素儀的玩笑給逗樂了，忍不住笑了出來。

不久後，楊家、錢家、尚家也相繼抵達了。客廳瞬間被「恭喜發財」的祝福聲吞沒，孩子的口袋眨眼間便塞滿了紅包，眾人互相恭維衣著打扮，互相評價高矮胖瘦，互相炫耀房產買賣，互相展示度假和兒孫的照片……當然，這絲毫不妨礙他們往嘴裡一塊又一塊地塞著鳳梨酥。

當眾賓客分散至寬敞的樓梯間或二樓待客室裡各自攀談，莉蓮・梅－陳這才捉住機會向埃莉諾搭訕：「在費莉希蒂和維多利亞面前我不敢說，因為她們老是忌妒妳，但不得不說妳這身紫色裹式禮服真是今天的大贏家。妳絕對是屋裡最優雅的女人！」

埃莉諾謙虛地笑著：「您過獎了，您才真是光彩照人呢！您身上這件是可拆式禮服嗎？」

「嗯。我上次去舊金山探望妹妹時，發現這位不得了的新銳設計師，是叫什麼名字來著？埃迪・費雪……不不，是愛琳・費雪！對了，這陣子美國西海岸可正值寒流來襲，妳這趟旅行可得多帶幾件厚衣服。」

「旅行？」埃莉諾皺眉。

「哎——妳不是要去加州嗎？」

「沒有啊。」

「我還以為妳和菲利普要去參加……」莉蓮話還未說完，突然噤了聲。

「參加什麼？」埃莉諾莫名其妙。

「哎喲！瞧我這記性，我記錯人了！」莉蓮的語氣又快又急，根本不等埃莉諾回應，「Geik toh sei[33]！真的是老了。啊，艾絲翠和麥可也到了！艾絲翠真美，小卡西恩戴那小領結真是太可愛了，我一定要去捏捏他的小臉蛋！」

埃莉諾冷眼看著莉蓮拙劣的演技，同時大腦飛速地運轉。加州肯定有大事要發生，埃利諾想著所有的可能，為什麼她得和菲利普一起去該死的加州？肯定與尼基有關……莫非他要結婚了？沒錯，肯定是這樣。而知道真相的人非艾絲翠莫屬，她此刻正站在樓梯邊聽莉蓮瘋狂稱讚她的服裝。從這個位置看過去，艾絲翠身穿一件素淨的白洋裝，只有袖口和裙角有藍色的花紋。待埃莉諾走近一看，才發現這藍色花紋是精美絕倫的刺繡工藝，上面的圖樣模仿的是代夫特瓷器的花紋。

莉蓮甜言蜜語道：「哎呀！艾絲翠，我每年來這裡就是為了欣賞妳精美的衣服。妳從來不會讓我失望。今天這身是哪家的？Balmain？香奈兒？迪奧？」

「噢，這只是普通的衣服，只不過請我朋友高橋[34]隨意加了幾針刺繡罷了。」艾絲翠謙虛地回答。

「嘖嘖，這幾針怕是千金難買吧！你就是麥可？短短幾年就混到金融大亨了，我兒子說你

33 粵語，意為「氣死人」。
34 高橋盾，奇異服飾品牌Undercover的領軍人物，艾絲翠這身衣裙的設計靈感源自於他尚未公開的二〇一四春秋收藏。

簡直就是新加坡的史蒂芬・蓋茲！」

「哈哈！沒有啦阿姨。」麥可回應，起碼的禮節讓他沒有反駁長輩的說法。

「是真的。我這陣子每次翻開《財經時報》（*Business Times*），都能看見你的英姿。有什麼致富祕訣可以傳授嗎？」埃莉諾也加入了他們。

「埃兒姨媽，我從在 G.K. Goh 工作的朋友那裡聽說了不少關於您的事。您才應該傳授一些股票祕訣呢！」麥可笑著說，顯然很享受妻子的親戚近來對自己的恭維。

「哎喲，我怎麼能和你比？不說了，我得『借』你老婆幾分鐘，你應該不會介意吧？」埃莉諾說完，便拉著艾絲翠來到待客室的三角鋼琴邊。年輕的鋼琴師正全神貫注地彈奏著蕭邦組曲，顯然是剛從萊佛士音樂學院（Singapore Raffles Music College）畢業不久，這小小的陣仗便讓他緊張到汗流浹背。

艾絲翠單從埃莉諾緊攥自己的力道上，便察覺出她真的有事。她的聲音蓋過音樂：「艾絲翠，妳跟我說實話，尼基是不是要在加州結婚？」

艾絲翠知道瞞不住了，深吸一口氣，坦白道：「是的。」

「什麼時候？」

「埃兒姨媽，我不想騙妳，但我已經答應尼基不會透露任何細節，您得自己去問他。」

「妳又不是不知道，他已經兩年沒接我電話了！」

「唔，這是你們之間的私事，就別把我牽扯進來了吧。」

埃莉諾怒了：「不論妳想不想要，都脫不了關係！因為你們兩個都瞞著我！」

艾絲翠暗自歎息，她不喜歡這種無意義的爭吵，便說道：「設身處地想一想，您知道我為什麼不能告訴您。」

「我是尼基的母親，我有權知道兒子的婚期！」

「但您沒有權利毀了這場婚禮。」

「我沒打算毀掉他的婚禮！妳**必須**告訴我！**我是他的媽媽！該死的！**」埃莉諾控制不住情緒，渾然忘了當下是什麼場合。鋼琴師被嚇到停止演奏，在場的數十雙眼睛紛紛看向這邊。

艾絲翠可以清晰地感覺到外祖母眼神中的不悅，但她仍決定守口如瓶。

埃莉諾怒目圓瞪看著她：「不可理喻！」

艾絲翠顫聲回答說：「不，真正不可理喻的，是您還以為尼基會希望您參加婚禮。」艾絲翠聲音顫抖著說完這句話，就轉身離開了。

春節前的三個星期裡，楊家、尚家和錢家的主廚都會齊聚於泰瑟爾莊園的豪華後廚中，「馬拉松式」著手生產各種佳餚。尚家在英國宅邸的御用糕點師馬庫斯．沈會專程飛過來，在他操刀下，各色精緻味美的娘惹糕點先後出爐，有五彩斑斕的彩虹千層糕（娘惹糕），有精心雕琢的茶粿，當然更少不了他最招牌的杏仁番婆餅。錢家的資深主廚阿連則率領他的團隊主攻鳳梨酥、甜掉牙的年糕，以及香糯可口的菜桃貴[35]。最後，所有宴會餐飲的相關事宜均由泰瑟爾莊園自家主

35 閩南語，蘿蔔糕的意思。

廚阿清親自把關，她的招牌菜巨無霸烤火腿（要抹上她特製的鳳梨白蘭地醬汁）也要一年一度地登臺亮相了。

然而，打從埃莉諾嫁入這個大家族以來，還從未像今日這般排斥春節宴席。她幾乎沒動那盤被葛拉汀．唐稱讚為「一年比一年鮮嫩多汁」的火腿；還有素日最愛的年糕，她更是味同嚼蠟。要知道，以泰瑟爾莊園特製的糯米粉所做的糕點可是她的心頭好——軟綿的糕點切成半月形，浸以蛋清，炸至金黃色，外脆裡酥，令人回味無窮。

埃莉諾今天完全沒有食欲。遵照嚴格的座位規定，她旁邊是施倍賢主教；她盯著對面的菲利普，他正一邊享用著鮮美的火腿，一邊與主教夫人聊天。

*這時候他怎麼還吃得下？*一個小時前，埃莉諾問菲力普有沒有聽說兒子要結婚的消息，讓埃莉諾震驚的是，菲力普回答她「當然知道」。

「**什麼?!**你早就知道了，怎麼都不跟我說?!」埃莉諾差點被氣暈。

「有什麼好說的？反正我們又不參加。」

「你這是什麼意思？**快把你知道的都告訴我！**」

「前陣子在雪梨時，尼基打電話給我，問我要不要參加他的婚禮。我問他有沒有邀請妳，他說沒有。所以我就跟他說：『祝你好運，小夥子，不過如果你媽媽不參加婚禮的話，我也不會參加的。』」

「婚禮是什麼時候？在哪裡舉行？」

「我不知道。」

「**阿啦嘛！**他都邀請你去參加婚禮了，你會不知道？」

菲力普無奈道：「我沒問。反正我們也不打算出席，問了又有什麼用？」

「你到底為什麼不告訴我尼基有打電話給你？」

「因為我知道，要是告訴妳，妳會不可理喻的。」

「你真是個白癡，徹頭徹尾的白癡！」埃莉諾抓狂道。

「妳看，我就知道妳會這樣。」

埃莉諾焦躁地攪動著眼前的麵條，假裝有在聽主教滔滔不絕的碎碎念——全是些牧師老婆斥資千萬來捧紅自己的八卦故事。在小孩子那一桌，保姆正費力地勸卡西恩吃東西，這位小少爺任性地大喊：「不要麵條，要冰淇淋！」

保姆只得耐著性子解釋：「今天是春節，大家都吃麵條，沒有冰淇淋……」

埃莉諾把這一幕看在眼裡，忽地心生一計。她招來身邊侍奉的女傭，悄聲問道：「能否幫我跟阿清說，就說今天的菜太燙了，我突然想來點冰淇淋降降溫。」

「冰淇淋嗎，夫人？」

「對，任何口味都行。不過不要端到這裡，我在書房等妳。」

十五分鐘後，埃莉諾坐在黑色的書桌邊，笑眯眯地看著眼前的小男孩捧著盛滿聖代的銀碗大快朵頤，剛才她給了些零錢（五百美元）打發走了他的保姆。

「卡西恩，以後你媽媽不在家的時候，你儘管讓呂蒂文和姨婆聯繫。姨婆會安排司機去接你，你想吃多少冰淇淋，就有多少冰淇淋！」埃利諾說。

「真的?!」卡西恩興奮地瞪大了眼睛。

「當然了，這是我們兩個人的小祕密。不過，你媽媽什麼時候不在家呢？她有沒有跟你說過，她馬上就要坐飛機去美國了？」

「嗯，三月。」

「你知道她要去哪裡嗎？庫比蒂諾、舊金山、洛杉磯，還是迪士尼樂園？」

卡西恩嘴裡塞滿了冰淇淋，悶聲悶氣地說道：「洛杉磯。」

埃莉諾鬆了一口氣，離三月還有足夠的時間。她輕拍男孩的頭，看到他那嶄新的 Bonpoint 襯衫上沾滿了黏呼呼的軟糖。這是艾絲翠應得的，誰叫她要瞞著我。

紐約，莫頓街

太平洋標準時間二〇一三年二月十日下午六點三十八分

以下簡訊記錄來自尼可拉斯・楊的私人手機（他父母沒有該手機的號碼）

艾絲翠：你媽知道婚禮的事情了。新年快樂。

尼克：WTF！她怎麼知道的？

艾絲翠：不知道是誰洩露的，我和她差點在阿嬤家裡吵起來。大過年的，太難看了。

尼克：真假?!

艾絲翠：是呀。我不願透露，她當場就抓狂了。

尼克：這麼說，她還不知道婚禮的時間和地點囉？

艾絲翠：別樂觀，我相信她遲早會查出來，你得想好對策。

尼克：嗯，我會做好保密措施的。看來有必要請前摩薩德[36]出場了。

36 以色列情報及特殊使命局的俗稱。

艾絲翠：那你得確保他們全部來自特拉維夫，最好是古銅色的肌肉男，對了，還得有性感的翹臀。

尼克：得了吧，我們要的是專業人士，改天我打電話給普丁，請他推薦幾個人選好了。

艾絲翠：很想你呢，我得走了，玲姐喊我們吃飯了。

尼克：代我向玲姐說聲「恭喜發財」，別忘了幫我留點菜桃貴。

艾絲翠：哈！我會把脆皮全部留給你的。

尼克：正合我意！

東部標準時間二〇一三年二月十日上午九點四十七分

尼可拉斯・楊在紐約收到的語音留言

尼基，你在聽嗎？新年快樂！你在紐約過春節嗎？希望你那邊也熱熱鬧鬧的，如果在中國城買不到魚生，至少自己煮一碗麵。我們今天整天都在阿嬷家過，叔叔阿姨、表兄、表妹們齊聚一堂。艾瑞克・陳把他那位印尼籍的新婚妻子也帶來了，她可真美，而且皮膚比我們還白，我嚴重懷疑她做了漂白手術！聽說他們在雅加達的婚禮，那個排場和柯林和亞拉敏塔的婚禮有得比。當然女方家承擔了婚禮的全部費用。今後艾瑞克再也不用擔心沒人幫他那虧本的電影買單了。尼基，聽到這則留言請立刻回電，我有事要跟你討論！

東部標準時間二〇一三年二月十一日上午八點零二分

尼可拉斯．楊在紐約收到的語音留言

尼基，你在嗎？阿啦嘛，這實在是太荒唐了。你不能這樣一直無視我。請回電話。我有很重要的事要跟你說。我向你保證這是你想知道的事。請儘快回電。

東部標準時間二〇一三年二月十二日上午十一點零二分

尼可拉斯．楊在紐約收到的語音留言

尼基，是你嗎？尼基？不是他，又轉到語音信箱了——是我，爸爸。你還是打個電話給媽媽吧，她有急事要跟你說。我希望你先別管自己的那些情緒和感受了，打個電話給她。現在過年呢，聽話，當個好兒子，打個電話回家吧。

瑞秋在尼克之前聽到這些語音留言。她與尼克一同從加州回家，剛放下行李，尼克便急忙到附近的 La Panineria 買三明治去了，而瑞秋則在家檢查他們離家這段時間的電話留言。

「我們晚了一步，燻香腸賣光了。我要了一份燻火腿和豐丁乾酪，外加芥末、乳酪、番茄，還有一份香蒜沙司帕尼尼，應該夠我們吃了。」尼克興沖沖地彙報了菜單，將熱乎乎的紙袋遞給未婚妻時，才發現氣氛有異，便問道：「嗯？發生什麼事了嗎？」

「你自己來聽聽吧……」瑞秋悶悶不樂地把話筒交給尼克，自己拎著紙袋到廚房去了。她發現自己的十指在微微顫抖，胸口排山倒海，雙手緊抓著三明治在原地發愣，不知是否該裝盤。瑞秋氣自己沒出息：時至今日，聽到埃利諾·楊的聲音，竟還是能使自己受到影響……這是什麼感覺？是焦慮，還是恐懼？她不確定。

片刻後，尼克來到未婚妻眼前，歎氣道：「妳知道嗎？我長這麼大，這還是第一次收到我爸的語音留言，往常都是我主動打電話給他的。看來，我媽這次是真把他逼緊了……」

「唉！我們早該想到，紙終究是包不住火的。」瑞秋強顏歡笑，想掩蓋此刻的焦慮。

尼克解釋道：「昨晚我們在舅舅家過除夕時，艾絲翠就發訊息提醒我了。當時大家提起你父親，氣氛已經夠凝重了，所以我就沒有提這件事。唉，早就料到麻煩事要來了。」

「你現在打算怎麼做？」

「我也不知道……」

「你打算繼續無視她？」

「當然了，我沒打算跟她玩她的遊戲！」

得到這樣的答案，瑞秋的心情緩和了不少。但隨之而來的卻是一陣糾結，這樣的處理方式真的好嗎？一開始忽略他媽媽已經不對了，難道真的要再錯下去嗎？「你確定你不打算至少跟伯父說幾句話？搞不好能在婚禮前消除隔閡。」

尼克想了一下後，說道：「妳知道我跟我爸沒有嫌隙，他一直都是支持我們的，上個月我跟他說結婚的消息時他很開心呢！」

「萬一她口中的『急事』，指的不是婚禮呢？」

「可能嗎？如果真有其他急事，他們大可在留言裡說清楚。即便他們不開口，艾絲翠也會在第一時間通知我。這是我媽的伎倆，目的就是要阻止我們結婚。我太瞭解她了，她就像隻瘋狗，咬住你的腿不放。」尼克越說越氣。

瑞秋回到客廳，身心俱疲地陷進沙發。這個自幼無父的單親女孩，雖然很討厭埃利諾．楊，卻不希望看到尼克與至親疏離。她知道這不是她的錯，卻也與她脫不了關係……她再三斟酌後說道：「事情發展成這樣，不是我想要的。我從沒想過會讓你面對這樣的情況。」

「這不是妳造成的，這是她自作自受，她只能怪自己。」

「我想像過無數次未來婚禮的場景，就是沒想過我丈夫的父母，以及大多數親人都不會出席……」

尼克坐到瑞秋身邊，安慰道：「關於這點我們不是已經討論過了嗎？一切都會很順利的。艾絲翠和阿歷斯泰都會來，他們是我最親近的表姐弟。這樣也好，我一向反感吵鬧聒噪的中式傳統婚禮，親戚們恨不得把他們家阿貓阿狗都帶來湊熱鬧。相較之下，我要的是這種親密的婚禮，只邀請最親近的親友，其他人都不需要。」

「你確定？」

「非常確定。」尼克說。接著嘴脣落在了瑞秋的後頸上。

瑞秋閉上眼輕歎，心裡希望這真是尼克想要的。

數周後，紐約大學楊教授的講座「戰火中的不列顛——失落王朝的誕生、解體與重鑄」正到精彩處，突然有兩名「異族」女子闖入教室。她們顯然有幾分亞馬遜血統，皮膚呈現出健康的古銅色，一頭金髮被襯得耀眼奪目。兩人穿著一致：上身是合身海軍藍羊毛衫，下身是幹練的白色亞麻休閒褲，頭上是白色的金絲滾邊海軍帽。這兩名不速之客渾然不顧眾人好奇的眼光，徑直向講臺上的楊教授走去。

「是楊先生嗎？有人想見您，能否請您跟我們來？」其中一位金髮女郎用濃濃的挪威腔恭敬地問道。

搞不清楚狀況之下，尼克回答：「我還有二十分鐘才下課，要麻煩兩位在門口稍候，下課後再詳談。」

「恐怕不行。楊先生。事出緊急，我們需要立刻帶您過去。」

「立刻？」

「是的，立刻！」另一位女郎開口道，她的南非口音裡比同伴又多了幾分強硬，「請跟我們走吧！」

尼克開始感到有點生氣，但忽然間他想到——這肯定是某種單身派對，頗像他最好的朋友柯林·邱的風格。尼克曾明確表示自己不想搞什麼單身派對，但顯然眼前這兩位高挑的金髮女郎，十之八九就是柯林「陰謀」的開端。

想到這裡，尼克玩味地笑道：「如果我拒絕跟妳們走呢？」

「這樣我們就逼不得已，得不惜採取極端手段了。」挪威女郎回答。

尼克努力憋笑，表情難免有些僵硬。只希望這兩位性感女郎別突然拎出一台音響，開始跳脫衣舞才好，否則，教室裡這群精力旺盛的小夥子肯定會鬧翻天，他苦心經營的威望從此也會蕩然無存，畢竟他外表看起來跟這群學生差不多年輕。

「給我幾分鐘我收拾一下。」尼克不敢冒險。

「感謝您的合作。」兩名女郎異口同聲道。

十分鐘後，尼克離開了教室，留下一群學生紛紛拿出手機開始拍照發文，把導師被迷人的海軍風金髮美女帶走這戲劇性的一幕分享到社交網路平臺上。

校門口，一輛裝了鍍膜車窗的銀色寶馬 SUV 正等候著三人。事已至此，尼克只能硬著頭皮上車。車子經過休士頓街區，駛向西邊的高速公路……仍絲毫沒有抵達終點的跡象。

終於，車子抵達五十二街區，緩緩停在了曼哈頓遊輪碼頭的出口港旁，造訪紐約的各國遊輪都會停泊在此處。八十八號船塢停著一艘至少五層樓高的超級遊艇，其名為「奧丁（Odin）」。柯林真的是時間太多、錢太多欸。尼克盯著這艘大船，陽光灑在它那深藍色的船體上，顯得格外耀眼。他登上舷梯，來到奢華的船上休息室。室內中央是高聳的中庭，中央有座高級感十足玻璃外牆的電梯，看起來像是從 Apple 偷來的。金髮女郎護送尼克進電梯，只往上爬了一層，門便打開了。

尼克揶揄兩位美女道：「才一層樓而已，其實可以爬樓梯啊。」他走出電梯，有點期待會看到好友柯林．邱、莫梅特．薩班哲，還有一眾表兄弟姐妹們聚集在電梯外，要給自己一個意外驚喜。但事實證明他想得太多了。電梯外似乎是遊艇的主甲板，除了他們三人以外空無一人。兩位女郎繼續在前面帶路，三人走過一條極致奢華的長廊，只見四周都是由時髦的金色懸鈴木鋪裝，吧座的坐墊是鯨魚皮製成，屋頂的採光明暗像極了光之藝術家詹姆斯．特瑞爾（James Turrell）的手筆。

尼克開始覺得這根本不像是要開單身派對。他正絞盡腦汁想找個脫身的點子，突然發現三人被一道滑門攔住了去路，門邊守衛著兩個身材魁梧的金髮水手，看來是瑞典人。確認過身分後，守衛拉開滑門，呈現在尼克眼前的，是一個露天甲板餐廳，而甲板最前端的沙發上，坐著一位女士。她身穿白色條紋西裝外套和白色騎馬褲，腳上是褐色 F.lli Fabbri 馬靴——毫無疑問，是賈桂琳．凌。

「嗨！尼基，你來得正好，舒芙蕾剛出爐。」賈桂琳打招呼道。

尼克來到這位家族的老朋友面前，不知是該怒還是該笑。他早該料到這齣典型的斯堪地那維亞式鬧劇，肯定是賈桂琳的鬼點子。這個瘋女人可是挪威億萬富豪維克托．諾曼的長期合夥人。

「是什麼口味的舒芙蕾？」尼克語氣冷冰冰的，不客氣地坐到這位公認的東方凱薩琳．丹尼芙的正對面。

「裡面應該加了紫甘藍和艾曼塔乳酪。這陣子紫甘藍的價格都炒上天了，真該給它的幕後推手頒個年度最佳行銷獎。怎麼樣——見到我，是不是有點驚訝？」

「事實上有點失望。我剛才還以為自己被犯罪組織綁架，要上演一齣詹姆斯．龐德的逃生戲碼呢。」

「你還喜歡阿蘭娜和梅特．瑪麗特嗎？我知道若是正常打電話邀你來共進午餐，你肯定不會出現。」

「我當然會來，前提是時間點要正確。妳打算在我因為中途離開教室被紐約大學開除後替我找新工作嗎？」

「別那麼掃興嘛！我為了找個位置停這大傢伙，可是傷透了腦筋。我還以為紐約是個世界級的都市呢，沒想到最大的船塢也不過只能容納一百八十英呎，這是要大家把遊艇停在岸上嗎？」

「妳這艘愛艇確實超標了，這是樂順（Lürssen）的遊艇吧？」

「不，是泛安科納（Fincantieri）的。維克托怕被狗仔盯上，不願在自家門口造船，只能在義大利的一個船廠偷偷動工。老規矩，這寶貝可是埃斯彭[37]操刀設計的。」

「賈桂琳阿姨，妳大費周章地把我請到這，不是來討論造船的吧？有什麼話就直說吧。」

尼克掰斷了一根溫熱的法棍麵包，往舒芙蕾上蘸了蘸。

「尼基，我說多少次了，別叫我『阿姨』，我可還在保鮮期內呢！」賈桂琳哀號道，不認命地摸了摸披散在肩膀上的黑亮秀髮。

尼克調侃道：「賈桂琳，妳不需要我來證明妳看起來一點都不像四十歲。」

37 此處是指埃斯彭．歐艾諾（Espen Oeino），國際上首屈一指的船舶工程師，保羅．艾倫、卡達國王、阿曼蘇丹的超級遊艇都是出自他手。

「是三十九。」

「行——三十九歲。」尼克笑道。他嘴上雖開著玩笑，但心裡不得不承認，即便此刻他對面這位坐在陽光中的女子只化了淡妝，但仍是他所認識的女人中最有魅力的一位。

「唉，尼基，看到你仍保留少年般的燦爛笑容，我就放心了。千萬別像我兒子泰迪那樣，整個人死氣沉沉的，還高傲地要命。當初就不該把他送到伊頓公學（Eton College）去。」

「我可不覺得這是伊頓的責任。」

「你說得對，泰迪繼承了我那亡夫的基因，他們林家那勢利眼的作風你是知道的。不提他了，倒是你——你可知道，春節期間整個新加坡都在談論你的事？」

「沒這麼誇張吧？我有十幾年沒住在新加坡了，哪有這麼高的知名度？」

「你知道我什麼意思。坦白說吧，我一直覺得你是個不錯的孩子，不希望你做錯事。」

「做錯什麼事？」

「和瑞秋．朱結婚。」

尼克有些生氣了，翻了個白眼，說：「我不想和妳討論這個話題，賈桂琳，這是在浪費妳的時間。」

賈桂琳沒理尼克，繼續說道：「你阿嬤上個星期邀我去家裡做客，我和她在露臺上喝茶閒聊。你的疏遠讓她很傷心，不過若你現在回頭她還是願意既往不咎的。」

「既往不咎？哎呀，她可真是大度呀！」

「看來你還是不願意從她的立場來考慮這個問題。」

「這不是願意不願意的問題。她們的態度就讓我捉摸不透。我不明白，身為祖母，她為什麼不能為孫子感到高興？她為什麼不相信我自己的選擇呢！」

「這與相信不相信無關。」

「那與什麼有關？」

「尊重，尼基。你阿嬤是這世上最在意你的人了，她一直以你的利益為重。她知道對你來說什麼才是最好的，她所需要的，只是你對她的願望的尊重。」

「我一直都很尊重她，但我沒法苟同她的勢利。我不能為了遵循她的意思，就捨棄心中所愛，和亞洲五大家族中的女性結婚。」

賈桂琳無奈地歎息道：「尼基，你根本不瞭解你的祖母，你的家族。」

「那妳就告訴我吧，別再玩神祕主義那套了。」

「聽著，我能說得不多，但還是要給你一個忠告：你若一意孤行，照原計劃在下個月舉行婚禮，你的祖母肯定會採取必要措施。」

尼克嗤笑道：「怎麼？打算把我逐出家門？我想她已經這麼做了。」

「我這樣說，或許會有些倚老賣老……尼基，你太年輕了，免不了會因為一時氣盛而誤入歧途。你捫心自問，自己真能承受被趕出泰瑟爾莊園的後果嗎？」

尼克不怒反笑：「哈哈哈！賈桂琳，妳這口氣，活像是特洛勒普[38]小說裡的角色。」

38 安東尼．特洛勒普，英國作家，代表作品有《巴徹斯特養老院》和《巴徹斯特大教堂》等。

「儘管笑吧。你在處理這件事情的時候，真的太過莽撞了。某種『權利意識』的種子在你心裡生了根，它們甚至影響到了你的判斷。你可曾想過，被切斷經濟來源意味著什麼？」

「我現在這樣過得很好。」

賈桂琳不屑地笑了：「就憑你祖父留下的那兩三千萬？那些不過是 teet toh lui[39] 罷了。憑這點錢，你甚至別想在新加坡找到個體面的住處。泰瑟爾莊園的億萬家產，你確定不要了？」

尼克信心滿滿地說：「妳多慮了。我父親是泰瑟爾莊園的第一繼承人，它遲早是我的。」

「你還不知道吧，菲力普早年放棄了泰瑟爾莊園的繼承權。」

「那些只是無聊的謠言而已。」

「很遺憾，這是事實。這個世界上恐怕只有三個人知道這件事——你祖母的法律顧問、你舅爺阿爾弗雷德，還有我。」

尼基毫不在意地搖了搖頭，顯然覺得很荒謬。

賈桂琳微歎道：「尼基，你以為自己什麼都知道。但你知道嗎？你父親宣稱要移民澳洲的那天，我就在場，和你的祖母在一起。你當然不知道了，當時你還在海外留學……你的祖母非常生氣，心都碎了。想想吧，她那個年紀的女人，又是一個寡婦，怎麼承受得了這樣的忤逆。我至今仍記得她那時對我的哭訴：『獨子都要拋棄我了，我還要這偌大的家產有什麼用？』從那以後，她就有意越過兒子，直接把繼承權交予孫子。也就是說，她把這輩子的期望，都寄託在你身

39 閩南語「玩桃錢」，意為零用錢、小錢。

上了。」

聽到這裡，尼克再也掩蓋不住自己的震驚。這些年來，他那堆親戚沒少在祖母的繼承意願上做文章，但他真的沒有料到還有這樣的隱情。

「當然，你近來的所作所為又改變了這一計畫。據我所知，你祖母正在考慮新的繼承人，要是泰瑟爾莊園到了你的表兄弟手上，你覺得如何？」

「若是艾絲翠，我會替她高興。」

「你知道你阿嬤的，她會希望由男孩子繼承。不會是梁家的人，他們已經富得流油了。你的那幫泰國親戚或許是有力候選人，再不然就是鄭家？呵呵，若艾迪．鄭入主泰瑟爾莊園，你會做何感想？」

見尼克臉上露出少有的危機之色。賈桂琳斟酌了片刻，謹慎地問道：「尼基，你對我的家族瞭解多少？」

「怎麼突然問起這個？我只知道妳的祖父是凌尹超。」

「是的，一九〇〇年代，我祖父凌尹超曾是東南亞首屈一指的首富，他那棟位於索菲亞山頂上的豪宅，論規模絲毫不亞於如今的泰瑟爾莊園。我和你一樣，是含著金湯匙出生、成長的；但如今，這份財富、這份榮耀，已經所剩無幾了。」

「等等……妳的意思是說，妳的家族已經徹底沒落了？」

「那倒不至於，只不過我祖父有太多該死的老婆、一堆小孩，財產都被分光了。對外，我們仍是福布斯排行榜的常客；但私底下，再大的家產也應付不了僧多粥少啊！再看看我，我是**女**

的，我祖父出生在觀念保守的福建廈門，在這些老古董的眼裡，女性後代遲早要嫁做人婦，是沒資格繼承家業的。祖父在臨終前，將名下財產盡數託付給民間的信託機構，並明文規定，只有凌姓男子才有權繼承財產。沒錯，我是不負眾望，嫁了戶好人家，但我丈夫死得早，只給我留下一雙嗷嗷待哺的兒女和不值一提的 teet toh lui。你能想像，身邊親朋富可敵國，自己卻囊中羞澀的自卑感嗎？尼基，你不應該步上我的後塵——擁有一切，再失去一切。這其中的落差不是一般人可以承受的。」

尼克環顧了一眼周遭的環境，不解道：「妳哪裡失去一切了？」

「對，我是保住了起碼的體面，但你知道我付出了多少辛酸嗎？」

「妳的故事確實很勵志，但很抱歉，我們之間的不同就是，我不像妳有這麼多需求。我不需要遊艇、不需要私人飛機、也不需要別墅豪宅。我這輩子大半時間都住在一間過大的房子裡，現在紐約的住處正好可以讓我放鬆。我非常滿意我目前的生活。」

「你完全曲解了我的意思，或許是我說得不夠清楚……」賈桂琳噘起雙唇，注視著精心修過的指甲，顯然在糾結要從何開口，「怎麼跟你解釋呢……我自打懂事起，就篤信地位之說，每個人所處的世界都是與生俱來的。我所有的認知，都有一個大前提——我是凌家人。然而，這一切卻從我出嫁那刻起就土崩瓦解了——凌家的人與事和我再不相干了。憑什麼？我的兄弟們，甚至是那些白癡的表兄弟，都能從信託那裡分得幾百萬，我卻一無所有。但是逐漸地，我開始意識到自己失去的不僅是錢財，還有身為凌家人的特權……話已至此，若你還是執意要結婚，我敢斷言，這前後的落差會令你窒息。到那時，你若還能像現在這般淡定自若，那才叫真本事。原本擺在面前的康莊大道，一夜之間全都對你關上了大門；世人眼裡的你，亦不再是泰瑟爾莊園的成員。我不想看到那一天的到來，你理應是天之驕子。你可知如今的泰瑟爾莊園價值如何？足足占了新加坡中心地段總價的六成，足可媲美紐約的中央公園，其價格必定是個天文數字！瑞秋若知道你付出了這麼大的代價，她也會打退堂鼓的。」

尼克的語氣仍然很堅決：「若不能與她共有，我要這些幹嘛？」

「誰不允許你和她共用了？你大可以照常和她過著同居生活，只要別這麼著急結婚。不要再踐踏你祖母的威嚴了，回家與她和好吧。她今年都九十了，還能有多少日子呢？待她仙逝以後，誰又能管得了你呢？」

言已至此，尼克陷入深思。這時，一位服務員端來咖啡與甜點。

「謝謝你，斯文。尼基，嚐塊巧克力，你會發現有趣的東西。」賈桂琳笑著說。

尼克咬了一小口——熟悉的味道，沒錯，這味道像極了阿嬤家的巧克力戚風！「妳是怎麼從阿清那裡拿到配方的？」

「嘿嘿——我上周和你祖母共進午餐時，偷偷藏了一塊在手提包裡，然後火速送到我家大廚馬里厄斯那裡。他花了三天不眠不休地研究那塊蛋糕，試了二十幾次後終於成功了。怎麼樣，覺得如何？」

「堪稱完美！」尼克由衷讚歎。

「你若一意孤行，或許就要與這美味永別了。」

「不至於，妳這遊艇上不是還有嗎？」尼克打趣道。

「首先，這遊艇可不是我的；其次，別把我這當私人廚房，況且我自己也每天盼望著這些蛋糕呢。」

新加坡，貝爾蒙路

◆二〇一三年三月一日

配備機關槍的警衛敲了下賓利雅致（Bentley Arnage）的車窗，嚴肅地說：「請降下窗戶。」

窗戶緩緩落下，警衛仔細掃視了一遍車廂，只見車主卡蘿．戴與埃莉諾．楊坐在後座。

「請出示邀請函。」警衛向兩位提出要求。卡蘿將事先準備好的金屬雕花卡片放在對方的Kevlar手套上。

確認邀請函無誤後，警衛示意司機通過，並提醒道：「請提前打開隨身箱包，以便接下來的安檢。」

賓利車駛過路閘，轉眼間便加入壯觀的豪車擁堵隊伍之中。大家的目的地相同，都是貝爾蒙路上那棟紅門建築。

車子停滯不前，卡蘿懊惱地抱怨道：「早知這麼lay chay[40]，我們就不該來。」

40 閩南語，意為麻煩、煩躁。

「我說了，這種事根本就是吃力不討好。我之前來過幾次，這陣仗倒是第一次看到。」埃莉諾瞥了眼前方烏漆抹黑的名車大軍，不由得想到了辛格夫人早年的珠寶茶話會。嘉亞特理・辛格夫人過去是印度王公的小公主，其珠寶收藏堪稱新加坡之最，只有李詠嫻老夫人、尚素儀能與之匹敵。從二十世紀六〇年代開始，她年年回印度省親，都會從日漸癡呆的老母親那裡順手帶走幾件傳家寶回新加坡；然後宴請各路閨蜜（自然是新加坡的豪門名媛）參加茶話會，來品鑒她的新「玩具」。

「想當年辛格夫人的茶話會，是多麼令人身心愉悅啊。來客們身著華麗的紗麗，一邊品嚐著精美的印度糕點，一邊鑒賞著迷人的珍寶，暢所欲言……」埃莉諾沉浸在過往的美好回憶中。

卡蘿遠眺豪宅門前排起的長龍，譏諷道：「我可不覺得現在這地方稱得上身心愉悅。阿啦嘛，那幫穿得像是要去參加雞尾酒會的女人是從哪裡冒出來的？」

埃莉諾不以為然地說道：「你說她們嗎？她們是新來的，不請自來混臉熟的，多半是『Chindos[41]』。」

自打辛格夫人對珠寶失去了興趣，迷上研究梵文典籍後，她的媳婦薩麗塔——原寶萊塢三線女星——便接管了珠寶茶話會的事宜。從那以後，溫馨舒適的閨蜜茶話會就變質了，逐漸淪為高端慈善展覽，用以籌資滿足薩麗塔的潮流需求。這場盛會年年穩居八卦雜誌的頭條，名流富豪們對此趨之若鶩，不惜重金購買入場券，只求在辛格家那現代主義的小平房裡，盯著叫不出名字的

41 中國（Chinese）和印尼（Indonesia）土豪的統稱。

珠寶發呆。如今，更是衍生出許多特別的主題會展。

今年會展的主題是挪威知名銀匠托恩·維格蘭（Tone Vigeland）的珠寶作品。洛蕾娜·林、娜汀·邵，還有黛西·傅三人此刻就杵在某個玻璃展櫃前發呆。這裡原先是間室內網球場，如今已被徹底改造成了展廳。娜汀忍無可忍地抱怨道：「阿啦嘛，誰要看這些納維亞的高賽[42]！我還以為我們能看到辛格夫人的傳家寶呢。」

洛蕾娜連忙提醒道：「噓——小聲點！妳看見那邊的高賽沒有？她可是館長！如果我沒猜錯，她應該是紐約奧斯丁·庫珀設計博物館的大咖。」

「哎呀，她就是安德森·古柏又如何？五百美元的門票，他們就拿這些破銅爛鐵來打發我們？我可是來看荔枝大小的紅寶石的！」

黛西也忿恨不平地附和道：「娜汀說得沒錯。雖然這幾張票是我在華僑銀行的私人理財顧問給的，但我還是覺得這根本就是在浪費時間。」

三人正嘰嘰喳喳地抱怨個不停時，埃莉諾走進了展廳。甫一進門，她就差點被展示燈閃瞎了眼睛，趕忙重新戴上墨鏡。

洛蕾娜一眼便認出好友，驚喜地招呼道：「埃莉諾！妳怎麼來了？沒聽妳說呀！」

「臨時決定的，卡蘿從大華銀行的理財顧問那邊拿到兩張票，硬要拉我一起來散心。」

「卡蘿？怎麼沒看見她？」

42 閩南語，意為狗屎。

「廁所，她的膀胱是紙糊的。」

黛西嘲諷道：「來散心？那她可選錯地方了，這些看著就能傳染破傷風的鐵疙瘩，可不能讓人放鬆。」

「我跟卡蘿說了這是在浪費時間！薩麗塔・辛格哪比得上她婆婆呀！如今的茶話會恐怕只能取悅她那幫附庸風雅的國際友人了。三年前她邀請過我、費莉絲蒂，還有艾絲翠，妳猜她讓我們看了什麼？維多利亞時期的喪禮珠寶！全都是些鬼氣森森的純黑首飾、用死人頭髮編製的胸針之類的。**Hak sei yen**[43]！只有艾絲翠欣賞得來這種東西。」

「妳知道我現在對什麼感興趣嗎？妳手上的柏金包。真奇怪，我記得妳以前從不碰這類精品的。妳不是說過，只有俗氣的中國暴發戶才拿這種包的嗎？」娜汀問。

「妳真是眼尖……這是鮑邵燕送我的禮物。」

「哇，**ah nee ho miah**[44]！我說得沒錯吧？鮑家可沒那麼簡單。」黛西頗得意道。

「看來妳說對了。鮑家的財富遠超過我們的想像。妳看他們這幾個月在新加坡的花費，嘖嘖……娜汀，妳別再埋怨芙蘭雀絲卡揮霍了，看看那個卡爾頓，我活了半輩子，愛車的男孩子見多了，但從沒見過這麼癡迷的。邵燕成天念說不會再買超跑給他了，但我每次去他們家，空中車庫裡的超跑還是會更新一遍。很顯然，卡爾頓一有新歡，就會把舊愛運回中國。他說他要賣給朋

43 粵語，意為「嚇死人」，多用作形容眼前對象的噁心、難以接受。
44 閩南語，意為「這麼好命」。

友們，趁機大賺一筆。」

洛蕾娜笑道：「聽妳這麼說，卡爾頓恢復得不錯嘍？」

「對，他現在不太需要拐杖了。妳不會還妄想撮合他和妳家蒂芬妮吧？我勸妳還是死了這條心，他已經有女朋友了。對方是個時尚嫩模還是什麼來著，總之，她人在上海，但每個週末都會飛來探望卡爾頓。」

娜汀道：「卡爾頓這小子長得這麼帥又有魅力，追他的女孩子大概已經從北京排到上海了吧。」

「或許吧。邵燕跟我說，在新加坡的這幾個月，是她這些年來最放鬆的日子。這幾天，她又開始擔心兒子擔心到失眠了，等他痊癒全家回中國後，就不可能管得住他了。」

洛蕾娜突然壓低了聲音，神祕兮兮地問道：「說到回國，妳最近和王先生聯繫了嗎？」

「當然。哎呀，他變得好胖啊！看來私家偵探是個 zheen ho seng[45]。」

「拿到調查資料了嗎？結果如何？」

埃莉諾賣了個關子，神祕地笑道：「當然拿到了，妳們絕對不會相信我發現了什麼不得了的東西。」

「什麼？怎樣不得了？」洛蕾娜忍不住湊近身子，興奮地催促。

埃莉諾正要開口時，卡蘿來到展廳，一看到四個好友就徑直湊上前去，埋怨道：「阿啦嘛！

45 閩南語，意為「好賺的職業」。

廁所排隊排超長的……展覽如何？」

黛西挽住卡蘿的胳臂說：「哈哈，我還以為妳的稀奇珍寶只在jambun[46]裡呢……走，我們去看看這裡的伙食值不值票價，希望有香辣的咖哩角。」

前往餐廳的路上，有位身著樸素淡色紗麗、滿頭銀絲似雪的老婦從一房間裡走出來，看見她們便說道：「埃莉諾・楊，是妳嗎？幹什麼戴著墨鏡搞神祕？」

埃莉諾快速摘下墨鏡。「哎呀，辛格夫人！我不知道您回國了。」

辛格夫人笑道：「是的，是的，我是刻意迴避群眾的。素儀近來可好？上回的Chap Goh Meh[47]宴會，我正好和她錯過了。」

「我婆婆她很好。」

「那就好。我前幾天剛從科奇比哈爾回來，還想說要登門拜訪，但因為時差的關係耽擱了。對了，尼基如何？他今年回來過春節了嗎？」

談到兒子，埃莉諾難掩失落，但還是強顏歡笑道：「他今年有些忙，沒回來。」

辛格夫人心領神會，也不追問，安慰道：「沒事，他明年一定會回來的。」

「當然。」接著埃莉諾開始介紹身邊的幾位朋友，辛格夫人禮貌地一一點頭示意，最後問道：「各位還滿意我媳婦的展覽嗎？」

---

46 馬來語，意為「廁所」。

47 閩南語，意為「元宵夜」。

「真的非常有趣！」黛西恭維道。

埃莉諾小心翼翼地表示：「老實說，我更喜歡像從前那樣欣賞您的個人收藏。」

「隨我來。」辛格夫人神祕一笑，領著五人來到樓梯間的後面，這裡竟然還有一條隱蔽的走廊。走廊兩側的牆壁上裝飾著蒙兀兒時代的人物油畫像，只見姿態各異的印度貴族在古典的金色畫框內顯得更加雍容神祕。走廊的盡頭，矗立著一扇鑲嵌著珍珠母和綠松石的浮誇大門，門前有對嚴陣以待的印度守衛。

辛格夫人交代道：「我決定來場小型的私人派對，可別告訴薩麗塔。」說完便推開大門。

大門敞開後，一間四面通透的休息室映入眼簾，視線正前方是種滿蔥鬱椴樹的寬敞露臺。這裡便是辛格夫人的私人休息室。房間的正中央，擺著一口大號綠色天鵝絨托盤，上面陳列著琳琅滿目的珠寶；管家為各位斟上熱騰騰的印度奶茶；角落裡的西塔琴手輕撫琴弦，指尖流淌著優美、閒適的旋律。身裹各色紗麗的印度貴婦人們或是慵懶地臥坐在紫色沙發長椅上，抿著甜膩的豆酥；或是盤腿坐於喀什米爾絲綢的坐墊上，欣賞那些陳列在森林綠絲絨托盤上的珍寶。這氛圍，簡直就像是海瑞溫斯頓（Harry Winston）保險庫裡的睡衣派對。

黛西與娜汀當場瞠目結舌，甚至是洛蕾娜——家族擁有國際級的珠寶公司——也忍不住驚歎於眼前成堆的珠寶，至少有上百件價值百萬的珍寶，就這麼被擱在她們眼前的地板上。

辛格夫人走進休息室，露臺上的微風輕輕吹起她的雪紡衣擺，她笑道：「進來吧，別客氣，盡管試戴這些東西。」

「您認真的嗎？」娜汀甚至能聽到自己的心跳。

「當然，當然。妳們聽說過伊莉莎白・泰勒的名言嗎？『再珍貴的珠寶，終歸難逃磨損、消逝的命運。趁其璀璨時，千萬別把它們關在玻璃盒子中』……」

辛格夫人話還沒說完，娜汀便本能地拾起最大的珠寶——一條項鍊，上頭鑲著十二顆過大到可笑的鑽石與珍珠。**「我的老天呀**，真是條萬中選一的項鍊！」

「是啊，這可笑的東西是我祖父托傑拉德打造，用來祝賀維多利亞女王的登基周年紀念。我祖父一百三十幾公斤，他的大肚腩跟這條項鍊是挺搭的，但其他人有誰會戴著這誇張的東西出門？」辛格夫人一邊說著，一邊幫娜汀扣上那巴洛克式的超大珍珠卡扣。

「這正是我夢寐以求的項鍊！」娜汀盯著全身鏡中的自己，亢奮得嘴角冒出了小泡泡，現在她全身都沐浴在珍珠跟鑽石的光芒中。

辛格夫人提醒她：「戴著這玩意，大概十五分鐘就腰痠背痛了。」

「值得，就算是折了腰也值得！」娜汀說完，又迫不及待地試戴起一只滿是紅寶石的手鐲。

「我來試試這個……」黛西挑了一枚孔雀羽形狀的胸針，上面鑲嵌著清澈的天青石、翡翠和藍寶石，跟羽毛的顏色相互輝映。

辛格夫人見狀莞爾道：「這胸針是二〇年代卡地亞專門為我母親設計的。我母親曾經很喜歡把它戴在髮髻上。」

這時，兩名女傭端著新鮮出爐的玫瑰奶球[48]進來了。賓客們紛紛放下手中的珠寶，聚集在室

48 印度傳統甜點，浸泡在玫瑰糖漿中的油炸奶球。

內一角，享用這些甜掉牙的印度美食。卡蘿三兩下就將甜點一掃而空，注視著手中的銀碗，惆悵道：「這真讓人流連忘返，但現在不是玩樂的時候，我該去做禮拜了……」

「哎呀，卡蘿，發生什麼事了嗎？」洛蕾娜關切地問道。

「還能是什麼事啊，不就是我兒子的那些煩心事嘛。拿督過世後，我就和伯納德斷了聯繫，不知道的人還以為他人間蒸發了呢。孫女出生後，其實私底下我去探望過兩次，第一次是在鷹閣醫院，第二次是趁他們回國出席拿督葬禮時。一直到現在，伯納德都不願意接我的電話。女傭們告訴我伯納德還在澳門，而他那位妻子整天全世界到處飛，女兒才三歲不到就不管她了！我每週翻開報章雜誌，都能看見她出席各種活動、購買各種精品的新聞。妳們知道她上次花了兩億買一幅畫嗎？」

黛西滿懷同情地看著她：「哎呀，卡蘿，看開點吧……看我，早就學會自動忽略那些敗家子們的奢靡行為了，眼不見為淨，Wah mai chup[49]。妳得記住，兒孫自有兒孫福。更何況，反正他們承擔得起。」

「這正是我擔心的——他們承擔不起。他們哪來這麼多錢啊？」

「伯納德沒有接管拿督的生意嗎？」娜汀的興趣瞬間從手中亮閃閃的鑽石首飾和干邑白蘭地，轉移到了卡蘿的故事上。

「那還用說——只要我還沒咽氣，我丈夫就不至於糊塗到要把家族生意託付給他那不成器的

49 閩南語，意為「管不著」、「不關我的事」。

兒子。拿督心裡清楚得很，那個傢伙要是掌握了財政大權，馬上就會賣了我的房子，讓我流落街頭！當年伯納德不知哪條神經搭錯了，擅自跑到拉斯維加斯和凱蒂結婚，拿督氣到當即斷了伯納德的經濟來源，還凍結了他的信託基金。除了年度收益分紅，他根本沒有權利碰本金分毫。」

「那他們怎麼有辦法買到那幅畫？」洛蕾娜問。

「他們肯定是透支了。等哪一天銀行知道後，就不敢借錢給他們了。」埃莉諾一邊推測，一邊擺弄著一對鑲嵌珠寶的印度短匕。

卡蘿哀號道：「不是吧！伯納德要是真向銀行伸手借錢，家族的顏面豈不是讓他丟光了?!」

「如果妳說他沒有別的經濟來源，那我敢說一定就是這樣。菲力普的某個表兄弟就做過這種事。早年，他的日子過得簡直比汶萊的蘇丹還逍遙，直到他爸過世，家裡的人才知道原來他把房子等所有東西都拿去抵押了，用來供養奢靡的生活還有兩個小老婆，一個在香港，一個在臺北。」埃利諾說。

卡蘿堅持：「伯納德沒錢，他每年只有一千萬的生活費。」

「看來他們真借了不少，那個凱蒂花起錢來簡直是個肖查某[50]。」黛西說完，轉而問埃莉諾：「埃兒，妳手上那是什麼？」

「一種特殊的印度匕首。」其實那是兩只匕首，分別插在洞口方向相異的刀鞘中。刀鞘表面綴滿了五顏六色的雲彩寶石，埃利諾撥開其中一口閂扣，把玩著鋒利的匕首。「辛格夫人，這把

50 閩南語，意為「瘋女人」。

迷人的武器有什麼來頭？」

女主人正坐在沙發長椅上，與其他賓客聊天，她瞥了眼埃莉諾手中的東西說道：「啊，那不是武器，而是年代久遠的印度古文物！我忘了提醒妳們，這東西可不吉利，是萬萬開不得的，最好連碰都不要碰……傳說這兩把匕首之間封印了一隻惡靈，若匕首出鞘，厄運會降臨到妳頭上的。埃莉諾，妳若想尼基平安，就趕緊放下它。」

眾賓客紛紛驚恐地望向這邊來，埃莉諾竟破天荒地無言以對，乖乖地將匕首放了回去。

香港，麗思卡爾頓酒店鑽石宴會廳

◆ 二〇一三年三月七日

《巔峰雜誌》（*Pinnacle Magazine*）社交專欄

萊昂納多·賴　撰稿

昨夜，明氏基金舉辦的晚宴上可謂大牌薈萃，星光熠熠。這場盛會的主辦者是康妮·明——香港第二富豪明嘉慶的妻子。宴會前曾有消息傳出，英女王伊莉莎白二世的表親，牛津劍橋公爵夫人也會受邀出席晚宴，且粵語歌壇「四大天王」將再度攜手登臺，致敬今年巔峰獎的終身成就獲獎者——傳奇女歌手崔西·關。這也直接導致價格高達兩萬五千元港幣的門票在一夜之間銷售一空。

這場盛會的主題是「沙俄深宮悲戀故事——俄宮祕史（*Nicholas and Alexandra*）」。宴會場地當仁不讓地選在了香港最高的麗思卡爾頓酒店大廈三樓的鑽石宴會廳。會場的穹頂上懸吊著無數施華洛世奇（Swarovski）特製的水晶冰柱，室內的樺樹上「白雪」皚皚，每一張桌席的中央更是擺放著高聳的法貝熱彩蛋擺飾，這夢幻的氛圍讓貴賓們彷彿置身於聖彼德堡的冬日。廣東籍料理怪廚奧斯卡．梁，今夜超常發揮，拿出看家本領，烹製出一道鮮美可口的葉卡捷琳堡豬肉。這道菜是以鮮嫩的乳豬肉為原料，用松露汁浸泡過的金箔包裹，儲藏於陰涼的地窖之中；烹調時，置於俄羅斯咖啡渣之上細細烘烤，異香襲人，令人垂涎不已。

在此美妙絕倫的佈景之中，香港頂尖的富豪們都戴上了他們的收藏中最名貴最大顆的首飾。譬如，今晚的女主人康妮．明夫人，身著一襲奧斯卡．德拉倫塔（Oscar de la Renta）訂製的黑白相間無肩帶禮服，裙面上的鑽石串在燈光的照射下熠熠生輝，其價值怕是連沙皇都望而卻步；艾達．潘則戴著聲名遠播的潘家紅寶石，搭配艾莉．薩博（Elie Saab）玫瑰色雪紡晚禮服，可謂相得益彰；中國巨星潘婷婷則以一席雪白的高腰輕紗禮服，致敬好萊塢經典《戰爭與和平》中的奧黛麗．赫本；**Y.K.** 龍夫人被侍者錯領到前夫新家庭的桌席前；解家兩兄弟差點又在大庭廣眾之下打起來（這個月底就要進行財產歸屬的訴訟）……然而，這一切都在今夜的主角——崔西．關登場的那一刻，顯得黯然失色。只見八名六塊肌猛男（下身是哥薩克制服褲）拉著一架雪橇入場，崔西優雅地坐於雪橇之上，身著亞歷山大．麥昆（Alexander McQueen）的白色皮草馬甲連身裙，在「四大天王」的陪伴下，獻上了三首經典名曲，使臺上臺下著迷不已。

斬獲年度商業新秀殊榮的麥可．張，流星般快速的竄起與無可挑剔的上鏡形象，成為大家討論的話題。兩年前，他的軟體小公司股價一舉攀升到比富士山還高的地位，之後他便乘勝追擊，創立了風險投資公司，並斥資千萬億入股了數家未來可期的亞洲新興互聯網企業，風頭正盛的新加坡英語聊天APP「Gong Simi」就在其中。不過，今夜我的問題是，他都把他的新加坡嬌妻藏在哪裡？阿斯特．張……那雙迷人的雙眸，在黑色蕾絲晚禮服的映襯下，散發出懾人心魄的魅力；唯一的缺憾，便是那對低調的海藍寶石耳環了。（麥可最近賺那麼多，應該可以替妻子買些新的珠寶吧？）

慈善尖端獎得主，法蘭西斯．潘無疑是今晚最大的贏家。就在他透過幻燈片向世人介紹其新的醫療慈善計畫時，伯納德．戴的夫人（前肥皂劇明星凱蒂．龐）深受感動，情不自禁地奔上舞臺，當即宣布戴氏慈善基金將捐贈兩千萬美元，引得全場譁然。戴夫人身著一席搶鏡的郭培緋紅色晚禮服，搭配看起來價值十億的綠寶石，孔雀羽毛編織成的裙襬長達近兩公尺。其實，這誇張的裙襬顯得有些多餘，她完全沒有必要用幾根羽毛來證明自己已躋身上流社會……

香港國際機場的銀刃貴賓休息室（SilverKris）內，艾絲翠正坐在吧台邊，等候登機準備飛往洛杉磯。她百般無聊地拿出 iPad 點開郵件，立即有新郵件的提示音響起。

查理．胡：昨晚見到妳真開心。

艾絲翠．梁－張：是呀，我也是！

胡：今天有什麼計畫嗎？要不要一起吃個午餐？

梁：下次吧，我現在準備登機了。

胡：這麼急著要走？

梁：是呀，所以我才沒提前通知你。我這次只是順便來香港看看，待一晚就得走的。

胡：你家那位這周又要到矽谷收購公司了？

梁：哪有，麥可已經回新加坡了。我這次是要去加州蒙特斯托參加尼基的婚禮。（這是祕密，除了我表弟阿歷斯泰外，其他家人都不知道，他也和我在一起呢。）

胡：新娘就是那個數年前被大家津津樂道的女孩嗎？尼基最終還是決定要娶她了？

梁：是的，她叫瑞秋，是個好女孩。

胡：替我跟他們道一聲恭喜。麥可不和妳一起去嗎？

梁：我們前陣子剛從美國旅遊回來，再一起去，難免會招來懷疑。話說回來，麥可昨晚見到你很高興，他顯然是你的超級粉絲，做夢都沒想到自己的妻子和偶像是好友關係呢！

胡：他難道不知道我們訂過婚？

梁：我當然告訴過他，但昨晚之前，他只當是玩笑罷了。他要是相信我說的話，就不會透過技術團隊和你聯繫了。這麼說來，你可真是大大提升了我在圈子裡的信譽呀。

胡：麥可是個好男人，替我恭喜他贏得商業巔峰獎。不得不說，他的商業嗅覺確實靈敏。

梁：你昨晚應該當著他的面說的！我真搞不懂，你怎麼突然就變成悶葫蘆了？

胡：有嗎？

梁：你昨晚幾乎沒說話，且看起來恨不得早點離開。

胡：哈哈，我那是在躲康妮．明呢——她執意要逼我包辦明年的舞會嘛！再說了，我是真沒想到會在那裡遇見妳。

梁：身為麥可的妻子，我當然要來捧場啦！

胡：話雖如此，我一直覺得妳不會出席這種慈善活動，尤其還在香港……若我記得沒錯，妳們家族有規定不能參加這種場合？

梁：現在沒那麼嚴格了，且我又是個無聊的家庭主婦。年輕時，我爸媽不許我的照片出現在任何地方是為了保護我。他們甚至嚴禁我跟派對常客有往來，我媽稱他們為「中國洋流氓」。

胡：就是在說我囉！

梁：LOL[51]！

胡：昨晚尤其糟糕——還好妳媽不在，否則這滿場的「流氓」，她肯定抓狂。

梁：沒那麼糟糕吧？

胡：還不夠糟嗎？妳都坐在艾達．潘那一桌了。

梁：好吧，我承認那的確很糟。

胡：哈哈哈！

梁：宴會的前一個小時，艾達和她的那些太太團[52]一直對我很冷淡。

胡：妳告訴她們自己來自新加坡了嗎？

梁：麥可的簡歷就公開在圈子裡，還有誰不知道我是他妻子的？我知道，自從新加坡的機

51 網路用語，是英文「laughing out loud」或「laugh out loud」的首字母縮寫詞，意思為「大聲地笑」。

52 「太太」這一叫法源自粵語詞彙，有「大老婆」之意（暗示男人有多房妻妾），但自從香港於一九七一年廢止一夫多妻制後，這個詞語就成泛指了。如今的「太太」多用於稱呼香港上流社會的女性，晉級為太太的前提條件很簡單——嫁個有錢的男人。作為太太，妳將有權悠哉悠哉地享受下午茶、購物、做臉、裝修，聊八卦、建立寵物慈善、上網球課、輔導孩子，以及衝菲傭發脾氣並強人所難。

場被評選為世界第一之後，香港人就有些懷恨在心……

胡：哈哈，我覺得香港機場的購物環境還是勝過新加坡的。妳想想，當羅威（Loewe）和瓏驤（Longchamp）之間只有十步之遙，免費電影院和蘭花園就顯得無足輕重了，是不是？我猜測，那些闊太太給妳臉色看的真正原因，是妳既不是畢業於聖保羅書院（St. Paul's College），也沒有上過聖史蒂芬學院（St. Stephen's College），更遑論拔萃女書院（Diocesan Girls' School）了，她們大概不知道該怎樣給妳評定等級吧！

梁：最起碼的禮節她們得懂吧？這可是慈善晚宴呀，我的天！這些太太們就不能在這幾個小時裡忍住吹噓自已給非法建築繳納了多少罰款的衝動嗎?!伯爵夫人演講完畢後，直接來到我面前說：「艾絲翠，我就知道是妳！妳怎麼也來了？我下週還計畫去斯托克和艾曼達家與妳父母共進晚餐呢！到時妳會和他們一起來查茨沃思嗎？」之後你猜怎麼樣？那群闊太太們突然就變了臉，不再冷落我了。

胡：我賭她們不敢！

梁：香港女人很吸引我，她們的形象氣質和新加坡女性截然不同。那種極度考究的雍容華貴，真讓我歎為觀止。我從來沒有一次看到**這麼多**名貴珠寶過！那場景像不像十月革命裡，俄國宮廷貴族們紛紛逃亡，為方便攜帶，把值錢的珠寶都縫在衣服上？

胡：她們真就這樣做了，不是嗎？妳怎麼看那些戴頭冠的人？

梁：我覺得不該戴頭冠，除非那是家族幾代的傳家寶。

胡：妳有沒有看今天的八卦雜誌，有個傻子專欄作家叫萊昂納多．賴……

梁：哈哈，你說那篇文章？我看了——我表妹賽希莉亞剛剛寄給我的。

胡：這個萊昂納多顯然不知道妳是誰，連妳的名字都拼錯了。不過他倒是注意到了妳身上的珠寶不夠搶眼，LOL！

梁：我還得慶幸他把我名字拼錯了呢，否則，我媽媽讀到了非大發雷霆不可。那個萊昂納多肯定對真正的正宗皇室珠寶不瞭解，我的這對耳環是瑪麗亞．費奧多羅夫娜皇太后[53]的遺物呢。

胡：那是，不過雜誌記者哪有這樣的鑒賞能力？我倒是一眼就注意到了，看起來像是我在倫敦買給妳的東西，沒記錯的話，應該是在伯靈頓拱廊街的某家古董珠寶店裡找到的。戴上它們，妳就是整場宴會上最亮眼的女性，毋庸置疑。

梁：你真是嘴甜……說實在的，我不大欣賞香港時尚界的品味，尤其是那些向葉卡捷琳娜大帝靠攏的晚禮服。

胡：是呀，妳的穿衣打扮向來只取悅自己，這也是妳和那個凱蒂．龐總是那樣耀眼的原因。

梁：呵呵……說起凱蒂．龐，她才是昨晚萬眾矚目的焦點呢！她那身打扮像極了約瑟芬．貝克。

胡：妳也太抬舉她了。要是把她身上那些綠寶石和羽毛都摘了，她還有什麼看頭？

梁：那身行頭確實搶眼，但她顯然有意蓋過法蘭西斯．潘的風頭，這樣做似乎有點過分。法蘭西斯正要開始演講，凱蒂卻強行上臺搶過麥克風……我當時真怕他會當場氣到心臟病發作。

---

53 俄國羅曼諾夫王朝末代沙皇尼古拉二世的母親（1847.11.26～1928.10.13）。

胡：艾達．潘就該跳上臺去，給凱蒂．龐一記耳光——她作為第三任妻子，完全沒必要有那麼多顧忌。

梁：掛了一身的珠寶，怎麼跳得動啊？

胡：我還挺好奇伯納德．戴躲去哪裡了，怎麼妻子到處露臉，丈夫卻不見蹤影呢？他還活著嗎？

梁：或許，伯納德正被鎖在某間地牢裡，嘴裡還塞了顆封口球呢！

胡：艾絲翠，別說這種話，怪嚇人的！

梁：哈哈，抱歉抱歉，我最近讀了太多薩德侯爵[54]的小說了。說到這個，我可以問你的妻子又去哪裡了？我不知何時才有幸見到傳說中的伊莎貝爾．胡？

胡：伊莎貝爾對這類宴會一向嗤之以鼻，她每年只出席兩三次傳統舞會。

梁：LOL！傳統舞會！你知道我腦子裡第一個想到的是誰嗎？

胡：我猜猜……法蘭西斯．潘爵士？

梁：你真是我肚子裡的蛔蟲！啊，表弟在喊我了，我得登機了。

胡：我一直想不明白，妳為什麼堅持要擠民航機？

梁：因為我是梁家的女兒。我父親自認是人民公僕，在他看來，坐私人飛機是種恥辱。而且，他還堅信飛機越大越安全。

54 法國小說家（1740-1814），以色情寫作而聞名。

胡：正好相反吧？私人飛機的機組人員更細緻，速度也更快，更方便調時差。

梁：你忘了嗎？我可是幾乎沒有時差問題的哦……當然了，還有個更重要的原因，我們可比不上查理．胡 $$$[55]。

胡：這個理由我愛聽！行啦，不吵妳了，路上小心。記住，你們夫妻可欠我一頓早餐哦。

梁：下次我們再去香港，一定會去拜訪你。

胡：一言為定！

梁：我表弟跟我推薦了好幾次和記大廈裡的一家潮州餐廳，到時候我和麥可請客，帶你去吃吃看。

胡：不用不用，我的地盤，我買單。

梁：哈哈，到時看誰手快了！

查理蓋上筆電，將旋轉椅一轉，面向窗外。他的辦公室在胡氏大廈第五十五層，從這個高度可以鳥瞰整個維多利亞港；每隔幾分鐘，就會有從香港國際機場起航向東的飛機從眼前掠過。查理遠眺著千里之外的地平線，視線捕捉著一架架飛向天邊的飛機，試圖找出艾絲翠乘坐的航班。不該傳訊息給她的，他告訴自己。我為什麼要一直這麼做？每次一聽到她的聲音、一看到她的信或只是一條訊息，我都感到備受折磨。我試著停止，試著遠離她，但過了那麼久再次見到她，看

55 金錢符號，這裡代指胡氏的財富。

到黑色蕾絲襯著她的皮膚，我還是再次被她的美驚豔。

當一架雙層空中巴士A380帶著它那標誌性的金藍色掠過天際時，查理不知不覺抓起電話，打給他的私人機場：「強尼？你能在一小時內安排一架飛機嗎？我要去洛杉磯。」

我要比她先抵達洛杉磯機場的接機大廳，手捧鮮花，就像當年在倫敦唸大學時那樣。不同的是，這次迎接她的是五百朵紅玫瑰。我要帶她到格里娜餐廳吃午餐；接下來的幾天，我們可以租台車，沿著西海岸而上，住在沿途的度假村中。就像過去的日子一樣，兩人在法國開著沃蘭特（Volante）敞篷車，遊遍羅瓦爾谷的古堡，嚐遍各式各樣的法國紅酒……我在想什麼，我已經跟伊莎貝爾結婚，艾絲翠也嫁給麥可了。我真是世界第一大白癡。過去曾有那麼一點機會，在她丈夫覺得自己太窮配不上她時，我有機會可以把她搶回來，結果我卻幫助他變成一個億萬富翁。我的天哪，我那時到底在想什麼啊？現在他們又在一起了，該死的幸福快樂。而我在這裡，有個討厭我的妻子，真是他媽的有夠慘。

香港，洛克俱樂部

◆

二〇一三年三月九日

凱蒂．龐在擁擠的電梯中，抑制不住心中的激動，她早就聽聞此處的大名，而現在，自己終於有幸在這裡用餐。沒錯，她正位於雲咸街一棟不知名高樓的第十五層，洛克俱樂部是香港最高級的俱樂部——高級中的最高級。這家俱樂部的成員主要是香港社會菁英中的菁英，以及來自國際間的超級富豪。與那些只要憑藉名氣、以及厚實的支票簿便能換來會員資格的普通餐飲俱樂部[56]不同，洛克俱樂部嚴守著自己的傳統規定：在這裡並沒有申請會員資格這件事，除非俱樂部親自邀請，否則沒有其他的入會方式；若某人因一時好奇主動找上門去，那麼他將永遠失去入會資格。

凱蒂還在肥皂劇《喜事連連》中跑龍套時，就時常聽聞片場裡最大牌的森美．許吹噓自己在

56　香港人對於美食的執著與癡迷，不亞於對自己身分地位的追求。在這個地方，最高端神秘的用餐地點並非五星級酒店中的米其林餐廳，而是各個低調的私人餐飲俱樂部。這些專供會員的豪華「避難所」大多隱藏於辦公大樓之中。在這裡，名流們能擺脫狗仔隊的「長槍短炮」，安靜用餐。這類俱樂部通常會有會員候補名單。你只有達到標準，才有資格賄賂俱樂部主管，讓他給你辦個臨時的「會員資格」。

洛克用過餐，以及如何與蘇丹女王，或是李奧．明的新情婦共處一室。想到這裡，凱蒂越發迫不及待地想知道自己會坐在什麼樣的奢華位子上，會被哪些頂級人士環繞？他們會不會用樟腦木製的碗喝烏龜湯呢？

慈善晚宴那日，凱蒂有夠好運，和伊文婕琳．德．阿亞拉坐在同一桌。伊文婕琳的丈夫佩德羅．保羅．德．阿亞拉出身於菲律賓某個歷史悠久的家族，這對夫婦近幾年才移居香港（佩德羅．保羅曾在倫敦為羅斯柴爾德家族工作）。貨真價實的東方貴族血統（不同於某些人用貴族姓氏四處招搖），讓他們迅速成為香港社會的名流。

那天晚上，伊文婕琳熱情地讚揚了一番凱蒂對潘氏慈善基金的慷慨捐贈，隨後邀請凱蒂在洛克共進午餐。這讓凱蒂不禁好奇，自己是否終於要被這家俱樂部邀請入會了。畢竟，她可是在短短兩個月內，便晉升為香港名列前茅的收藏家與慈善家了。

電梯門打開，她昂首挺胸地邁入俱樂部的前廳，發現單單是這裡的裝潢，就足以令人眼前一亮。光滑的黑檀木牆面與通往餐廳的戲劇性黑色大理石階梯相得益彰，盡顯奢華之感。櫃臺服務生朝凱蒂微笑道：「午安，女士，請問有什麼可以為您效勞嗎？」

「我和德．阿亞拉小姐有約……」

「嗯，您是說德．阿亞拉夫人？」侍者禮貌地糾正道。

「是的，我指的是夫人。」凱蒂顯得有些侷促。

「很抱歉，德．阿亞拉夫人還沒有到。請您先在休息室裡坐一會，待德．阿亞拉夫人到了以後，我們會通知您。」

凱蒂被帶到隔壁的休息室。這裡的牆壁包裹著絲質牆布，凱蒂坐在勒．柯布西耶（Le Corbusier）沙發的中央，因為這裡最顯眼。如她所願，從電梯步出的賓客們紛紛朝她這邊投以驚豔的目光，凱蒂暗自得意，覺得自己今天在服裝上花的心思沒有白費：她特意挑選了紅白混搭的詹巴迪斯塔．瓦利（Giambattista Valli）無袖印花連衣裙，搭配朱紅色的思琳（Celine）羊皮手提包，腳上是夏洛特．奧林匹亞（Charlotte Olympia）的黃金搭扣紅色淺口鞋，全身上下唯一的首飾是索朗芝（Solange Azagury-Partridge）的紅寶石耳環。雖然裙邊有開衩，但這身打扮稱得上端莊嫻靜。凱蒂心想，那些太太今天肯定不敢說三道四。

但她不知道，電梯出來的人群中，其中一位是蘿西．何。蘿西是來與艾達．潘以及數名瑪利諾中學（Maryknoll）的同學共進午餐的。她剛出電梯，便看見了休息室中央的焦點人物，她興沖沖地跑進聚會的包廂，上氣不接下氣地喊道：「各位，妳們猜我在前廳的休息室裡看見誰？有三次機會，快猜！」

「給幾個提示吧。」萊妮．呂說。

「一，她穿著一件印花連衣裙；二，她肯定有去做乳房縮小手術。」

「天啊，妳說的不會是貝貝．周的女友吧？」泰莎．陳咯咯笑道。

「比這個還勁爆——再猜。」

「哎呀，快說啦！」大家紛紛埋怨道。

「是凱蒂．龐！」蘿西獲勝一般地宣布道。

艾達．潘瞬間露出鄙視的表情。萊妮見狀，連忙面帶怒色地罵道：「Mut laan yeah[57]？誰給這女人的膽子，敢到這裡丟人現眼！」

泰莎也收住笑容，冷冷地問道：「哪個不長眼的還敢邀她來吃飯？」

艾達緩緩起身，向朋友們強作歡顏道：「恕我失陪片刻，妳們先吃，這海龜濃湯涼了可就不新鮮了。」

幾乎在同一時刻，身著浪凡（Lanvin）黑白直筒裙的伊文婕琳終於走進了休息室。她先給了凱蒂一個吻，接著便滿懷歉意地說：「凱蒂，真不好意思，讓妳久等了吧？都怪我，在香港待了這麼久，腦子裡還是馬尼拉的時間。」

凱蒂客氣地回答道：「沒關係，我正在欣賞這裡的畫作呢。」

「這裡都是些好東西，妳收藏畫嗎？」

「我才剛起步，還要多磨練自己的眼光。」凱蒂謙虛地回應道，一時摸不透對方的心思，難道她不知道我剛入手了亞洲最值錢的名畫嗎？不可能呀……

兩人有說有笑地回到前臺，方才的服務員笑著說：「午安，德．阿亞拉夫人，請問您是要用餐嗎？」

「對，兩位。」伊文婕琳回應道。

57 粵語，意為「什麼鬼東西」。

「這邊請。」服務員說完，便領著兩人登上弧形大理石階梯。邁進餐廳的那一刻，凱蒂就感覺到數雙眼睛朝這邊投來的目光。

只見俱樂部經理匆匆趕到兩人面前，凱蒂完全沒察覺到對方神情中的那一絲為難。好啊，他還親自過來迎接我。

「德．阿亞拉夫人，非常抱歉……俱樂部的預約系統出了點問題，今天已經客滿了，所以……真的非常抱歉。」

服務員顯然很震驚，卻又不敢多言，只得默默低下了頭。伊文婕琳也沒搞清楚狀況，不悅地說道：「我兩天前就預約了，沒有人通知我說已經客滿了。」

「是的，這是我們的失職。若您不嫌棄，我們已經為您在鏞記預約了——離這裡不遠，就在隔壁的威靈頓大街上，為表歉意，費用全部由我們承擔。」

伊文婕琳不放棄：「隨意幫我們安排一桌吧，我們只有兩個人，而且窗邊不是還有幾個空位嗎？」

「非常遺憾，那幾張桌子已經被預訂了，客人馬上就到。我們已經吩咐鏞記準備了招牌烤鵝，希望兩位能用餐愉快。」說完，經理便不由分說地將兩人「請」下樓去。

離開俱樂部後，伊文婕琳仍莫名其妙：「這也太荒唐了！抱歉，我也是第一次遇到這種情況，但洛克就是有一些奇怪的規定。我還是跟我司機說一下吧，告訴他我們計畫有變。」

這時，伊文婕琳的老公剛好打來，她一接起電話就開始抱怨：「哎呀，swithart[58]！你猜發生了什麼奇怪的事……」誰知，電話那頭的老公不由分說就數落起來。

「你在說什麼，我們什麼都沒做！」伊文婕琳不悅道。

凱蒂隱約能聽見電話那邊的怒吼聲，只見伊文婕琳的臉色越來越難看，終於忍無可忍地還擊道：「你要我解釋什麼?!我也不知道到底是怎麼回事！」說完，她惱怒地掛斷電話，朝凱蒂無力地笑了笑，說道：「真對不起。我突然覺得很不舒服，這頓飯能延後幾日嗎？」

「當然。不過，您那邊……沒什麼問題吧？」凱蒂瞄了眼對方的手機，她對這位新朋友還是頗為關心的。

「剛才我老公說，我們在洛克的會員資格被取消了。」

片刻後，凱蒂站在人行道旁，目送伊文婕琳上車離去。她今天早上開心地起床，滿心期待這頓午餐，結果現在卻垂頭喪氣地站在路邊，她實在無法接受眼前這個殘酷的現實。但比起伊文婕琳，她的失望根本算不上什麼。

凱蒂微微歎息，正準備聯繫司機的時候，卻發現一位衣著樸素、頭髮花白的女士正笑盈盈地望著自己。

「小姐，妳還好吧？」女士關切地向凱蒂搭話道。

58 菲律賓俚語，即英文的「sweet heart」，意為「親愛的」。

「我沒事，謝謝。」凱蒂回答，她認識我嗎？

「我剛才在洛克俱樂部用餐時，注意到了妳那邊發生的事情。」女士說。

「您都看見了？很奇怪吧？我倒還好，但我朋友真可憐……」

「妳朋友？她怎麼了？」女士好奇地問道。

「她完全不知道自己的會員資格被取消了，還邀請我到這裡一起用餐。她現在應該覺得很尷尬吧。」

「伊文婕琳・德・阿亞拉被洛克俱樂部除名了？」女人顯得相當吃驚。

「哦，您認識她？是的，我們剛被請了出來，她丈夫就告訴她說資格被取消了……他肯定是違反了什麼規定，不然也不至於說除名就除名的。」

女人沉默了一會兒，確定凱蒂沒有在開玩笑，才緩緩開口道：「親愛的，妳似乎沒搞清楚這件事的嚴重性。要知道，洛克俱樂部自創立之日起，只有三名成員被除名。妳的這位朋友——很遺憾，是第四位。伊文婕琳・德・阿亞拉之所以受到此等待遇，正是因為她邀請**妳**來這裡。」

凱蒂震驚道：「因為**我**？怎麼可能？我今天才第一次踏進這家俱樂部啊！伊文婕琳被除名，怎麼能怪到我頭上？」

女人無可奈何地搖了搖頭說：「妳至今還搞不清楚原因真是讓人挺傷心的。不過，也許我能幫妳。」

「幫我？請問您是……」

「我叫柯琳娜・高－佟。」

「高－佟？高－佟公園的那個高－佟嗎？」凱蒂不由得重新審視了對方一番。

「是的，還有市中心的高－佟路，以及瑪麗醫院的高－佟樓等等。對了，妳應該餓了吧？跟我來，我們邊 yum cha[59] 邊聊。」

凱蒂不知所措，只能乖乖跟著對方來到安蘭街新世界大廈的後門。兩人坐電梯到三樓，眼前正是翠亨村餐廳的後門——專供 VIP 客戶進出的地方。

餐廳主管認出柯琳娜，急忙迎上前鞠躬道：「高－佟夫人，歡迎光臨。能為您服務，是我們的榮幸。」

「謝謝你，老唐。可以幫我安排一間私人包廂嗎？」

「我立刻吩咐下去，這邊請。令堂近來好嗎？還請您向她轉達我最誠摯的問候。」柯琳娜顯然是這裡的常客，經理的態度殷勤得很。

兩人在經理的引導下，來到一間私人包廂。包廂整體呈簡約的淡棕色，中央擺了一張圓形餐桌，靠裡的牆壁上掛著一台液晶電視，上面正播放著 CNBC[60] 的報導，不過被調成了靜音。

「我會告訴主廚您來了，他一定會端出拿手菜的。」

「麻煩你了，替我先感謝他的款待。能幫我把電視關掉嗎？」柯琳娜委婉地吩咐道。

「抱歉，是我疏忽了。」經理忙不迭地抓起電視遙控器，彷彿這是炸彈的引爆裝置一樣。

59 粵語，即「飲茶」。香港人常用此代指有茶有點心的午餐。

60 全稱「Consumer News and Business Channel（消費者新聞與商業頻道）」，是美國 NBC 環球集團持有的全球性財經有線電視衛星新聞台。

兩人入座後，服務員先是遞上兩條熱氣騰騰的擦手巾，然後泡了兩杯香茗，接著便離開了。凱蒂這才開口問道：「您一定是這裡的常客吧？」

「對，但有一陣子沒來了。這裡既低調又安靜，是個聊天的好地方。」

「我看這裡的店員對您很恭敬，他們一向如此嗎？」

柯琳娜輕描淡寫地點頭道：「還行吧，畢竟新世界大廈這一片是我家旗下的。」

凱蒂自從走進這家餐廳，心跳就沒有緩下來過。自己如今雖貴為伯納德．戴的妻子，但還是有生以來第一次受到如此恭敬的禮遇。她平復下心情後進入正題：「所以您真的認為德．阿亞拉夫妻倆被洛克俱樂部除名，是因為我的關係？」

「我認為？不，我知道。妳可知艾達．潘也是洛克委員會的成員之一？」

「艾達．潘？我和她無冤無仇，她為什麼要針對我？再說了，我才剛捐了一大筆錢給她老公的基金會呢。」

柯琳娜微歎。看來整件事情比自己想像的還要複雜得多。「我沒出席那晚的宴會，具體細節不太清楚。但是第二天一早，我的手機就響個不停……妳知道嗎？整個圈子裡的人都在談論妳的行為。」

「我？我做了什麼？」

「妳狠狠地羞辱了潘氏家族。」

「我只是想表現得慷慨一些而已……」

「也許這確實是妳的初衷，可惜別人不是這樣想的。法蘭西斯．潘伯爵今年八十六歲了，香港社交圈無人不敬他如長輩。這個慈善獎是對他數十年來慈善事業的認可，說是他這輩子的巔峰時刻也不為過。在這位老人感慨萬千地回顧自己的生平時，妳突然衝上臺，宣布自己要慷慨捐款，這還不算是當眾冒犯？恕我直言，妳不僅冒犯了這位老人，還冒犯了他的家人、朋友，最關鍵的是，艾達——他的妻子——那晚的女主角本來是她，但是妳搶走了本屬於她的鎂光燈。」

「我不是有意的。」凱蒂連忙為自己辯解道。

「凱蒂，說實話，妳就是有意的。妳這樣做，難道不是為了吸引大家的注意？就像前陣子高價標下《十八成宮》圖屏那樣。這種插曲在佳士得的拍賣場上或許能叫座，但在香港上層社會裡，就未必了。在圈內人看來，妳這幾個月的高調舉動，擺明就是想擠進上流社會罷了。當然，很多人都曾經這麼做，不過方法是有分對錯的。」

聽到這裡，凱蒂有些生氣：「高-佟夫人，我明白自己在做些什麼。您可以上網搜尋一下我的名字，再看看市面上的報紙和雜誌。您會發現，那些部落格和八卦專欄一直在寫我的故事，我的照片每個月都能登上各大雜誌。過去這一年，我徹底改變了自己的生活方式。您看了上周的《Orange Daily》了嗎？裡面有整整三頁都是我的紅毯報導！」

柯琳娜不屑一顧地搖搖頭，道：「妳沒看出這些媒體只把妳當噱頭嗎？我承認，讀《Orange Daily》的油麻地[61]平民或許會以為妳實現了畢生的夢想，但香港有點地位的人，誰會在意妳的衣

61 位於香港九龍半島中部，與旺角緊密相連。但比起旺角，這裡更具本土氣息，人們很大程度上仍舊保持著香港傳統的生活方式，是香港舊日生活的探詢地。

著打扮、珠寶首飾有多值錢？這些大家都有。大家都有錢。妳可以眼也不眨地捐出兩千萬，他們難道出不起嗎？在這些人眼裡，妳過高的曝光率絕對不可能是好事，反而是場災難。相信我，頭條這種東西，對妳有害無益。妳也看到了，它不會為妳贏得洛克俱樂部的會員資格，更不會讓嘉道理夫人邀請妳到淺水灣去參加她的年度花園派對。」

凱蒂一時不知該不該相信眼前這個女人，她心裡很不服氣。這女人的頭髮顯然是在旺角某個小髮廊裡做的，憑什麼評論我的形象？

柯琳娜繼續：「戴太太，讓我告訴妳我是做什麼的。我是『上流社會形象顧問』，專門協助像妳這種設法進入亞洲菁英階層的人。」

「謝謝您的好意。但我的丈夫伯納德．戴就是世界富豪榜的常客，已經有了足夠的名望，恐怕不需要您的協助。」

「是嗎？那妳丈夫這幾天都到哪去了？像他這樣的大人物，為什麼沒出席上週四特首[62]舉辦的亞洲五十大傑出領袖頒獎晚宴呢？我母親昨晚舉辦了招待牛津劍橋伯爵的宴會，怎麼也不見你們夫妻倆？」

凱蒂心裡屈辱萬分，明知對方在譏諷自己，卻無言以對。柯琳娜乘勝追擊道：「戴太太，恕我直言，戴氏家族在外面的風評，可沒妳想像中的那麼好。戴拿督早年曾趁馬來西亞不景氣之機染指企業並蓄意收購，業界大亨們都以他為恥。再看如今，他的兒子，也就是您的丈夫，又是個

62 香港特首，香港政府的最高領導人。

聲名遠播的敗家子，繼承了億萬遺產卻整日耽於享樂。圈子裡有誰不知道戴氏的財政大權至今仍掌握在妳婆婆卡蘿．戴的手中？請問這樣的局面下，誰會把伯納德當一回事？更糟糕的是，他還娶了一個三級片出道的中國肥皂劇演員……」

凱蒂看起來像是被狠狠賞了一巴掌，她正要開口辯護，卻被柯琳娜搶先：「當然，這些事實和我又有什麼關係？我邀妳來這裡，也不是為了對你們戴家品頭論足。我只是客觀描述所有香港人對你們戴家的看法而已。所有人，除了伊文婕琳，畢竟她才剛來這裡沒多久。」

提到這位新朋友，凱蒂的態度立刻軟了下來，她傷心道：「伊文婕琳……我結婚以後，她是第一個善待我的人……」她愣愣地注視了餐巾一會兒，才接著說道：「我並不像您以為的那樣愚蠢，我知道人們都在說些什麼。早在那場宴會之前，周圍的人就視我如瘟神了。去年在巴黎觀看維克托．羅夫（Viktor Rolf）時裝秀時，我就坐在亞拉敏塔．李旁邊，她從頭到尾都把我當空氣。我做錯了什麼？她憑什麼這樣對待我？這些道貌岸然的社交名人，誰沒有見不得人的過去？憑什麼只針對我？」

柯琳娜重新評估眼前這位年輕的女子。自己原本只是把對方視作拜金的肥皂劇女星，沒想到她竟還有這樣天真無助的一面。「那麼，妳現在是否願意接受我的建議呢？」

「拜託妳了。」

「首先，要明確自己的身分。妳是中國人。妳知道香港人對於中國人的看法。妳必須付出加倍的努力來消除偏見。除此之外，還有一大障礙，所有人都不會原諒妳對阿歷斯泰做過的事。」

「阿歷斯泰？」

「是的，阿歷斯泰．鄭在香港的上流圈子裡很受歡迎。而妳傷透了他的心渾然不覺。事到如今，妳得罪的可不只是鄭家少爺的仰慕者，更是敬畏鄭家的所有人。」

「我不覺得他家有那麼特別。」

柯琳娜冷笑：「阿歷斯泰沒帶妳去過泰瑟爾莊園？」

「泰——什麼？」

「我的天，看來妳真沒去過那座宮殿呀。」

「您到底在說什麼？什麼宮殿？」凱蒂不解。

「算了，事到如今，多說無益……重點在於，阿歷斯泰的母親是亞莉珊卓．楊，幾乎亞洲所有的名門望族都得給他面子，包括馬來西亞的梁家、貴族後裔錢家，還有尚家……恕我直言，妳還真是錯付終身啦！」

「我，我不知道……」凱蒂的聲音小得跟蚊子沒兩樣。

「是啊，妳看不出來，這不怪妳。妳不是上流圈子出身，沒受過那樣的教育。但我可以向妳保證，只要妳願意跟我合作，我會親手為妳締造『圈內人』的人生。我會把這個世界裡裡外外的一切都展示給妳看，把那些豪門望族的祕密都當成故事說給妳聽。」

「那……我需要付多少錢？」凱蒂直言問道。

柯琳娜沒有回答。她從老舊的芙拉（Furla）手提包裡拿出一個皮革筆記本遞給凱蒂，然後說道：「報酬按年支付。但妳得按照合約所說，先付兩年的保證金。」

凱蒂瞄了眼價格後笑道：「您這是在開玩笑吧？」

柯琳娜的臉色一沉，她知道接下來就是最後的「攻堅戰」了。「戴太太，在妳決定之前，還請如實回答我一個問題——妳這一生，到底想要什麼？先讓我猜一下妳的計畫……首先，妳打算在接下來的數年裡飛遍亞洲的每一個角落，參加宴會、慈善之類的公眾活動，好讓妳的照片霸占各大雜誌的封面及頭條。在此期間，妳將結交一群土豪和鬼佬[63]闊太。當然了，有個前提，她們的丈夫是短期駐外的銀行家或私企員工。妳和這群外國闊太太混熟後，她們或許會邀請妳參加一些三流的慈善組織。那麼恭喜妳，自此之後，妳的手提包裡就會塞滿蕭邦精品店（Chopard），或是上環某畫展的酒會邀請函了。對了，巴斯卡・龐也許會偶爾宴請妳，但很遺憾地告訴妳，真正的香港上流社會，是絕不會向妳敞開大門的。妳想參加最頂尖的俱樂部，還想受邀出席豪門望族舉辦的盛大舞會？恕我直言，那都是癡心妄想——除非妳覺得寶雲道上的索尼・錢家就夠高檔了。妳的孩子將沒有資格就讀香港最好的學校，更別說與頂級家族的繼承人們一同玩耍了。誰是亞洲經濟的幕後推手，誰身後有政壇大佬的撐腰，誰影響了文化浪潮，這些和妳有關嗎？妳將會被這個圈子完全排除在外，難道說，這就是妳追求的人生？」

凱蒂靜默。她無法反駁。

「來，我給妳看幾張照片。」她把 iPad 放在桌面上，打開相簿。一張張照片在螢幕中滑過，凱蒂認出這些都是眼前這個女人和眾多大人物的私密照：這張是柯琳娜與某位移居新加坡的中國大亨的合照，他們正在飛機上吃早餐；那張是柯琳娜在溫哥華的聖喬治大學，參加梁明兒子的畢

63 粵語中的蔑稱，通常指高加索人種的外國人。近些年，香港人越發頻繁地用其泛指外國人，也不再帶有貶義色彩了。

業典禮；還有一張，柯琳娜在明德國際醫院的產房裡，抱著某香港望族的新生兒……

「您能介紹這些人讓我認識嗎？」

「他們都是我的客戶。」

凱蒂瞪大刷了厚重睫毛膏的雙眼，急切地問道：「艾達．潘呢？她也是您的客戶嗎？」

柯琳娜微笑道：「我這裡有張她早年的照片，只給妳看，千萬別四處宣揚。」

「我的天哪！看看這衣服！還有這口牙！」凱蒂咯咯笑。

「沒錯。為了修整她這口牙，陳醫生可以說是施展了畢生所學……妳知道她在嫁給潘先生做小老婆之前在幹嘛嗎？她是九龍廣東道上某間香奈兒的店員！當年，潘先生到那家店挑禮物給老婆，誰知道禮物沒挑到，反給自己找了個小老婆。」

「真是有趣。看她那樣，我還以為是哪家的大小姐呢！」

柯琳娜小心翼翼地叮囑道：「注意了，我之所以願意告訴妳艾達的這些黑歷史，是因為它們早已是公開的祕密了。我只希望妳能明白一點，在香港社會，遍地是機遇，人人皆有無限的可能，就看妳能否察覺，並妥善地『加工』自己了。首先，我要重塑妳的形象。記住，在這世上，沒有無法忘卻之事，更沒有無法饒恕之人。」

「重塑我的形象？您真能改變香港人對我的看法？」

「戴太太，我要改變的，是妳的人生。」

加州，亞凱迪亞

◆二〇一三年三月九日

瑞秋帶著好友們穿過一道長廊，推開長廊盡頭的房門，淡淡地說：「就是這裡。」裴琳和席爾薇亞・王－施瓦茨往裡面看。

裴琳一走進去，視線就被更衣室中央假人身上的婚紗吸引。「**哇！好美！太美了！**」

席爾薇亞靜靜地走到婚紗前，繞著婚紗從頭到尾看個仔細。「跟我想像的不一樣，但確實很美，正是妳的風格。真沒想到尼克把妳帶到巴黎挑婚紗，結果最後妳卻是在蘇活區的Temperley樣品特賣會買到。」

「我實在沒有很喜歡巴黎的那些婚紗，看起來都太高貴了，再說我也不想花時間找設計師訂製，妳懂得，買件衣服而已，還要一趟趟飛到巴黎去試穿，太麻煩了。」瑞秋有點不好意思地說道。

「真是太可憐了，還得飛到巴黎去試穿！」席爾薇亞調侃道。

裴琳拍了拍席爾薇亞的肩膀，笑道：「哎呀，我十八歲就認識她了，她就是太務實了，我們說什麼都是徒勞，且就這件婚紗而言，說它是高級訂製服，有誰會懷疑？」

瑞秋興奮地說：「等我穿上妳們再看看！它垂墜的樣子才是重點！」

席爾薇亞眼一瞇：「哎呀！這可不像我們瑞秋會說的話。看來，我們還有機會把妳改造成一名時尚潮人！」

三人正聊得起勁，瑞秋的表姐薩曼莎急忙走進來。只見她頭戴耳機，頗有導演的風範。一見瑞秋她便責備道：「新娘怎麼還躲在這裡？我找妳找好久。親朋好友都到齊了，就等妳開始彩排呢！」

「抱歉抱歉，沒想到你們已經在等了，我以為還早呢……」

「找到新娘了！我們已經在趕回去的路上了！」薩曼莎一面驅趕著面面相覷的三人，一面對著話筒喊道。四人匆匆穿過草坪，來到一棟帕拉底歐風格（Palladian）的音樂廳前，這裡就是舉行儀式的場所。席爾薇亞遠眺草坪邊界的群山和另一端的太平洋，忍不住讚歎：「再跟我說一次，你們是怎麼找到這個仙境的？」

「我們很幸運。尼克的朋友莫梅特建議我們來亞凱迪亞看看，說這地方歸他的一個朋友所有。那朋友一家每年只來這裡避暑幾個星期，從不外借，但只要莫梅特開口便能破例。」

薩曼莎好奇地問道：「莫梅特？是不是那個褐色眼睛的短鬍渣猛男？」

「對，我們都叫他『土耳其卡薩諾瓦』。」

席爾薇亞驚歎：「那家人是多有錢？蓋一棟這樣規模的豪宅，一年就住幾周？」

「說到有錢，剛到場的那幾位，那身材、那大長腿，簡直就像從《時尚中國》（*Vogue China*）裡走出來的超模！她們光一雙靴子，價值就超過我那輛普銳斯（Prius）了……對了，還有一個迷人的年輕女孩，穿著一件合身亞麻連衣裙，講了一口字正腔圓的英腔，貝琳達舅媽這會已經開始檢視人家了，哈！」薩曼莎報告。

瑞秋開心地說道：「哇！妳說的一定是亞拉敏塔．李和艾絲翠．梁，她們終於到了！」

「人家現在是亞拉敏塔．邱了。」裴琳糾正道。

「快走快走，我已經迫不及待要見見這群超模了！那場面一定堪比《浮華世界》（*Vanity Fair*）！」席爾薇亞興高采烈地說。

四人來到主廳門前的托斯卡納石柱迴廊下，出席婚禮彩排的眾賓客們早已聚集於此了。只見工作人員們正忙著搭建通道竹棚，上面纏繞裝飾著紫藤花與茉莉，通道盡頭是新人互許誓言的拱門。瑞秋知道，這是籌備工作的收尾階段了。

貝琳達．朱一看到新娘便迎了上來，看起來正在氣頭上，她抱怨道：「瑞秋，妳雇的鮮花設計師信誓旦旦地保證紫藤花會在明天婚禮上當場盛開，這是胡扯吧？那些花有的才剛發芽，哪這麼快就會開花？除非妳在它們頭上裝個吹風機！妳當初就應該用我推薦的花匠，帕羅奧圖豪門的花草可都是他照顧的。」

「放心吧，舅媽，一切都會順利的。」瑞秋冷靜地回應著貝琳達的抱怨，一邊朝尼克眨眨眼，他正與莫梅特、艾絲翠和其中一位伴郎在拱門前聊天。

瑞秋迎上前去，艾絲翠給了她一個熱情的擁抱，興奮地說：「真是太美了！妳讓我都想再結一次婚了！」

尼克的手機突然響起，他看是未知號碼便直接不理會，還把手機調成了震動模式。尼克身邊的那位伴郎有點害羞地朝瑞秋揮了揮手——原來是柯林·邱！他那頭黑髮長到超過肩膀了，瑞秋一時沒認出他來。

瑞秋驚喜道：「看看你！真像一名玻里尼西亞衝浪選手！」

「這叫潮流！」柯林自吹自擂道，還不忘給準新娘的臉頰一個吻。亞拉敏塔也上前啄了一下瑞秋的面頰，她今天身穿伊夫·聖羅蘭（Yves Saint Laurent）復古獵裝夾克，腳踩吉安維托·羅西（Gianvito Rossi）金色長筒皮靴，既性感又帥氣。

金阿姨瞥了一眼亞拉敏塔，向瑞伊·朱竊竊私語道：「看見了吧，就是那個女孩。瑞秋之前惹上的麻煩，都是從那女孩的婚禮開始的。」

「她身邊那個穿著破爛牛仔褲和夾腳拖的男人又是誰？」

「他是那女孩的老公，聽說也是個億萬富翁。」凱芮小聲地回應。

「最近我的那些病人們也都是這副德行。只看穿衣打扮，誰知道他們到底是潦倒的流浪漢，還是Google的老闆？」瑞伊粗聲粗氣地說。

一群親朋好友們互相介紹完畢後，傑森·朱也拍了夠多跟「超模小姐們」以及尼克的漂亮表姐艾絲翠——他堅稱是電影《十面埋伏》裡的女主角——的合照，薩曼莎集結眾人在走道旁各就各位，逐一吩咐道：「大家都聽好了，莫梅特安排客人們入座後，就正式進入婚禮環節。首先，傑森你要護送凱芮姨媽經過走道，然後再回到你媽身邊；確定你媽入座後，你才能在她身邊坐下。」

下達完第一個任務，薩曼莎瞥了眼iPad上的人員表，喊道：「接下來是阿歷斯泰·鄭……在嗎？」得到對方回應後，她繼續說道：「艾絲翠是尼克家族的代表，你要護送她經過走道。那位就是艾絲翠，你明天認得出她的臉嗎？」

「應該可以，她是我表姐。」阿歷斯泰禮貌地自嘲道。

薩曼莎被逗得咯咯笑，說道：「抱歉抱歉，我不知道你也是尼克的表兄弟。」

這時，尼克的手機再次震動起來，他不耐煩地掏出手機來看。這次是簡訊，來自同一個陌生號碼，短短的兩行字：「對不起，我還是沒攔住你媽媽。愛你的爸爸。」

尼克重新看了遍訊息，爸爸這話到底是什麼意思？這時，薩曼莎已經在下達新的指令了：「好了，現在輪到今天的男主角跟伴郎了。尼克還有柯林——所有人都就位後，你們得留在棚子的左側。大提琴音樂一響起，你們就走向……」

「抱歉，失陪一下，」尼克不待薩曼莎說完，拋下這句話便急忙跑出拱門。他來到前院一角，瘋狂打給他父親。電話直接轉到語音信箱：「抱歉，您所撥打的號碼尚未設置語音留言功能，請稍後再撥。」

該死。尼克嘗試撥打父親平常在雪梨用的號碼，一陣莫名的恐懼瞬間襲上。

柯林見狀跟了出來，問道：「怎麼了？」

「我也不知道。嘿，你這次來美國有沒有帶保鑣？」

柯林翻白眼：「怎麼可能沒有？根本甩不掉他們，有夠煩。但亞拉敏塔的爸爸堅持這樣。」

「他們現在在哪？」

「守在門外吧……看見那個女人了嗎？她是亞拉敏塔的貼身保鑣。」柯林指了指瑞秋親友團中的一個鬈髮女人，「她看起來像不像銀行櫃員？呵呵，她可是前中國特種部隊的成員，十秒內就能把一個壯漢撂倒！」

尼克把簡訊給柯林看：「你能吩咐你的保鑣明天安排多一些支援嗎？多的費用我出。我要整個婚禮現場全面戒備，只允許賓客名單上的人進入。」

柯林做了個鬼臉道：「唔，恐怕已經來不及了……」

「你這話是什麼意思?!」

「看那邊，十二點鐘方向。」

尼克注視了片刻，說：「不，那是瑞秋紐澤西的表親，不是我媽。」

「不不，你看那邊，天上……」

尼克望上藍天，「噢，真是他媽的該死。」

「薇薇、奧利那邊準備好了沒？」薩曼莎確認完畢，彎下身子，把盛放結婚戒指的藍色絲枕遞給瑞秋的小表弟。然而，枕頭剛放到男孩的小手上，便咻——地飛到幾公尺之外。下一秒，周圍的橡樹開始劇烈顫抖，震耳欲聾的嗡嗡聲擾亂了溫馨的氣氛。柱廊的正上方，不知從哪裡冒出一架黑白相間的巨型直升機，正在緩緩降落，顯然想在草坪上著陸。薩曼莎和瑞秋驚恐地瞪著螺旋槳製造的強風如龍捲風一般，正摧毀著現場的一切。

「大家快離竹棚遠一點！它要降落了！」隨著某個工作人員的一聲尖叫，眾人紛紛逃離，緊接著便是拱門傾倒，竹棚瞬間化為廢墟，同時紫藤花花蕾漫天飛舞。一團茉莉不偏不倚地砸在貝琳達臉上，引來一聲尖叫。

凱芮．朱哭喊：「哎呀！毀了，全毀了！」

在眾人的謾罵聲中，這架阿古斯特．威斯特蘭（Agusta Westland）109直升機終於著陸了。只見一名精壯的墨鏡男從駕駛艙中跳出來，打開主艙門，在他的攙扶下，一位身著藏紅色長褲套裝的女人邁步而出。

「天哪，真的是埃莉諾舅媽！」艾絲翠哀號。

看著尼克怒火沖天地朝他母親走去，瑞秋麻木地一動也不動。柯林和亞拉敏塔急忙扶住她，兩人身後還跟著一位持槍的鬈髮女人。

「我們先帶妳回房間休息吧。」柯林說。

「不用，我沒事。」目睹了眼前的慘狀，瑞秋忽然覺悟了，事到如今，她還有什麼好害怕的？害怕的應該是尼克的母親才對，否則，她又怎麼會做出將直升機降落在婚禮現場這種瘋狂的舉動？反應過來時，瑞秋發現自己已經來到尼克身邊了。此刻她想要待在他身邊。

尼克憤怒地質問母親：「妳瘋了嗎？看看妳做了些什麼！」

埃莉諾的神情異常平靜，淡淡地回應道：「我知道你會生氣，但我也不想這樣，誰叫你不接我電話。」

「這就是妳用這種方式摧毀我婚禮的理由?!妳真的瘋了！」

「尼基，注意你的言辭！我不是為了阻止你們結婚才來的，我沒有理由那麼做。事實上，我希望你們結婚——」

「我們要叫保全了，妳現在就得離開這裡。」

此時，瑞秋在尼克身後，尼克轉頭關切地看了她一眼，她也回以微笑。她對埃莉諾說：「哈囉，楊太太。」

「瑞秋，能否借一步說話？」埃莉諾微笑地問道。

尼克攔在兩人中間：「瑞秋沒打算跟妳私下談話！妳做得還不夠多嗎？」

「**阿啦嘛**，你緊張什麼？我會負責把一切都復原的。你應該感謝我提前幫你們測試了這堆竹子是否牢固。就這個樣子，正式舉行婚禮時要是被風吹垮了，那才更尷尬。尼克，聽我說，我真的不是來亂的，我來這裡是希望能夠取得你們的原諒，並送上我的祝福。」

「太遲了。現在，我只希望妳**離開**！」尼克怒不可遏地吼道。

「相信我，我知道你不歡迎我，待會我就離開。不過我想瑞秋應該要在步上紅毯前聽聽我要說的話。你難道不想讓瑞秋在婚禮前，見她親生父親一面？」

「妳到底想說什麼？」尼克警惕地盯著母親。

埃莉諾沒理會她兒子，直視著瑞秋的眼睛說：「我說的是妳的親生父親，瑞秋，我找到他了！這就是幾個月來我一直設法告訴你們的事情。」

「我不信！」尼克說。

「不管你信不信，去年我已經透過艾迪，在倫敦認識瑞秋生父的老婆了，你可以親自去問你表哥。整件事完全是巧合，但我已經再三確認過，絕對不會錯的。瑞秋，你父親叫鮑高良。」

「鮑高良……」瑞秋懷疑地重複這個名字。

「他現在就在聖塔芭芭拉的四季度假飯店（Four Seasons Biltmore），他想見見妳媽媽，凱芮；還有妳，他素未謀面的親生女兒。瑞秋，跟我來吧，我帶妳去見他。」

尼克越聽越惱怒：「妳又想要什麼詭計？我不會讓瑞秋跟妳走的。」

瑞秋拍了拍尼克的肩膀說：「沒事的，我想去見見他。看他到底是不是我爸爸。」

直升機上，瑞秋一直沉默著。她緊緊握著尼克的手，焦慮地看著坐在對面的母親。她從凱芮的表情上可以清楚感覺到，此刻她的緊張焦慮遠勝於自己。若埃莉諾說的是真的，凱芮馬上就要和自己的愛人、那個拯救自己於家暴的人重逢了。

眾人來到飯店門前，瑞秋突然失去了往前走的勇氣。尼克關切地問道：「妳還好嗎？」

「還行，就是覺得，有點突然……」瑞秋小聲地說道。事情發展到如今這個地步，她完全沒有心理準備，更不知會如何收場。說實話，經歷了兩趟徒勞無功的中國行後，瑞秋已對父女相見不抱任何期望了；她想像即使有朝一日能夠重逢，多半也是在艱險旅行後的某個偏僻的村落裡……她從沒想過會在聖塔芭芭拉的度假村與他相見，且還是在婚禮的前一天。

進入飯店後，在埃莉諾的帶領下，眾人經過一間瀰漫著薰衣草香氛的廳堂、一道地中海風格的走廊，接著再次來到戶外。四人穿過鬱鬱蔥蔥的花園，朝一棟私人木屋走去。瑞秋彷彿置身於朦朧的夢境之中，時間飛速流轉，將周邊的一切抹上了一層虛無感。這意義重大的一刻，真的就要發生在眼前這座明亮且充滿熱帶風情的花園裡？她還來不及整理好心緒，四人已抵達木屋門前，埃莉諾快速在那扇布道院風格的木門上敲了兩下。

瑞秋深呼吸。

尼克見狀後緊握著她的手，在她耳邊輕聲安慰：「別擔心，我會一直陪在妳身邊。」

木門後是一位戴著耳機的黑衣男子，顯然是保全人員。瑞秋朝房內望去，只見一位身著開襟襯衫與淺黃色毛背心的中年男性坐在壁爐前。這個男人白皙的臉龐上戴著一副無框眼鏡，茂密的黑髮一絲不亂地朝左邊梳著，鬢角邊有幾綹灰白的髮絲。這真的是自己的親生父親嗎？

凱芮在原地猶豫了片刻，當男人起身朝這邊走來，光線打在他的面容上，她忍不住掩住嘴巴驚呼：「高偉！」

「凱芮，妳比我記憶中的更漂亮。」他用中文說道。

凱芮放聲啜泣，瑞秋看著媽媽靠在這男人胸膛上不斷流淚，也忍不住熱淚盈眶。這時，凱芮回過頭來對她說道：「瑞秋，這是妳爸爸。」

瑞秋不敢相信自己聽到的這句話。她站在門邊，一時間覺得自己老了五歲。

尼克母子在木屋外目睹了這一家重逢的一幕，同樣百感交集。埃莉諾哽咽地對兒子說：「走吧，給他們一點隱私。」

尼克也有些濕了眼眶，說道：「這是這麼久以來妳說過最棒的一句話，媽。」

加州，聖塔芭芭拉

◆四季度假飯店

在飯店的大廳內，埃莉諾要了杯熱檸檬水，詳細地跟尼克說明找到瑞秋生父的經過。

「鮑邵燕很感激我們在倫敦幫了她這麼多。你那沒用的表哥艾迪在倫敦買完他的新衣服，就丟下邵燕自己回國了。她在倫敦人生地不熟，所以就全靠我們照顧了。我們每天陪她去醫院看他兒子；帶她去中國餐廳吃飯；有天芙蘭雀絲卡還開車帶我們去比斯特購物村，邵燕看到那裡有諾悠翩雅的店時簡直開心死了。我的天，你知道她一次買了多少喀什米爾毛衣嗎？我當時就想，她至少還得買三個 Tumi 大行李箱才夠，否則怎能把這堆衣服帶回家呀？」

「卡爾頓一離開加護病房後，我就建議她帶兒子到新加坡做復健。為此，我還特別拜託 NUH（新加坡國立大學醫院）的夏醫師，替卡爾頓安排最高規格的康復療程。這麼一來，卡爾頓的爸爸自然也得從北京來到新加坡探望兒子，之後我花了幾個月的時間，徹底瞭解了他們家。同時，你洛蕾娜阿姨在中國的私家偵探也極盡所能，挖出了這家人的全部祕密。」

「連洛蕾娜阿姨和她的諜報組織都出馬了？」尼克嘲諷道，啜了口咖啡。

「阿啦嘛！你可得感謝洛蕾娜請了王先生出馬！要不是有他在其中調查、動用人脈，我們哪能得知事情的真相？經他調查，我們得知鮑高良大學畢業後就改了名字。他是福建人，高偉是他幼年時用的小名，他原名叫孫高良。他父母讓他從乾爹的姓氏，因為他乾爹是江蘇省的高官，這麼一來他就能在那裡有比較好的事業起步。」

「妳是怎麼把這件事告訴鮑家人的？」

「有次，邵燕回北京參加一個商務活動，留下高良在新加坡陪兒子。某一晚，我帶高良到威南記吃雞飯[64]，順便請他講講過去的故事，他就和我談起了在福建的大學歲月……談著談著，我突然問他：『你認識一位叫作凱芮的女生嗎？』他的臉突然白得跟鬼一樣，他說：『我不認得這個名字。』接著就想快點吃完離開。於是我說：『高良，我沒有惡意。你要走我也不會阻止你，但能否占用你幾分鐘的時間，讓我把話說完呢？自從認識了你們一家，我就感覺我們之間有緣分。你知道為什麼嗎？我兒子和一個叫作瑞秋．朱的女孩訂婚了，我這裡有那個女孩的照片，你看了自然就會明白一切。』」

「妳怎麼有瑞秋的照片？」尼克問道。

埃莉諾臉一紅，回答說：「那是我一開始在比佛利山莊雇的私家偵探找到的駕照照片。哎呀，這不是重點！高良只瞥了一眼照片就震驚不已，迫切地問我這女孩是誰。因為這再明顯不過了——如果瑞秋卸掉妝容、剪去長髮，活脫脫就是卡爾頓的翻版。我就直接告訴他，這女孩的母

64 海南雞飯，新加坡的國菜。好吧，埃莉諾已準備好接受美食部落客的抨擊了……她之所以選擇威南記，完全是出於聯合廣場距鮑家的住處只有五分鐘車程，而且下午六點後的停車費只要兩美元。她若是憑自己喜好選擇 Chatterbox，在文華附近找車位的過程會讓她抓狂，而且還得為此花費十五美元。她沒必要給自己找罪受，不是嗎？

親叫凱芮．朱，現居加州，她祖籍在廈門，早年嫁給了一個叫周方閔的男人……講到這裡，高良終於崩潰了。

「妳在這方面還真是專業啊！」尼克眉毛一抬，淡淡地說道。

「隨便你怎麼嘲笑我，要不是我用心良苦，瑞秋能有機會與她爸爸重逢嗎？」

「這怎麼是嘲笑，我是在由衷地稱讚妳。」

「我知道你還在生我的氣，但我希望你知道，我做的一切都是為了你。」

尼克惱怒地搖搖頭：「妳希望我有什麼反應？妳差點就毀了我最愛的一切。你不信任自己兒子的判斷，打從一開始就對瑞秋心懷偏見，見面前就污蔑人家是拜金女……」

「哎呀，你到底要我道多少次歉？我誤會她了，不管她拜不拜金，我反對這門婚事的原因完全是因為你阿嬤的關係。你知道阿嬤是絕對不會點頭的，我所做的，只是要確保你不會惹怒她。因為早在二十年前，我就是那個不受待見的媳婦，我甚至不是出身於中國的單親家庭。相信我，我知道不被認可的感覺。你從沒站在你阿嬤的角度考慮過，我只是在保護你。你阿嬤從你出生的那刻起就特別疼愛你，我不希望改變這一切。」

尼克看見母親眼裡的淚光，態度軟化不少。這時一名服務生經過，尼克吩咐道：「不好意思，麻煩再給我們一杯熱檸檬水，檸檬切片插在杯緣上，謝謝。」

「滾燙的，謝謝。」埃莉諾補充道，用隨身攜帶的舒潔面紙擦了擦眼角。

「妳一定知道阿嬤打算取消我的繼承權吧？賈桂琳幾周前告訴我了。」

「哼，賈桂琳總是幫你阿嬤做壞人！但你永遠不能確定阿嬤打算怎麼做。再說了，這也沒什麼關係，現在你有瑞秋了。別誤會，我的意思是說，我很高興你們結婚了。」

「妳這態度轉換得也太突然。我猜妳是因為瑞秋爸爸是中國的高官，才突然認可她。」

「他可不只是什麼政治家。」

「什麼意思？」

埃莉諾鬼鬼祟祟地環視四周一圈，確認沒有人會偷聽後，才神祕兮兮地說道：「鮑高良的父親掌管中國醫藥界的龍頭——千禧製藥集團。這家集團的股票，在上海證券交易所可是藍籌股！」

「所以呢？這有什麼稀奇的？妳認識的哪個人不是家財萬貫？」

埃莉諾湊得更近了，降低音量說：「哎呀！我身邊這些有錢人不過是幾百萬、幾千萬的富豪罷了。鮑家可不同，他們是中國富豪——百億級別的！更重要的是，他只有一個兒子……現在多了一個女兒。」

「所以這就是你突然贊成我和瑞秋結婚的原因！」知道真實原因後，尼克哀號道。

「這是當然！只要瑞秋懂得怎麼運用一手好牌，就會成為繼承人之一。到時你也有份。」

「我真是榮幸我媽媽做任何事的動機都和錢有關。」

「我是為你好！現在阿嬤那邊的繼承權這麼不確定，你不能怪我替你想好別的辦法。」

「我哪敢。」尼克平靜地說。失望之下，他知道自己永遠沒辦法改變自己的母親。他們那代人的人生價值觀就是獲取和積累財富，她的朋友們也都互相較量著，誰臨走前留給孩子的房地產、事業和股權最多。

埃莉諾湊得更近。「有幾件關於鮑家的事情，我必須要讓你知道。」

「我不想聽妳的那些八卦。」

「哎呀，誰說是八卦了？是一些我和王先生查出來的重要事情。」

「停！我不想知道！」尼克說。

「哎呀，多知道一些對你有好處！」埃莉諾堅持。

「媽，妳這樣不累嗎？瑞秋才和親生父親團聚不到二十分鐘，妳就在這邊不停講人家的私事。之前就是因為妳去挖別人的隱私，害我差點失去這段感情……這對瑞秋不公平，我也不想以這種方式開始我們的婚姻生活。」

埃莉諾嘆了口氣。這兒子真是無可救藥！他真是太頑固又太自以為是，完全搞不清楚這是在幫他。看來還得從長計議。埃莉諾打定主意後，視線從兒子身上移開，多擠些檸檬汁到開水中，她問：「接下來有什麼打算？你眼前這位可憐的母親，有幸出席明天自己唯一一個兒子的婚禮嗎？」

尼克沉默了一會兒，猶豫道：「我要和瑞秋商量一下。妳無情地毀了她精心布置的婚禮，我不確定她是否還有走紅毯的心情，不過我會問問看。」

埃莉諾興奮地站起來道：「我這就去找飯店的禮賓部門，我們會搞定一切的。需要多少紫藤花？就算跑遍世界我也會幫你們摘回來。我會確保瑞秋有一個完美的婚禮。」

「如果妳真有這份心，瑞秋會很感激的。」

「我現在要趕緊打給你爸，他還來得及在明天下午之前飛到這裡。」

「我還得和瑞秋商量，我可不保證能按時舉行婚禮。」

「哎呀，她肯定會原諒我們的！從她面相就能看出她是個心胸寬廣的人。你知道她最棒的優點是什麼嗎——就是她的低顴骨，人家都說顴骨高的女人gow tzay[65]……不說這些了，能不能幫我一個忙？」

「什麼？」

「拜託你在明天婚禮之前，找家像樣的髮廊把頭髮剪一剪！現在這樣太長了，我可不想看到自己的兒子在婚禮上像個chao ah beng[66]。」

65 沒有任何中文詞彙能詮釋這個精闢的閩南語俚語，它的含義包括婊里婊氣、無理取鬧、目中無人、難以相處等。

66 閩南語，意為「不良少年」、「流氓」。

加州，亞凱迪亞

黃昏將至，夕陽徘徊在聖伊內斯山的頂峰，替萬物罩上了一層金色的薄紗。草坪上的竹棚已恢復原本的模樣，茂密的紫藤花和茉莉在餘暉下，比起日間更顯奢華，花蕾中呼之欲出的芬芳溢滿柱廊，在座的所有賓客都心曠神怡。背靠新古典風格的音樂廳，四面是兩百年的老橡樹，這樣的景象，像極了梅斯菲爾德．帕里什（Maxfield Parrish）的畫作。

交換誓言的時刻將至。在伴郎柯林的陪同下，尼克從音樂廳中走出，站到了白色石斛蘭覆蓋的拱門旁。他以餘光瞥向台下數百名賓客，找到了父親的身影。他坐在艾絲翠旁邊，因為剛從雪梨飛來，身上灰色的襯衫皺巴巴的。他的母親埃莉諾正與後排的亞拉敏塔聊得起勁。數分鐘前，她以一席詹巴迪斯塔．瓦利（Giambattista Valli）瑪瑙綠晚禮服登場，前衛的超級深V領口一路延伸到肚臍，掀起了一陣騷動。

「別緊張！」坐在第一排的艾絲翠用嘴型提醒臺上的尼克——他正侷促不安地撥弄著袖扣。這小動作讓艾絲翠不由得想起了那個曾經跟著自己到處跑的小男孩，那時候他還穿著足球短褲，在泰瑟爾莊園裡爬上爬下、爬樹跳池塘呢。他們每天都有一堆莫名其妙的新遊戲和天馬行空的想像，那時的尼基是彼得．潘，而自己是溫蒂。而現在，小彼得．潘身著帥氣的亨利．普爾（Henry Poole）禮服，馬上就要與瑞秋一同去創造屬於他們的新世界了。遠在新加坡的阿嬤若知道這場婚禮，必定會雷霆震怒的。但至少在今夜，尼基要和夢中的女孩結婚了！

在現場嘉賓的期待中，音樂廳正面的玻璃門緩緩打開，室內隱約傳來三角鋼琴的莊重旋律。在這熟悉的旋律中，瑞秋的伴娘團——裴琳、薩曼莎和席爾薇亞身著統一的珍珠灰斜裁絲質禮服——依序走上廊道。台下，一身金色聖約翰（St John）禮服搭配短版外套的貝琳達舅媽，突然察覺到耳邊的旋律是佛利伍麥克（Fleetwood Mac）[67]樂團的〈*Landslide*〉，便忍不住摀著手中的香奈兒手帕啜泣；瑞伊舅舅對妻子的反應感到莫名其妙，乾脆就當沒看見，一雙眼睛直勾勾地盯著正前方。前排的金阿姨聽見啜泣聲，回頭看了貝琳達一眼，後者這才有所收斂，尷尬地表示：「抱歉抱歉，我一聽史蒂薇的歌，就感動得哭出來。」

鋼琴曲終，緊接著是第二輪驚喜。只見音樂廳中光線驟暗，頭頂上的薄紗輕輕落下，露出了屋頂上整組來自舊金山的交響樂團！指揮舉起手中的指揮棒，阿隆·科普蘭的〈阿帕拉契亞的春天〉（*Appalachian Spring*）開始在空氣中迴盪。旋律響起的瞬間，瑞秋在華特叔叔的陪同下翩然步入柱廊。

新娘一席合身的束腰雙縐絲婚紗，精緻的刀形褶如同溪流一般在裙面上流淌，引得台下賓客嘖嘖稱讚。她任由略呈波浪形的長髮披在雙肩上，只在雙耳邊各夾了一枚羽毛形狀的鑽石髮飾。彷彿就是三〇年代備受好萊塢魅力薰陶的摩登新娘。

瑞秋緊緊握著手中的白色鬱金香與馬蹄蓮花束，朝著台下的親朋好友莞爾微笑，她看見她的

67 美國著名的搖滾樂團。

母親跟鮑高良坐在前排。儀式前，瑞秋堅持讓一直以來視為父親的華特舅舅陪自己走上紅毯；然而，看到台下的母親和真正的生父坐在一起，她不由得百感交集。

父母就在自己面前幾步遠的地方——沒錯，她的父母。這是她第一次能夠適當地說出這個詞，想到這裡，她不禁紅了眼眶。可不能讓眼淚毀了坐在化妝檯前幾個小時的成果。就在昨天早上，她幾乎要放棄尋找生父，開始新的生活；可是才不到十二個小時，她便知道親生父親還活著，且活生生地出現在眼前，且自己還有個同父異母的弟弟。這比她心中所盼望地還要多。經歷了迂迴的過程，這一切都得感謝尼克。

目睹親生女兒步入紅毯，鮑高良心裡感到驕傲。雖然與眼前這個女孩才剛相認，但自己卻已經感覺到了一種不容否認的連繫，這種連繫是在兒子身上感覺不到的。卡爾頓和他母親邵燕之間有一種特別的感情，他始終無法參與其中。一想到回國後要解釋這件事，他就頭皮發麻。來美國前，他瞞著邵燕說自己要到澳洲出差，這下可好了，到底該怎樣跟老婆還有兒子解釋這件事？

瑞秋走到尼克身邊，他在她耳邊呢喃：「妳今天真是太美了。」

瑞秋感動到無法言語，只能點點頭。她注視著眼前這個她即將共度終生的男人那溫柔、美麗、性感的雙眼，懷疑自己真的不是在做夢嗎？

儀式結束後，所有賓客齊聚音樂廳參加婚宴。埃莉諾悄悄來到艾絲翠身邊，又開始發起牢騷來：「這儀式各方面都挺好的，就是少了一名優秀的衛斯理宗[68]牧師。在這種重要時刻，托尼・齊跑哪去了？我一向不太在意那些滿嘴「人本自然」的一神論主教。妳看見了沒——他竟然還戴著耳環！不知道是從哪冒出來的半吊子主教，該不會是kopi[69]資格吧？」

艾絲翠從埃莉諾那現代啟示錄風格的空降會場事件後，到現在才跟她說第一句話。她看了對方一眼，說道：「您下次若要請我兒子吃冰淇淋，就得好人做到底，整天都陪著他。您不知道我們花了多少時間才成功安撫他。」

「抱歉啦，我也是逼不得已才這樣，還不是為了尼克和瑞秋著想，妳就體諒一下吧。」

「或許吧，但妳明明可以避免許多麻煩和誤解的。」

埃莉諾可不願在這裡懺悔，急忙轉移話題道：「我說，瑞秋那身婚紗是妳幫忙選的嗎？」

「不是，看起來很棒，對吧？」

「我覺得有點太單調了。」

「單調得精緻、有格調。我覺得這就是卡蘿・倫芭參加蔚藍海岸晚宴時會穿的禮服。」

「我倒覺得妳這身打扮更迷人。」埃莉諾欣賞著對方的高緹耶（Gaultier）深藍色繞頸長裙。

「哎呀，這件妳看過好幾次了。」

---

68 遵奉英國十八世紀神學家約翰・衛斯理宗教思想的各教會團體之統稱。基督教新教七大宗派之一。

69 新加坡語中「咖啡」的俚語。「kopi資格」特指那些並非經由正式管道，而是透過非法購買或賄賂官方獲得的資格，且花費的價格只夠喝一杯咖啡。這個詞語可用來埋怨醫生、律師等持證人員的無能和失職；但最多的，還是調侃司機買駕照（當然，這類事情在亞洲已經屢見不鮮啦）。

「我想起來了！妳參加亞拉敏塔的婚禮時，穿的也是這件吧？」

「對啊，這件是我的婚禮專用服裝。」

「專用服裝？為什麼都要穿同一件？」

「您還記得當年賽希莉亞・鄭婚禮上的情景嗎？一群人在人家新娘面前討論我的禮服，我感覺糟透了。從那以後，我就堅持穿同一套衣服出席婚禮。」

「妳這人真是有趣。難怪我兒子從小就黏妳，也只有妳願意陪他搞那些稀奇古怪的點子。」

「我就當妳這話是誇獎了，埃兒舅媽。」

音樂廳外的下沉花園被改造成了露天的舞池。環繞四周的桉樹上，數以千計的燭光在復古的水晶罩中閃耀，古色古香的弧光灑在舞池中央，營造出一種大螢幕的視覺效果。

艾絲翠輕倚石欄，眺望著整個舞池，希望此刻能與丈夫在月光下共舞。忽然間，晚宴包中的手機震動，艾絲翠會心一笑，一定是麥可感受到自己的思念，傳訊息來問候了。她迫不及待地拿出手機，發現有則新的簡訊：

瑞秋的婚禮順利嗎？給妳個驚喜，我突然有急事要去一趟聖荷西。如果妳會在加州待幾天，要不要出來聚一聚？或是舊金山？我可以派飛機去接妳，有間義大利餐廳妳一定會喜歡的。

查理・胡

+852 6775 9999

賓客們紛紛聚集在陽臺上，期待著今夜的新人獻上開場舞。但在舞曲響起前，人群中的柯林就忽地叮噹一聲敲響香檳酒杯，吸引了眾人的目光。他高聲說道：「大家好，我是尼基的摯友，也是今晚婚禮的伴郎，我叫柯林。別擔心，我不是要講那堆又臭又長的祝詞，我只是覺得，在今夜這個特別的時刻，我們這對幸福的新人需要一些小小的驚喜！」

舞池邊的尼克看一眼好友，你這是在幹嘛？

柯林渾然不顧新郎抗議的眼神，笑嘻嘻地說道：「幾個月前，我和妻子在邱吉爾俱樂部（Churchill Club）裡巧遇了瑞秋的一位好朋友……」他看了人群中的裴琳一眼，裴琳滿面笑容地舉起香檳杯。「據這位裴琳小姐所說，瑞秋在大學四年裡，不厭其煩地哼著某首歌，哼到裴琳抓狂。而我恰好知道這首歌也是尼克的最愛。現在，尼克和瑞秋還以為他們要在舊金山交響樂團的伴奏下，完成這支開場舞，但這並不是我們真正的安排。先生女士們，讓我們以最熱烈的掌聲歡迎楊先生與楊太太，以及世界上最出色的歌手們上台！」

柯林剛說完，樂團就從旁邊的花園中走上小型舞臺，後面跟著一位白金頭髮的嬌小美女。年輕的賓客們爆出一陣興奮的尖叫聲，而老一輩的叔叔阿姨們則一臉困惑。

尼克和瑞秋目瞪口呆地看向台上的柯林和裴琳，驚訝到嘴巴完全闔不起來。「我的天！你知道這件事嗎？」

「不！這兩個傢伙，虧他們能瞞這麼久！」尼克邊笑罵邊拉著瑞秋進入舞池。熟悉的旋律響起，臺上臺下的氣氛瞬間達到了沸點。

菲力普和埃莉諾站在通往花園的樓梯口處，默默地望著兒子摟著新婚妻子愉悅地漫舞。菲力普看了妻子一眼，說道：「妳的寶貝兒子那麼開心，妳好歹也笑一下嘛！」

「我有笑啊，我有笑。為了應付瑞秋那些友善的親戚，我的臉都笑僵了。這些ABC們怎麼能把每個人都當成最好的朋友？我都做好被他們憎恨的心理準備了說。」

「他們為什麼要恨妳？妳可是幫了瑞秋一個大忙，不是嗎？」

埃莉諾本來想說點什麼，但還沒說出口就改變心意了。

菲力普看到妻子欲言又止的模樣，便鼓勵道：「親愛的，妳有話直說，我知道妳今晚一直有話想對我說。」

「我不確定……瑞秋如果深入瞭解了自己的新家庭，她真的會感激我嗎？」

「妳這話是什麼意思？」

「昨晚王先生寄了個新資料給我，我本該第一時間給你看的。說實話，或許從一開始我就不應該去淌鮑家這灘渾水。」埃莉諾歎息。

「一切都來不及了，我們已經跟他們家攀上關係了。」

埃利諾恐懼地看向他。這種神情，還是第一次在她臉上出現。

舞池中的新人隨著旋律搖擺，完全沉浸在幸福的氛圍中。尼克貼在妻子耳邊說：「我們終於挺過來了，就像做夢一樣。」

「不一定喔，我在等待下一架直升機降落。」

「我保證，不會再有什麼直升機了，也不會再有什麼驚喜了。」尼克摟住瑞秋的腰，來了個漂亮的轉身，「從今天起，我們就是一對無聊的夫妻。」

「噢！拜託！尼可拉斯．楊，從我決定和你步入紅毯的那刻起，我就做好一生驚奇不斷的心理準備了。我沒有太多要求，我只想知道今年夏天我們到底要去哪裡度蜜月？」

「這場蜜月旅行包含了午夜的陽光和峽灣。不過妳爸爸問我們能不能在暑假開始時到上海找他。他想讓你們姐弟倆見面，還保證會帶我們去所有中國最浪漫的景點。妳覺得怎麼樣？」

「我覺得這是我聽過最好的安排了。」瑞秋的雙眼興奮地閃爍。

尼克忍不住把她摟進懷裡。「楊太太，我愛妳。」

「我也愛你。但我什麼時候說要跟你姓了？」

尼克像個受委屈的小孩子一樣皺眉，但下一秒便笑道：「妳當然不必改成我的姓，親愛的，妳也可以把名字改成瑞秋．羅德姆．朱，只要妳高興就好。」

「你知道嗎，我今天想到一件事。『瑞秋．朱』這個名字是媽媽幫我取的，但並不是我的本姓；我爸爸姓『鮑』，但那也不是他的本姓。如此說來，真正由我選擇、屬於我的名字只有一個，那就是瑞秋．楊！」

尼克給瑞秋一個溫柔的長吻，賓客們歡呼聲不斷。接著他揮手示意賓客們一起進到舞池共舞。舞臺上的辛蒂．羅波（Cyndi Lauper）繼續唱她的歌，尼克與瑞秋也跟著哼了起來：

If you're lost, you can look and you will find me,time after time.[70]

---

70 這句歌詞來自辛蒂．羅波的歌曲〈一次又一次〉，意思是：「如果你迷失了方向，環顧四周就可以找到我，永遠不變。」

第二部

想知道上帝是如何看待金錢的？看看他把錢給了誰便知。

——桃樂西·派克

高─佟諮詢集團

◆ 社會影響力評估

評估對象：伯納德‧戴夫人
評估人：柯琳娜‧高─佟
二〇一三年四月

我們直接進入正題：妳原名凱蒂‧龐，並非出生於香港九龍，也不是任何英屬香港的周邊島嶼。記住，對於妳想取悅的那些人而言，妳的錢財什麼都不是，妳不可能用財力打動他們。尤其是這幾年，隨著億萬富翁激增，老派富豪們不得不以新的標準來替這個圈子分層級。現在，比起現有資產，圈子裡更注重的是「血統」，其次是家族的歷史。妳的家族是來自中國哪一省？方言語系？是潮州宗親，還是來自上海的移居者？妳本身是富二代、富三代，還是富四代？財產是哪來的？紡織業還是地產業？每個細節都至關重要，都會影響到妳的評分。舉例來說，妳現在的身價或許有上百億美元，但在孔家眼裡，這根本算不上什麼，誰叫孔家是衍聖公[71]的後裔呢？

71 孔子嫡長子孫的世襲封號。

接下來這幾個月，我們會採取多種方式抹去妳這些上不得檯面的「履歷」，徹底改變妳的公眾形象。妳準備好了嗎？

【外貌】

體型與特徵

首先，妳的縮胸手術確實是明智之舉，妳目前的體型已經處於最佳狀態了。在妳手術之前，妳那沙漏形身材只會繼續餵養那些關於妳演藝經歷的流言；而如今妳的體型正好符合妳想加入的圈子的樣子——纖瘦，看起來像是控制得當的飲食失調症。不要再繼續減肥。

其次，還得誇誇妳在臉上動的刀子（記得把整形醫生的聯繫方式給我，我可以介紹給其他客戶）：渾圓的顴骨、精巧的鼻樑，真是恰到好處（承認吧，妳複製了賽希莉亞・鄭-蒙庫的鼻子，那高貴的形狀到哪我都認得）。不過，這樣無可挑剔的容貌有個致命的缺點——會招來競爭者的嫉妒。所以，我建議妳在短期內還是不要再在容貌上做文章了。私人建議，不要再打填充物，額頭上的瘦臉針也可以停了，妳得在眉心留幾道皺紋。這些瑕疵今後都能抹掉，但現在，微微蹙眉能讓妳看起來更有內涵。

髮型

不得不承認，烏亮的秀髮確實是妳的魅力點之一，但過高的馬尾和髮髻，會讓人覺得妳太具侵略性。妳頂著這頭髮型參加聚會，太太們就會對妳心存戒備：這狐狸精要搶我的老公、兒子、瑜伽墊……所以我建議妳還是將頭髮自然放下，正式場合可以梳個低髮髻。妳最好把頭髮染成深褐色，這種髮色能把妳的五官襯得更柔和。我會幫妳聯繫西摩台Moda Beauty的李奇．蔣，他是半山區最權威的造型師。我知道，妳大概已經習慣在豪華酒店的天價沙龍裡做頭髮了，但是相信我，李奇絕對值得妳去拉攏關係，他可是香港各大名媛的首席髮型師。費歐娜．佟、法蘭西絲．劉、瑪麗安．徐都是他的客戶。妳見到李奇的時候，絕不能向他透露半分自己的底細（他已經知道太多了）。這段時間，我會杜撰些生活軼事，讓妳和他能聊得來。例如說，妳女兒會用倫敦口音唱*Wouldn't It Be Loverly*（《窈窕淑女》）、妳救了隻受傷的暹羅貓、妳匿名幫以前的老師支付了化療的費用……這些故事都能透過髮型師之口傳到各位名媛的耳朵裡。謹記：千萬別愚蠢到給李奇小費，他可是Moda Beauty的老闆。不過，李奇非常喜歡昂貴的巧克力，妳偶爾可以送他一些吉百利巧克力（*Cadbury*）。

妝容

妳的妝容，不幸的，必須要徹底「翻修」。豆腐白粉底和櫻桃紅唇色並不適合妳。要知道，妳現在的身分是端莊穩重的妻子和母親，而不是思春期少年眼裡的高嶺之花。妳的容貌應該極力取悅全年齡的同性，而不是讓她們感覺受到威脅。妳的膚色應該給旁人傳遞一種錯覺，一種妳整天忙著修整花園裡的鬱金香，花費在化妝上的時間只有十五秒的錯覺。改天我介紹傑曼給妳認識，她是銅鑼灣伊莉莎白．雅頓（Elizabeth Arden）專櫃的櫃姐，也是我的美容顧問（妳不用買她家的產品，太貴。我們以後可以在萬寧大藥房買些平價的化妝品。但妳還是得在櫃上買一兩支口紅，才能做美妝諮詢。我手上還有幾張贈品兌換券，到時候記得提醒我）。

其他建議

別再用妳的那些紅色指甲油了（沒錯，粉紅色也是紅色），這點沒得商量。妳得時刻提醒自己：赫拉克羅斯任務[72]開始了，妳得時刻保護自己的人民不受邪惡爪牙的侵犯。如果妳不介意，我想讓妳戴上白手套和佛珠。從今天起，妳得習慣裸色指甲和素色首飾。在一些特殊場合，我會允許妳用 Jin Soon 的鄉愁（Nostalgia）粉米色系列。

最後，妳不是被富豪供養在寶馬山單身公寓、身邊只有一名司機的情婦，妳也不想被這樣誤解吧？那就別再用香水和任何香氛了。我推薦妳一款由依蘭依蘭、鼠尾草，以及各種祕方調成的精油，抹上它，能讓妳聞起來像是整個早上都在烤蘋果派。

【衣櫥】

我知道妳之前和好萊塢的造型師合作，他們會替妳量身定做服裝，並推薦妳最前衛的單品。那確實達到了受到注目的目的。但現在妳的當務之急是和各大時尚雜誌的版面劃清界線，萬眾矚目對妳來說沒有好處。正如我之前所說，這個圈子裡的人最欣賞的就是「低調」，沒有之一。妳還記得上一次見到珍妮特・成和海倫・侯田登上時尚頁面是多久之前嗎？我來告訴妳答案：真正

72 赫拉克羅斯是古希臘神話中的英雄，傳說中，他完成了十二項被譽為「不可能完成」的任務。

的名媛，一年至多只會拋頭露面**一兩次**，這已經是極限了。介紹妳服裝的報導已經堆積成山了，而妳的曝光率甚至比斷臂維納斯還要高。是時候換掉妳的標籤了：伯納德．戴夫人——無微不至的母親、致力於慈善事業的人道主義者。（切記，別再自詡為慈善家了，妳還沒有那個資格。若有人問及妳的事業，就告訴他們妳是全職媽媽，閒暇時做些公益。）

我和助理們已經把妳的衣櫥從裡到外評估、調整了一番，保留在主臥裡的衣服和首飾都是合格的，不合格的已經全部移到幾間次臥了（實在是太多了，不夠放，多餘的暫放在KTV間裡），還希望妳不要見怪。我知道，這些衣服首飾隨便拿出一件來，都能頂普林斯頓大學一學期的學費，但恕我直言，它們只會讓妳看起來像個社區大學的女畢業生——毫無質感可言。根據我的記錄，妳的衣櫥裡目前只剩十二套衣裙和三個手提包符合標準，嚴格來說是四個手提包，我允許妳在特殊場合帶奧林匹亞－譚（Olympia Le-Tan）的「梅崗城故事」書本手拿包，這完全是因為其主題帶有《聖經》的含義。今後如果妳想要替衣櫥添購新品，請參考附錄A，上面是我推薦的設計師與品牌。沒上榜的設計師是留下來為明年準備的，只有一個例外：**妳不能再穿羅伯特．卡沃利（Roberto Cavalli）**。請不要覺得我殘忍，我費盡心思設計這個列表，就是為了讓妳看起來更優雅，但不會引人注目。妳要牢記香奈兒的一句名言：穿得無可挑剔，人們才會記住衣服裡的女人。

出席重要場合（妳明年應該只會被邀請幾次），我們選擇禮服的標準應注重由內而外的低調奢華（不懂的話，就去google約旦王妃拉尼婭）。

【珠寶】

妳收藏的珠寶大部分都太大太豔麗了，違反了佩戴首飾的初衷，甚至可以說已經步入了俗氣的範疇。妳還不明白嗎？在妳這個年紀，過大的珠寶只會讓佩戴者顯得更老氣。有句話是這麼說的：鑽石越大，妻子越老，情婦越多。還是說，妳想讓旁人覺得妳老公在外包養情婦，只會送珍貴珠寶來安撫妳這個中年怨婦？表單上沒有列出來的珠寶——尤其是婆羅洲的蘇丹娜殿下送給妳的那枚五十五克拉鑽戒——全部都不能再戴了。我們可以視情況商量，保留一些正式的晚宴珠寶；但日常佩戴的首飾，必須嚴格限定在下述種類中：

- 結婚戒指（蒂芬妮的那只不算，我指的是妳和伯納德在拉斯維加斯的教堂裡交換的那個）
- 格拉夫（Graff）的四點五克拉單鑽戒指
- 禦木本珍珠耳環
- 琳恩．中村（Lynn Nakamura）的塔希提黑珍珠耳墜
- 金星（K.S.Sze）的單鏈香檳珍珠項鍊
- 三克拉珍珠形鑽石耳環（只能搭配日常運動裝，因為只有在便服的搭配下，寶石的尺寸才勉強能讓人接受）
- 東方珠寶的紅寶石戒指
- Carnet 的蘭花胸針
- 寶曼蘭朵（Pomellato）的馬德拉石英指環
- 趙中良（Edward Chiu）的鑽石翡翠網球手鍊

• 卡地亞復古坦克美式腕錶

妳得再買些平價的首飾來搭配上述這些珠寶，例如西藏佛珠、孩子的玩具項鍊，或是幾塊錢一條的橡膠手環等等。這些便宜貨足以應付大部分的慈善活動了，而且還能進一步宣稱妳是伯納德·戴的妻子——真正對身分自信的人，是不需要向世人證明自己的。

【生活方式】

室內裝潢設計

卡斯帕·凡·莫格雷特不愧是家居巨擘，把妳的公寓設計得無可挑剔。但在我看來，整體風格還是有些過時，且稍微有些繁複。這是妳老公的想法吧？如果我沒記錯，二〇〇〇年年初在邁阿密海灘上，妳老公就用這套理念複製了一間玻利維亞毒梟留下來的單身公寓，那可是廣受好評。我至今仍清楚地記得那烏檀木地板上用珍珠母鑲嵌的「案發現場粉筆輪廓」；還有主臥的床頭板上，那以假亂真的「彈痕錯視畫」。這種風格確實有創意，但基本上就和孩子的生日聚會絕緣了，尤其是妳這裡還掛著麗莎·尤斯塔維奇（Lisa Yuskavage）的裸體畫。

全部翻修太耗時費力了，我建議妳不如買間新的。更何況住在奧普斯大廈的頂層閣樓裡會給大眾傳遞一個錯誤的訊息：妳是某巨亨不成器的次子，或是某三流瑞士銀行的高管……這棟大樓或許是某個美國建築大師（在我看來真的名不符實）操刀設計的，但真正顯赫的家族是看不上這裡的。比起這裡，我更希望妳住在淺水灣或深水灣，甚至是赤柱鎮的住宅區，那些地方更能讓妳建立相夫教子的形象（別在意那裡的法國移民，就當他們不存在）。

藝術收藏

我還指望在妳家見識見識那幅價值兩億的《十八成宮》圖屏呢，妳把它收到哪了？我建議妳收藏幾件重要的藝術作品，它們能讓妳的整體收藏更有分量，還能吸引更多資深收藏家們的目光。目前現代中國藝術家的作品太多了，也不要去看那些美國藝術家，德國有些攝影師或許不錯，以下是可以入手的：湯瑪斯·施特魯特（Thomas Struth）的藥用植物相片之一，康迪達·赫弗（Candida Höfer）對薩克森州市立圖書館的研究，以及貝歇爾夫婦（Bernd and Hilla Becher）的水塔照片。

傢俱

看到妳對傭人那麼好，還給她一間臥室，我感到很欣慰——主人苛待幫傭的案例我見多了，有些甚至被迫睡在比衣櫃還小的地方，而好幾間臥室裡堆滿了衣服鞋帽、雅致瓷偶（Lladro figurines）。但我建議妳不要再讓她們穿法式女僕裝了，換成幹練休閒的 J. Crew 海軍上衣和白色長褲如何？相信我，妳的傭人們肯定會在休息的時候跟其他家的幫傭聊天，當一個心地善良的雇主肯定加分不少。

【交通工具】

汽車

別再坐那輛勞斯萊斯了。我總覺得坐在勞斯萊斯裡的人都是年過六十的老人，或是像女王伊莉莎白二世那樣白髮蒼蒼的貴族。像其他人那樣買台賓士S Class、奧迪A8，或是BMW7系列就夠了（若妳有勇氣，也可以選擇福斯Phaeton），我們可以根據一年後的進展，再考慮要不要換輛捷豹。

【飛機】

妳現在用的灣流（Gulfstream）V就挺合適的（暫時不要升級為VI，至少等到尤蘭達・郭先買，要是妳搶在她之前買了，她恐怕會氣到封鎖妳對中國田徑協會提出的申請）。

【飲食】

妳日常光顧的餐廳沒一家上得了檯面，裡面的顧客不是一堆外國人，就是肥皂劇演員，還有最讓人無法接受的所謂「美食家」。總之，全都是些妄想攀附權貴的人物。我的關鍵策略之一，就是讓妳只接觸「上層建築」，所以妳也要配合點，儘量別在這些時髦的飲食場所出現。我說的「時髦」，指的是某家餐廳開業不足兩年，或是近一年半內被刊登在《雜談》或《尖端》等主流刊物上。在附件B上，我推薦了幾家有私人包廂的餐飲俱樂部和餐廳。半年之後，如果我覺得妳在社交圈的風評已經有了足夠的改善，那麼我就會安排狗仔隊去拍妳在大排檔吃餛飩麵的樣子，這種親民的舉動能大幅度改變妳的形象。標題我都已經想好了——「不介意平民小吃的上流名媛」。

【社交】

妳的「社交復甦計畫」必須從沉寂開始。在接下來的三個月內，請妳暫時從公眾視野裡消失（旅個遊、在家陪陪孩子，或者兩不耽誤……總之，三個月很快的）。在此期間，妳得忍住不去參加各種零售店或精品店舉辦的宣傳活動，除非邀請的人夠格（例如，公關公司就絕對不夠格，德賴斯・范諾頓的親筆邀請函就夠格）。還有，妳得儘量推掉所有的日常招待、慶祝餐會、年度舞會、籌款晚宴、慈善拍賣會，與雞尾酒會相關的所有聚會，馬球比賽、品酒會……總而言之，就是封鎖掉所有妳本能想參加的活動。熬過三個月，妳才可以透過一系列縝密的計畫登場，向世人重新介紹自己。根據妳到時的表現，我再決定要不要選擇性地安排妳參加一些倫敦、巴黎、雅加達，或是新加坡的公眾活動。在國際間試水溫，能提高妳的知名度，讓香港名流們把妳當作看點（注意：艾達・潘在出席柯林・邱和亞拉敏塔・李於新加坡的婚禮之前，還從未受邀參加過嘉道理夫人的年度花園宴會）。

【旅遊】

說到旅遊，妳應該已經去過杜拜、巴黎和倫敦了。但這些都是熱門旅遊地點，如今有一半的香港富豪都去這些地方。為了展現妳獨特的品味，我們得嘗試一些新的旅遊路線。今年，我建議妳計劃一趟虔誠的朝聖之旅：葡萄牙的法蒂瑪聖母朝聖地（Shrine of Our Lady of Fatima）、法國的露德聖母朝聖地（Sanctuary of Lourdes），或是西班牙的聖地牙哥－德康波斯特拉（Santiago de Compostela）都可以。別忘了把旅遊照片上傳臉書。這麼一來，就算是妳在啃加利西亞的炸火腿的照片，世人也會把妳和聖母聯想在一起。若有效，我們明年就可以計畫去南非歐普拉的學校逛逛了。

【公益機構】

妳必須隸屬於某個公益組織，才能鞏固自己在上流社會的地位。例如，我母親是香港園藝學會的元老；康妮・明牢牢掌控著香港的各大博物館；艾達・潘身上有癌細胞，她能把這一點利用得淋漓盡致；最後是喬丹娜・邱，她去年剛在聯合醫院治好了大腸激躁症。所以，改天我們得仔細研究一下妳身上有什麼異於常人的特徵或愛好，這能幫助我們達到宣傳的目的。如果實在找不到，我會從別人還沒用過的裡面挑一個合適的給妳，讓我們至少可以在這一點上的前進方向一致。

【精神生活】

妳若準備好了，我會介紹一家全香港最頂級的教會給妳；而妳必須踴躍參加教會的日常活動。別反對，這可是我「社會形象修復計畫」的基石。我不在乎妳真正的信仰是什麼，道教？佛教？或是梅莉・史翠普？我只要妳在教堂裡禱告、施捨、吃聖餐、手舞足蹈地念《聖經》……（別小看這些舉動，它能讓妳獲得入葬香港島上天主教公墓的資格，而不是永遠擠在九龍的低端公墓裡。）

【文化與交流】

妳通往上流社會的最大阻礙，就是妳讀的不是正確的幼稚園，沒有接觸到正確的人群。這層阻障，會讓妳在名門聚會上失去至少七成融入話題的機會。妳對紳士名媛的兒時軼事一無所知，而妳知道嗎？他們恰巧對自己的童年時光異常執著：誰胖誰瘦，誰在唱詩班裡尿褲子，誰的父親包下了海洋公園讓他開生日派對，誰在六歲時把紅豆湯灑在裙子上……至於剩下的三成話題，有兩成是說中國人壞話，這妳當然無法參與；還有半成是抱怨時事。所以說，妳手上只剩下可憐的半成機會來展示自己了，妳應該盡全力抓住這些機會。

美貌會隨時間消逝，只有才智能為妳在豪門宴會的邀請名單上保留位置。為了達到這個目的，我幫妳量身訂製了一個閱讀計畫。此外，妳還需要每週參加一次文化活動，包括話劇、古典音樂會、芭蕾舞會、現代舞會、表演藝術會、文學節、詩友會、文物展覽會、外國獨立電影鑒賞，還有藝術展會（好萊塢電影、太陽馬戲團、粵語流行音樂演唱會可不算文化活動哦）。

【推薦書單】

我在妳家裡看到成百上千本雜誌，卻連一本正經的書籍都沒有，除非妳想把女傭房間裡那本雪柔・桑德伯格的《挺身而進》計算在內。我幫妳訂個目標吧：一周讀完一本書，特洛勒普的作品可以給妳三周時間。別問我為什麼選這些書，妳讀過就會知道了，還會感謝我的。推薦書單如下：

- 《勢利小人》（Snobs）朱利安·費羅斯　著
- 《鋼琴教師的情人》珍妮絲·Y.K. 李　著
- 《像我們這樣的人》（People Like Us）多明尼克·鄧恩　著
- 《風格的力量》（The Power of Style）安奈特·泰珀特、戴安娜·阿特金斯　著（這本書絕版了，我可以借妳）
- 《傲慢與貪婪》（Pride and Avarice）尼古拉斯·科里奇　著
- 《宋氏家族：一場歷史的華麗悲劇》斯特林·西格雷夫　著
- ~~《自由》喬納森·法蘭森　著~~
- 《D.V.》戴安娜·佛里蘭　著
- 《公主記事：齋浦爾邦主之妻的回憶》（A Princess Remembers: The Memoirs of the Maharani of Jaipur）佳雅特麗·戴維　著
- 簡·奧斯丁作品全集（從《傲慢與偏見》開始）
- 伊迪絲·華頓作品全集（《鄉土風俗》《純真年代》《海盜》和《歡樂之家》必讀，全部讀完後就知道為什麼了）
- 《浮華世界》威廉·梅克比斯·薩克萊　著
- 《安娜·卡列尼娜》列夫·托爾斯泰　著
- 《重返布萊茲海德莊園》伊芙琳·沃　著
- 安東尼·特洛勒普全集（「巴里塞六部曲」（Palliser Series）必讀，從《你能原諒她嗎？》

開始）

等妳讀完以上全部書籍後，我會對妳的理解做一次評估，再決定是否讓妳讀一些淺顯的馬塞爾・普魯斯特作品。

【最後一席話】

要實施上述計畫，有個不可或缺的大前提——我們得跟伯納德聊聊。要是繼續放任他這麼墮落下去，甘願做妳的地下室性奴（最近坊間的謠言是這麼說的），妳做得再好也沒用。我馬上就要計劃你們一家三口的第一次公開亮相了，具體細節，明天來文華我們邊喝茶邊聊。

上海
◆二〇一三年六月

「請跟我來，這間就是二位的臥室。」

瑞秋和尼克隨他穿過前廳，只見眼前的臥室有挑高的天花板，還有個藝術裝飾風格的大壁爐。酒店經理吩咐助理按下門邊的開關，只見落地窗的窗簾緩緩拉開，上海這座城市的天際線彷彿觸手可及。

「真不愧是總統套房。」尼克說。

另一名助理熟練地開了一瓶香檳，將一對高腳杯斟滿。在瑞秋眼裡，這個豪華套房就像是一盒未開封的巧克力，從黑色大理石浴室裡的橢圓形浴缸，到床上那可笑的毛絨枕頭，無處不讓人垂涎欲滴。

酒店經理恭敬地說道：「遊艇已經準備好了。我推薦二位午後的航班，這樣就能欣賞到這座城市晝夜交替的景致了。」

「我們會考慮你的建議的。」尼克回答，眼睛盯著柔軟的沙發。*這些人可以快點離開嗎？我只想踢飛鞋子好好睡一覺。*

「若有任何需求請隨時聯繫我們，我們會提供一切服務讓兩位住得舒適。」離開前，經理將手放在胸膛上微微鞠躬。

房門剛關上，尼克便一頭陷進沙發裡，從紐約飛到上海，十五個小時的航程讓人筋疲力盡。他舒展身體，懶洋洋地說：「這真是個驚喜。」

「何止是驚喜！光是這浴室就比我們整間公寓還大！我們在巴黎住的飯店已經夠豪華了，但和這裡比起來，簡直……簡直不是一個等級的！」瑞秋參觀過臥室，忍不住地讚歎。

他們本來計劃先在中國和瑞秋的父親待上幾周，再正式開始兩人的蜜月旅行。但一小時前，他們剛抵達浦東機場，就有一位身穿灰色三件式西裝的男人帶來鮑高良的親筆信。瑞秋再次拿出信件，重新閱讀上面端正的黑色鋼筆字：

親愛的瑞秋和尼克：

旅途是否順利？很抱歉我沒能親自來機場接你們。我人目前還在香港，最快要今晚才能回到中國。因為你們正在蜜月旅行，我想讓你們住在半島酒店比較合適，那裡比我家有氣氛多了。老秦會替你們處理入境安檢事宜，酒店也會派專車來接你們。你們下午就在酒店裡好好休息，我已經迫不及待將你們介紹給家人們了，我會再連繫你們說明細節，目前就先暫定晚上七點碰面。

致上最真誠的問候

鮑高良

尼克注意到瑞秋在讀信時臉上愉悅的神情，她的目光在「家人們」這幾個字上徘徊。尼克啜了一口香檳，笑道：「爸爸真體貼，幫我們都安排好了。」

「有點體貼過頭了！你看這像宮殿的套房，還有剛才來機場接我們的勞斯萊斯，坐在裡面真讓我有點尷尬，你不覺得嗎？」

「不會啊。新的幻影系列（Phantoms）很謹慎低調。柯林祖母有輛五〇年代復古版銀雲（Silver Cloud），看起來就像從白金漢宮開出來一樣，那才叫尷尬呢！」

「好吧，我還是不太習慣，但我想這就是鮑家的生活方式。」

尼克察覺到妻子心裡的緊張，問道：「今晚就要見面了，妳感覺如何？」

「感覺很興奮。」

尼克想起那日在聖塔芭芭拉，他媽媽所說的關於鮑家的一切。婚禮結束後幾天，他就把所有細節告訴瑞秋。當時瑞秋表示：「我很高興他們一家能有好的生活。但不論他們有沒有錢，對我來說都沒什麼差別。」

「我只是想讓妳知道這些，這是我的『完全公開政策』。」尼克笑著說。

「哈，謝啦！幸好有你陪在身邊，我才能漸漸適應你們這些富豪的節奏。我已經在你家經歷過『戰火』的洗禮了，不覺得已經沒什麼好怕了嗎？」

「妳從我媽手裡安全逃出，還有什麼難得倒妳？」尼克笑著說。「我只是希望妳對當前的處境有個明確的認識罷了。」

「妳還不瞭解我？我已經默默做了最壞的打算，我知道需要一些時間來認識新的家人，我的繼母和弟弟肯定跟我一樣震驚。他們難免會心存顧慮，所以我不會指望和他們一見面就能馬上建立好的關係，能知道他們的存在，且能與他們見面，對我來說已經足夠了。」

尼克隱約覺得瑞秋的神情遠不及前幾天在聖塔芭芭拉那樣自在，畢竟他們現在是切切實實地站在中國的土地之上。瑞秋看似舒坦地窩在沙發裡，但緊張的情緒表露無遺，且他們還有數個小時的時差要調整。瑞秋盡力表現得很豁達，但尼克心裡清楚她有多麼盼望能被新的家人接受。尼克的家族歷史源遠，泰瑟爾莊園的走廊上，更是掛滿了薔薇木框裝裱的祖輩人物畫像。數不清有多少個陰雨的午後，尼克躲在書房中，不停地翻閱著沉甸甸的族譜。根據那本泛黃的厚重書籍記載，楊家的血脈最早可追溯到西元四百三十二年。尼克想像著沒有父親、不識家族會是怎樣的感覺，突然間輕柔的門鈴聲打斷了他的思緒。

「有人按門鈴。」瑞秋懶洋洋地打了個哈欠，尼克不情願地去開門。

「朱小姐的快遞。」門外一位身著綠色制服的快遞員輕快地說。他將一輛行李推車推進房間，推車上堆滿了包裝精美的盒子，而後頭還有另一台行李推車，同樣放滿了紙箱。

「這些是什麼？」尼克問。快遞員禮貌地遞上一枚信封。信封裡是一張乳白色的卡片，上頭寫著：

歡迎來上海！這些是為你們準備的一些日用品，玩得愉快！——C

「是卡爾頓送來的！」她迫不及待地拆開其中一個包裝盒，裡面塞滿四罐不同口味的果醬——塞維亞橘子醬、紅醋栗果醬、油桃糖水果醬，還有檸檬薑汁醬。極簡風格的罐子上各貼著一張寫有英文的白色標籤：*DAYLESFORD ORGANIC*（戴爾斯福德有機）。

尼克看見這個標籤，驚呼道：「啊！戴爾斯福德是位於格羅斯特郡的一家有機農場，農場主人班福德家跟我家是世交。他們生產的農產品可不是普通人吃得起的，別告訴我這些箱子全是從那裡寄來的。」

瑞秋拆開另一個箱子，裡面裝滿了蘋果酒和歐洲藍莓汁，她哭笑不得地說：「什麼叫歐洲藍莓汁？」兩人把剩下的箱子拆開時，發現卡爾頓幾乎把戴爾斯福德的整個生產線都搬過來了。整個客廳都是海鹽、奶油酥餅、讓人眼花繚亂的各類餅乾、用來搭配餅乾的上等乳酪、謝德蘭島特產的燻鮭魚、異國風味的酸辣醬，還有各式各樣的氣泡酒、卡本內弗朗葡萄酒（Cabernet Francs）、能把巨型浴缸填滿的牛奶……

瑞秋面對堆積如山的食物，瞠目結舌地說：「這夠我們吃一年了吧？」

「連對付喪屍危機的儲備糧食都替我們備好了，看來卡爾頓是個非常大方的人。」

「這見面禮太貼心了，我已經等不及要見這個弟弟了！」瑞秋非常興奮。

「看他挑選的這些食物，我敢說我和他一定合得來。不想這些了，我們要先試哪個？白巧克力檸檬餅乾，還是黑巧克力薑汁餅乾？」

上海，鮑家

飛機著陸前數小時

鮑高良早上運動回來，正要上樓沖澡，遇到兩名傭人拎著幾個特拉蒙塔諾（Tramontano）的褐色行李箱從臥室裡出來。「這些行李是誰的？」他問其中一名傭人。

「先生，這些是太太的。」女孩緊張地回答，不敢看他。

「這是要搬去哪？」

「要搬到車上去。這些都是太太去旅行的行李。」

高良回到臥室，看到妻子正坐在梳妝檯前，佩戴她那對蛋白石與鑽石耳環。

「妳要去哪裡？」

「香港。」

「妳沒說過要去香港。」

「臨時決定的。荃灣那邊的工廠出了些問題，我得親自去解決。」邵燕回答。

「但今天瑞秋和她丈夫要來。」

「哦，是今天嗎？」邵燕問道。

「對，我們已經在黃埔會（Whampoa Club）預訂了一個包廂。」

「我相信這頓晚餐會很棒，別忘了點一份醉雞。」

「妳不會趕回來嗎？」高良有點驚訝。

「恐怕趕不及。」

高良坐在妻子身邊的躺椅上，明白妻子的意思。「我以為妳說過妳能接受這一切。」

「我原以為我能，」邵燕小聲地說，她慢慢地用酒精棉球擦拭其中一只耳環，繼續道，「但當事情即將發生時，我才發現自己沒辦法坦然面對。」

高良嘆氣。自從三月在加州和凱芮與瑞秋重逢後，他花了很多時間安撫邵燕。邵燕最初很震驚，這也是人之常情；但如今兩個月過去了，高良滿心以為妻子的心結早已解開。凱芮．朱是他過去的愛人，僅此而已。他當時才十八歲，還是個男孩。當高良說要邀請瑞秋來做客時，邵燕沒有反對。看來他把整件事情想得太簡單了。

「我知道這對妳來說不容易。」高良試著說。

「你理解嗎？我不覺得。」邵燕往脖子上噴了些黑黯之光（Lumière Noire）香水。

高良試著勸解道：「相信妳能理解，這對瑞秋來說也不容易。」

邵燕透過鏡子凝視高良的眼睛，接著她把香水重重放回桌上，高良嚇得跳起來。

「瑞秋，又是瑞秋！這幾個禮拜你哪天沒把她的名字掛在嘴邊？你完全沒聽進我說的話！你根本就不在乎我的感受！」邵燕尖叫道。

「我一直在試著替妳著想。」高良試圖保持冷靜。

邵燕怒視高良。「哈！你如果在意我，就不會期待我笑著坐在那邊，在所有我們的家人朋友面前，跟你的私生女共進晚餐！」

高良聽了這些話不禁皺眉，但仍試著為自己辯護：「我只有邀請最親近的家人，他們有必要認識她。」

「還不是一樣——你爸媽、顧叔叔、你妹妹還有她那大嘴巴老公——這件事馬上就會到處流傳，到時你還有臉在北京混嗎？你準備跟你的副總理夢說再見吧！」

「我現在要做的，就是在消息傳出前公開這一切！我不想要有祕密，而妳是勸我隱瞞事情真相的人。妳難道不覺得人們只會認為我是在做正確的、值得尊敬的事嗎？」

「你若真這樣想，那還真是天真爛漫。祝你們用餐愉快，我要去香港了。卡爾頓要和我一起去。」

這就讓高良沒辦法接受了：「什麼？卡爾頓很期待見到他姐姐的！」

「他只不過是順著你的話說罷了。你不知道他這幾天焦慮又絕望，你只看到你希望看到的部分而已。」

「事情不是妳想的那樣！」高良終於忍不住抬高音量，「卡爾頓最近的沮喪來自他自己魯莽造成的車禍！妳別動不動就扯到瑞秋身上！」

「你看不出來嗎？不管你喜不喜歡，就是跟你那私生女有關，你帶給你兒子的只有恥辱！你要自毀前程我們不管，但別把兒子拖下水！」

「接下來的兩個月，瑞秋和尼克會住在我們家。妳今天可以逃避，之後呢？妳逃得了嗎？」

邵燕咬牙切齒，一字一句地說：「我做不到——也不願意——和瑞秋．朱、尼可拉斯．楊住在同一個屋簷下。」

「瑞秋就算了，怎麼連尼克也⋯⋯」

「他是那個雙面人、到處窺探別人家隱私的女人的兒子。」

「妳怎麼這樣說埃莉諾．楊？她幫助我們和卡爾頓這麼多。」

「我們若是普通人家，她還會這麼熱情？」邵燕冷笑道。

高良失望地搖搖頭：「妳現在這麼不理智，我不想和妳吵了。」

「我才沒有閒工夫陪你吵，我要趕飛機去了。記住：我絕不會讓瑞秋還有尼可拉斯住進這裡，或是我的其他房子。」

「妳簡直不可理喻！」高良怒吼，「那他們要住哪？」

「上海有幾千間飯店。」

「妳瘋了……他們才剛下飛機不久！我要怎麼跟我女兒說她不歡迎來我們家，尤其是在她搭了二十個小時的飛機之後？」

「你自己想辦法。但這也是**我**家！看你是要女兒女婿，還是要老婆兒子！」邵燕丟下這句話便離開，獨留高良杵在臥室中，平日裡芬芳的玫瑰、水仙花香，此刻卻刺鼻得讓人難受。

艾絲翠

◆義大利，威尼斯

「呂蒂文，聽得見我說話嗎？我正在貢多拉（Gondola）[73]上，還沒上岸，訊號好差。妳要是聽得見我說話，就發訊息給我，我上岸後再回電給妳。」艾絲翠收起手機，略帶歉意地對身邊的朋友多梅拉．弗妮茲－孔蒂尼女爵笑了笑。她此次威尼斯之行的目的是為了參加兩年一度的雙年展，現在，她們正划船趕赴布蘭多利尼酒店，出席安尼施．卡普爾的慶功晚宴。

「這就是威尼斯的特色，走到哪都沒訊號，更別說我們正位於大運河的正中央了。」女爵見狀調侃道，順手裹了裹被晚風吹開的羊絨披風，「繼續妳挖到寶的故事吧。」

「我剛才說到哪裡了？哦……我以前一直以為福圖尼（Fortuny）只設計厚絲絨服飾，所以，那天在雅加達的某個二手店裡看見這件薄紗裙，還真一時沒認出來。起初我以為這是一件二〇年代的峇峇娘惹婚紗呢，我被這獨特的皺褶吸引，還有這花色……」

「這是他獨有的福圖尼花紋……但這質料，天哪，好輕！」女爵輕撫艾絲翠的裙褶，「還有這色澤，我還是第一次見到這種紫色，顯然是手工染色的，搞不好是福圖尼或他老婆亨麗耶特親

73 義大利威尼斯特殊的水上交通工具，一種小船。

手染的呢。妳究竟是怎麼找到這件寶貝的？」

「多梅拉，我發誓真的是偶然找到的。它花了我三十萬盧比[74]，大概是二十五萬美元吧。」

「Cazzo[75]！我嫉妒地快要吐了！我相信博物館一定很想要這件收藏。小心點，如果讓多迪看見了，他肯定恨不得當場就把它給扒走。」

不知不覺，布蘭多利尼酒店那恢宏的前門就在眼前了，門前的河道被密密痲痲的貢多拉、小客輪、交通艇塞得水泄不通。艾絲翠趁等候的空檔拿出手機，螢幕顯示有一封新郵件：

夫人：

抱歉打擾您，我想向您彙報這幾日卡西恩的情況。我今天休假結束，晚上回到家後，發現卡西恩被鎖在大廳的儲藏室裡，而帕德瑪竟坐在門外滑她的 iPad。我問她這是怎麼回事，她說：「先生說不能讓他出來。」我再問她已經關多久了，她回答說四個小時……而先生那時外出應酬了。卡西恩出來後顯然嚇壞了。

顯然先生在處罰自己的孩子，因為卡西恩上次不小心用星際大戰光劍模型刮到先生的保時捷 550 Spyder；兩天前，因為孩子說了句中文髒話，先生就不讓他吃晚餐，要他直接去睡覺——這詞語在遠東幼稚園裡是禁語，但每個孩子都把它掛在嘴邊，即便他們根本不知道自己在說些什

74 印度、巴基斯坦、斯里蘭卡、印尼、尼泊爾和模里西斯所使用的貨幣名稱。
77 義大利文的髒話，意思相當於「該死」。

麼。阿蓮告訴我這個詞的意思，我向您保證，五歲的孩子不可能理解這個關於父女間的行為。我認為，這樣的教育方式對卡西恩只會適得其反。這樣做，不僅不能解決根本問題，反而會更激化孩子對父親的畏懼和憤怒。我們這裡已經半夜一點了，但卡西恩仍無法入眠。他三歲過後以來，這是他第一次害怕黑夜。

呂蒂文

艾絲翠越讀，就越是憤恨和心疼。她發了條訊息給丈夫，便隨女爵在侍者的攙扶下上了岸。兩人被帶到一間富麗堂皇的前廳，穹頂之上的黃金浮雕耀眼奪目。

「真是巧奪天工呀！這應該是安尼施（Anish）的新作吧？」多梅拉興奮地詢問艾絲翠的意見，卻發現對方的心思根本不在頭頂的浮雕上，便關切道：「怎麼了嗎？」

艾絲翠歎息道：「每次我只要踏出家門，卡西恩那邊就會出現新的問題。」

「孩子想媽媽了？」

「不是那樣，我的意思是，他當然會想我。所以我刻意安排這趟旅行，為的就是讓他們父子培養感情。他太黏我了，我得試著做些改變，不然他會步上我弟弟的後塵。但每次我一離開，他們倆人就會產生新的衝突。」

「怎樣的衝突？」

「他們會吵架。麥可非常要求完美，無法忍受任何一點錯誤。他把孩子當作軍人來訓練。

告訴我，盧基諾和皮耶保羅在這個年紀的時候，如果不小心打壞了某樣值錢的東西，你們會怎麼做？」

「我的老天，我那兩個兒子小時候就差沒把房子拆了！傢俱、地毯，沒一處能倖免於他們的魔爪！記得有一次他們打架，手肘頂在某幅布龍齊諾的油畫上……我只能慶幸那幅畫裡的女人很醜，好像是我丈夫的某位祖先。」

「那妳是怎麼做呢？處罰他們嗎？」

「為什麼要處罰他們？他們只是孩子。」

「就是說呀！」艾絲翠歎息。

「親愛的，那畫商怎麼也來了。他最近老纏著我推銷一張古爾斯基（Gursky）的照片，討厭死了！我跟他說，如果要我整天盯著阿姆斯特丹史基浦機場的照片發呆，那我寧願去死。我們快去樓上。」

不幸地，兩人還是在二樓宴會廳被逮個正著。畫商殷勤地迎了上來，「啊！女爵夫人，見到您真是太棒了！您的父母親最近還好嗎？」他用一種超乎熱情的腔調說完，就湊上去要來個臉頰親吻。

多梅拉只讓他親了一邊的臉頰，回答道：「還活著。」

畫商一時語塞，轉瞬間地笑道：「啊哈哈，您真幽默！」

「這位是我好友，艾絲翠．梁－張。」

「您好，」畫商推了推那副油膩膩的方框眼鏡。他老早就將此次出席雙年展的亞洲頂級收藏家名單都整理好了，裡面並沒有「艾絲翠」這個名字，因此他便將心思又轉回多梅拉身上：「女爵，不知我是否有幸，能帶您參觀德國展館呢？」

「抱歉失陪一下，我得去打個電話。」艾絲翠說完，便朝陽台方向走去。

同伴走遠後，多梅拉朝畫商同情地搖搖頭，譏諷道：「你剛剛錯失了一生難遇的大好機會。知道我那位好友是誰嗎？她的家族被譽為『東方美第奇』，而她最近正在幫新加坡剛開展的博物館大採購呢！」

「我還以為她就是個超模之類的。」畫商氣急敗壞地說。

「看——賴瑞在跟她講話呢。他顯然認真做了功課。而你，錯失良機啦！」多梅拉幸災樂禍地說。

艾絲翠剛到陽臺，就被另一個畫商盯上，死纏爛打地要拉她去鑒賞昆斯（Jeff Koons）的作品。她好不容易打發走這個纏人精，才有空打電話給麥可。

響了幾聲後，電話接通了，麥可的聲音聽起來很累：「嘿，妳那邊還順利嗎？」

「順利。」

「怎麼現在打來？妳不會不知道這邊是半夜一點半吧？」

「我知道，因為我知道你是家裡唯一還能睡著的人。我剛才收到呂蒂文的訊息，她說卡西恩現在還醒著，他現在又怕黑了。你真的把孩子關進儲藏室了？」

麥可的歎息裡帶著一絲憤怒，「妳不懂，妳離開的這週他鬧個不停。他只要一見我回家，就開始惹各種麻煩。」

「他只是在吸引你的注意力罷了，他希望你陪他玩。」

「但大廳不是遊樂場，我的車子更不是他的玩具。他這個年齡應該學會自律了，我不可能每天都像隻愚蠢的猩猩逗他開心。」

「他是個好動活潑的孩子，就跟他爸爸一樣。」

「哼，」麥可冷哼一聲，「我小時候要是像他那樣，他爺爺可不會手下留情，起碼要用藤條[76]在屁股上結結實實打十下！」

「謝天謝地你不是他爺爺。」

「我們這些年太縱容卡西恩了，是時候讓他學學規矩了。」

「你兒子很守規矩的，你沒看見他在我這個媽媽面前就是個乖孩子嗎？如果你給他多點注意力，就不會是現在這樣了。我指的不是坐在水池邊敲筆電，放任孩子自己玩耍。帶他去動物園，或者去濱海灣花園，他想要的只是爸爸的陪伴。」

「所以妳現在是想讓我心懷愧疚嗎？」

「親愛的，我不是那個意思。你不明白嗎？我是在替你和兒子製造獨處的機會。卡西恩明年就要讀小學了，緊接著就是一連串的念書過程，一轉眼他就長大了，這段父子同樂的時光沒有

76 這是在新加坡老一輩裡很流行的一種體罰工具，父親、學校的老師都喜歡用這傢伙體罰孩子。（陳老師，我還沒忘記你的「親身教導」！）

第二次了。」

「好啦好啦！妳贏了，我就是一個糟糕的父親。」

艾絲翠憤怒地緊抓住裙擺，她忍住怒氣說：「這不是贏不贏的問題，你也不是糟糕的父親，只不過……」

麥可打斷妻子的話：「我明天會試著當個好爸爸，就在妳去威尼斯玩耍的時候。要幫我買幅貝里尼（Bellini）。」

「你怎麼能這樣說？你明知道我這趟是為了博物館。我們這樣滿世界跑，還不是為了新加坡？我醒著的時候幾乎都陪在卡西恩身邊，反倒是你，有八成時間都在四處旅行。」

「就在妳『為了新加坡』的時候，真是不好意思我在努力養家。我所做的一切都是為了卡西恩跟妳！」

「麥可，你知道我們無論如何也不會淪落到餓肚子的地步。」

麥可一時無言以對，沉默了一段時間後說：「艾絲翠，妳知道問題出在哪裡嗎？妳從來不需要為了錢煩惱。妳不懂賺錢的辛苦——妳只要擤個鼻涕就會有錢出現！妳更不明白平凡人的恐懼，而那些恐懼就是我打造自己事業的動力。我想將這種『恐懼』灌輸給下一代，卡西恩日後會繼承我們積累的財富，但他得搞清楚：這些財富得來不易，他必須心存感激，否則他將會像妳哥哥亨利、還有妳那些傲慢的親戚們，一天都不必工作就以為自己擁有全世界。」

「你這樣說非常不公平，麥可。」

「妳知道我說的是事實。妳兒子毀了我的車，妳兒子出口成髒，而妳還打算維護他。」

「他才**五歲**啊！」艾絲翠忍不住吼了出來。

「**正因為他才五歲**，如果現在不及時糾正，那才真會害了他。」麥可絲毫不退讓。

艾絲翠歎了口氣，強作鎮靜道：「麥可，我不想因為這種事，和你吵得不可開交……」

「我也不想。我要睡了，有人明天還得拚命工作賺錢呢！」

麥可留下了這句話便掛斷了。艾絲翠收起手機，身心疲憊地靠在欄杆上。日暮降臨威尼斯，運河兩岸酒店的璀璨燈火投射在水面上，泛起點點光芒。真是太荒謬了，我竟然站在世界最美的地方，為了孩子的問題進行一場遠距離爭吵。

就在這時，多梅拉帶著一群人來到陽臺，艾絲翠一眼就認出了老朋友格雷古瓦・埃爾莫爾－皮埃爾。

「艾絲翠！多梅拉剛才說妳也有來，本來我還不信呢！妳來威尼斯做什麼？這裡的藝術品應該不合妳胃口吧？」格雷古瓦說完，還不忘給艾絲翠一個熱情的法式見面吻。

「我是來欣賞美景的。」艾絲翠心不在焉地回答道，仍設法從方才的通話中平復過來。

「真是好雅興啊！對了，我這兩位朋友應該就不用介紹了吧？香港的帕斯卡・龐和伊莎貝爾・胡。」

艾絲翠向時髦的兩人點點頭。帕斯卡身著裁剪考究的訂製西裝，布料略帶微微的光澤；旁邊貌似他妻子的人則是一席迪奧露肩禮服，裙擺僅到膝蓋處，烏黑的秀髮綰成了希臘髻，而最顯眼的是那條風格獨特的蜜雪兒・奧卡・多納棕櫚葉形項鍊。艾絲翠突然意識到他們不是夫妻。這位伊莎貝爾・胡是查理的妻子嗎？

伊莎貝爾捕捉到艾絲翠的眼神，微笑著說：「我認得您。」

格雷古瓦開心地笑道：「看看，世界可真小呀！」

「終於和您見面了。」艾絲翠對伊莎貝爾說：「查理和我說過您對M＋博物館的募資計畫，我覺得您在做一件很有意義的事情。香港是時候要在世界級的現代藝術殿堂裡發聲了。」

「謝謝妳，妳和我丈夫最近有碰過面吧？」伊莎貝爾問道。

「是的，可惜您沒能加入我們的加州公路之旅。」

伊莎貝爾臉色一僵……加州？她說的「碰面」，指的是數月前在香港舉辦的巔峰宴會，但公路之旅是什麼？「怎麼樣？你們玩得盡興嗎？」

「當然，我們本來是要去索薩利托的，但是臨時改變主意，就一路沿岸南下到蒙特雷和大索爾了。」

「讓我猜猜……他一定有帶妳去海洋之門酒店吃晚餐吧？」伊莎貝爾假裝興奮地表示。

「妳猜對了一半——是午餐。那裡簡直是人間仙境！」

「可以這麼說。很高興認識妳，艾絲翠．梁。」伊莎貝爾說完，便隨帕斯卡重返宴會廳，陽臺上只剩下艾絲翠、多梅拉和格雷古瓦三人。晚風帶著夏日的餘溫輕拂面龐，遠方傳來聖馬可教堂的晚鐘聲。

帕斯卡突然又回到陽臺，焦急地問格雷古瓦：「伊莎貝爾突然說要離開，你呢？一起走還是留下？」

「怎麼這麼著急？一切還好嗎？」艾絲翠問道。

帕斯卡冷冰冰地看了艾絲翠一眼。「妳人真好，剛見面就狠狠地賞了伊莎貝爾一巴掌。」

「您這話是……」艾絲翠困惑。

帕斯卡深呼吸一口氣，控制住了自己的火氣：「妳以為妳是誰，簡直是我見過最厚顏無恥的人。妳有必要在伊莎貝爾面前炫耀妳勾引了她老公，還一起到加州沿岸玩耍嗎!?」

多梅拉倒抽一口氣，趕緊抓住艾絲翠的肩膀。

「不，這之間肯定有誤會。我和查理只是老朋友……」

「老朋友？笑話！今晚之前，伊莎貝爾甚至不確定有妳這個人的存在！」

上海，外灘三號

◆ 鮑家

酒店的布魯斯特綠勞斯萊斯停在門前待命，準備接尼克和瑞秋去餐廳。不過餐廳距酒店只隔了六條街，因此他們決定走路過去。雖然已經六月，但上海的傍晚卻格外清新涼爽。離約定時間還早，夫妻兩人悠閒地漫步在聲名遠播的外灘上，尼克不由得想起六歲時在香港的那個清晨……

那日，尼克一家三口開車到九龍新界的某個鄉村兜風。車子駛過蜿蜒的山路，抵達山頂觀景處。成群的遊客們擠在瞭望台，排隊等待使用金屬欄杆上的觀景用望遠鏡。菲力普把小尼克抱起來，好讓他能夠使用望遠鏡。「看見了嗎？那就是中國的邊界，你的曾曾祖父就是來自那裡。看清楚了，因為我們到不了那邊去。」

「為什麼？」小尼克天真地問道。

「那邊是共產主義國家。我們的新加坡護照上寫著『禁入中華人民共和國』幾個字。但等你長大後，或許就能過去了。」

尼克眯著眼睛望向遠方那條泥濘、貧瘠的褐色海岸線，卻只能辨別出雜亂無章的農田和簡陋的灌溉溝渠，這哪有「國界」的模樣？他試圖找到一道長城、一條護城河，哪怕是任何能證明那是英屬香港與中華人民共和國之間界線的標誌，但只看到了一片荒蕪……望遠鏡的鏡頭髒兮兮的，父親的雙手又撐得腋窩疼痛，尼克沒了興致，便要爸爸鬆手讓他下去，直奔身邊的零食攤去了。在孩子眼裡，可愛多（Cornetto）冰淇淋可比中國的風景有吸引力多了。

尼克無論如何都無法把兒時對中國的印象，跟眼前的繁華景致聯想在一起。上海坐落於黃浦江兩岸的千里沃野，素有「東方巴黎」的美譽。高聳入雲的摩天大樓與莊嚴肅穆的二十世紀西方建築共存於這座現代化大都市之中，爭奪著遊客們的注意力。

尼克開始跟瑞秋介紹自己最喜歡的建築：「妳看橋對面，那是上海大廈，我就喜歡這種龐大的哥德式輪廓，典型的裝飾藝術。妳知道上海擁有目前全世界密度最高的裝飾藝術建築群嗎？」

「完全不知道！每一棟建築物都令人驚豔！我都不知道該怎麼形容了——你看看那天際線！」瑞秋興奮地指向江對岸那彷彿無限延伸的摩天大樓叫道。

「對，這就是浦東的魔力。妳敢相信十年前，妳腳下還是荒無人煙的田野嗎？短短十年，這裡便發展成了繁華的金融區，反倒把華爾街襯成了小漁村了。看見那棟有兩個球的建築了嗎？它就是東方明珠電視塔，有沒有覺得很眼熟？像不像《巴克．羅傑斯在二十五世紀》（*Buck Rogers in the 25th*）裡的建築？」

「巴克．羅傑斯？」瑞秋給他一個茫然的表情。

「這是一部八〇年代的電視劇，故事背景設定在未來，劇裡的建築物全部都是十歲孩子幻想中的銀河系風格。那個年代有很多這種劇，風靡全美後又傳到了新加坡，《千面飛龍》（*Manimal*）就是其中之一。妳對這部劇有印象嗎？裡面的人可以變身成各種動物，比如老鷹、蛇、豹之類的。」

「然後呢？」

「當然就是對抗邪惡勢力啊！」

瑞秋微笑，但尼克仍能感覺到距離目的地越近，她就越緊張。他抬頭看向月亮默默許了個願，希望待會的晚餐一切順利。瑞秋等這一天等得夠久了，只求能完成她的心願。

轉眼間，外灘三號就在眼前了。這是棟高雅的文藝復興風格建築，屋頂是莊重的望江台。兩人按指示搭電梯來到十五樓，只見一間低調奢華的前廳映入眼簾。酒紅色牆壁上的金色壁畫，栩栩如生地描繪了一位美麗的長袍少女，還有兩名彪悍的戰士跪拜在她左右。

「歡迎光臨黃埔俱樂部。」女服務員用英文招呼。

「謝謝，我們跟鮑先生有約。」尼克回答道。

「這邊請。」這名服務員身穿緊身旗袍，帶領二人穿過主廳，周遭的顧客都是時髦別致的上海家庭。三人接著來到一間寬敞的門廳，門廳左側排列著一行裝飾風格的吧椅，每個座位都配備了一盞綠色的琉璃燈，右側的牆壁上則是金銀色混搭的壁畫。服務員打開其中一面壁畫的牆板，裡頭是間私人包廂。

「鮑先生還沒到，請二位在包廂內稍作休息。」服務員說。

「哦，好的。」瑞秋回答。尼克不確定她是吃驚還是鬆了口氣。包廂內的裝潢很奢華，溫度適宜，內側擺放著數張生絲軟墊的扶手椅，窗邊則有一張圓形餐桌，配有十多張薔薇木餐椅，桌面上的餐具有十二組，瑞秋不知道今晚會見到哪些人。自己和尼克，加上父親一家，不過才五人，難道還有其他親戚要來？

瑞秋說道：「不覺得很有趣嗎？大家怎麼都和我們說英文而不是中文？」

「從我們邁進餐廳的那刻起，他們就可以看出我們不是本地人。妳的氣質和這裡的小姐、太太們比起來，簡直就像個亞馬遜女戰士。且不管是衣著打扮，還是言行舉止，我們都和周圍的人截然不同。」

「九年前我在成都教書的時候，學生們都知道我是美國人，但他們也沒和我說英文啊。」

「那是成都。比起那些內陸城市，上海更為開放，也更具國際風範，所以他們更習慣看到我們這種偽中國人。」

「好吧……不得不承認，我們的衣著和本地人比起來確實很不一樣。」

「是呀，在這裡我們是俗氣的鄉巴佬呢！」

瑞秋找了張沙發坐下，隨手翻閱桌面上的茶飲菜單，邊翻邊說：「上面說這裡的私人茶室供應了五十多種來自中國各地的茶，而且都是用傳統工法泡製。」

「或許我們晚餐後可以試試。」尼克在包廂裡來回踱步，假裝在欣賞室內的中式現代風格裝潢。

「你可以坐下嗎？這樣晃來晃去讓我很緊張。」

「抱歉抱歉。」尼克連忙在她對面坐了下來，也跟著看起手邊的茶飲菜單。

他們沉默地坐了十分鐘，瑞秋終於忍不住了：「不太對勁……我們不會被放鴿子了吧？」

「應該是塞車吧。」尼克試著保持冷靜，但心裡也忍不住往壞處想。

「不知道為什麼，就感覺很奇怪……為什麼我爸訂了那麼早的包廂，現在都超過約定時間半個小時了，卻沒半個人出現？」

「香港人是出了名的沒時間觀念，或許上海人也有這毛病？聽他們說這是面子的問題——沒有人想第一個到場，搞得自己很期待一樣。所以他們都會有意無意地遲到幾分鐘，壓軸登場的人通常是最重要的。」

「這也太荒唐了吧？」瑞秋皺眉道。

「會嗎？我覺得紐約也有這種現象，但沒這麼嚴重就是了。妳系上的會議，最後登場的是不是都是院長、有名的教授？校長都是快結束才出現，坐在那裡聽整場會議太委屈他了。」

「這怎麼能混為一談？」

「擺架子是擺架子，香港人卻把它升級成一種藝術形式了。」尼克說道。

「商業性午餐我可以理解，但是家庭聚會，遲到就是遲到。」

「有一次，我們在香港和親戚聚餐，就我傻呼呼地等了他們一個小時！尤其我那個表哥艾迪，想當然是最後登場的。妳太緊張了，別著急，他們會來的。」

又過了幾分鐘，門外終於有點動靜，但現身的卻是一個一身黑衣的陌生男人：「楊先生、楊太太？我是餐廳經理，鮑先生托我為兩位帶個話。」

尼克心一沉，現在是什麼情形？

瑞秋焦慮地看著經理，他正要開口，門廳外突然一陣騷動。兩人下意識地看向經理身後，只見一群少男少女興奮地把一個年輕女孩團團圍住。這女孩大約二十歲出頭，穿著一席貼身的白色露肩長裙，雪白的雙肩上披著一條華麗的紅色亮片鬥牛斗篷。女孩的身邊跟著兩位精悍的保鑣，以及一個穿著條紋西裝、留著莫霍克髮型的女人，三人正在盡力驅散周圍歇斯底里的人群，好幫女孩清出一條路來。這群少男少女一分鐘前還是隨父母等待用餐的乖寶寶，轉眼間就化身瘋狂的粉絲，爭先恐後地要將偶像的照片留在自己手機裡。

趁女孩熟練地在鏡頭前擺各種姿勢的時候，尼克和瑞秋得以仔細觀察她的樣貌：烏黑濃密的長髮梳成高聳的蜂窩頭、完美得如跳台滑雪的鼻樑，以及豐潤的雙唇讓她顯得更超齡，活脫脫就是中國版的艾娃．嘉德納。

「她是誰？電影明星嗎？」尼克好奇地問經理。

「不，她是柯萊特．邴小姐。她是以穿搭出名的時尚達人。」主管解釋道。

柯萊特在幾張粉絲的餐巾上簽了名後，直奔到瑞秋跟前，熱情地打招呼道：「哎呀，總算找到妳了！」她的語氣就像是在問候老友。

「您在跟我說話嗎？」瑞秋驚訝地盯著她。

「當然！走吧，我們快離開這裡。」

「我想您認錯人了，我們跟人約了在這裡吃飯……」

「妳就是瑞秋，對吧？是鮑家叫我來找妳的，計畫改變了。跟我來就對啦，我會跟妳解釋的！」柯萊特說，急著把瑞秋推出包廂。門廳再度熱鬧起來，手機鏡頭閃得令人眼花繚亂。

「你們的員工電梯在哪？」那個莫霍克女人不客氣地問主管。尼克一頭霧水，但既然這是鮑家的安排，他也只能乖乖地跟上去。一票人乘員工電梯來到一樓，再通過員工通道直達廣東路，門外迎接他們的是狗仔隊的「長槍短炮」。

柯萊特的保鑣頂在最前面開路，「讓開！都給我讓開！」他們對著蜂擁而上的狗仔咆哮。

「這也太瘋狂了！」尼克說，差點撞上一名突然出現在他眼前的攝影師。

那個莫霍克女人轉向尼克，在混亂中自我介紹道：「你就是尼克吧？我叫羅克珊．馬，是柯萊特的私人助理，幸會。」

「嗨，羅克珊……柯萊特走到哪都是這種場面嗎？」

「差不多吧。這沒什麼，只是些攝影師而已；你應該看看她走上南京西路時的樣子……」

「她為什麼這麼有名？」

「她現在是中國最火紅的時尚界寵兒，光是微博和微信上就有超過三千五百萬名粉絲。」

「妳是說三千五百萬？」尼克懷疑。

「沒錯，明天你的照片就會出現在各個角落了，微笑看著前方就行。」

兩輛奧迪七人座 SUV 開到路邊，差點把一個不要命的狗仔撞飛。保鑣們立刻護著柯萊特和瑞秋夫婦上了前一輛車，關上門徹底斷絕狗仔們的鎂光燈。

柯萊特問道：「你們還好吧？」

「還好，就是視網膜像被烤過一樣。」尼克坐在前排的副駕駛座上回答。

「簡直太瘋狂了！」瑞秋好不容易才平復住呼吸。

「自從我的照片登上《*Elle China*》封面的那天起，上海就失控了。」柯萊特小心翼翼地用英式口音解釋道。

尼克驚魂未定，問道：「妳打算帶我們去哪？」

不等柯萊特回答，車子就突然減速，停靠在路邊。一個年輕的男子跳上車坐在瑞秋身邊，嚇得她驚呼出聲。

「嚇到妳了？抱歉抱歉，我不是故意的。」男子的英語口音和尼克相似，他朝瑞秋友善地一笑，「嗨，我是卡爾頓。」

「啊！你好……」瑞秋看著對方不知道該說什麼，這一對到眼，兩人都驚呆了。瑞秋第一次觀察弟弟的容貌：卡爾頓的膚色和自己一樣呈健康的淺栗色，兩側頭髮剃短，但頭頂的造型濃密時髦。他穿著簡潔的褐色燈芯絨褲，搭配橘色Polo衫，外面還套了件手肘處帶補丁的粗花呢運動夾克，不知道的人還以為他剛拍完《*The Rake*》的時尚大頁面呢。

尼克驚呼道：「天哪！你們簡直就是一個模子刻出來的！」

「對吧對吧！我第一眼看到瑞秋，就覺得她和卡爾頓是失散多年的雙胞胎！」柯萊特連聲附和。

瑞秋說不出話來，不僅僅是吃驚於弟弟的相貌與自己如此相似，她更是從對方身上感受到某種更深層次的血緣羈絆——某種第一次見到親生父親時也感受不到的羈絆。瑞秋閉上雙眼，強行抑制住心中的情感。

「妳還好嗎？」尼克問道。

「好，從沒這麼好過……」瑞秋的聲音微微哽咽。

柯萊特輕輕摟住瑞秋的肩膀，「對不起，是我沒安排妥當。我剛在外灘三號一下車就被認了出來，那群瘋子一路跟著我進餐廳，甩都甩不開！進了黃埔俱樂部就更沒地方躲了。卡爾頓不想在三百萬人面前和妳相認，我就叫他在幾個街區外等。」

「沒關係的，對了，其他人呢？」瑞秋疑惑道。

卡爾頓有些難以啟齒，但還是解釋道：「老爸要我跟你們說聲抱歉，晚餐臨時取消了，因為香港那邊出了些狀況，我們一家要趕去處理。他們原以為來得及趕回來，但計畫趕不上變化，所以我就自己先飛回來了。」

「等等，你剛從香港回來？」瑞秋感到莫名其妙。

「是呀，所以才遲到這麼久。」

柯萊特幫忙解釋道：「雖然聚餐計畫取消了，但我提議和卡爾頓飛來見妳，總不能讓你們在上海的第一個晚上就孤零零的吧？」

「真是太謝謝你們了，但卡爾頓，你爸媽那邊還好吧？」瑞秋關切地問道。

「沒事沒事。就是他們在香港的工廠出了些問題，幾天後就回來了。」卡爾頓吞吞吐吐地回答。

「沒事就好。」瑞秋說，「你和女朋友還專程趕回來，我們已經很開心了。」

柯萊特大笑：「哈哈！太可愛了！我是你女朋友嗎，卡爾頓？」

卡爾頓尷尬地笑了笑：「我和柯萊特……只是好朋友而已啦！」

「抱歉抱歉……」

「不要緊，妳不是第一個這樣誤解的人了。我今年二十三歲，換成其他女孩，恐怕這正是需要愛情滋潤的年齡吧？但我偏偏不一樣，我可不願意現在就被綁住。卡爾頓只是我的眾多追求者之一，能否虜獲我的芳心，全看他的表現囉！」

瑞秋透過後照鏡和尼克對到眼，後者的眼神表示：我聽了什麼？瑞秋咬住嘴唇憋笑，急忙別過頭去，不然再看到尼克的表情她一定會大笑出來。一陣尷尬的沉默後，瑞秋說：「我完全能理解，我在妳這個年紀的時候，結婚完全不在選擇範圍內。」

卡爾頓看向柯萊特：「那麼，柯萊特小姐，說說妳接下來的計畫吧！」

「要什麼計畫？走到哪逛到哪就行了。你們想去夜店、酒吧，還是餐廳？或是我們去泰國找塊未開發的沙灘？」柯萊特興奮地說。

卡爾頓在一旁提醒道：「我補充下，她沒在說笑。」

「呃，沙灘還是改天吧，先吃飯比較好。」尼克說。

「你們想吃什麼？」柯萊特問。

瑞秋累到無法思考，「我隨意。尼克，你有什麼想吃的嗎？」

「既然來到上海——哪裡能吃到最道地的小籠包？」

卡爾頓和柯萊特看了對方不到一秒，異口同聲地說：「鼎泰豐！」

「等等，你們說的這個鼎泰豐，是在臺北和洛杉磯都有的那家嗎？」

「對，它是臺灣的連鎖餐廳。但不騙你，上海店的小籠包才是最道地的。自從它開張那天起，我就沒見過哪天不用排隊的，但今天就未必了，誰叫我們沾了某人的光呢。」卡爾頓說完，對柯萊特扮了個鬼臉。

「好吧，我先叫羅克珊聯繫店家，讓他們開個後門。今天的曝光度已經超標了。」

十五分鐘後，瑞秋和尼克置身於舒適的包廂之中，窗外有著美不勝收的都市夜景，抬頭便是遼闊的天際線。

「中國人都是在私人包廂吃飯嗎？」瑞秋看著窗外的夜景問道。

放眼望去，幾乎所有的高層建築都在上演光之秀：有些大樓的表面彷彿塗了螢光漆，有些的表面則佈滿了閃爍的霓虹燈，簡直就像是巨型收音機。

「我還有其他的選擇嗎？在公眾場合吃飯……除非妳能忍受千百個鏡頭記錄著自己的吃相。」柯萊特打了個冷顫。

沒過多久，服務員送來幾組蒸籠，裡面裝著上海最馳名的美味小吃。除了各種餡料的小籠包，還有絞肉手捍麵、雞肉蛋炒飯、蒜香四季豆、豬肉白菜餛飩、蝦仁米糕、芋泥包……眾人剛要開動，羅克珊突然進入包廂，拍了幾張柯萊特和食物的合照。

柯萊特笑著解釋道：「抱歉啦各位，我每隔一小時就會給粉絲們一些福利。」說完便轉頭和羅克珊討論剛才拍的照片：「嗯……就上傳這張松露蒸餃的吧。」

尼克憋笑。這柯萊特真是有趣。大家都知道她並非有意炫耀，而是有一種非常純粹的直率。和其他生長在豪門望族中的人一樣，柯萊特似乎對外面的世界毫不瞭解，也滿不在乎。相比之下，卡爾頓就顯得世故多了，包括待人接物也無可挑剔，哪有他媽媽所說的「被寵壞的敗家子」的模樣？他熱心地幫大家夾菜、倒啤酒，確保在座的所有人——尤其是兩位女士——的碗盤都滿了，才開始夾自己的。

「妳先嚐嚐這個蟹肉口味的！」卡爾頓夾了顆小籠包放到瑞秋的瓷製湯匙上。瑞秋小心地咬破外皮，讓鮮香的湯汁流溢出來，再享用多汁的內餡。

「看到沒，瑞秋吃小籠包的方式和卡爾頓一模一樣！」柯萊特興奮地說。

「這也能遺傳呀？真是姐弟！」尼克調侃道，「怎麼樣，瑞秋，這裡的小籠包如何？」

「我從沒吃過這麼好吃的小籠包！尤其是這鹹淡適中的湯汁，簡直太棒了！我至少能吃掉一整籠！天哪，這簡直就是古柯鹼！」

「一整籠？那妳肯定是餓壞了。」柯萊特說。

「我們太早吃午餐了。對了，說到這個，卡爾頓，謝謝你的禮物。」

「禮物？我什麼時候送禮物了？」卡爾頓回答道。

「戴爾斯福德有機……那些不是你送的嗎？」

柯萊特忽然說：「那些是我送的啦！」

「真的嗎？太謝謝妳了！」瑞秋驚訝地說道。

「是呀。我聽說鮑叔叔臨時才訂的酒店，我就想說：天哪，他們會餓死在半島酒店！得送些補給品過去才行。」

「酒店是臨時訂的？」尼克覺得有些奇怪。

柯萊特慌張地摀住嘴，知道自己說溜嘴了。

卡爾頓腦子轉得快，快速補救道：「哈哈！我爸做事喜歡提前計畫，相比之下，這次真算匆忙的了。他一心想著幫你們準備一趟特別的蜜月旅行。」

柯萊特連忙轉移話題道：「那些食物怎麼樣？還合胃口吧？」

「超棒的！戴爾斯福德有機果醬是我的最愛。」尼克說。

「我也是，我在赫思費德女校（Heathfield）的時候就對它上癮了！」

「妳在赫思費德讀中學？我是斯托中學（Stowe）的哦！」尼克說。

卡爾頓興奮地拍桌：「酷斃了！我也是老斯托人！」

「哈哈哈，果然果然！我一看見你這件運動夾克，就猜到七八分了！」

「你是哪個學院的？」

「葛倫維爾。」

「太巧了！那時的院長是誰？弗萊徹？」

「奇蒂。你應該知道他這個綽號的由來吧？」

「哈哈，妙極了！你打橄欖球或板球嗎？」

柯萊特翻了個白眼，對瑞秋道：「看這情況，今晚我們得自己找些樂子了。」

「是呀。尼克上次和新加坡的同學聚會也是這麼開心。喝了幾杯酒之後，他們就開始唱起不知所云的《老男人之歌》[77]了。」

卡爾頓將注意力轉回瑞秋：「看來我被某人嫌棄了呀……我猜妳一定是在美國念書？」

77　《老男人之歌》的歌詞：「曾幾何時，在西邊的碼頭，來自島嶼的無畏男兒……」

「對，庫比蒂諾的蒙他維斯塔高中。」

「妳真幸福！」柯萊特說道，「我被爸媽送到英國念書。那時我天天都夢想著在美國的高中做一回瑪麗莎．庫珀呢。」

「妳自動忽略了車禍情節[78]，對不對？」卡爾頓不忘趁機調侃。

「說到車禍，看到你恢復得這麼快真是太好了。」尼克說。

卡爾頓的臉上一瞬間閃過一絲陰鬱。「謝謝。你知道的，這完全是托你媽媽的福。要不是在新加坡做復健，我哪能恢復得這麼快？說起來，要是沒有埃莉諾阿姨，也就沒有我們今天的團聚了！」

「真是世事難料，不是嗎？」

話題剛好告一段落，羅克珊算準似的進門通報：「巴普蒂斯特到了。」

「終於！快帶他進來！」柯萊特興奮地喊道。

卡爾頓湊到瑞秋耳邊道：「這位巴普蒂斯特之前是巴黎瑰麗酒店（Hotel de Crillon）的首席調酒師，在國際業界也是數一數二的。」他剛說完，一位留著八字鬍的男人便推門而入，雙手還捧著一個精緻的紅酒包，那虔誠的模樣，彷彿正抱著皇室嬰兒接受洗禮。

「巴普蒂斯特，你有找到我想要的東西嗎？」柯萊特問道。

78 請參照美劇《玩酷世代》第三季：自從女主角瑪麗莎．庫珀（米莎．巴頓飾）被車撞死（注意劇透），這部劇的人氣就開始急轉直下。

「當然。上海私人珍藏的拉菲酒莊（Château Lafite Rothschild）極品。」巴普蒂斯特回答道，接著拿出一瓶紅酒讓柯萊特檢查。

「平時我最喜歡波多爾的陳釀，今晚之所以選這瓶是因為它的年份——一九八一年。瑞秋，妳是這年出生的吧？」

「是的。」柯萊特的用心讓瑞秋很感動。

調酒師幫眾人斟滿了酒，柯萊特舉杯道：「身在中國，對於我們這代年輕人來說，身邊能有兄弟姐妹真是奢望。從小我就盼望能有個弟弟或妹妹，可惜我不夠幸運。我和卡爾頓認識好多年了，他得知自己有親姐姐那一刻的喜悅，是我從未見過的。所以這杯酒，我要敬你們這對姐弟——瑞秋、卡爾頓！」

「乾杯！」尼克歡呼道。

卡爾頓也起身說道：「我也要先敬一下瑞秋。首先歡迎妳平安來到上海，我非常期待能多加認識妳，並且逐漸彌補這二十年來空缺的手足之情。以及柯萊特——感謝妳今晚安排的聚會，更要感謝妳堅持趕鴨子上架讓我參與這一切！最讓人開心的是，我今晚不僅多了個姐姐，更多了一個哥哥！敬瑞秋、尼克，[illegible]國！我保證我們將有個畢生難忘的夏天，大家說對不對？」

尼克很好奇所謂的「[illegible]鴨子上架」，但現在顯然不是討論這個的時候。他溫柔地望著熱淚盈眶的瑞秋。今晚比他想像的還要美好。

查理

◆香港，胡氏大廈

查理的首席秘書探頭進辦公室，彙報道：「胡先生，現在是義大利早上九點了。」

「謝謝妳，愛麗絲。」查理迫不及待地用私人專線撥打艾絲翠的號碼。幾聲難熬的鈴響後，對方終於接了電話。

「查理！你總算回我電話了！」艾絲翠焦急地說。

「有沒有打擾到妳休息？」

「怎麼會！我早就起床等你電話了。你聽說昨晚發生的事了嗎？」

「嗯……我很抱歉……」

「該道歉的是我，我不該對伊莎貝爾說那些話。」

「胡扯，要不是我那日執意邀請妳，要不是我事後沒有跟伊莎貝爾好好解釋……都怪我，真的很抱歉。」查理很是自責。

「所以你有跟她談過了？你有跟她說我表弟阿歷斯泰全程都在場嗎？」

查理沉默了數秒後說：「我有說，不用擔心。」

「你確定嗎？我昨晚幾乎沒睡，就怕伊莎貝爾認為我是破壞家庭的狐狸精，造成你們的誤會……我本來試著自己連繫她跟她解釋清楚的。」

「沒事的。我說那天剛好我們都在加州，就想說一起四處逛逛。她能理解。」查理這話說得連他自己都不信。

「你還要告訴伊莎貝爾，那趟旅行裡最浪漫的事，就是目睹阿歷斯泰一口氣吃掉太多 In-N-Out 的漢堡，朝車窗外吐到昏天暗地。」

「我漏掉那部份了，但別擔心——其他都交代清楚了。」查理強顏歡笑道。

艾絲翠如釋重負地嘆口氣：「那就好，我這次真是吸取教訓了，應該謹慎點才對。畢竟我和伊莎貝爾是初次見面，而且我還是你的……」說到這裡，她突然語塞。

「曾讓我傾倒的前女友。」查理對這點毫不避諱。

「對啦，希望她能明白，我們根本就不適合做情侶，更適合做好朋友。」艾絲翠大大咧咧地笑道。

「我相她現在知道了。」查理小心地回答，試著轉移話題，「威尼斯那邊怎麼樣？妳現在在哪？」

「我和多梅拉．弗妮茲–孔蒂尼一起來的，她家擁有全威尼斯最豪華的酒店，就在聖克羅切教堂（Santa Croce）附近。我一到陽臺上，就有種走入米開朗基羅畫作的錯覺……你還記得多梅拉嗎？她當年在倫敦政經學院讀書的時候，幾乎都在跟弗雷迪和桑鬼混。」

「記得，就是那個染金髮的瘋女孩吧？」

「是白金色。她現在可老實了，變回原本自然的栗子色。有她陪在我身邊，至少在昨晚之前，這趟威尼斯之旅還算愉快。」

「真的很抱歉……」查理又開始自責了。

「你誤會了。我指的是另一件煩心事，」艾絲翠解釋道，「我家裡那一大一小兩個『男孩』也不願和睦相處。」

「別連你也這樣取笑我！你知道嗎，卡西恩被關在儲藏室裡整整一個下午。」

「他們肯定是想媽咪了。」

「誰幹的？」

「還能有誰？他爸爸。」

「麥可？」查理懷疑自己聽錯了。

「對，就在昨天，他關了自己兒子四個小時的禁閉，而他的兒子才五歲。」

「艾絲翠，我絕對不會把小孩關在儲藏室，管他是幾歲。」

「謝謝你，我也是這麼想的。看來我得提前結束這趟旅行了。」

「聽起來是該這麼做……」

艾絲翠歎了口氣，問：「伊莎貝爾大概幾號回去？」

「沒意外的話是週五。」

「她真是光彩奪目。昨晚的伊莎貝爾非常優雅，我好喜歡她的項鍊。即使我無意中出言冒犯了她，她竟能冷靜地待我如常。真慶幸事情都解決了。」

「對啊。」查理盡力讓電話那頭可以感受到自己的笑意。

話雖如此，艾絲翠還是很內疚，覺得需要以實際行動來補償自己的過失，「下次我和麥可到香港時再去拜訪你們，到時我們來場四人約會吧。我想再多認識伊莎貝爾一些。」

「當然，四人約會聽起來不錯。」

掛斷電話後，查理拖著疲憊的身軀站起來，眼前忽然一陣眩暈，胃裡好像有幾升培根油在翻滾似的。他打給秘書道：「愛麗絲，我去樓下透透氣，有急事打我手機。」隨後，他乘坐私人電梯直達底層，穿過車庫離開大廈。他一到外面就無力地倚在牆上深吸幾口氣。幾分鐘後，才前往平日最愛的消遣地點。

在胡氏大廈和遮打道的其他高樓之間，夾著一條不起眼的小巷，一個簡陋的小吃攤就坐落在小巷之中。這個路邊攤的兩個冰櫃上鋪著一張厚實的藍條紋塑膠油布，勉強作擋雨之用；冰櫃裡塞滿了汽水、果汁、新鮮水果等飲料食物。老闆娘是位中年阿姨，她整天站在劈啪作響的日光燈下，隨時準備提供現磨豆漿、柳橙汁、鳳梨汁、西瓜汁……午休時間和傍晚下班時間是生意最好的時候，攤子前總會大排長龍。不過現在這個時間點正好處於兩個高峰期之間，沒有什麼人。

老闆娘一看見查理，就用廣東話調侃道：「又出來摸魚啦？」她把查理當作對面大樓裡時常在上班時間偷偷溜出來覓食的小白領。

「忙裡偷閒啦，阿姨。」

「別嫌阿姨我嘮叨，哪天要是被你老闆逮到，非炒你魷魚不可。」

查理笑了出來。這阿姨大概是附近唯一一位不認識自己的人，面前這座五十五層的大廈剝奪了她享受陽光的權利，她要是知道眼前這個小夥子就是罪魁禍首，不知會做何感想……「多謝阿姨。我今天想喝冰豆漿。」

「你今天臉色不太好呀，蒼白得跟鬼一樣？這時候別喝涼的了，來杯熱飲補補氣。」

「老毛病了，有時候工作太多就會這樣。」查理隨便找了個藉口。

「你們這些年輕人啊，整天待在冷氣房裡，空氣不流通，這樣對身體很不好。」阿姨話還沒說完，手機就響了。她一邊講電話，一邊把熱水倒進印著「FIFA」logo的馬克杯，加了幾匙涼粉和砂糖後推到查理面前：「喝了它。」

「謝謝阿姨。」查理拿著杯子來到折疊桌前，隨便找了個塑膠牛奶箱坐下。他試著喝幾口……他不好意思跟阿姨說自己不太喜歡涼粉。

阿姨一結束通話，便興奮地說：「我的股票經紀人告訴我一個好消息，來，我和你分享分享！你如果有TTL的股票，趕緊賣空！你知道TTL嗎？就是戴東履旗下的集團。這戴拿督是不是兩年前在蘇州心臟病發去世了？我的股票經紀人說他那沒用的兒子被十一指黑道綁架了！要是這消息曝光，TTL肯定暴跌！現在不賣掉，就等著血本無歸吧！」

「等我確認了這則傳聞的真實性，再賣掉也不遲。」查理建議。

「哎呀！我的經紀人已經行動了，不然我哪賺得到錢！」

查理拿出手機打給公司的首席財務官艾倫．石：「嘿，艾倫，我知道你最近和TTL的執行長走得很近，經常一起去打高爾夫。我剛聽到個傳聞，說是伯納德被黑道綁架了，你能幫我查一下嗎？什麼？沒必要？」查理聽對方說完後，爆笑道：「你確定嗎？這聽起來比被黑道綁架好多了，你的消息自然不會錯。」

結束通話後，查理對阿姨說道：「確認好了。我的這位朋友和戴拿督的兒子很熟，他沒被綁架，還活得好好的呢。」

「真的？」阿姨顯然不信。

「如果妳相信我，就把股票保留到晚上，肯定能大賺一筆。我保證這只是個無聊的謠言。妳的經紀人或許不會騙妳，但也許有人會騙他。謠言散佈者說不定正等著你們上鉤，好趁機大撈一筆呢！」

「唉呀！怎麼會有這種人這樣散布謠言？人與人之間還能互相信任嗎？這個社會可真是病得不輕！」

查理點點頭，腦海裡忽然迴響起多年前父親的話語……

那時，父親胡浩連臥病在床，只剩下沒多少時間。他把查理叫到病床前交代臨終遺言，全程長達好幾個小時。除去一些諸如確保他母親能在新加坡的家裡頤養天年，把他弟弟身邊的泰國人妖朋友打發走之類的事，還有一句話至今讓查理難以忘懷：「終有一天，你會坐上一家之主的位子，到時候，你將接手我這三十年來創建的事業。記住，你一定要堅守研發部門，因為你沒有機會掌管財務大權。你還要確保管理部只能用哈佛或華頓商學院畢業的人。我告訴你為什麼——因為你太誠實了，根本不是做生意的料。」

如今，查理親手締造了屬於自己的商業帝國，證明了父親對自己的評價是錯的。但有一點，父親說得非常正確：查理痛恨說謊，每當不得不隱瞞真相時，胃就會不由自主地翻騰。直到現在，他的胃還因為向艾絲翠撒的謊而抽痛不已。

「快點喝，別浪費！我幫你加了最上等的人參呢！」阿姨命令道。

「好的，阿姨。」

查理喝完這杯養生飲料，結完帳後回到辦公室，他寫了封郵件：

From: 查理・胡 <charles.wu@wumicrosystems.com>
Date: 2013.6.10 5:26 PM
To: 艾絲翠・梁－張 <astridleongteo@gmail.com>
Subject: 坦白

我不知道該如何開口，就實話實說了吧。我剛才在電話裡對妳撒謊了，伊莎貝爾她……她昨天凌晨一通電話把我叫醒，不肯接受任何解釋，張口就罵，甚至要她父母把女兒接走。現在我聯繫不上她。格雷古瓦告訴我，她今天早上登上了帕斯卡・龐的遊艇，我想他們應該是一起去西西里島了。

其實我一直瞞著妳，第二趟蜜月旅行（馬爾地夫）並沒讓我們和好如初，我和她之間的矛盾反而是越來越明顯。現在，我已經搬到半山區的公寓住了一段時間。我們之間唯一達成的共識，就是我不會讓她在公開場合難堪。不幸地，從昨晚發生的事來看，就連這點我也沒能做到。她在帕斯卡・龐面前用心維護的幸福妻子形象已經破滅了，妳應該知道帕斯卡・龐，一旦他知道了什麼事，那過不了多久整個香港也會知道。我其實不太確定我是否還在乎這些。

艾絲翠，我希望妳能理解的是：我和伊莎貝爾的婚姻，也許從一開始就是一個錯誤。在世人眼裡，我是負責來香港掌管家族事業的，可事實上我是個逃兵。和妳分手以後，我幾乎徹底垮了，好幾個月都渾渾噩噩地過日子。這樣的我毀了家族事業，父親只得把我安排到R&D部門，不再讓我插手經營。他恐怕也沒想到，我現在能在這個崗位上大顯身手吧……我不想和別人一樣，只滿足於複製貼上矽谷的創意，於是開始潛心開發新產品。終於，在我的創新理念下，企業蒸蒸日上。這算是妳的功勞。

我和伊莎貝爾是在一場遊艇派對上認識的。說來也巧，主辦人就是妳的表弟艾迪．鄭和他的好友李奧．明。艾迪是少數真正同情我的人。我必須承認，最初我一直想避開伊莎貝爾，因為她身上有妳的影子……她和妳一樣，無論走到哪裡，都會因為低調的打扮而被旁人低估；但事實上，她不僅是伯明罕法律學院的高材生，更是年紀輕輕就成了香港頂級律師之一。她身上有種獨特的氣質，讓她有別於其他女人。她的父親傑瑞米．賴是聲名遠播的法律顧問，賴家也是九龍塘的傳統名門；而她的母親同樣出身於印尼豪門。那個時候，我不想再愛上另一個無法擺脫家族桎梏的公主。

但逐漸了解後，我發現她跟妳完全不同。無意冒犯，但伊莎貝爾簡直就像妳的相反——桀驁不羈、毫無顧慮，這讓我欣喜若狂。她視家族桎梏如無物，父母反倒對她言聽計從，毫無保留地信任她；最關鍵的是，她父母很喜歡我。（我想這是因為伊莎貝爾的三位前男友分別是蘇格蘭人、澳洲人和非裔美國人，看到女兒終於帶了個華人回家，想必父母鬆了口氣。）我們交往沒幾天，她的父母就熱情地招待我到家裡做客。被女方長輩接納、喜愛，對我而言很是新鮮，所以半年後我們就結婚了。接下來妳應該都知道了。

不過妳並不知道全部的真相。

大家覺得我們之所以閃婚，完全是因為伊莎貝爾懷孕了。沒錯，她確實是懷孕了，但那不是我的孩子。我最初愛上伊莎貝爾的原因——她的不可預測——也是最致命的一點。就在我們交往的第三個月，她突然從我身邊消失了。本來，我已漸漸走出了和妳分手的陰影，開始新的生活，可她就那樣憑空消失了。那天，她和一個印尼表哥在佛羅里達州的某個酒吧小聚（妳還記得蘭桂坊那家烏煙瘴氣的酒吧嗎？），那個親戚還帶了另一個朋友，好像是印尼的男模。在她表哥察覺到之前，伊莎貝爾就和那個男模一起消失了。幾天之後，我得到了消息，他們在茂宜島的一棟私人別墅裡享受熱帶島嶼的浪漫。她不回香港，還斷了和外界的所有聯繫。我不明白她為什麼要這樣做，她的父母也同樣不明白。

後來我才知道，這種事不是第一次發生。就在我們認識的前一年，她在去倫敦的航班上認識了個非裔美國人，接著她馬上辭掉了原本的工作，和這個男人搬到紐奧良；再前兩年也發生了同樣的事，只不過那時的對象是澳洲的某個衝浪選手，地點則是在黃金海岸的一棟公寓裡。我意識到問題的嚴重性遠超過我的想像，因此專程請教了研究精神科的妹妹，她懷疑伊莎貝爾患有一種名為「邊緣性人格障礙」的精神疾病。我試圖找她的父母商量，但他們否認這點，不願相信自己的女兒有任何精神問題。女兒的行為如此匪夷所思，他們卻從未諮詢過心理醫生，完全沒有接受任何治療。他們只是將這些荒唐的舉動稱為「龍相」，把原因歸咎到女兒的生肖上……但即便如此，他們還是懇求我去夏威夷「解救」他們的女兒。

我去了。我連夜飛去了茂宜島，發現那個男模早已離開，而留伊莎貝爾和一群激進妖精（Radical Faeries）[79]在島上。而她已經有了四個月的身孕。她的癲狂症狀已經過去，但因為覺得太難為情而一直沒有回家。那時已經來不及墮胎了，且她也不願意打掉自己的孩子，但她不能那樣回香港。當時，她對我說沒有人像我一樣愛她，然後她懇求我和她結婚。她的父母也請求我盡快在夏威夷和她結婚。我同意了。我們在威基基的哈利庫拉尼酒店舉辦了婚禮，對外宣稱「只邀請了至親好友」。

我希望妳可以理解在我步入婚姻的那一刻，我的頭腦是非常清醒的。我知道伊莎貝爾的好，我迫切地想幫助她。當一切好轉後，伊莎貝爾彷彿是溫暖的陽光，而我深愛她的這一面。因此，我不斷地告訴自己，她只是缺少可以依靠的肩膀，若有丈夫時刻陪伴在側，這些精神上的健康問題是可以解決的。

然而事情沒這麼簡單。克蘿伊出生後，因為劇烈的荷爾蒙紊亂，她患上了嚴重的產後憂鬱症。她開始無來由地恨我、罵我。自那以來，我們就再沒同過床（我指的是分房睡。至於那種意義上的「同床」，從茂宜島回來，我們就沒有過肌膚之親了）。她不准任何人把嬰兒帶出臥室，只允許保姆進出。這樣的非常時期我只能忍耐。

然而，之後的某一天，伊莎貝爾突然恢復了正常。過往的折磨彷彿不存在一般，她准許我

79 形容同性戀者，「激進妖精」為一九七九年美國同性戀維權激進派人士哈利．海 (Harry Hay) 發起的同性戀維權活動。

回臥室，也准許保姆帶克蘿伊去她們的房間。時隔一年，我們終於做回了真正的夫妻。她回歸工作，我們的夫妻生活也逐漸步入正軌。我得以投身到事業之中，胡氏微軟一路成長，伊莎貝爾也懷了達芬妮。然而，就在我剛重拾對未來的憧憬時，她卻再一次無情地把我推下了深淵……

這回的新症狀就沒有之前那麼戲劇性了，沒有突然出現的陌生人，也沒有說走就走的伊斯坦堡，或是天空島之旅，但卻更為陰險致命。她公開向我坦白，自己與三位已婚男士保持著地下情關係，這三人都是她法務公司裡的同事，可以想像辦公室的氣氛有多瘋狂。與此同時，她還和一名法官有婚外情，而這名法官的妻子當時正威脅要讓她身敗名裂……

我就不在這裡贅述後來發生的事了。我只是想讓妳知道，我和伊莎貝爾的婚姻早已徹頭徹尾的名存實亡。現在我住在半山區的公寓，而她則跟女兒們一起住在山頂的房子。

艾絲翠，和妳的重逢讓我搞清楚兩件事：第一，我始終無法放下對妳的感情，妳是我的初戀，從十五歲時在福康寧教會（Fort Canning Church）第一次看見妳的那刻起，我就愛上妳了；第二，不像我，妳一直在不斷前進。我看到妳如此深愛著麥可，誓死都不願放棄妳的婚姻。我還意識到，我的這段婚姻從一開始就對伊莎貝爾不公平。因為我一直都忘不了妳。但我下定決心要做出改變，我要徹底放下妳，才能挽回這段婚姻、拯救伊莎貝爾。我希望可以真心實意地愛她，並像妳愛卡西恩那樣，毫無保留地疼愛自己的女兒。

我用盡了全力。這兩年來，妳是我的情感顧問，我們兩人的每一封郵件，都像是我重建婚姻的信號燈。然而，這一切的努力，正如妳所見，全是徒然。這都是我的錯。這段婚姻始終逃脫不了支離破碎的命運。

因此，妳完全不必為威尼斯的事情感到內疚。而且，我對妳坦白這一切，是因為我再也無法忍受這些謊言，請原諒我之前對妳的隱瞞。在我亂七八糟的人生裡，艾絲翠，妳是為數不多的亮光之一。

希望妳我之間的情誼能夠長存。

誠摯祝福

查理

查理坐在電腦前，把郵件看了一遍又一遍。不知不覺已經晚上七點了。此刻的威尼斯正值正午，艾絲翠或許正在奇普里亞尼餐廳的泳池邊，愉快地享用午餐吧。查理深呼吸，把這封郵件扔進了垃圾桶。

卡爾頓與柯萊特

◆ 中國，上海

「你真是太傷我的心了！」她痛心地說。

「我真不明白妳為什麼要這樣。」卡爾頓用中文說。

「不明白？你知道你這樣做有多殘忍嗎？」

「可不可以解釋一下我哪裡殘忍了？我不覺得自己做錯了。」

「你背叛了我，你選擇了和你爸站在一邊，你這樣做是毀了我！」

「媽，哪有這麼誇張。」卡爾頓對著電話說道。

「我帶你去香港是為了要保護你。而你卻做出這種事，偷偷溜回上海見那個女孩，那個混帳女孩！」

卡爾頓此刻正躺在他的特大床鋪上，舒適的棉被並沒有擋住電話另一邊來自香港的斥責。卡爾頓忍住怒意，冷冷地回道：「她叫瑞秋。妳反應過頭了。相信我，見到瑞秋以後，妳會改變妳的想法的。她很聰明——比我聰明多了——卻一點也不張揚，百分之百是個可靠的人。」

邵燕譏諷道：「你這蠢貨……我怎麼會養出這麼愚蠢的孩子。你難道不知道嗎？你越是接受她，就會失去的越多。」

「媽，我究竟會失去什麼？」

「你一定要我把話說得那麼明白？聽著，她這個私生女的存在，只會羞辱我們鮑家。她玷汙了我們的姓氏。你的姓氏。若這醜事曝光，你能想像眾人會怎樣看我們嗎？你爸爸和來歷不明的鄉下人生了個私生女，這也就算了，這個孩子居然還被對方綁架到了美國。你知道有多少人等著你爸垮台嗎？你知道為了鮑家今天的地位，我付出了多少努力嗎？唉呀，就當是我自作孽好了，當初就不該送你去英國念書，你在那給我惹了一堆麻煩。你的腦袋肯定是在那場車禍撞壞了！」

柯萊特看到枕邊男人那副敢怒不敢言的模樣，忍不住咯咯直笑。卡爾頓鬱悶地抓起枕頭砸在她臉上，同時對著電話說：「媽，我跟妳保證，瑞秋絕不會害我們……哎喲……蒙羞。」柯萊特開始戳他的肋骨。

「已經蒙羞了！你帶著她在上海四處亂晃，已經毀了自己的名聲了！」

「媽，我們絕對沒有到處晃。」卡爾頓一邊說，一邊對柯萊特的胳肢窩搔癢。

「方愛蘭的兒子昨晚看到你們在 Kee Club 吃飯，帶著他們去那種場合，你腦子有洞嗎！」

「Kee Club 本來就是所有人都可以去的地方！況且誰會知道她的身分？放心吧，我跟別人介紹時都說瑞秋是我好友尼克的妻子。尼克和我一樣，都是斯托的畢業生，沒有人會懷疑的。」

邵燕可不會善罷甘休：「方愛蘭的兒子說你在餐廳裡左擁右抱，一邊是柯萊特．邴，另一邊是個不知名的美女，我完全不知道該怎麼回應她！」

「哼！萊恩．方不過是嫉妒我有兩位美人作伴。那小子可憐得很，被爸媽逼著娶了邦妮．許，她長得簡直就像褪了毛的鼴鼠。」

「你好意思說人家？萊恩．方比你懂事多了，人家願意遵從父母的意思，一切以家族利益為先。而且，他馬上就要成為史上最年輕的黨書記……」

「我才不管他是要成為維斯特洛最年輕的君主，還是坐上鐵王座[80]呢。」

「是柯萊特慫恿你回上海的，對吧？她這個罪魁禍首。她明明知道這禮拜我不希望你接近上海。」

「別把柯萊特扯進來，不關她的事。」

柯萊特聽見自己的名字，跨坐到卡爾頓身上，一把扯掉他的上衣。卡爾頓飢渴地望著她，天哪，他對她形狀完美的雙峰毫無抵抗力。

「上馬吧，牛仔男孩……」柯萊特輕聲說，卡爾頓急忙捂住她的嘴巴，接著她開始啃咬他的掌心。

「別裝了，我知道是柯萊特慫恿你的。你和她交往以後，就沒做過一件能讓我放心的事。」

「我說過多少次了，她不是我女朋友，我們只是普通朋友。」

80 「維斯特洛」和「鐵王座」都出自美國作家喬治．R．R．馬丁的奇幻小說系列《冰與火之歌》。維斯特洛（Westeros）是故事世界中四塊已知大陸中最西邊的一塊，小說的大多數故事情節都發生在維斯特洛大陸上。鐵王座（Iron Throne）則是故事中七大王國國王的王座，經常用作比喻、代替國王權威的詞語。在本書的第三卷《劍刃風暴》中，托曼．拜拉席恩年僅七歲就登上了鐵王座的寶位。

「隨你便吧。你昨晚又去哪裡瘋了？愛梅說你好幾天沒回家了。」

「我一直在酒店陪我姐。沒辦法，誰叫妳不准他們進家門。」卡爾頓正躲在波特曼麗思卡爾頓酒店，她知道媽媽手下那些人不會找到這裡來。

「我的天，你已經叫她姐姐了！」

「媽，妳再否認都沒用，她是我姐姐沒錯！」

「你這根本是要我的命！」

「行了，我知道妳想說什麼，以前聽過好幾次了：我讓你們失望了，我背叛了祖先，妳後悔幹嘛忍痛把我生下來。」卡爾頓說完直接掛斷電話。

「哎呀，你媽這次真的生氣囉？」柯萊特用英文問道（她的男友們中，只有卡爾頓講了一口純正的英腔，聽著就享受）。

「唉，她昨晚就和我爸大吵一架，凌晨兩點把我爸趕出公寓，害他大半夜跑去上議院睡覺。我猜她也設法要讓我內疚。」

「你為什麼要內疚？這件事裡有哪件事是你的責任了？」

「就是說啊，我媽已經氣昏頭了。她口口聲聲說瑞秋會敗壞鮑家名聲，可她這幾天做的事情正是在摧毀自己的形象。」

「她最近是有點失常，她以前不是挺喜歡我的嗎？」

「她還是很喜歡妳。」卡爾頓沒把握地說。

「噢，那我就當真了。」

「放心吧，我媽現在氣的人只有一個，就是我爸。她拒絕離開香港，我爸就自己跑回上海，她竟然用離婚來威脅他不准見瑞秋……她怕他們父女一起出現在公眾場合，惹得傳聞漫天飛。」

「哇，真有那麼糟嗎？」

「她不過是口頭威脅吧，所以我才說她現在氣昏了頭。」

「不如在我家安排瑞秋和你爸見面？這就不算公開場合了。」

「妳還真是愛惹麻煩吼？」

「我哪有惹麻煩？我只是想好好招待你姐姐。她已經來上海一個禮拜了，你爸竟然還沒去見她，這也太誇張了，最開始還是你爸邀請她過來的呢。」

卡爾頓考慮了一下，說：「我們當然可以安排他們見面，就是不知道我爸會不會露面。你別看他總是和我媽吵來吵去的，其實到最後他還是都聽我媽的。」

「交給我吧，以我爸的名義邀請他就行了，他不會拒絕我爸的邀約，且他也不會知道瑞秋也會在場。」

「妳對瑞秋和尼克真好。」

「不應該嗎？她是你姐姐，而且我很喜歡他們。他們兩個感覺就像另個世界的人，不是嗎？瑞秋的性格簡直無可挑剔，沒猜錯的話，她是香蕉人[81]吧？看她穿的那些無名衣服，和我認識的中國女生完全不同。至於尼克，我還在研究中……你說他爸媽很有錢？」

81 指「外黃內白」的美籍華人。

「還行吧，應該就是普通的富裕人家。他爸以前是工程師，如今都在釣魚；埃莉諾阿姨好像玩些日內交易，我也不確定。」

「就這樣？不過我覺得他的家教非常好，而且渾身散發著一種……瀟灑的魅力？禮節方面更是無可挑剔。不知道你有沒有注意到，我們搭電梯的時候，他總是讓女生先出去。」

「所以呢？」

「這表明他是真正的紳士。我知道他不是從斯托學到這些的，看看你這副德性就知道了。」

「去妳的！因為他長得像妳喜歡的那個韓星，妳才看他這麼順眼！」

「真可愛——你吃醋了嗎？放心吧，我可沒打算跟你姐搶。你說他是大學教授？」

「他教歷史的。」

柯萊特咯咯直笑，「歷史教授和經濟學教授嗎？真想知道他們的孩子會是什麼樣。真不懂你媽為什麼會覺得受到威脅……」

卡爾頓嘆氣。他比誰都清楚母親焦慮的原因，與瑞秋的出現無關，全是因為那場可怕的車禍。母親並沒有把那起事故掛在嘴邊，但卡爾頓能明顯感覺到她在事故之後的變化。邵燕本來個性就急躁，那件事之後，她變得更不理性了。卡爾頓很懊惱：那晚應該直接回宿舍的，該死的差點毀了自己的人生。他轉身背對柯萊特。

柯萊特能清楚看到陰霾重新爬上卡爾頓的臉龐，這段時間發生太多事了，上一秒他們還很快樂逍遙，下一秒就突然掉進絕望中。為了使卡爾頓振作，柯萊特解開他襯衫的最後幾顆鈕扣，手指在他的肚臍附近畫圈，並在他耳邊輕聲呢喃：「我喜歡你為我吃醋的模樣。」

「我不知道妳在說什麼。」

「別裝傻了。」柯萊特雙腿跨在卡爾頓身體兩側，在床上站起來，從上方望著他，「那麼，你真的相信上一個睡在這張床上的人是歐巴馬嗎？」

「這間套房的保全堪比要塞，所有國家首領都住在這。」卡爾頓說。

「我賭歐巴馬沒看過這個。」柯萊特說完，妖媚地緩緩褪去 Kiki de Montparnasse 內褲。

卡爾頓盯著她：「肯定沒有。」

尼克與瑞秋

◆

中國，上海

尼克睜開惺忪的睡眼，看見瑞秋坐在窗邊喝咖啡，陽光打在她的臉上，有種朝氣蓬勃的美感。他問道：「幾點了？」

「快要一點了。」

尼克瞬間睡意全無，立刻彈起身子，活像昨晚忘記調鬧鐘的學生，「這麼晚了！妳怎麼不叫醒我？」

「我看你睡得那麼熟。再說了，我們還在度假呢。」

尼克伸了個懶腰，哈欠連連道：「哪有像我們這樣窩在酒店裡度蜜月的？」

「先來杯咖啡吧。」

「再給我幾片阿司匹林。」

瑞秋笑了，過去這一周，他們簡直被卡爾頓的社交生活操個半死。其實，這更像是柯萊特的社交生活，他們參加了各式各樣的時尚派對、藝術展、餐廳開幕、法國領事館的音樂會、VIP會後派對，還有各種特定場所的藝術表演……全是柯萊特安排的。次數頻繁就算了，還幾乎是通宵舉行。

「誰想得到上海的夜生活讓紐約都相形失色?!我今天打算來個安靜的夜晚了，妳弟弟不會介意吧？」

瑞秋邊往熱騰騰的咖啡上吹著氣邊說：「不會的，就說我們年紀太大了，讓他們年輕人繼續瘋吧。」

「這話真是昨晚在MINT[82]至少被搭訕十次的美女說出來的？我差點要對那群法國帥哥們[83]實施『忍者行動』，好讓他們離妳遠一點。」

瑞秋笑道：「哈哈，你這呆瓜！」

「我是呆瓜？好吧，至少我不是科技宅男。真奇怪，每個在上海的歐洲人都在開發顛覆世界的APP嗎？還有他們為什麼一定要留那麼濃密的鬍子？不怕接吻時扎傷人家嗎？」

「哈哈，我覺得這樣挺性感的，你不就和那個可愛的巴黎理工大學畢業的男生親密了一番嗎？他叫什麼名字來著，盧瓦克？」瑞秋咯咯笑道。

「謝謝……但我寧願是像柯萊特身邊的那個美女朋友，她叫克拉麗莎還是克拉米蒂亞什麼的？」

82 全球四大頂級富豪俱樂部之一。

83 據統計，在上海工作生活的二十二萬外國人之中，有超過兩萬是法國人。其中，歐洲工商管理學院（INSEAD）和巴黎綜合理工大學（Ecole Polytechnique）的畢業生占了絕大多數。歐洲仍深陷債務危機，因此，歐洲頂級名校的畢業們生紛紛「轉戰」上海謀生。他們對中文一竅不通，但MINT、Mr.&Mrs.Bund、Bar Rouge裡的服務員同樣不懂中文，照樣能混得風生水起，這些高材生還有必要費心去學嗎？

「你得慶幸自己選了盧瓦克。要是你真親了那個假睫毛女孩，她可就賴定你了。別忘了，她一開口就問你有沒有美國護照。」

「那睫毛是假的？」

「就說你是呆瓜！何止睫毛，她全身上下都嘛是假的！你有看到當柯萊特告訴她我們已經結婚了的時候，她差點當場哭出來嗎？我不懂他們怎麼都沒發現我們戴了婚戒？」

「妳真以為一枚小小的金塊就能擋住他們嗎？這裡的富家千金們都不理解妳的社交性暗示！畢竟，從外貌上看妳完全就是個中國人，但妳的言行舉止卻非常美式，看起來不像是已經結婚的人，所以她們都沒發現我們是夫妻。」

「好吧，那從今天開始，我就無時無刻待在你左右，飽含愛意地注視著你，你就是我唯一的高富帥。」瑞秋滿眼促狹，貨真價實的睫毛飄呀飄。

「就是這樣！我的咖啡呢？」

「在吧台的咖啡機裡，順便幫我續杯。」

「我那乖巧的妻子跑哪去了？」尼克哭笑不得，懶洋洋地爬起來，正要沖咖啡，就聽到瑞秋在隔壁房喊道：「對了，我爸今早有打來！」

「他說了什麼？」尼克問，試著搞清楚眼前的高科技濃縮咖啡機到底要怎麼用。

「沒說什麼，就是道歉。」

「香港那邊的問題還沒解決嗎？」

「解決好了。但他突然又有政府公務要處理，已經飛去北京了。」

「嗯……」尼克在法壓壺裡加了勺咖啡粉，他猜不透鮑高良究竟是什麼意思。沒等他發表意見，瑞秋繼續說道：「我爸本來想安排我們這週末去北京，但這兩天北京霧霾很嚴重，他建議我們下周再過去。」

尼克回到臥室，把熱騰騰的咖啡遞給瑞秋。瑞秋看著他說：「不知道你是怎麼想的，但我覺得整件事情有點奇怪。」

「我也這麼覺得。」尼克在窗前席地而坐，正午的陽光比濃郁的咖啡更提神。

「對吧！我就知道不是我想太多。怎麼說呢，我是覺得他的說辭有點牽強……霧霾？北京不是隨時都有霧霾嗎？我飛了大老遠來探望他，怎麼可能因為空氣汙染就放棄？你說，他是不是有意躲著我們？」

「同意妳的說法。」

「你覺得是因為邵燕的關係嗎？我的意思是，我們到現在都沒聽到關於她的問候之類的。」

「或許吧……卡爾頓有沒有和妳提過他的母親？」

「完全沒有。自從我們到上海來，卡爾頓幾乎每晚都陪我們，但我還是覺得一點都不了解他。沒錯，他既體貼又健談，待人處事就是你們這些英國公學畢業生的樣子，但他很少表現出自己真實的樣子。有時候，他其實可以表露出一些負面情緒的，你覺得呢？」

「嗯，我也注意到了。有好幾次他好像在壓抑自己的情緒。妳還記得我們在浦東麗思的頂樓酒吧，和爆炸頭女孩喝酒的那晚嗎？」

「留著非洲爆炸頭的那個？當然記得了，她叫什麼來著？」

「不知道，那女孩好像說了些什麼，之後卡爾頓就沉默了一段時間，我還以為他生氣了呢，沒想到他很快就恢復如常，又有說有笑的了。」

瑞秋露出擔憂的表情：「會不會是喝太多酒了？這幾天下來我都快爆肝了。」

「這裡的人一個個喝起酒來都是海量！不過也別忘了，卡爾頓不久前剛遭遇了那麼嚴重的車禍，有點心理陰影也是正常的。」

「說得也是，他表面上生龍活虎的，我差點都忘了他剛在鬼門關前走一遭。」

瑞秋從扶手椅上起身，坐到尼克身邊，遠眺窗外上海大廈那奇特的外形，不由得出了神。這座新建的螺旋狀摩天大樓遲早會被評為世界上最高的建築之一。「真是太奇怪了。我本來以為這次來上海，是為了深入瞭解我爸爸和他的家庭，認識新的親戚們……但你看看我們這段日子都做了些什麼？沒日沒夜地和上海的花邊教主們開派對！」

尼克點頭表示同意，但他還是不想表現得太消極，於是說：「確實，妳爸的確早就該現身了，但也可能是我們想太多了，別忘了，妳爸爸可是中國重要的領導級政治人物，搞不好還有別的更棘手的事情要處理。」

「你說我要不要有意無意地問問卡爾頓，到底出了什麼事？」

「如果他家裡真有什麼問題，妳這麼一問，他反而左右為難了。其實，這次鮑家對我們很照顧，妳看這間總統套房，還有卡爾頓每天為我們安排活動。我們還是靜觀其變吧。好啦，趁今天休息，我要來試試果汁排毒套餐。」

「你忘了今晚柯萊特的父母要請我們吃飯嗎？」

「哦，對，我忘了。妳知道在哪裡嗎？別又是二十道菜的饗饕盛宴。」

「卡爾頓好像說是去他們家裡吃。」

「他們搞不好有起士漢堡，我現在超級想吃漢堡和薯條。」

「我也是！不過……大概不會有吧。我覺得柯萊特不是那種喜歡吃漢堡和薯條的人。」

「我敢打賭，柯萊特一個月在衣服上的花費，比我們一年的薪水加起來還多。」

「一個月？一個星期還差不多。你注意到她昨晚穿的那雙龍紋高跟鞋了嗎？我向上帝發誓那是純象牙製的。柯萊特簡直就是亞拉敏塔 2.0。」

尼克笑了：「她才不是亞拉敏塔 2.0。亞拉敏塔是典型的新加坡女孩，她明明可以盛裝打扮去玩樂，卻寧願在瑜伽室裡汗流浹背，在沙灘上喝椰子水。柯萊特應該是亞拉敏塔的升級版才對。我覺得不用幾年，她的名字就會響徹中國和好萊塢。」

「我真的很喜歡她。這次來上海最大的收穫就是認識了她。第一眼見到她的時候，我就想說：這女孩是從電視劇裡走出來的吧？她真的對我們太好了，到上海以後，我們連罐飲料都沒自己開過。」

「不是我要潑冷水，我覺得她只是順便帶上我們而已。妳注意到了沒有，每到一家餐廳或俱樂部，羅克珊都會幫柯萊特拍照，發到推特或部落格上去宣傳。在別人看來，我們就是去混吃混喝的罷了。」

「但她也對卡爾頓很好。」

「妳不覺得她只是在耍卡爾頓嗎？她看起來是對卡爾頓有意思，但還是不斷地說『他只是眾多追求者之一』。」

瑞秋給尼克一個戲謔的眼神，「柯萊特有事業、有追求，不願意早早結婚，我覺得這樣很好啊。大多數中國女孩都有二十幾歲就要結婚生子的壓力。你看，紐約大學每學期有多少為了找老公而入學的女生？」

尼克思考了一下妻子說的話，笑道：「除了妳，我想不到別人。」

「噢，你這混蛋！」瑞秋隨手抓起枕頭往他臉上砸去。

傍晚五點，瑞秋和尼克準備好，在酒店門口等卡爾頓來接他們。尼克身著淺藍色牛津襯衫和牛仔褲，外面搭配一件海德斯曼（Huntsman）夏日夾克，瑞秋則選了一條艾麗卡・塔諾夫（Erica Tanov）亞麻罩裙，顯得清新隨意。片刻後，外灘方向傳來一陣轟鳴，一輛黃色的麥克拉倫（McLaren）F1帶著它那價值連城的低沉引擎聲停在了中環線上，周圍泊車小弟爭先恐後地湧上前去，每個都渴望這個泊車機會。但下一秒，卡爾頓從車窗裡探出頭，催促尼克和瑞秋趕快上車，他們的期待就被無情地打碎了。

「妳坐前排，比較寬敞。」尼克展現紳士風度。

「別鬧了，我的腿比你短那麼多。」瑞秋說。但他們的前後之爭，在翼門自動升起的那一刻瞬間變得毫無意義。這輛車的駕駛座位於正中央，乘客席則分佈在兩側。

瑞秋見此情景，驚呼道：「這……這也太帥氣了吧！車子還能這樣?!」

尼克瞥了眼車廂，笑道：「真是性感，但你確定這傢伙能上路？」

「鬼才知道。」卡爾頓扮個鬼臉。

瑞秋爬上了右邊的座位，好奇地打量著身邊的裝潢，「我還以為你們只開奧迪呢。」

「最近載你們的奧迪都是柯萊特家的。妳知道為什麼大家喜歡開奧迪嗎？因為最高階層的政客都開它，所以大家都跟著開，想說這樣在路上就能被禮遇，也比較不會被警察找麻煩。」

「真是有趣！」瑞秋沉進柔軟的座椅裡，「我就喜歡聞新車的皮革味。」

「其實這傢伙一點也不新，是一九九八年生產的。」卡爾頓說。

「真的嗎？」瑞秋驚訝道。

「這是經典款，我只有在像今天這樣的晴天，才敢開它出來兜風。妳愛聞的味道，是周圍這些手縫康納利（Connolly）牛皮散發出來的。別小看這些牛皮，它們的主人可比神戶牛還要養尊處優呢！」

「看來，卡爾頓無意間又向我們展露了他的一大愛好。」尼克調侃道。

「嘻嘻，其實我做了很多年名車進口生意了，都賣給朋友們。這生意最早是從我在劍橋大學念書的時候開始。當時，每年我都會在某個週末跑去倫敦。」卡爾頓在車子駛上延安高架道路時解釋。

「你肯定每年都沒錯過在騎士橋邊舉行的『阿拉伯跑車遊行』囉？」尼克問道。

「你真懂我！我和朋友每年都會在拉杜麗外占個好位子，觀看那些寶貝們呼嘯而過！」

「你們到底在說什麼？」瑞秋問。

尼克解釋道：「每年六月，阿拉伯的石油公子哥們都會帶著他們的頂級超跑齊聚倫敦，而騎士橋周邊就是他們的私人一級方程式賽道。週六下午，這些跑車會集中在巴茲爾大街的哈洛德百貨後面，照慣例舉辦名車跳蚤市場。屆時，這些稚氣未脫的公子哥們會身著價格不菲的破洞牛仔衣褲，他們的女伴都戴著希賈布面紗搭配耀眼的墨鏡，一起坐在千萬豪車上，堪稱奇景。」

聊到愛好，卡爾頓眼裡盡顯興奮：「對！那可是目前國際上最頂級的跑車賣場了，有些奇形怪狀的跑車不是尋常車展能見到的。圈子裡的好友知道我慧眼識車，自從我開始做這買賣，訂單就沒有斷過。現在坐的這輛麥克拉倫迄今為止全世界只有六十四輛。所以每次車子抵達上海前，我手上就有一串買家名單。」

「聽起來是很有趣的賺錢方法。」尼克說。

「對吧？改天見到我爸媽就這樣跟他們說，省得他們總覺得我買車是在敗家。」

「爸和阿姨只是怕你又出意外而已，」瑞秋說完，卡爾頓就以時速九十公里的速度飛馳過三條街道，讓她倒吸了一口冷氣。

「抱歉抱歉，這幾輛貨車太煩人了，放心啦，我是安全駕駛。」

瑞秋和尼克交換了個眼神，不約而同想起卡爾頓最近的那場車禍。瑞秋默默地勒緊安全帶，儘量不去看近乎模糊的街景和左飄右晃的前車。

「這裡的司機都精神分裂了吧，一直變換車道。」尼克開玩笑道。

「這你就不懂了，在中國的高速公路上，要是規規矩矩地走自己的車道，那才會被撞呢。」卡爾頓猛踩油門，又超過了一輛載滿活豬的貨車，「交通規則在這個國家不適用。我在英國學會開車，回到上海拿到駕照後，第一次上路就被警察訓斥：『**你這個蠢蛋，紅燈叫你停你就停**

啊？』」

「啊對，我和瑞秋好幾次過馬路都差點被撞飛，紅綠燈在上海司機的眼裡簡直就只是個裝飾品而已。」

「裝飾品倒不至於，就是參考罷了。」卡爾頓剛說完，就猛地一腳煞車，嘎吱一聲停在車道右側，避過左車道的一輛小貨車。

瑞秋愣了幾秒鐘才回過神，驚恐地尖叫道：「我的天啊！剛才那輛貨車是在高速公路上倒車嗎？」

「歡迎來到中國。」卡爾頓說。

車子駛離上海市區，一路飛馳了將近半個小時才下高速公路。瑞秋驚魂未定，發現車子來到了一條嶄新的林蔭大道上，便好奇地問：「這是哪？」

「這裡是上海新開發的黃金海岸高級住宅區Porto Fino，規模堪比加州的新港灘。」

「何止！」尼克由衷地讚歎道。只見嶄新商業街的道路兩側都是黃褐色的地中海風格建築，其中還有星巴克的店面。車子駛出主幹道，來到一條側邊是粉飾灰泥高牆的支道，道路盡頭有一條精緻的雕塑瀑布，旁邊便是巨大的鐵門和警衛室。車子在鐵門前停下，三位穿著制服的保全立刻走出警衛室，其中一位謹慎地檢查車身，另一位用查抄鏡檢查底盤，彷彿車裡的人是攜帶炸彈的恐怖分子。帶頭的保全認出卡爾頓，但還是仔細地詢問尼克和瑞秋的身分，隨後才揮手放行。

「保全還真是嚴謹啊。」尼克評論道。

「嗯，這裡是絕對的私人領域，禁止外人入內。」卡爾頓說完，厚重的鐵門便在「喀啷啷」

的巨響聲中緩緩開啟了。麥克拉倫減速駛上一條天然的沙礫小道，視線穿過道路兩側的義大利柏樹，可以看到多處裝飾著噴泉的人造湖，玻璃和鋼鐵混合的奇形建築，還有一望無際的高爾夫球場。車子經過兩座飽經風化的方尖碑，終於抵達了接待大樓。這棟恢宏而抽象的建築由石磚和玻璃堆砌而成，四周圍繞著姿態各異的槐樹。

尼克好奇地問道：「怎麼會有開發商在荒郊野外興建規模這麼大的度假村？這個地方叫什麼名字？」

「這裡其實不算度假村，是柯萊特過週末用的別墅。」

「什麼？你的意思是說，我們一路過來看到的這些，全部都是柯萊特的私人財產？」瑞秋目瞪口呆。

「是的，這裡總面積一千多畝，是柯萊特的爸媽專門建給女兒消遣週末用的。」卡爾頓的語氣彷彿在說一個玩具。

「那她父母住哪？」

「邴家在香港、上海和北京有好幾處這種規模的房產，但他們最近好像定居夏威夷。」

「他們家一定賺了不少錢。」瑞秋表示。

卡爾頓露出笑容：「我忘記說了，柯萊特的父親是中國五大富豪之一。」

柯萊特

◆中國，上海

卡爾頓剛在主廳門前停好車，兩名身穿詹姆士．珀思（James Perse）黑色T恤及長褲的隨從就迎上前來。其中一人扶瑞秋下車，另一人恭敬地提醒卡爾頓道：「抱歉，鮑少爺，今天您不能像平常那樣把車停在這裡。邴先生馬上就要回來了。您要是不介意的話，我們可以替您把車子停進車庫。」

「謝了，我自己開進去就行。」卡爾頓熟門熟路地把車駛進車庫，沒過多久就回來和瑞秋二人會合。三人通過氣派的仿舊楓木大門，來到寧靜的露天內院。只見寬敞的內院被一大片幽暗的無邊際水池占據了大半，周圍種滿了青竹，使水面上的倒影顯得更為清幽神祕。一條石灰華廊道橫貫池子中央，對面是一扇及頂的黑褐色木門。三人剛走到廊道中間時，眼前的木門就靜靜地開啟了。

木門對面是大約三十公尺長、黑白配色的巨型玄關。幾名身穿旗袍的女傭站立在一根根石柱門風格的頂樑柱邊，每根柱子上都掛著一幅龍飛鳳舞的書法繪卷。地磚閃爍著黑色的光澤，映襯著白色的低矮沙發，營造出一種素淨的氛圍。通過玄關最裡側的玻璃門，眼前就是一片通透的戶外空間：這裡的整體風格和內院相似，只不過水池和亭閣的規模更大，還多了許多造型別致的沙發和黑木製咖啡桌。

即便是在泰瑟爾莊園長大的尼克也不禁大為讚歎：「這真的是棟房子？確定不是四季度假酒店？」

「柯萊特當時看上了上海的璞麗酒店，纏著她爸要買下整家店。但店方死活不肯轉讓，她爸就找建築師為她量身設計了這套度假山莊。眼前這座庭院，就是模仿璞麗的設計。」

這時，一名衣著幹練的英國男士走上前來，恭敬地問道：「午安，我是沃斯利，是這裡的管家，請問有什麼需要為您服務的嗎？」

三人還沒任何回應，柯萊特就出現了。她把一頭秀髮梳成一個圓髻，絲質輕薄的淡粉色及踝長裙揚起一道道波紋，像是從六〇年代的《時尚》雜誌裡走出的模特兒。

瑞秋主動迎上前去，給了對方一個熱情的擁抱，「柯萊特，妳看起來像是從《第凡內早餐》裡走出來一樣！還有，妳這房子實在是太驚人了！」

柯萊特謙虛地咯咯笑道：「來，我帶你們參觀參觀，但在此之前，當然要先喝上兩杯啦！你們想喝什麼酒，儘管和管家說……卡爾頓就不用說了，照慣例，一大杯伏特加；我嘛，就來杯金巴利蘇打搭配這身衣服吧。瑞秋呢？要不要來杯貝里尼？」

「嗯，好啊，如果不會太麻煩。」瑞秋說。

「一點都不麻煩！沃斯利，我們有現成的白桃吧？尼克，你要什麼？」

「我來杯琴通寧。」

「哼！男生真沒意思。」柯萊特示意管家去準備酒，然後轉向三人，「跟我來，我帶你們四處看看。卡爾頓有沒有和你們提過這裡的設計理念？」

「我們剛才還在聊這個話題呢。卡爾頓說妳喜歡上海的某家酒店，名字叫什麼來著？」

「璞麗，但我這裡更奢華，畢竟有些珍稀材料，酒店那樣的公眾場合是不可能用的。國際上對我們中式住宅總是充滿偏見，覺得我們必定生活在路易十四時代那種金光閃閃的房子裡，還室內掛滿各式各樣的流蘇，簡直俗到極點。所以，我就想把這裡打造成現代中式裝潢的櫥窗。你們在這裡見到的所有傢俱，都是最頂級的工匠，用最稀有的材料手工製作的，古董字畫更是國寶級水準，比如說，看到那面牆上的畫卷了嗎？它們可全部都是元代畫家吳伯里的真跡。還有這個明朝酒杯，我兩年前花了六十萬美元買的，但只要我願意出讓，聖路易博物館就會出一千五百萬美元！」

瑞秋目瞪口呆地望著眼前這只小瓷碗，試著相信它的價值真的等於自己一百年的年薪？

眾人逛了一圈露天休息區，隨後來到後花園。這裡同樣有一面寬敞的無邊際水池，隱藏在樹木之間的戶外音響播放著空靈的新世紀音樂。柯萊特帶三人在池塘邊的石子路上散步，邊走邊介紹道：「與其說這裡是宅邸，還不如說是私人溫室。你們仔細看看周圍，就會發現到處都貫徹綠色環保的理念，就連屋頂上都配有太陽能板，水池裡則藏著最尖端的魚菜共生系統。」

說話時，一行人走進一棟未來感十足的玻璃屋頂建築中，裡面的照明亮得耀眼，數十平方公尺的空間內竟交替分佈著魚塘和菜地。柯萊特對眾人驚奇的表情頗為滿意，自豪地解釋道：「這些魚塘是和外面的水池相通的，我們在池塘裡養魚，再用營養豐富的魚塘水灌溉隔壁的菜田。你們看這蔬菜的顏色，不是綠色，是翠綠色！」

「我今天真算是大開眼界了！」尼克讚歎道。

眾人之後來到規模最大的中央庭園，柯萊特繼續介紹：「別看這棟房子的整體風格偏向現代風，設計師還是在特定的區域保留了八座中式亭閣，呈王座結構，確保有好風水。大家**停下**！」

他們瞬間停步。

「大家聞聞看這裡的空氣，有沒有感覺到空氣中瀰漫著某種好『氣』？」

尼克只能聞見一股若隱若現的清香，有點像 Febreze 芳香劑的味道。不過，他可不敢實話實說，只能跟著瑞秋和卡爾頓乖乖地點點頭。

柯萊特雙手合十，敬了個印度合十禮[84]，笑道：「這裡就是消遣用的亭閣了，地下還有泰亭哲官方幫我們設計的酒窖，這層是放映廳。」

眾人所在之處是一間寬敞的圓弧形電影院。放眼望去，廳內至少擺放了五十張瑞典太空椅。卡爾頓指了指身後，「你們注意到這後面有什麼了嗎？」

瑞秋和尼克好奇地推開身後的房門，只見懸掛的放映設備之下，竟藏著一家低調的壽司攤！身穿黑色和服的壽司師傅朝眾人鞠躬致意，吧台裡的年輕學徒正忙著把蘿蔔片切成精巧的貓咪形狀，簡直像是從東京六本木搬過來的一樣。

「不、會、吧？」瑞秋目瞪口呆。

84 一種印度友人之間的禮儀。

尼克也說道：「早知如此，我們禮拜三的時候就不該在藍帶壽司點那麼多……」

「你們有沒有看過一部講日本壽司大師的紀錄片，叫《壽司之神》？」柯萊特問道。

「天哪——妳不會要告訴我，這位師傅是小野二郎的兒子吧?!」瑞秋敬畏地看向正在木質吧台後面揉搓章魚的壽司師傅。

「他是二郎師傅的表弟啦！」柯萊特滿臉自豪地說。

逛完戶外庭院，柯萊特帶領眾人繼續參觀：一間又一間堪比五星級酒店的豪華客房，一套又一套瑞典最頂級海絲騰[85]馬毛寢具……終於到了壓軸大戲——她自己的房間。柯萊特的房間是一棟通體透明的玻璃建築，房間中央是一張雲朵狀的大床，其中一面牆靠邊擺放著一根根蠟燭，房間的一角還有一塊圓形的蓮花池塘，除此之外別無他物（用柯萊特的話說：「這間房間講究一個『禪』字，在這裡睡覺，能夠進入一種天人隔絕的境界」）；浴室和衣櫥則位於臥室隔壁的建築內，面積比臥室大了四倍多。

瑞秋直奔最讓她好奇的浴室，這是個全方位零死角、以冰河白卡拉卡塔（Calacatta）大理石打造的透亮空間。空間內沒有配備傳統的用具，只是在一塊半個人高的大理石塊上鑿了個水槽形狀的凹槽，就像是哈比人貴族專用的水坑一樣；空間的另一側是圓弧形的私人內院，裡面又有一片深綠色的無邊際水池，池塘中央種著一顆茂密的柳樹，搖曳的柳枝下，是一口純瑪瑙打磨而成

85 自一八五二年起，海絲騰（Hästens）就成為瑞典皇室的御用寢具製造方了。海絲騰最基礎的寢具就能要價一萬五千美元，頂級寢具 2000T 更是高達十二萬美元的天價。鐵粉聲稱海絲騰的床能抗癌……好吧，這主要還是取決於你願意花多少錢在一張床鋪上。

的蛋形浴缸，數顆圓形踏腳石連接在池岸和浴缸之間。

瑞秋由衷地讚歎道：「我的老天，柯萊特，我只能說我真是羨慕瘋了！像這樣的浴室，我只在夢裡才想像過！」

「太好了！謝謝妳欣賞我的理念！」柯萊特握住瑞秋的手，眼眶微濕。

尼克見狀，不解地問卡爾頓：「真奇怪，浴室對她們真有這麼大的吸引力？瑞秋每次進到一家酒店，都是直奔浴室，對其他設施不理不睬。前幾天去安娜貝爾・李的精品店也是，只對人家的浴室感興趣，現在顯然達到涅槃的境界了。」

柯萊特鄙視地看著尼克：「瑞秋，這男的**一點都不**了解女人，妳應該休了他。」

「是呀，我開始後悔了！」瑞秋說完，朝尼克吐舌頭。

「好好好，等我們回紐約，我就打給設計公司，看妳想怎麼幫浴室重新鋪磚都行。」

「我不要重新鋪磚，我要這個！」瑞秋笑罵道，伸出雙臂輕撫瑪瑙浴缸，就像在撫摸嬰兒嬌嫩的皮膚。

柯萊特笑著說：「好，更衣室可以跳過，我可不想害妳們離婚，下一站，SPA。」

眾人走過一條深紅色的走廊，在峇里島風格的醫療室內稍微停留，便來到了一間別有洞天的地底空間。置身此處，周遭的立柱讓人像是身處在土耳其的蘇丹宮殿，中央的鹽水池竟呈現出天空的蔚藍色。柯萊特解釋道：「這水池底部是用綠松石鋪成的，所以水面是這種顏色。」

瑞秋羨慕不已：「妳竟然有專屬的私人SPA！」

「瑞秋，我們現在是好姐妹了，我得承認我曾經重度SPA上癮，最嚴重的時候，甚至一年只在世界各地的SPA度假村之間飛來飛去。但我還是不滿意，因為我總是能從那些SPA勝地裡挑出各式各樣的瑕疵。比如說，馬拉喀什安縵傑納度假村蒸汽房的角落裡，放著一塊髒兮兮的抹布；馬爾地夫瑞提拉島上無邊的泳池裡，某個大腹便便的猥褻男色迷迷地盯著我……所以結論是——必須要建造屬於自己一個人的SPA中心。」

「妳真幸運有條件能夠將此付諸實踐……」瑞秋說。

柯萊特語氣一轉，說道：「沒錯，但我這麼做可是省了一大筆錢呢！這塊開發區如今高樓林立，但曾經只是一片農田。如今我把所有因失地而無家可歸的本地人都請到這裡工作，既節省了人工費，又促進了就業率。比起我之前每週環遊世界尋找SPA度假村的花費，這些成本根本就不算什麼。」

尼克和瑞秋默契地對視了一眼，不約而同地點了點頭。

「另外呢，我還會時不時在這裡舉辦各種公益活動。比如說下周，我就計畫組織一場夏日花園派對，展出近來從巴黎搜羅來的收藏，到時候還會邀請明星潘婷婷到場，絕對是場頂級時尚盛會！瑞秋，妳會來吧？」

「當然。」瑞秋禮貌地回答，但搞不懂自己幹嘛這麼快答應，尤其是「頂級時尚盛會」這詞令她恐懼不已，這讓她想到之前亞拉敏塔在私人島嶼上舉辦的單身派對。

這時，樓梯口處忽然傳來一陣犬吠聲。「一定是我的寶貝們回來了！」柯萊特剛說完，就看到她的私人助理羅克珊吃力地牽著兩隻義大利獵犬現身。這兩隻狗亢奮地拉拽著鴕鳥皮牽繩，害羅克珊差點站不穩。

柯萊特一把將兩隻寵物擁入懷中，寵溺地說：「凱特、琵琶，寶貝，媽媽想死妳們了！妳們也有時差嗎？小可憐……」

瑞秋湊到卡爾頓耳邊，偷偷問道：「她真的幫狗狗取這名字？」

「嗯，真的。柯萊特很憧憬皇室，除了這兩隻小傢伙，她還在她父母在寧波的房子裡養了一對藏獒，取名叫威廉和哈利……」

柯萊特抬起頭，擔憂地問羅克珊道：「我的寶貝們到底怎麼了？醫生是怎麼說的？」

卡爾頓小聲地跟瑞秋和尼克解釋道：「羅克珊昨天帶著這兩個小傢伙搭私人飛機到加州看寵物心理醫生，應該是剛回來。」

羅克珊回答：「醫生說牠們都很健康。一開始我不太相信那個奧哈伊的寵物溝通名師，可是後來就放心了。診斷報告上說，琵琶仍對上次被賓利撞飛一事有心理陰影，所以一踏進那輛賓利就會躲在座位下發抖。我完全沒有和醫生說過這件事，她竟然連車子的牌子都準確地診斷出來了。不得不承認，我現在完全相信寵物溝通師。」

柯萊特哭著撫摸狗狗，歉疚地說：「都是我不好，琵琶，都是我害了妳……羅克珊，幫我和牠們拍張合照，上傳到微信朋友圈，就打『和我的女孩們團聚』。」說完，她熟練地擺了幾個姿勢，站起身撫平裙子的皺褶，接著冷冰冰地吩咐道，「把那輛賓利處理掉，我不想再看到它。」

妥善安頓了狗狗後，眾人來到最後一棟亭閣。這是八大亭閣中規模最大的一棟，表面看不到任何窗戶，只有一扇密碼上鎖的門。戴著耳機的羅克珊俐落地上前解開電子鎖，「歡迎來到邴家私人博物館！」柯萊特說。

他們走進一間大約籃球場面積的展廳內，瑞秋第一眼看到的是一幅巨大絲網毛澤東畫像。她好奇地問道：「這難道是安迪．沃荷的……」

「沒錯！怎麼樣？我的毛主席看起來如何？這是我爸送我的十六歲生日禮物！」

「真酷的生日禮物。」瑞秋回應道。

「對呀，這是我當年最喜歡的生日禮物了，要是有時光機就好了，我真想重回十六歲，讓安迪幫我畫張畫像。」

尼克來到畫像前，興奮地仔細觀看這共產黨領導人退後的髮際線，心想把畫中人物換成柯萊特不知道會是什麼模樣，想到這裡唇角掩不住一陣笑意。他和瑞秋想到右邊區域參觀參觀，被柯萊特阻止：「那邊沒什麼好看的，都是我爸剛開始收藏時買的一些枯燥玩意——畢卡索、高更之類的。來這邊，看看我最近的收藏。」

在柯萊特的催促下，大夥進入了另一間展廳，才明白「大開眼界」的真正含義。牆上作品之豐富、新潮，集結國際間的藝術大師。有威克．穆尼茲（Vik Muniz）那令人垂涎欲滴的巧克力糖漿畫、布麗姬特．賴利（Bridget Riley）那足以引起觀眾偏頭痛的密集小方塊、尚．米榭．巴斯奇亞（Jean-Michel）那毒癮發作似的瘋狂塗鴉……當然了，自然少不了莫娜．庫恩（Mona Kuhn）鏡頭下，在濕潤階梯上擺出各種奇異姿態的北歐鮮活肉體。

大家繼續往前走，來到一間更加寬敞的展廳，但偌大的空間裡，只展示了一件作品——由二十四張畫卷組成的一幅恢弘而細緻的水墨圖。

尼克驚訝道：「嘿！這不是《十八成宮》圖屏嗎？我記得凱蒂……」

羅克珊忽然「啊」的一聲驚呼，朝耳機的話筒急問道：「你確定？」緊接著，她抓住柯萊特的手臂，「妳爸媽回來了，車子剛過警衛室！」

柯萊特的臉色瞬間刷白，愣了數秒才驚惶失措道：「不會吧！怎麼提早這麼多？我們什麼都還沒準備呢！」她轉向瑞秋和尼克，「抱歉，我爸媽提早回來了，參觀得到此為止了。」

眾人匆匆返回大廳。柯萊特激動地對羅克珊吼道：「全員待命！沃斯利又去哪了？叫高平趕快烤雞肉！巴普蒂斯特準備好威士忌了沒？誰把中央池塘旁的竹林照明關掉了？」

羅克珊回答：「照明的開關是定時的，七點鐘才會自動開啟。」

「全部給我打開！還有把這白癡的哭聲給我關了！換成中國民謠，我爸只愛聽民謠！還有，快把凱特和琵琶帶進籠子裡，妳知道我媽多容易過敏！」

兩隻狗聽到主人喊自己名字，立刻興奮地汪汪叫。

羅克珊一邊牽著狗狗走，一邊對著話筒吩咐：「馬上把美好冬季樂團換成彭麗媛！」

四人抵達主廳前，莊園裡的全部員工都已在此集合、嚴陣以待了。瑞秋試著算人數，但才算到三十就放棄了，左側的女性員工一席優雅的黑絲旗袍，右側男性員工則身著黑色詹姆士．珀思制服，兩排隊伍像遷徙的野雁，面向樓梯站成整齊的V字形。

柯萊特仔細檢視一圈，最後確認道：「熱毛巾準備了嗎？熱毛巾在誰那？」

一名女傭聞聲出列，雙手抱著一台小型銀製保溫櫃，裡面正是熱毛巾。

羅克珊見狀斥責道：「誰叫妳出列的？快站回去！」剛說完，一列黑色的奧迪 SUV 車隊就浩浩蕩蕩地開到了門口。

帶頭的SUV最先開門，數名黑衣黑褲的墨鏡男跨出車廂，其中一名男子健步走到中間的車子旁，小心翼翼地打開車門。尼克一看車門厚度，就知這車子是防爆等級的。

在黑衣男的掩護下，一位矮小健壯，身著訂製三件式西裝的男人從車廂中走出來。站在尼克旁邊的羅克珊立刻發出小小的驚呼聲。這人看起來才二十幾歲，尼克疑惑地問道：「這應該不是柯萊特的父親吧？」

「不是。」羅克珊簡短地回答，餘光瞥了眼卡爾頓。

麥可與艾絲翠

◆新加坡

「妳打算穿這樣？」麥可倚靠在衣帽間門邊問道。

「什麼意思？太露了嗎？」艾絲翠開玩笑道，邊試著繫好涼鞋精緻的扣環。

「看起來太隨便了。」

「我並不隨便。」艾絲翠站起身，一席鉤織鏤空的黑色緊身裙簡約大方。

「我們是要去新加坡最頂級的餐廳赴宴，且是跟 IBM 的高層。」

「安德烈是頂級餐廳沒錯，但不代表就是正式宴會……我想這只是跟你的客戶們的普通商務聚餐。」

「是沒錯，但大老闆會帶他妻子來，肯定會打扮得很時髦。」

艾絲翠看了丈夫一眼，是有外星人綁架了自己的老公？掉包成了挑三揀四的時尚主編嗎？結婚六年來，這還是麥可第一次對自己的穿著發表評論。他偶爾會稱讚自己的打扮「性感」或「漂亮」，但從未說過「時髦」。直到今天，他的詞典裡根本不存在這個詞。

艾絲翠在脖子上抹上玫瑰精華油，「如果她像你說的那麼時髦，那她肯定懂得欣賞我這身

Altuzarra 連身裙，還有我這雙 Tabitha Simmons 絲帶涼鞋、這對 Line Vautrin 黃金耳環，以及這條娘惹金手鍊——這是只有在伸展台上出現過的造型。」

麥可皺眉：「這麼多金飾，我覺得看起來有點廉價感。能不能換成鑽石之類的？」

「這條手鍊一點都不廉價，這可是我大姑媽瑪蒂爾達・梁的傳家之寶之一，其他首飾如今都在亞洲文明博物館裡展覽呢！博物館好幾次懇求我出借這條手鍊讓他們展出，我都拒絕了，因為它對我意義重大。」

「抱歉，我不是有意冒犯妳姑媽的。我不像妳一樣懂時尚，只是這是我最重要的一場商務聚會。就穿妳想穿的吧，我在樓下等妳。」麥可語氣高傲地說。

麥可離開後，艾絲翠默默地歎了口氣。她比誰都清楚麥可在鬧什麼彆扭，一定是因為上次參加香港晚宴後那個愚蠢小報專欄的嘲諷，說他賺了大錢，卻不幫妻子買點好的首飾。麥可嘴上雖說不在意，但顯然還是戳到了他的痛處。艾絲翠來到保險櫃前，輸入九位數密碼打開。該死，她想要的那對耳環放在 OCBC 銀行的保險箱裡。目前家裡最大顆的只有那對瓦斯基（Wartski）鑽石翡翠耳環，這對耳環是當年在泰瑟爾莊園，阿嬤打麻將時一時興起送給她的。上頭的兩顆翡翠簡直跟核桃一樣大，據說阿嬤最後一次戴它是在一九五〇年泰王蒲美蓬（Bhumibol）的加冕典禮上。好吧，如果麥可真的想要有巴斯比・貝克萊那樣的驚豔效果，那這耳環再適合不過了，但有哪件衣服能搭配啊……

艾絲翠想了一下，從衣櫃裡拿出一件束腰、串珠袖的伊夫・聖羅蘭黑色連身褲。這件衣服適合正式場合，但風格低調簡約，剛好可以襯托兩顆搶眼的亮晶晶翡翠，如果再配上那雙阿萊亞

（Alaïa）踝靴，就有畫龍點睛的效果了。

艾絲翠換上這件連身褲，卻覺得喉嚨一陣哽咽。她從來沒穿過這件衣服出門，因為實在是太珍貴了。它是伊夫二〇〇二年最後的高訂系列，還記得她第一次試穿時才二十三歲，這麼多年過去了，這件衣服竟還是整個衣帽間裡最合身的。媽呀，我想念伊夫。

艾絲翠下樓到育嬰室，見麥可正陪兒子坐在兒童桌旁，大口吃著他的義大利肉丸麵。

卡西恩的保姆一見到艾絲翠，用法語讚歎道：「哇，夫人，您今天真美！」

「謝謝，呂蒂文。」艾絲翠用法語回覆道。

「這件衣服是聖羅蘭的嗎？」

「是的。」

呂蒂文雙手抱胸，敬畏地搖搖頭。（她已經迫不及待地要趁太太明天出門後，趁機試穿一下。）

艾絲翠轉身問麥可：「怎麼樣？這身打扮能取悅 IBM 大老闆嗎？」

「妳這對耳環是哪來的？Tzeen 還是 keh[86]？」麥可問。

「真的！這是我阿嬤給我的！」艾絲翠有點生氣地回答，麥可竟然只在意耳環，完全不知道要欣賞這身精緻的連身褲裝。

「他媽的！梵克雅寶（Van Cleef & Arpels）和阿嬤又撞耳環了！」

---

86 閩南語，意為「真的還是假的」。

艾絲翠瑟縮了一下。麥可因為卡西恩用詞不當所以處罰他，自己卻滿口髒話。

「你看媽媽今天漂亮嗎？」麥可轉向兒子問道，順手從他碗裡叉了粒肉丸塞進自己嘴裡。

「當然，媽媽一直都很漂亮。」卡西恩回答，「不要偷我的肉丸！」

艾絲翠怒意全消。看到麥可和卡西恩一起坐在小朋友椅子上這麼可愛的樣子，她哪裡還有生氣的心情？她從威尼斯回來以後，父子間的關係改善了不少。

兩人吻別兒子之後，走向門外的車道，司機約瑟夫剛剛幫麥可那輛一九六一紅色法拉利California Spyder完成最後一次打蠟。*看樣子他今晚真的打算要驚豔四座。*艾絲翠心想。

「親愛的，謝謝妳願意改變裝扮，今晚對我真的很重要。」麥可幫艾絲翠開門時說道。

艾絲翠上車，點頭道：「你要是覺得這樣比較合適，我很樂意配合。」

一開始他們幾乎沒說話，享受著溫和的微風從天窗湧進。但車子開進荷蘭路時，麥可再次開口：「妳覺得這對耳環值多少錢？」

「大概比這輛車值錢。」

「妳確定？這台法拉利可是花了八百九十萬美元，妳最好帶它們去估個價。」

艾絲翠只覺得這一連串對話庸俗不堪。她從來不關心珠寶的價格，不明白麥可為什麼要提起這個話題。「我又沒打算賣掉，何必知道價格？」

「既然它這麼值錢，我們總得幫它買個保險之類的。」

「它會被自動納入我家的傘式保單。我只需要把它們添加到宋小姐會計管理的財產清單裡就行了。」

「我不知道這件事。那我的復古跑車也能享受這個政策嗎？」

「應該不行，你不是梁家人……」艾絲翠話一說完就後悔了。

麥可似乎沒察覺到什麼不對，繼續說：「妳阿嬤把她的珠寶全給妳了吧？妳的那些親戚肯定很嫉妒。」

「珠寶多的是，費歐娜繼承了公爵夫人的奧爾加藍寶石，賽希莉亞得到一些皇室翡翠。阿嬤的眼光非常精準，她只把珠寶送給懂得欣賞它們的人。」

「妳覺得她知道自己沒多少時間了嗎？」

「你知道自己在說什麼嗎!?」艾絲翠驚恐地看著他。

「唉呀！她肯定有想過這件事，要不然怎麼會開始分送東西？人一上年紀，多多少少都會有預感，妳懂的。」

「麥可，我從小就跟阿嬤一起生活，我真的不敢想像哪天她不在了……」

「抱歉，我只是想找個話題。」

車廂內再次陷入尷尬的沉默，麥可滿心都是待會的聚會，艾絲翠則一遍遍地重複想著剛才那段對話。他們剛結婚的時候，麥可羞於在妻子面前談論金錢，尤其是當話題與她那顯赫的家族有關係的時候，他甚至努力地證明自己對梁家的財產不感興趣。的確，麥可在妻子顯赫的家世面前有強烈的不安全感，也因為這樣差點要結束這段婚姻。好在那些都是過去式了，他們終於挺過了那段時間。

在那之後，麥可的事業登上了巔峰，他成了大家口耳相傳的大人物。艾絲翠有過親身體會，最近幾次的家族聚會上，她的丈夫總是男性親戚們談論金融話題時的焦點。轉眼間，麥可晉升為家族裡的高科技行業顧問，連艾絲翠的爸爸及哥哥們都對他刮目相看，不再把他當「入贅」的女婿。然而，這也激發了他虛榮和貪婪的一面。他的品味急遽上升，比在一家小店購物後問店家「收不收 Amex 信用卡」還要誇張。

她看向麥可，他身著深灰色 Cesare Attolini 套裝，搭配 Borrelli 領帶。隨著右手強有力地換擋，他手腕上的百達翡麗機械錶在路燈的照射下，發出忽明忽滅的光芒。無論是詹姆斯・狄恩（James Dean），還是《翹課天才》裡的翹課少年，這輛車都是那些熱血男孩的畢生夢想。艾絲翠對於麥可如今的成就感到非常驕傲；但同時心裡又很懷念當初那個喜歡窩在家裡看球賽，給他一碟醬油煮豬肚、一碗飯和一罐老虎啤酒，就會開懷大笑的大男孩。

車子開到路邊種滿棕櫚樹的尼爾路上，艾絲翠注視著窗外五顏六色的傳統騎樓，突然發現車子開過了目的地，她急忙提醒：「嘿，我們開過頭了，你是約在布吉帕索路吧？」

「我故意的，我們先在這附近繞一繞。」

「為什麼？我們已經遲到了吧？」艾絲翠感到莫名其妙。

「我已經請餐廳先提供些飲料，讓他們在吧台休息一下。他們這時候應該正坐在窗邊，我要讓他們有最好的視野看看我這台車，還有看到妳。」

艾絲翠差點笑出來，身邊這個講這些話的男人，真的是自己老公？

麥可繼續道：「妳不知道，我們正在玩個遊戲，誰先開口就輸了。他們想得到我們最新研發的專利技術，但就是不願表態。我現在有必要給他們一個下馬威了。」

不久後，他們終於抵達一棟優雅的白色建築，這棟殖民時期風格的建築如今已被改造成了這個國家最負盛名的餐廳。艾絲翠剛踏出車門，麥可就將她從頭到腳仔細看了一遍，評論道：「妳不應該換掉那件短裙的，把這雙性感的長腿包起來實在很可惜。但還好這對耳環足夠讓他們大開眼界了，尤其是那群貴婦們。太好了，我要讓他們知道我可不是什麼小氣的人。」

艾絲翠難以置信地盯著他，不小心在門前的台階踉蹌了一下。麥可眉頭一皺，埋怨道：「媽的！希望他們沒看到，妳幹嘛要穿這雙奇形怪狀的靴子？」

艾絲翠深呼吸一口氣，「那位太太叫什麼名字？我忘了。」

「溫蒂，她的狗叫『小玩意』，妳可以跟她聊些寵物的話題。」

一陣抽搐襲向艾絲翠的腹部，讓她突然一陣噁心。這還是她生平第一次，感覺到自己受到了多麼「小家子氣」的對待。

邴家

◆上海

尼克、瑞秋、卡爾頓和羅克珊站在寬敞的石造階梯上，看著柯萊特熱情擁抱剛從SUV踏出的男人。尼克看見這一幕，好奇地問羅克珊：「那是誰？」

「他叫里奇‧楊，」羅克珊回答，「柯萊特的眾多追求者之一，北京人。」

「他今晚顯然精心打扮過。」

「噢，他一向如此，《貴族週刊》將他評選為『中國最會穿搭男人』之一，以及他的父親是《赫倫財富報告》評選的中國第四大富豪，財產共一百五十三億美元。」

這時，另一位大約五十歲、矮瘦男人走出裝甲SUV。他的五官有點像是被揍了一拳，只能留著類似於埃羅爾‧弗林的小鬍子來凸顯輪廓。尼克問道：「這應該就是柯萊特的父親了吧？」

「是的，他就是邴先生。」

「邴先生是排行第幾的富豪啊？」尼克語帶調侃地問道，他發現這類排行榜不僅不準確，而且愚蠢至極。

「第十五，但赫倫的統計過時了。按如今的股價，邴先生的身家已經超越里奇的父親。《財富亞洲》上的資料才是正確的，邴先生排行第三。」羅克珊急切地回答。

「好氣啊！我應該要寫封信給《赫倫財富報告》，請他們修正一下。」尼克憋著笑道。

「不用了先生，我們已經向他們反映了。」

邴先生攙扶著一位留著及肩蓬鬆長髮的女士下車，她戴著墨鏡和藍色醫院口罩，看不清楚長相。

羅克珊低語：「這位就是邴夫人。」

「我想也是……她身體不舒服嗎？」

「不，她有重度潔癖，所以長年住在空氣清新的夏威夷。這棟莊園配有最尖端的空氣淨化系統，就是為她準備的。」

大家看著柯萊特先後與父母擁抱，站在一旁的女傭捧著裝滿熱毛巾的銀櫃，恭敬地跪在兩位主人面前，像是在敬獻黃金、乳香與沒藥[87]一樣。身穿愛馬仕藍色喀什米爾毛衣的兩人用熱騰騰的毛巾擦過臉和手後，邴夫人伸出手，另一位女傭連忙上前，往她的手掌上噴上一些洗手液。完成這串程序後，管家沃斯利才上前行禮。柯萊特朝階梯上的友人招招手，請他們過來。

「爸、媽，這幾位是我的朋友。卡爾頓就不用介紹了吧，這位是他的姐姐瑞秋，還有他姐夫尼可拉斯．楊。他們住在紐約，不過尼可拉斯是新加坡人。」

「卡爾頓．鮑！你父親最近還好嗎？」邴先生拍了拍卡爾頓的肩膀，接著轉向瑞秋和尼克：

87　黃金、乳香與沒藥，均為《聖經．新約》中東方三博士朝聖時向耶穌進貢的禮物。

「傑克．邴。」他熱情地跟兩人握握手，饒有興致地看著瑞秋，用中文說道，「不愧是姐弟，長得真像啊！」邴夫人則相反，她沒有伸出手來，只是點了一下頭，隔著口罩和芬迪（Fendi）墨鏡打量眼前的人。

邴先生跟柯萊特解釋：「我們剛下飛機，剛好看到里奇的飛機停在我們旁邊……」

「我剛從智利回來。」里奇補充道。

「我就邀他來家裡吃飯了。」柯萊特的爸爸說。

「這是當然。」柯萊特回應道。

里奇對著卡爾頓說：「哎呀，這不是不死的卡爾頓嗎！」

瑞秋注意到卡爾頓收緊下巴，這生氣時的小習慣，就跟自己一模一樣。但他還是禮貌地向對方點頭致意。

眾人移動至大庭院。一位瑞秋覺得頗為眼熟的男人正在門旁恭候。他雙手捧著一張托盤，上面有一瓶氣泡水，和一杯剛倒好的威士忌。對了！這人就是剛到上海那天，在鼎泰豐見過的頂級調酒師。原來他不是餐廳的員工，而是邴家的私人調酒師。

他走上前對邴先生說道：「邴先生，請允許我用十二歲的雪莉歡迎您回來。」

尼克只能咬住舌頭才能強迫自己不要笑出來，這酒保講話真好笑，不知情的人還以為他為邴先生安排了童妓呢。

「噢，巴普蒂斯特，感謝。」傑克．邴的英語有濃重的口音。

邴夫人拖掉口罩，直接走到最近的沙發坐下。柯萊特見狀便招呼道：「媽，別坐這裡，我們去窗邊坐，那邊的風景比較好。」

「哎呀，我坐了一天的飛機腿都麻了。不能讓我坐一下嗎？」

「媽，我讓女傭在那邊的沙發上幫妳準備了一個特製的絲絨蓮花枕，窗外的木蘭花也開了。一定得坐那邊才能好好欣賞！」

瑞秋對於柯萊特的語氣感到震驚。邴夫人心不甘情不願地起身，跟著大家來到玻璃牆邊的休息區域。

大夥都還沒坐下，柯萊特又開始發號施令了：「媽，妳坐這裡，才能看到綠雕作品；爸，你坐那邊，我叫梅青搬張腳踏凳來，梅青，凳子呢？」說完，柯萊特自己挑了張面向窗戶的躺椅，舒舒服服地坐在上頭，渾然不顧賓客們和父母的座位正對著夕陽，陽光刺眼得很。

瑞秋和尼克這才明白，原來剛才在門口的歡迎儀式，純粹只是單純的「儀式」，而非出於柯萊特對父母的尊敬。看來柯萊特是個重度控制狂，事情都要按照她的意思做才行。

眾人忙著調整坐姿，以躲避刺眼的陽光，唯獨傑克好奇地看著尼克，這個能娶到鮑高良女兒的男人是誰？他的下巴輪廓分明到可以切生魚片，行為舉止像個爵士一樣。他對尼克點點頭，問道：「你是新加坡人？新加坡是個好地方呀！你是做什麼的？」

「我是歷史學教授。」尼克回答。

柯萊特補充：「尼克畢業於牛津大學法學系，現在在紐約大學教書。」

「你千辛萬苦在牛津拿到法律學位，怎麼不學以致用，反倒教起歷史來了？」傑克問。肯定是個失敗的律師。

「我雖然是學法律的，但歷史學科才是我最大的興趣。」然後他肯定要問我薪水多少，父母在做些什麼？

「嗯……」傑克點點頭。只有這些瘋狂的新加坡人才會浪費錢讓孩子去牛津買學歷，搞不好他八成出身於某個富有的印尼籍華僑家庭，「請問令尊在做什麼？」

來了來了。這幾年他遇過太多傑克．邴這樣的人了。事業成功、野心勃勃，總是急於拉攏些他們覺得值得的人脈。尼克知道，只要講出幾個名字，就能讓傑克．邴這類人對自己刮目相看，但他沒興趣這樣做，便禮貌地回答：「我父親是工程師，現在已經退休了。」

「了解。」傑克回答。真是太浪費人才了，這樣的身高跟長相，他爸應該要是個頂尖銀行家或政治家才對。

現在他打算繼續追問家庭方面的問題，或者問些關於瑞秋的事情。尼克客氣地反問：「那邴先生您是做什麼的？」

傑克忽略這個問題，把注意力轉到里奇身上：「里奇，你這次去智利做什麼？幫你父親考察當地的礦產企業？」

真是太好了，看來我是個不重要的人，顯然他也沒興趣知道瑞秋的職業。尼克暗地裡覺得很好笑。

里奇的注意力本來全在自己的 Vertus 鈦製手機上，聽了傑克的話便笑道：「您也太高估我了！我只是去參加達卡拉力賽的訓練罷了。您知道的，就是那個越野賽車，這次在南美舉行，賽道連接阿根廷和秘魯。」

「你還在玩賽車？」卡爾頓突然插話。

「當然！」

「不可置信！」卡爾頓惱怒地搖了搖頭。

「怎麼？你要我像某人一樣，出了個小車禍，就躲在家裡做乖寶寶？」

卡爾頓漲紅了臉，若不是柯萊特按住他的肩膀，他恐怕會把椅子砸向里奇。柯萊特為緩和氣氛，便愉快地說：「我一直想去馬丘比丘逛逛，但你知道我有高山症。去年我去聖摩立茲結果身體超級不舒服，連購物的力氣都沒有了。」

「我怎麼不知道這件事！看看妳一天到晚去些瑞士這種危險的地方，連命都不要了！」邴夫人訓斥女兒。

柯萊特不耐煩地對母親說：「沒事的，媽媽。我倒是要問問，妳這一身賈桂琳・奧納西斯的打扮是在悼念誰呀？在家裡幹嘛戴墨鏡？」

邴夫人誇張地歎了口氣，「唉呀，妳不知道我最近的痛苦。」她摘掉墨鏡，露出腫脹的雙眼，「看到我的眼睛沒？我連眼睛都睜不開了，我懷疑自己得了一種罕見疾病，叫什麼來著……肌無力重症？」

「您說的是重症肌無力嗎？」瑞秋禮貌地糾正道。

「對！就是這個名字！」邴夫人頗為激動，「我眼睛附近的肌肉已經受影響了！」

瑞秋同情地點點頭說：「我聽說這個病會導致渾身無力。邴夫人，您不要緊吧？」

「請叫我萊娣。」柯萊特的母親突然對瑞秋有了好感。

「媽，妳沒得什麼肌無力重症，或是重症肌無力，隨便妳怎麼叫它，妳純粹是因為睡得太多了，一天睡十四個小時，每個人眼睛都嘛會腫起來。」柯萊特的語氣有點輕蔑。

「沒辦法，我有慢性疲勞症候群。一天得睡十四小時才行。」

「妳也沒有慢性疲勞症候群，長期的疲累才不會讓妳想睡覺呢。」柯萊特又說。

「反正我打算下周去新加坡請教重症肌無力的專家。」

柯萊特翻了個白眼，還不忘向瑞秋和尼克說明：「我媽幾乎和亞洲九成的醫學專家都有聯繫……」

「那她應該見過不少我的親戚。」尼克打趣道。

邴夫人頓時有了精神：「有哪些親戚？」

「我想想……您搞不好知道我迪基叔父，全名叫理查．錢，他是一名全科醫生，不認識？他的弟弟馬克．錢是眼科專家；我表哥查爾斯．尚是血液專家。哦，還有我的另一個表哥彼得．梁，他是精神科醫師。」

邴夫人驚喜地說道：「彼得．梁醫生？是那位和他老婆格萊迪絲在吉隆坡開私人診所的梁醫師嗎？」

「是的。」

「哎呀呀，這世界真是太小了！我不久前才去他那邊，因為我覺得自己有腦瘤，我還順便向格萊迪絲諮詢了一下。」邴夫人說完，轉頭就和丈夫用中文嘰嘰喳喳地說了些什麼。傑克上一秒還在聽里奇吹牛他那台跟法拉利共同設計的跑車，聽完老婆的話，立刻轉向尼克，「彼得．梁是你表哥？這麼說，你是哈利・梁的侄子？」

「是的。」尼克心裡感到好笑。這下他以為我是梁家人了，我的市值要回漲了。

傑克看尼克的眼神整個變了。我的天，這小子竟然是梁氏棕櫚油集團的少爺！梁家可是赫倫上排行第三的亞洲豪門！怪不得他有閒情逸致去教書。傑克興奮地問道：「你母親是梁家人？」

「不是的，哈利・梁娶了我父親的妹妹。」

「哦，這樣啊。」也是，他姓楊，我可沒聽說梁家還有這分支。看來，他屬於梁家底層。

邴夫人湊到尼克面前，興奮地問道：「還沒說完呢，你家裡還有哪些醫生啊？」

「唔，還有麥爾坎・鄭，香港的心臟專家，您認得嗎？」

「我的老天爺！他也是我的醫生之一！我去他那邊檢查心律不整的問題，我懷疑自己瓣膜病復發了，但看來只是今後得少喝點星巴克。」

里奇聽膩了醫生的話題，問柯萊特說：「什麼時候吃晚餐？」

「快了，我的粵菜主廚幫我們準備了她的招牌菜——紙包雞[88]，再配上新鮮的白松露，包你滿意！」

「哇！聽得都流口水了。」

「我剛才還請主廚特別準備你最愛的柑曼怡橙香舒芙蕾。」

88　中國傳統美食。將切好的雞肉配以海鮮醬、茴香等調料，以玉扣紙逐件包裹，徹夜滷製後，待香濃的滷汁融入雞肉，最後油炸而成，讓人吮指（昂貴的白松露並非傳統的粵菜配料，純粹是邴家主廚的獨創，反正貴就對了）。

「妳真懂得怎樣抓住男人的心。」里奇曖昧地表示。

「那就要看這個男人值不值得我抓了。」柯萊特朝對方拋了個媚眼。

瑞秋瞥了眼卡爾頓，看他有何反應。但他只是專心地滑他的 iPhone，接著抬頭看向柯萊特，柯萊特會意但沒說話。瑞秋一時猜不透這兩人之間到底是什麼關係。

隨後沃斯利上前來告知晚餐已經準備好了，眾人便起身前往餐廳。這個地方與其說是餐廳，倒不如說更像是以玻璃覆蓋的天臺，放眼就可觀賞到庭院裡的無邊際池塘。柯萊特解釋說：「今晚只是隨意的家庭聚餐，我就不安排正式的宴會廳了，大家在有冷氣的小天臺上吃飯聊天，是否更開心？」

當然了，眼前的天臺既不隨意也不小。這裡的空間大約跟網球場一樣大，邊緣處排列著一排跟人同高的銀質防風燈，光源是閃爍的蠟燭；紫檀木八人餐桌上隨意擺放著寧芬堡陶瓷餐具，八張餐椅後面各站著一名女傭，看那嚴陣以待的架勢，彷彿生命的意義就在於侍奉每位賓客用餐愉快似的。

眾人入座後，柯萊特說道：「在用餐之前，我給在座的各位準備了一個小驚喜。」說完，她朝沃斯利點點頭。燈光暗下，戶外音響流淌出名曲《茉莉花》的前奏，水池周圍的樹木散發出夢幻的翡翠色光芒。水面出現微微漣漪，在耀眼的光線下呈現出清澈的湛藍。在首句歌詞響起的瞬間，數以千計的水柱噴向天際，隨著音樂的節奏在夜空中搖曳、如彩虹般變色。

邴夫人讚歎：「太美了！一點也不輸拉斯維加斯的貝拉吉音樂噴泉！」

傑克滿意地點點頭，好奇地問女兒：「妳什麼時候裝了這個？」

「好幾個月前就開始悄悄動工了，我準備在夏日花園派對那天再正式公開，那天潘婷婷也會在場。」

「就是為了討好潘婷婷!?」

「怎麼可能，全是為了媽媽！」

「這花了我多少錢？」傑克問。

「哎唷，沒有你想像中的那麼貴啦，二三十塊而已。」

傑克歎了口氣，傷腦筋地搖了搖頭。尼克和瑞秋有默契地對看一眼，他們知道，在這些有錢人的眼裡，「塊」是百萬的單位。

柯萊特自豪地問瑞秋：「妳覺得怎麼樣？喜歡嗎？」

「很壯觀。這歌是誰唱的？聽起來好像席琳・狄翁。」

「正是席琳！這是她跟宋祖英的中文二重唱。」柯萊特回答。

眾人欣賞完噴泉秀，十多名手捧梅森瓷質托盤的女傭魚貫進入天臺。光線重新亮起，女傭們動作一致地將盛著紙包雞的托盤擺放在各個人面前。大家各自拆去紙包上的麻繩，誘人的香味瞬間從紙縫之間竄出。尼克撕下一條鮮嫩多汁的雞腿，正要咬下去，餘光瞄到羅克珊悄悄走到柯萊特身邊，低聲跟她說了幾句話。柯萊特露齒一笑，點點頭，向對面的瑞秋道：「瑞秋，先別急著吃。我為妳準備了最後一個驚喜。」

柯萊特剛說完，瑞秋就看到鮑高良走上通往餐廳的台階。在座的每個人都起身迎接這位部長。瑞秋驚訝，急忙上前迎接父親，鮑高良見到她也難掩驚訝。他熱情地擁抱女兒，熱情的程度讓卡爾頓不敢相信自己的眼睛，他從未見過爸爸對任何人有這樣親近的肢體接觸，即便是他媽媽也一樣。

「很抱歉打擾到你們用餐，幾個小時前我還在北京，誰知突然被這兩位小朋友綁架上了飛機。」高良說，指了指卡爾頓跟柯萊特。

「什麼打擾！有您在是我們的榮幸，鮑部長。」傑克・邴說，起身拍了拍高良的肩膀，「大家一起慶祝吧！巴普蒂斯特，我珍藏的虎骨酒呢？快端上來！」

「哈哈！喝了伯父的虎骨酒，大家都虎虎生風！」里奇很興奮地和鮑高良握手，「您上週那場關於通貨膨脹的演講，真是太有遠見了！」

「哦？你當時也在場？」鮑高良好奇道。

「不，我是在電視上看到的，我對政治很有興趣。」

「不錯。很高興你們年輕人有在關心國家事務。」高良說這話時，還不忘瞥了一旁的卡爾頓一眼。

「我只關注真正有水準的政治家，那些嘩眾取寵的我可是不看的。」

卡爾頓毫不掩飾地翻了個白眼。

女傭俐落地在瑞秋旁邊的座位上多擺放一份餐具，柯萊特禮貌地說：「鮑部長，請坐。」

「很遺憾鮑阿姨不能一起來，她還在香港嗎？」瑞秋問道。

高良很快地回答：「是呀，但她要我問候妳一聲。」

卡爾頓哼了一聲，搞得所有人同時看向他。卡爾頓看起來好像有話要說，但他改變心意，乾了杯裡的蒙哈榭白酒。

晚餐重新開始，瑞秋興奮地向父親分享了在上海的所有事情，尼克則有一搭沒一搭地陪邴家人及里奇．楊閒聊。鮑高良出現，讓尼克懸在心上的石頭終於落了地，他很高興看到瑞秋跟爸爸相處時興奮的樣子。但他也忍不住注意卡爾頓——他擺著一張撲克臉一句話也不說。再看柯萊特，每上一道菜，她似乎就越來越煩躁。這兩人是怎麼回事，看起來隨時都會暴走的樣子。

就在大家享用龍蝦鮑魚手捍麵的時候，柯萊特忽然放下碗筷，對傑克說了些什麼。父女二人猛然起身，柯萊特強笑道：「大家慢用，我們失陪一下。」

父女二人來到樓下，一走到適當的距離外，柯萊特轉頭就對父親咆哮道：「我們高薪聘請了全英國最棒的管家，你怎麼還是一點長進都沒有!?你吸麵條的聲音簡直震到我牙齒痛！還有你把骨頭吐在桌上的樣子！我的天哪！這一幕要是被克利斯蒂安．利艾格雷（餐桌設計師）看到，他肯定會心臟病發！還有我跟你說多少次了，不要在有客人一起吃飯的時候脫鞋！別狡辯，一英里外的怪味我都聞得到！我知道那絕對不是臭豆腐的味道！」

傑克完全不在意女兒大發雷霆，反倒哈哈大笑：「我說過多少次了，我從小在漁村長大，骨子裡就是個漁民，妳改變不了我的。但這有什麼關係？」傑克拍了拍口袋裡鼓鼓的皮夾，得意地說，「在中國，只要這裡有料，就算我在最高檔的餐廳裡吐痰，也沒人敢有意見。」

「胡扯！這怎麼不能改？你看看媽，她還有像以前那樣張開嘴巴咬東西嗎？拿筷子的手勢也很接近上海淑女了！」

傑克完全沒當回事，只是笑道：「哎呀，別說我了，我真同情那個白癡里奇，看來他不知道自己面對什麼樣的局面。」

「這話是什麼意思？」

「別裝啦，爸爸會不知道妳的心思？妳故意在里奇面前吊著卡爾頓，想讓他吃醋對不對？我猜他這兩天恐怕就要開口求婚囉！」

「胡說八道！」柯萊特還在氣他的餐桌禮儀。

「是嗎？那他幹嘛千方百計地坐上我們的飛機，請求我把女兒嫁給他？」

「他真是太愚蠢了。我希望你有明確拒絕他了。」

「其實我給了他我最誠摯的祝福。我覺得你們真是絕配，這樣我跟他爸就不用再為了公司吵來吵去了。」傑克笑道，露出了歪七扭八的門牙——柯萊特一直叫他去矯正，可他老是嫌麻煩。

柯萊特斬釘截鐵地說：「爸，別做這種白日夢了。我不可能嫁給里奇·楊。」

傑克保持笑容，降低音量說：「傻女兒，我有問妳的意見嗎？嫁不嫁，可不是妳說了算的。」說完，便回餐廳去了。

柯琳娜與凱蒂

◆香港

柯琳娜生氣地站在榮耀大廈的旋轉門旁。她又遲到了。自己再三提醒她十點半前一定要到，但她一遲到就是半個小時。看來，有必要加強這位客戶的「守時教育」了，這還是從業以來的頭一例……柯琳娜一邊想著要怎樣教訓凱蒂，一邊笑迷迷地和路過的熟人點頭問候。

幾分鐘後，一輛嶄新的珍珠白賓士S Class停在對街的路邊，凱蒂急匆匆地開門下車——沒錯，這已經是她最低調的車了。柯琳娜忍著怒火，對她指了指手錶，凱蒂趕緊橫越廣場。

柯琳娜仔細打量對方的打扮，怒意頓時少了幾分。至少，凱蒂採納了自己的妝容建議，除去了複雜的高髻、慘白的粉底，還有小丑一般的烈焰紅唇。今天的凱蒂畫了淡妝，臉頰上微微打上腮紅，雙唇呈淡淡的杏色光澤，栗色的長髮也剪短了至少十公分。再看服裝，只見她身穿嫩黃色的卡羅琳娜．海萊拉（Carolina Herrera）燈籠袖連身裙，腳上是不知品牌的米色低跟鞋，手拿外形樸素的紀梵希（Givenchy）綠色鯊魚皮手拿包。全身上下的珠寶，只有一對珍珠耳環和一條精巧的愛琳娜鑽石十字架項鍊。整體看下來，眼前的凱蒂就像是香港街邊隨處可見的精緻女人。

柯琳娜有點生氣道：「妳知道自己遲到多久嗎？這下好了，待會進去別想低調地混進人群裡了！」

「對不起，我從沒參加過這樣的教會活動，實在是太緊張，前後換了六次衣服，妳看我這樣可以嗎？」凱蒂一面道歉，一面撫平裙子上的皺褶。

柯琳娜重新審視凱蒂的打扮，「妳第一次來，教會不會那麼容易讓妳過關的。不過妳放心，有我在，沒人會攔妳。至於這身打扮嘛，不得不承認，非常合適，終於沒有達芙妮．吉尼斯的影子了。」

兩人走進榮耀大廈的桃色大理石前廳，凱蒂問道：「教會在這棟大樓裡嗎？」

「我說過了，這不是普通的教會。」

兩人登上手扶梯，來到二樓的接待大廳。櫃臺上面覆蓋著一張帶褶邊的藍布，三名未成年的接待員和數位保全在前臺等候。見兩人走近，接待員中戴耳機的美國小女孩端了台 iPad 走上前來，露出燦爛地笑容道：「兩位早安！請問是來參加主禮拜，還是探索者課程的？」

「主禮拜。」柯琳娜答道。

「請問兩位貴姓？」

「柯琳娜．高－佟和凱蒂……不對，凱薩琳．戴。」柯琳娜報出了凱蒂在成為演員之前用的舊名。

女孩滑了幾下 iPad，回應道：「對不起，周日的禮拜名單上找不到二位的名字。」

「啊，我忘了說，是海倫．莫－阿斯普雷邀請我們來的。」

「哦？噢……找到了，海倫．莫－阿斯普雷和兩位友人。」

女孩確認過身分後，一位女保全分別給兩人一個有吊繩的名牌，上面是剛印上不久的紫色字體：

天際教會　周日參會權　海倫．莫－阿斯普雷

下行是教會座右銘——

站在高處，聆聽上帝。

「請戴上名牌，搭乘第一部電梯至四十五樓。」保全指引道。

兩人抵達四十五樓後，一名同樣佩戴耳機的接待員帶領她們來到另一間電梯間，兩人換乘電梯來到七十九樓。柯琳娜最後幫凱蒂整理一下領口，說：「準備好，再改搭另一台電梯，我們就到目的地了。」

「教會是在頂樓嗎？」

「嗯，最高層。所以我才一直提醒妳要提早到，我們光是搭電梯就需要十五分鐘。」

凱蒂嘀咕道：「不就是一間教會而已嗎？」

「凱蒂，妳這次要拜訪的，是全香港最頂級的教會。這個天際教會是五旬節派的蕭氏姐妹創立的，不僅入會門檻高過天際，在地表之上九十九層的地理位置同樣高過天際。最重要的是，其會員名列《南華早報》富豪榜單的人數，也是香港私人俱樂部之最。」

柯琳娜剛介紹完，電梯叮咚一聲抵達九十九樓。電梯門開啟的瞬間，突如其來的耀眼光線讓人幾乎睜不開眼。待雙眼適應了光亮，凱蒂才發現頭上高聳的教堂式穹頂是用純玻璃製造的。烈日毫無遮蔽地照入室內，凱蒂下意識地想戴上墨鏡，但覺得可能又會被責罵。

第二件衝擊凱蒂感官的是震耳欲聾的搖滾樂。兩人低調地在最後一排的空位坐下，只見數以百計的會員教徒們瘋狂地揮舞著雙手，隨著禱告臺上的基督搖滾樂團一同恣意吶喊。樂團的主唱一頭金髮、長相媲美漢斯沃兄弟、旁邊是留著帥氣平頭的華人女鼓手，另外還有一位白人貝斯手、三位大學生模樣的華人女合聲，以及一位穿著尺寸大過身材三倍的 Izod T恤的精瘦華人青少年，狂熱地敲著山葉電鋼琴的琴鍵。

眾人齊唱：「耶穌基督走進我心！耶穌基督占據我身！」凱蒂如天真的孩子一般，對眼前的一切感到敬畏，無論是觸手可及的烈日、震人心魄的旋律，還是狂野不羈的匈牙利搖滾，這些與她印象中的基督教會有著天壤之別。然而最打動她的，還是眼前美不勝收的高空絕景——這一刻，她覺得自己化身為盤旋在香港上空的飛鳥，從金鐘的太古廣場到北角，將整片島嶼的景致盡收眼底。如果這世上真有天堂，或許就是這個樣子吧？她拿出手機拍下眼前的景象，她從沒這麼近距離觀看 2IFC（香港國際金融中心二期）的屋頂過……

柯琳娜見狀，壓低聲音怒斥道：「妳幹什麼?!把手機收起來！這裡是上帝的住所！」

凱蒂把手機塞回包裡，滿臉漲紅，委屈地說：「妳騙我——除了我之外大家都盛裝打扮！」

說完便指了指坐在前排的某位女士，那個女的身穿白色香奈兒套裝，揮舞的右手上戴了三只閃閃發光、碩大的寶格麗鑽戒。

柯萊特說：「她是牧師的妻子，這樣打扮很正常。而妳是新人。」

凱蒂又羞又惱，但眼前是近在咫尺的藍天白雲，耳邊是引人入勝的眾人合唱，這讓她置身於一種從未體驗過的感受之中，甚至忘記了該怎樣發火。在她旁邊，一名身穿犬牙針織夾克和聖羅蘭緊身牛仔褲的英俊男子，正走音地唱著：「吾之所欲，就在此地！就在此刻！」喜悅的淚水流過他的雙頰。年輕潮男這樣毫無顧忌地哭泣，竟然還挺性感的。演唱持續了半個小時才結束，金髮主唱搖身變為牧師，用純正的美式口音對台下的人道：「今天見到大家開心的樣子，真是讓我滿心喜悅！讓我們和身邊的朋友們共享喜樂平安！」

凱蒂還沒搞清楚狀況，旁邊的潮男就給她一個大大的擁抱，前排的中年太太也熱情擁抱她。凱蒂嚇呆了……香港人都這樣擁抱嗎？熟人就算了，陌生人之間也能這樣毫無忌憚地擁抱？這真是奇蹟。如果這就是基督教徒的樣子，那她想要立刻受洗。

禮拜結束，眾人散場。柯琳娜對凱蒂說：「終於到了咖啡跟蛋糕的時間了，跟我來吧。」

「這裡的食物恐怕不合我胃口，去國金軒吧？」

「凱蒂，我大費周章帶妳來這裡，就是為了讓妳在喝咖啡、吃甜點的時候跟其他人交流。這家教會的成員有八成是香港名門的年輕一輩，現在正是認識他們的最好機會。他們都是受到基督啟發而重生的信徒，對妳的接受度會更高。」

「重生？什麼意思？」凱蒂好奇地問道。

「我之後再跟妳解釋吧。妳需要知道的是，一旦妳懺悔並接受耶穌進駐到妳的內心，妳先前的過錯就會得到寬恕，無論是殺父弒母、通姦繼子，還是挪用百萬公款進軍演藝事業……妳接下來的任務，就是加入聖經團契。在這裡，海倫．莫－阿斯普雷的小組最熱門，可惜這個小組只對最上流的名媛開放。我打算把妳安排進札斯廷娜．魏的小組，她是我侄女，而且她的小組裡年輕人居多，裡頭有些上流的千金小姐。對了，札斯廷娜的祖父是Yummy泡麵的創始人，所以大家都叫她『泡麵公主』。」

柯琳娜帶著凱蒂來到一名三十歲出頭的女性面前。凱蒂暗暗吃驚：這身穿藍色套裝的圓臉女人就是大名鼎鼎的「泡麵公主」？她看起來更像是個秘書。柯琳娜熱情地問候道：「哎呀，札斯廷娜，好久不見！我跟妳介紹一下，這是我的朋友，凱薩琳．戴。」

「您好，請問您和史蒂芬．戴是親戚嗎？」札斯廷娜馬上就開始打探對方的底細了。

「唔，不是。」

札斯廷娜突然有些僵硬，她一向只習慣和自己圈子裡的人交流。既然對方不在這個圈子裡，她也只能回到常規問題上了：「那您是哪個學校畢業的？」

「我不是在香港讀書，」凱蒂有些慌張地回答。札斯廷娜一頭長捲髮，令人直接聯想到泡麵，還真沒辜負「泡麵公主」的名號，她心想如果拿熱水從她頭上澆下去，等個三分鐘，不知道會怎樣。

柯琳娜忙解釋道：「凱薩琳是留學生。」

「噢……之前沒見過您，您是第一次來我們教會嗎？」

「是的。」

「那歡迎您加入『天際』。您之前都參加哪家教會的活動？」

這問題太突然了，凱蒂連忙回憶在太平山周邊見過的教堂，但腦子裡空蕩蕩，「呃，沃爾圖里教堂？」她脫口而出。「沃爾圖里」是《暮光之城》裡吸血鬼家族中的皇室，只是聚集地長得像教堂而已。

「噢，我不知道這間，是九龍區的教會嗎？」

「是的，就是在那一片。」柯琳娜再次解圍，「我要把凱薩琳介紹給海倫．莫－阿斯普雷了，剛看見海倫拿走了聖壇上的花束，可能準備要離開了。」

柯琳娜把凱蒂拉到一旁說道：「天哪！看看妳剛才像什麼樣子！妳今天怎麼了？那個用一張巧嘴把伊文婕琳．德．阿亞拉哄得笑嘻嘻的凱蒂．戴呢？」

「對……對不起，我真的搞不清楚狀況。我只是還沒習慣這些：新名字、假信仰，還有這身衣服，這些首飾……我覺得自己就跟什麼都沒穿一樣。以前，周圍的人都會談論我的衣著珠寶，但現在連這些……」

柯琳娜失望地搖搖頭，「妳是演員！妳就把這當成一個新角色。記住，妳不再是以前的凱蒂了。現在的妳是一心相夫教子的凱薩琳。妳平時忙著照顧自己沒用的丈夫和小女兒，今天是妳每週僅有的社交時間。所以妳得表現得更積極、更渴望交流才對。現在我要把妳介紹給海倫．莫－阿斯普雷，我們再試一次。海倫出生在莫家，早年嫁給了一個郭姓男人，離婚後又嫁給了哈洛德．阿斯普雷伯爵，妳現在應該稱呼她為阿斯普雷伯爵夫人。」

柯琳娜帶著凱蒂來到接待桌旁，一位頭髮濃密如高帽的女士正偷偷摸摸地用餐巾紙包住黑森林蛋糕，塞進黑色 Oroton 手提包裡。柯琳娜率先打招呼：「嗨！海倫，謝謝妳把我們加到妳的邀請名單裡。」

海倫顯然嚇了一跳，尷尬地笑道：「哦，柯琳娜，我正打算幫哈洛德帶些甜點回去呢，妳知道他有多愛吃甜食。」

「哈洛德還是那麼無甜食不歡呀？對了，在妳離開之前，介紹一位我的朋友給妳認識——這位是凱薩琳・戴，之前是九龍的沃爾圖里教會的，但她想換個環境，所以我就帶她來天際了。」

凱蒂熱情地笑道：「這家教會果然名不虛傳！感謝您的邀請，阿斯普雷夫人。」

海倫上下打量凱蒂，「這個十字架真不錯。」她稱讚道，接著壓低聲音對柯琳娜說：「我本來也有一條和這個一樣的十字架，但突然不見了，我懷疑是那個新來的女傭偷走的。這些那個地方來的人真是完全不能信。我的天，要是諾爾瑪和娜蒂還在就好了，妳知道的，我對她們一向很大方，付給她們很高的薪水。結果呢，她們卻丟下我不管，跑到宿霧開沙灘酒吧。」

這時，一位身穿青瓷綠A字裙的女士端著兩杯咖啡來到桌邊。「媽呀，蛋糕都到哪去了？看來我又要去一趟廚房了。」

「費，別急著走，先來認識認識我的朋友——凱薩琳・戴。凱薩琳，這是我的表妹，費歐娜・佟－鄭。」柯琳娜說。

「很高興認識您，凱薩琳。」費歐娜說，忍不住多看了凱蒂一眼，「我是不是在哪裡見過您？您是史蒂芬・戴的親戚嗎？」

「她是戴先生的遠房親戚。」柯琳娜搶著回答，避免她問更多問題。

凱蒂不慌不忙，對費歐娜甜甜一笑，道：「您的裙子真美！是納西索．羅德里格斯的，對不對？」

「是的。」費歐娜開心地回答，並不是經常有人稱讚她的服裝。

「幾年前我見過那位設計師。」凱蒂繼續聊衣服的話題，完全不顧柯琳娜的目光。時尚才是她的主場，即使是在神聖的教會裡。

「真的嗎？您見過納西索本人？」費歐娜興奮道。

「是呀，我參加了他在紐約舉辦的時裝秀。一個古巴移民家庭出身的男孩，憑藉自身的努力，一步步地爬到如今世界頂級時尚設計師的位置，他的傳奇人生，不就印證了今天的佈道主題『有志之人，必當重生』嗎？」

海倫讚賞地微笑起來，說：「您說得太棒了！容我冒昧，不知是否有幸邀您加入我的團契小組呢？我的小組很需要像您這樣有獨到觀點的新血。」

凱蒂的臉亮了起來。柯琳娜則像個驕傲的母親。天哪，凱蒂馬上就雪了前恥！看來柯琳娜太小看她了，照這個情況看來，她可以輕而易舉地壓過小組裡的其他名媛；沒意外的話，到下個耶誕節，她就會是各個名門盛會爭相宴請的對象。

大家正聊得起勁，艾迪．鄭過來催促妻子費歐娜道：「我不是要妳幫我拿杯咖啡嗎？」接著他轉向海倫和柯琳娜，吹噓道：「抱歉，我們今天要去嘉道理爵士家吃午餐，不能耽誤時間。」

「快好了，再等我去廚房拿一些蛋糕，今天的蛋糕太受歡迎了，一下子就沒了。對了，這是柯琳娜的朋友——凱薩琳．戴。」

艾迪禮貌性地向凱蒂點頭問候，費歐娜挽起丈夫的手臂說：「你和我一起去拿蛋糕吧，這樣比較快。」兩人向廚房走去時，費歐娜對丈夫說：「那位女士要加入我們的團契小組，我好喜歡她的裙子。如果你肯讓我穿亮色系的衣服就好了。」

艾迪回頭再看一眼凱蒂，突然瞇起眼睛，「妳說她叫什麼名字來著？」

「凱薩琳．戴，史蒂芬的遠房親戚。」

艾迪嗤之以鼻：「大概是火星來的親戚吧？在地球上，史蒂芬可沒這位親戚！費，妳再仔細看看她……」

費歐娜又觀察了凱蒂一會，忽然恍然大悟，手一抖，托盤哐噹一聲掉到地上，同時全場賓客的視線都忘向這邊。艾迪就喜歡受人矚目，他得意地回到柯琳娜和凱蒂面前，沾沾自喜地笑道：「柯琳娜，我知道妳一心經營這種慈善事業，但妳這次真是失算了！妳身邊的這位『凱薩琳．戴』女士，是個不折不扣的騙子。史蒂芬．戴的親戚？讓我告訴妳，她就是凱蒂．龐，兩年前玩弄我弟弟阿歷斯泰的感情，然後和伯納德．戴私奔。妳好呀，凱蒂小姐。」

凱蒂垂下眼，覺得很受傷，不知道該如何回應。他憑什麼罵自己「騙子」？她騙誰了？所謂「史蒂芬．戴的親戚」，不是柯琳娜自己說的嗎？凱蒂向柯琳娜露出求救的目光，但對方卻無動於衷。

海倫．莫－阿斯普雷厭惡地盯著凱蒂，冷冰冰地罵道：「妳就是那個凱蒂．龐？卡蘿．戴是我的好朋友，妳對她兒子做了什麼？又為什麼不讓她見孫女!?妳這個壞心的女人！」

艾絲翠

◆新加坡

「你要去慢跑嗎？」艾絲翠見麥可穿著一身Puma運動服從二樓走下來。

「嗯，我得去排排汗。」

「別忘了還有一個小時我們就要去參加星期五的家庭聚餐了。」

「妳先去，我晚點到。」

「那可不行，我們必須準時出席！我在泰國的表親亞當和皮亞今晚會來，泰國外交大使還為我們準備了一場表演，他們……」

「我他媽才不在乎妳的那些泰國親戚。」麥可打斷妻子，破門而出。

他還在生氣。艾絲翠疲憊地從沙發上起身，回到二樓書房。她打開電腦登入信箱，看見查理在線上。感謝老天。她立刻敲他：

梁：還在工作？

胡：嗯，最近幾天忙得離不開公司，只能偶爾偷閒去外面喝杯果汁。

梁：請教你一個問題，你和潛在客戶談判時，會有意取悅他們嗎？

胡：你指的「取悅」是？

梁：比方說請他們吃飯？

胡：LOL！我還以為妳要問我有沒有出賣肉體呢！請客吃飯是難免的，通常是午餐吧。如果生意談得順利，我們有時會安排慶功晚宴。怎麼突然問這個？

梁：沒什麼，我是覺得，自己在這一點上有待改善。說來好笑，從小到大我什麼社交場合沒見過，但就是不太會應付商務應酬。

胡：妳也沒必要出席這種場合吧。

梁：伊莎貝爾經常陪你出去應酬嗎？

胡：她？怎麼可能，她去的話絕對會冷場的。這種應酬場合一般不太會帶另一半。

梁：就算對方是遠道而來的國際客戶？

胡：一般國際客戶來亞洲，不太會帶妻子過來。要是我爸那樣的八九〇年代，也許還會有太太願意來香港或新加坡購物，但如今真的不多了。不過，要是偶爾有客戶帶了家屬一起來，我們當然也會妥善招待，省得客戶擔心妻子在赤柱市集被宰，而無法專心談生意。

梁：所以說，你覺得『有沒有帶妻子出席』不是談生意的關鍵囉？

胡：那還用說嗎？尤其是最近，我的客戶裡有八成都是二十歲左右的「祖克伯（Zuckerbergs）」，連女朋友都沒有，更別說還有一部分是女客戶了……到底怎麼了？麥可想帶妳一起去應酬嗎？

梁：不是他想帶我去，是我已經去了……

胡：妳去都去了，還有什麼好問的？

梁：嗯……簡直是場災難，生意沒談成。你猜猜麥可把錯歸咎到誰頭上了？

胡：不會吧？生意沒談成為什麼要怪妳？妳又不是他公司的員工。該不會妳把滾燙的肉骨茶灑到客戶的筆電上了？

梁：說來話長。我下個月要去香港，到時再和你說，你肯定會覺得很好笑。

胡：拜託，別吊我胃口了！

艾絲翠雙手離開鍵盤，心中糾結著是否要找藉口中止對話——查理眼下已經對麥可心存芥蒂了，艾絲翠不想在他面前抱怨丈夫，但她此刻需要發洩，需要傾訴……

梁：麥可和那些客戶接觸了很長一段時間，應該很快就可以簽約了。其中一個大客戶這次是和太太一起來的，麥可就要我安排一家餐廳，想給他們留下好印象。我聽說客戶夫妻二人對美食頗有研究，就選了安德烈。

胡：那裡還不錯。或者還有 Waku Ghin，也是招待外地客人的好地方。

梁：我喜歡哲也師傅的手藝，不過我覺得也許那裡不適合招待那天的客人。唉，其實問題也不是出在餐廳上。一開始麥可對我當天的服裝挑三揀四。我精心挑了一套自認為無可挑剔的衣服，他卻嫌我穿得不夠華麗。

胡：華麗？這又不是妳的穿搭風格！

梁：不過我也希望能融入他們，所以戴了一對巨大的翡翠鑽石耳環。我保證你只會在溫莎古堡的正式晚宴，或雅加達的婚禮上，才能見到類似的款式。

胡：聽起來不錯呀，我真想親眼看看。

梁：你覺得不錯，事實上卻是大錯特錯！我們抵達餐廳的時候已經遲到了——麥可執意要把他那輛全新的復古法拉利停在最顯眼的地方，所以進餐廳的時候所有人都看著我們……結果，你猜怎麼樣？那位大客戶來自加州北部，夫妻兩人都很優雅低調。客戶的妻子穿一件合身的束腰洋裝、一雙扣帶涼鞋，戴著一對極具藝術氣息的耳環。反觀我，全身穿金戴銀，與整個環境格格不入。今天，麥可帶著一身脾氣回家，我才知道這筆生意徹底泡湯了。

胡：然後呢？他把責任都推到妳頭上了？

梁：那倒沒有，他只是很自責，但我還是覺得自己有部分責任。我要是堅持第一套打扮，結果或許就不一樣了。不瞞你說，當麥可質疑我的衣著選擇時，我心裡有點火大，所以我報復性地換了身誇張的打扮。這樣想來，我確實也有責任。

艾絲翠正在等待對方的回覆，手機突然響了。她見是查理的號碼，猶豫了片刻還是接了。

「艾絲翠．梁，我從沒聽說過這麼荒謬的說法！都什麼年代了，尤其是在科技行業，根本沒有哪個生意人會在意合夥人妻子的穿著打扮。生意沒談成肯定有很多原因，但絕對不可能和衣著打扮有關係。其實妳比誰都清楚這一點，不是嗎？」

「我懂你的意思，但那天不是普通的聚會，是……要是你在現場就知道了。」

「艾絲翠，這完全是胡扯。麥可的態度，就是想讓妳自責！這個渾蛋！」

「唉，我知道這次失敗根本和我無關，我就是覺得，我當下要不是那樣意氣用事，結果會不會……不提了，抱歉，搞得你也不開心。我不是有意的，我覺得我太自私了，不應該把你當成我們夫妻吵架的宣洩管道。但無論是否有責任，我都覺得挺內疚的。麥可為這樁生意投注了非常多心血。」

「妳真是想太多了。麥可的公司一樣好得很，名下的股票可是一毛錢都沒跌。但他還是故意想讓妳感到內疚，這才是我擔心的部分。這太荒謬了，艾絲翠。聽我的，妳沒做錯任何事，**完全沒有！**」

「謝謝你這麼說，啊我得掛了，卡西恩不知道在尖叫什麼。」艾絲翠掛掉電話，閉上雙眼任委屈的淚水流下。她不敢告訴查理那天麥可回家後到底說了些什麼。

那天下午，麥可回到家來到卡西恩臥室，剛好艾絲翠正在陪兒子玩遊戲。當時，她正戴著那對翡翠耳環，蹲在桌子底下，前面擺了三張小椅子，和兒子演著亞瑟王囚禁桂妮維亞的戲碼。

麥可見狀頓時發火，咒罵道：「妳還敢戴這副耳環?!就是它害我丟了一筆大生意！」

艾絲翠從桌子底下探出頭：「你到底在說什麼？」

「生意沒談成，那天的客戶說什麼都不接受我的報價。」

「親愛的，都是我不好。」艾絲翠連忙從桌底下爬出來，想給他一個安慰的擁抱，卻被無情地推開了。然後她只好跟著麥可回到臥室。

麥可煩躁地脫下西裝，繼續說：「我們把那晚的應酬搞砸了。別誤會，我不是在怪妳，我是怪我自己。要是我沒叫妳換衣服就好了，妳那身打扮和其他人完全不搭。」

艾絲翠簡直不敢相信自己的耳朵，錯愕道：「我不明白，我穿什麼和這件事有關係嗎？誰會真的在意我穿什麼？」

「妳不懂，做生意就是細節決定成敗。合作方的妻子，毫無疑問也是左右結果的重要因素之一。」

「但我們相處得不錯啊！溫蒂對每一道菜都讚不絕口，我們還交換了手機號碼。」

麥可疲憊地坐在床上，雙手抱頭說道：「妳還沒搞懂嗎？妳是取悅了他的老婆，但這有什麼用？我請客的目的，是要讓他們知道，我旗下的科技公司是全新加坡最頂尖的，我不僅在事業上是藍籌股，私生活方面更是無可挑剔！這樣一來，就能讓他們覺得我的報價是合適物超所值的。但顯然，我的計畫泡湯了。」

「或許你不該開那台法拉利，有點太招搖了。」

麥可斬釘截鐵地說：「不可能，不是車的問題，所有人都愛法拉利。真正讓他們感到不快的，是妳的穿搭。」

「我的穿搭？」

「妳那身奇怪的復古服飾，普通人根本不懂得欣賞。妳就不能像其他人一樣穿些香奈兒之類的嗎？我想過了，我們是時候做一些改變了。我必須要重塑自己的形象。長久以來，外界根本沒把我放在眼裡，他們只會見縫插針地對我挑三揀四：這人自稱坐擁亞洲第一的科技公司，為什麼還住那種破爛房子？為什麼沒經常上電視？為什麼他的妻子還在開 Acura ？為什麼她沒有高級一點的珠寶？」

艾絲翠不可置信地搖頭：「你說我的珠寶首飾不夠高級？那些都是我的家族所收藏的首飾，真正有水準的珠寶收藏家都知道它們的價值。」

「這就是問題的所在！親愛的，妳還不知道嗎？妳家實在太過神祕，根本就沒人聽過。那晚的客戶根本不相信妳耳朵上的兩顆巨大核桃是真貨。它們非但沒抬高妳的身價，反倒讓妳看上去廉價庸俗。昨晚他們的顧問喝醉了酒，妳知道他和塞拉斯．趙說了什麼嗎？他說，那晚我們一出現，所有人都以為我的女伴是從豪傑大廈裡出來的！」

「豪傑大廈？」艾絲翠顯然沒聽說過這個地方。

「就是公關場所，妳那晚穿那種靴子、戴那種耳環，說得難聽些，他們還以為妳是什麼高級妓女呢！」

艾絲翠難以置信地望著丈夫，腦袋嗡嗡作響，心痛到說不出話來。

「現在，我們有兩條路可選——要不翻身做大，要不任人踐踏。我要請一個新的公關顧問；而妳，需要徹底改變風格。妳明天就聯繫妳那個在 MGS 當仲介的朋友，她叫什麼名字來著？米蘭達？」

「卡門？」

「對，就是卡門。告訴她我們要找新房子，我要讓所有人看到我的房子都流瀾[89]！」

89 閩南語，意為「流口水」，即羨慕嫉妒恨。

上海，波托菲諾宅邸

◆

二〇一三年六月

「拯救女裁縫」時尚秀
NOBLESTMAGAZINE.COM.CN

今夜，世人將見證中國最具影響力的兩股時尚勢力在上海擦出火花。現在，由流行專欄作家赫尼．蔡，為大家帶來這場時尚盛宴最前線的文字報導。

晚間五點五十分

觀眾朋友們，本人剛剛抵達邴家千金——微博時尚女王柯萊特．邴的別墅莊園。數小時後，柯萊特將與她的閨蜜——巨星潘婷婷在這棟夢幻莊園裡，舉行一場別具一格的秋季時尚預熱大秀。這場秀對外發佈的邀請函僅三百張，只有中國最顯赫的人物才能獲此殊榮。Prêt-à-Couture的設計團隊帶來了歐洲最前衛的流行元素，杜鵑、劉雯等亞洲頂級超模也將前來走上伸展台助陣。時裝拍賣所得將作為「拯救女裁縫」公益基金，此組織旨在改善亞洲紡織從業者的工作環境。

晚間五點五十三分

本人隨著受邀嘉賓們通過鵝卵石步道，來到接待大廳。數十位身穿拿破崙領制服的法籍侍者在門前排成一列，雙手捧著盛滿巴黎美女雞尾酒[90]的復古高腳杯迎接我們，向世人展現真正的格調。

晚間六點九分

這棟莊園神似璞麗酒店，占地面積卻大過璞麗數倍。我們現在抵達了邴家的私人博物館。在這裡，眼前所見都是沃霍爾、畢卡索、培根的畫作。而比這些傑作更閃耀的，是在場的嘉賓——萊斯特．劉，以及他那位身著拉克魯瓦（Christian Lacroix）性感復古禮服的妻子瓦萊麗；一席Sacai抽鬚連身裙、戴著耀眼史蒂芬．瓊斯金色頭飾的佩玲．王；身著寶藍色羅莎禮服的史蒂芬妮．史；還有即便是一席卡紛（Carven）仍能讓人一眼認出的蒂凡尼．葉……今夜，全上海都將聚焦於此！

晚間六點二十五分

我和Prêt-à-Couture的創始人維吉尼．德．巴斯雷碰面了。他向我保證，這次時裝秀之精彩，絕對會讓在場賓客為之瘋狂。就在剛才，鮑家少爺卡爾頓．鮑和一名長相與他如出一轍的美女

90 由聖日爾曼接骨木花烈酒、琴酒、白利萊三者混合而成，再配以新鮮的葡萄汁，造就了這款高級的餐前起泡酒……千杯不醉！

一同入場，她究竟是何方神聖？還有她身旁那位男神……天呀！他該不會是韓劇《來自星星的你》的男主角吧!?

晚間六點三十分

第一手消息！這位男神並不是來自星星的都教授，而是卡爾頓的友人，來自紐約的歷史教授。真是讓人空歡喜一場。

晚間六點三十五分

萊斯特夫妻二人站在畫廊的某幅巨型山水畫卷前面，瓦萊麗靠在丈夫的肩膀上哭泣。究竟發生了什麼事？

晚間六點四十五分

我正身處戶外庭院裡！眼前是一片數十坪的無邊際水池，池邊圍繞著上百張座位。我極度懷疑這戶外庭院有空調裝置，上海正值盛夏，但在這裡，我竟能感受到涼爽的微風，還帶著淡淡的忍冬香氣。

晚間六點四十八分

更新！每張坐位上都有一台 iPad，每台 iPad 裡都有一款專門的 APP，其中展示了今晚登場的所有時裝，並支援線上出價。真是有用的科技！

晚間六點五十五分

大家都盼望著柯萊特和潘婷婷登場。她們今夜會為我們帶來怎樣的時尚驚喜呢？

晚間七點三分

柯萊特閃亮登場！里奇．楊第一時間迎上前去，挽住柯萊特的手臂，護送她到座位上。（傳言他們已復合，看來是真的？）柯萊特一席淡黃色的迪奧露肩長裙，裙面質地輕薄透明，修長的雙腿在其中若隱若現；再搭配那雙珠鏈纏繞的紅色Sheme高跟鞋，簡直性感到令人窒息。注意，我這裡絕對是第一手快訊，我們的微博女王現在可沒空發文！

晚間七點五分

羅克珊．馬，柯萊特的私人助理，身著瑞克．歐文斯（Rick Owens）DRKSHDW系列的純黑外套。就在剛剛，她告訴我柯萊特腳踝上的珠鏈，都是貨真價實的紅寶石！我要死了!!

晚間七點二十二分

潘婷婷仍未現身，她已經遲到超過一個小時了！我們得到最新消息，潘婷婷的飛機剛剛才抵達上海。數小時前，她還在倫敦和導演艾方索．柯朗（Alfonso Cuarón）合作拍攝一部神祕的新電影。

晚間七點四十五分

潘婷婷抵達現場！再說一遍，潘婷婷抵達現場！幹練的馬尾辮、一身瀟灑的素縐紗連身服、一雙仿舊及膝皮靴，全身上下唯一能稱得上珠寶的，只有那對造型狂野的馬賽馬拉部落耳環了。這身裝扮即使遠遠談不上耀眼，但又有誰在乎呢？今夜的潘婷婷，彷彿是在戈壁摩托越野賽上馳騁的女車手，狂野另類的氣質，讓在場的其他盛裝美女都黯然失色！觀眾們簡直嗨瘋了！

瑞秋注意到水池對岸的騷動，好奇地問卡爾頓：「那位就是中國的珍妮佛．勞倫斯？」

「妳太小看她了。她比珍妮佛更大牌，大概等於珍妮佛．勞倫斯、吉賽兒．邦臣，以及碧昂絲三個加起來。」

瑞秋顯然不信，笑道：「太誇張了吧？今晚之前，我根本就沒聽說過這號人物。」

「相信我，妳馬上就知道了。多少好萊塢導演都盼望她能在電影裡露個面。要知道，她這一露面，可就是數千萬美元的票房保證！」

潘婷婷站在庭院的入口處，接受著現場賓客滿懷愛慕的注視。那張曾被《上海時尚》比喻為「米開朗基羅雕刻刀下的聖母」的輪廓分明的臉，那對如小鹿斑比般靈動可人的雙眼，還有那蘇菲亞．羅蘭式的性感曲線……她身上的每一個角落，無不令人心生嚮往。

第一波鎂光燈轟炸結束後，潘婷婷依舊維持招牌的笑容，不露痕跡地掃了一眼賓客席，這不就是普通的秀嗎？哪有什麼驚喜呀!?真搞不懂為什麼要大費周章地從倫敦趕過來……經紀公司說這是個千載難逢的曝光機會，有沒有搞錯！我這個月已經上了六次雜誌封面了，曝光度已經夠了好嗎？我本來可以在奧圖藍吉（Ottolenghi）享受白胡桃泥沙拉，填飽肚子後，說不定還能騎單車逛逛陌生的諾丁山（Notting Hill）……現在呢？我現在簡直就像顯微鏡下的昆蟲，台下的那些人恨不得把我透！看看這些人——佩玲．王頭上戴的是什麼鬼東西，她要做觀音嗎？糟了，一不小心和她對到眼了，哇！攝影師羅素．榮果然也來了，真是奇怪，他有分身術嗎？怎麼能同時在亞洲的好幾個派對上現身？沒人糾正史蒂芬妮．史的坐姿嗎？她看上去就像一隻被綁上電刑椅的貴賓犬！走著瞧，她等一下一定會有意無意地貼在我右邊搶鏡頭，明天雜誌上就會出現史蒂芬妮．史和潘婷婷如何如何的頭條。她還會不擇手段地讓自己的名字排在我前面。幸好她的祖父退居二線了，聽說那老人最近要用結腸造口袋了？呵呵，看看史蒂芬妮身後是誰？這種場合怎麼少得了京城雙姝艾黛爾．鄧和文芘芳呢？這姐妹倆還真敢穿一樣的 Balmain 網織裙呀，站在一起根本像一對移動的籐椅……

在場的女士們「婷婷」個不停，爭先恐後地迎上來。她們挽住潘婷婷的手臂，彷彿和她是閨密一樣。羅素趁機不停按快門。完了完了，鏡頭下的我看起來肯定像是 Balmain 三明治的肉片。還記得五年前，這堆小姐們還恨不得往我臉上吐痰呢！這樣想來，我果真是寬容大量的聖母瑪利亞。

觀眾們回到座位後，艾黛爾和閨蜜芘芳咬耳朵道：「我剛才一直在找她眼皮上的刀疤呢。我就不信她那對水汪汪的浣熊眼睛會沒動過刀子？算她聰明，懂得戴假睫毛作掩護，遮瑕也做得不錯。照片上看起來她都只化淡妝，事實上她妝濃到都要結塊了！」

芘芳點點頭：「我仔細觀察了她的鼻子……普通人長得出那樣完美的鼻孔嗎？伊凡·官可是發了毒誓的，說這女人以前在蘇州某 KTV 做『小姐』，後來釣了個土豪，出資讓她到首爾整形。據說，整形醫生還專門幫她準備了一份身分證明，上面有她手術前後的照片。沒辦法，她整容前後簡直是兩個人，肯定過不了海關。」

「屁啦！」蒂凡尼·葉吼道，「妳們就不能接受人家是天生的美女嗎？沒有人會跟妳們兩個一樣，故意跑去首爾弄斷自己鼻樑。還有，妳們記好了，婷婷她不是蘇州人，是濟南人！她公開承認過自己在 SK-II 專櫃做過櫃姐，直到被張藝謀發掘！」

「哼！我說得沒錯吧，難怪她這麼擅長遮瑕。」艾黛爾嘀咕道。

潘婷婷尊榮地走向自己座位，就在女主人柯萊特和她媽媽中間。她入座前，不忘禮貌地和邴夫人握手問候。柯萊特欣喜把好友擁入懷中，給她一個臉頰親吻。柯萊特還是這麼性感迷人。大家都說她的這分美麗源自於富可敵國的家世，我可不同意。她的氣質、性格，可不是金錢能買到的。算起來，加上現在，我們應該只見過十五次面吧？真搞不懂媒體為什麼喜歡給我們貼上「閨蜜」的標籤。但不得不承認，柯萊特確實是完美的上鏡夥伴，和在場的其他人截然不同。還有，她讓一堆男人圍著自己團團轉，那堆少爺在她面前都快變成舞男了，真是太有趣了。哎呀！邴夫人是怎麼回事!?她都快用完一整罐洗手液了，我的手是有那麼髒嗎？算了，就當沒看見，就當沒看見。

庭院的光線暗下。短暫的空檔過後，水池後方的小竹林裡亮起國際克萊因藍，同時水池深處黃光隱現，如機場跑道的指示燈一般有節奏地閃爍著。賽吉．甘斯柏與碧姬．芭鐸合作演繹的《邦妮和克萊德》從戶外音響中流淌而出。伴隨著音樂聲，首位登場的模特兒身著金色長裙，拖著長長的雪紡裙擺，邁著專業的臺步，走過水池上的伸展台，從遠處看過去，彷彿是漫步在水面上一樣。

不絕的掌聲響起，但柯萊特卻雙手交叉在胸前，滿臉的若有所思。隨著盛裝模特兒們接二連三地粉墨登場，坐在前排的數位名媛開始竊竊私語。當一位身著機車夾克，搭配絲質牡丹花飾的模特兒在眾人眼前走過時，瓦萊麗．劉終於忍不住失望地搖起頭來；蒂凡尼．葉則不禁和史蒂芬妮．史相視。緊接著登場的是魚尾裙三人組，裙擺上的珠串在背景光的照射下熠熠生輝。佩玲．王湊到柯萊特耳邊問道：「妳確定這是時尚秀，不是環球小姐競選？」

「我也很疑惑。」柯萊特語帶怒氣。當一位身著古典龍紋刺繡旗袍的模特兒登場時，柯萊特終於看不下去了。她怒氣沖沖地趕到伸展台的另一頭，時尚秀的總導演奧斯卡．黃正在這裡指導模特兒們。

「給我停下！」柯萊特立刻命令道。

「什麼？」奧斯卡沒搞清楚。

「我說，給我停止這場愚蠢的走秀！」柯萊特一字一頓地吼道。羅克珊立刻跑到音控室內，庭院內的音樂聲戛然而止，光線恢復如常。模特兒們不知所措，尷尬地站在水面上進退兩難。

柯萊特一把拔下導演的耳機，踢掉紅寶石高跟鞋，跳上隱藏在水面下的樹脂玻璃伸展台，惱怒地來到水池中央宣布：「很抱歉各位，這場秀結束了！這不是我想呈現的表演，抱歉讓各位失望了！」

Prêt-à-Couture 的創始人維吉尼．德．巴斯雷跌跌撞撞地跑上台，哀號道：「邴小姐，您這是什麼意思？」

柯萊特看向維吉尼：「你還敢問我是什麼意思?!你跟我保證會帶來倫敦、巴黎和米蘭下一季的流行元素，我問你，流行元素在哪？」

「不都在伸展台臺上嗎!?」維吉尼堅持。

「哪個伸展臺？烏魯木齊機場的？就說這龍鳳呈祥緊身衣和閃瞎眼的珠串，我還以為自己在看俄羅斯花式滑冰比賽呢！紀梵希會把亮片鑲在喀什米爾披肩上嗎？這種等級的時尚秀，只有庸俗的富二代才會買單，對我的客人們來說，根本就是侮辱。我邀請了眾多時尚達人以及評論專家，現在我完全能說出他們此刻的心聲：就這樣子的衣服，即便是給家裡的傭人穿我也不願意！」

維吉尼盯著柯萊特，渾身不停地顫抖。

時尚秀不歡而散，最後一位賓客打道回府後，柯萊特執意留下卡爾頓、婷婷、瑞秋夫婦等密友，準備了一席簡單的晚餐。

「里奇呢？怎麼不見人影？」回到大客廳後，佩玲．王問柯萊特。

柯萊特發脾氣了：「他？我早就讓他滾蛋了！誰要他剛才自作主張，在公開場合挽著我的手，搞得我和他之間有什麼似的！」

「幹得好！」艾黛爾喝彩，「對這種人就是不能客氣！還有呀，妳能果斷中止走秀，真的非常明智。要是再讓它多進行幾分鐘，妳在圈子裡時尚達人的名聲，可就要徹底毀於一旦了！」

瑞秋和尼克面面相覷，斟酌再三後才問道：「原諒我的無知，但我還是不明白出了什麼狀況，我看 iPad 裡的介紹，剛登場的那些服飾，全是出自頂尖設計師之手呀。」

柯萊特耐心地解釋道：「他們確實是頂尖設計師，但你發現沒有，今晚登場的時裝，全都在討好中國市場。沒錯，這些都是來自國際的伸展台，但顯然他們送來亞洲的東西只有中國風元素。而不是真正的時尚，不是倫敦、紐約、巴黎的前衛女性願意往身上穿的時尚，這完全只是在阿諛奉承！」

婷婷附和道：「每週都會有頂尖設計師寄給我一套又一套的服裝，希望我穿上替他們做免費宣傳。那些衣服也都是和今晚的這些一樣。」

「我完全不知道這些。」瑞秋說。

「妳怎麼不邀請加雷勒斯．普？侯塞因．卡拉揚也好呀！我要是再看到一件亮片單肩長裙，肯定會當場吐出來！」佩玲還在氣，腦袋上的黃金天線彷彿跟著左右搖擺。

蒂凡尼．葉躺在沙發上，歎氣道：「我本來還指望今晚能把我下一季的衣櫃填滿呢！呵呵，看來我想太多了。」

史蒂芬妮不以為然地表示：「我就學乖了，這幾年都不在中國買衣服首飾了，要買就直接到巴黎去！」

艾黛爾附和道：「好主意！改天我們也一起去巴黎購物吧！肯定會很好玩！」

柯萊特的眼睛瞬間亮了：「何不現在就去？可以搭我家的私人飛機去！」

「認真？」史蒂芬妮興奮地問。

「當然！」柯萊特轉頭問羅克珊，「目前飛機的行程安排如何？Trenta下禮拜有人用嗎？」

羅克珊熟練地操作著iPad，回答道：「邴先生下週四要用Trenta，但我已經幫妳預定了下週一的Venti，行程是帶瑞秋和尼克去桂林。」

「啊我忘了。」柯萊特說，羞愧地瞥了瑞秋一眼。

「柯萊特，妳們儘管去巴黎玩，我們可以自己去桂林。」瑞秋客氣地說。

「胡說，我答應要帶你們去桂林看我最喜歡的山，絕對不會食言。只不過嘛……得麻煩你們先陪我去一趟巴黎了。」

瑞秋看向尼克，*拜託！又是私人飛機之旅，饒了我吧！*他謹慎地說道：「柯萊特，妳的好意我們心領了，但我們真的不能再給妳添麻煩了。」

柯萊特轉而對卡爾頓說：「哎呀，你勸勸你姐姐和姐夫，叫他們別這麼客氣！」

「妳放心，他們會跟我們一起去的。」卡爾頓的語氣像是下了最終決定，不容反駁。

「婷婷妳呢？要不要一起來？」柯萊特問。

有那麼一瞬間，潘婷婷顯得很驚恐。*我寧願被關在小黑屋，也不想和這堆聒噪的女人擠在機艙裡十二個小時！*下一秒她便說：「我好想去巴黎，但可惜下周我必須去倫敦。」這失望的表情，不愧是首屈一指的女演員。

「真是太可惜了。」柯萊特表示。

羅克珊大聲清喉嚨後說道：「嗯，還有點小麻煩，妳媽媽明天要用 Trenta。」

柯萊特皺眉，「她又要去哪？」

「多倫多。」

柯萊特二話不說，立刻抽乾肺裡所有的空氣，用最大分貝吼道：「**媽！**」

邴太太蹣跚地晃進客廳，手裡還端著吃到一半的鹹魚粥。柯萊特問道：「聽說妳明天打算去多倫多？」

「是呀，瑪麗．謝介紹我一位那裡的足部專家。」

「妳的腳又怎麼了？」

「哎呀！不僅是腳，還有小腿肚和大腿！我現在一走路就痛得要命！希望不是脊椎出問題……」邴夫人又開始碎碎念起來。

「媽，妳要是想治腿上的毛病，聽我的，別去多倫多，得去巴黎！」

「法國的那個巴黎？」邴夫人狐疑道，繼續吃她的粥。

「對呀！世界上最先進的腿部醫療技術就在巴黎，法國女人就喜歡穿著羅傑．維威耶（Roger Vivier）在鵝卵石小路上摧殘自己的雙腿，沒點這方面的醫療技術還得了？我們打算今晚去巴黎，妳應該要跟我們一起，我順便介紹一位當地的權威名醫給妳認識。」

邴夫人既驚訝又欣慰，這還是女兒第一次關心自己的病痛。她興奮地說：「那奶奶和潘娣姑媽可以一起嗎？姑媽她早就想去巴黎逛逛了，順便帶奶奶去治治拇囊炎。」

「當然可以了，妳想帶誰都可以，反正座位多得是。」

邴夫人看了眼史蒂芬妮，體貼地說：「要不要叫妳媽媽一起來？自從你弟弟被耶魯開除後，她就愁眉不展的。」

史蒂芬妮萬分感激：「邴阿姨，您真是太貼心了！有您在，她一定願意來！」

待邴夫人歡天喜地地回房間準備後，柯萊特吩咐羅克珊道：「妳趕快去谷歌巴黎有沒有治腿的醫生。」

「已經查好了。」羅克珊回答，「Trenta能在三小時之內做好起飛準備。」

柯萊特轉向眾友人宣布道：「那麼大家我們午夜時在虹橋機場集合！」

「帶著我們的高雅德（Goyard）[91]，飛往浪漫之都囉！」佩玲歡呼道。

91 法國一個歷史久遠的箱包品牌。

TRENTA

◆上海—巴黎，邴家私人飛機[92]

虹橋國際機場私人登機口的保全人員將護照還給卡爾頓、瑞秋和尼克，放他們通行。三人坐著卡爾頓的SUV到一架灣流VI旁，瑞秋讚歎道：「我有點私人飛機恐懼症，不過不得不說，柯萊特的私人飛機好漂亮。」

「呵呵，這架飛機還行，但柯萊特的是那一架。」卡爾頓笑笑，一把將方向盤轉向右邊，把車子開到隔壁的停機坪上。眼前是一架波音747巨型客機，機身上有一條鮮紅的波紋圖案，甚是壯觀。卡爾頓介紹道：「這架波音747-81VIP是柯萊特媽媽的四十歲生日禮物。」

眼前的巨型飛機在燈光下閃閃發亮，瑞秋盯著它說：「生日禮物？你在開玩笑吧！」

尼克笑道：「瑞秋，妳還沒搞懂嗎？柯萊特一家人就是喜歡越大越好，不是嗎？」

卡爾頓解釋道：「邴家人一年到頭滿世界跑，買架舒適的飛機很正常。尤其是對傑克・邴那

92 乘客列表：瑞秋夫妻、卡爾頓、柯萊特、邴夫人、邴老太太、潘娣姑媽、史蒂芬妮・史、史夫人、文芘芳、文夫人、佩玲・王、蒂凡尼・葉、羅克珊・馬，最後，還有六名女傭（柯萊特的朋友們各帶了一名貼身女傭）。

樣的商業大亨來說，每分每秒都代表著百萬美元的金錢。上海和北京的航班延誤率那麼高，私人飛機算得上是生活必需品。至少，可以不用浪費時間在等待起飛上。」

「這麼多架私人飛機，而且還有優先起飛權……依我看，這才是延誤率飆升的罪魁禍首吧！」尼克一針見血地說。

「嘿嘿，我無話可說。」卡爾頓尷尬地回應，把車子停在一條通向機場的紅地毯邊上。一群地勤人員圍過來，開車門的開車門，提行李的提行李。十五名地勤排隊立正在紅毯邊嚴陣以待，像是等待檢閱的步兵隊伍。他們的打扮和柯萊特莊園裡的男傭一樣，都是身穿簡約的詹姆士·珀思制服。

三人走上紅毯，瑞秋悄悄地跟尼克說：「不知道的人還以為是歐巴馬搭空軍一號來訪華了呢。」

卡爾頓偷聽到他們的對話，笑道：「等登機了再驚訝也不遲，空軍一號和這傢伙比起來，不過是沙丁魚罐頭而已。」

進入機艙後，座艙長恭敬地問候他們：「歡迎登機！鮑先生，很榮幸能再次為您服務。」

「嗨，費爾南多。」

座艙長身邊的空姐向三人深深鞠躬，問瑞秋夫婦道：「請問兩位的鞋碼是？」

瑞秋不知對方要幹嘛，但還是回答：「我是六號，他是十號半。」

空姐點頭離開。片刻後，她提著三個絲絨束口袋回來，「這是邴夫人送給各位的禮物。」瑞秋接過袋子往裡面一看，是一雙葆蝶家（Bottega Veneta）的真皮拖鞋。

「柯萊特她媽堅持所有人在她的飛機上都要穿這個。」卡爾頓脫掉他的樂福鞋，「來吧，快換鞋，趁其他人還沒來，我先帶你們參觀參觀。」

三人通過一條灰色楓木鋪裝的走廊，卡爾頓推開走廊盡頭的木門，嘟囔道：「該死，誰把門鎖上了？門對面是一道樓梯，通往空中診所。那裡有一間配備全套生命維持系統的手術室。這個飛機上能缺任何人，就是不能缺醫生。」

「我猜，這也是邴夫人特別要求的吧？」尼克問。

「除了她還能有誰？她總是擔心自己在求醫路上病倒……來，走這邊。」

三人通過另一條走道，走下寬敞的階梯，卡爾頓介紹：「這裡是主機艙，柯萊特將此稱之為『大堂』。」

瑞秋瞠目結舌。理智勉強告訴她，這是一架飛機，但眼前的空間，讓人不敢相信是機艙的一部分。這是一間半圓弧的大廳，整齊地擺放著數十張沓里風格的柚木沙發，操縱裝置全被裝飾成復古的銀質盒子，隨處可見輕紗籠罩的蓮花燈；但最引人注目的，還是那面三層樓高的石牆，上面雕刻著各種佛像，還覆蓋著異國情調的蕨類植物；石牆的背面，是石頭和玻璃製成的螺旋狀階梯，直通樓上。

卡爾頓解釋：「邴太太堅持要把這裡裝修成爪哇古廟的風格。」

「真像是婆羅浮屠。」尼克輕聲說，邊撫摸苔蘚覆蓋的牆壁。

「還是你內行。我懷疑這架飛機上的裝修風格純粹是在模仿某個她心儀的旅遊景點。據說，這塊石壁是正宗的考古文物，偷偷從印尼走私來的。」

「我猜 747 上只要少四百張座椅，真的可以為所欲為。」尼克說道。

「是啊！一千五百坪的空間可不是開玩笑的。順便一提，這些沙發的皮革可是俄羅斯馴鹿真皮。樓上是 KTV 包廂、放映廳和健身房，還有十間套房。」

「我的天！尼克，快過來！」瑞秋突然在大廳的另一頭尖叫道。

「出什麼事了！」尼克衝過去。

只見瑞秋愣愣地站在一片看似室內游泳池的水池邊緣，難以置信地搖頭：「快看！這是錦鯉池！」

「嚇死我了，我還以為怎麼了！」尼克哭笑不得。

「你一點也不吃驚嗎？**飛機上竟然有一片該死的鯉魚池！**」

卡爾頓跟了過來，對姐姐的反應同樣覺得有趣：「小心，這幾條錦鯉可是邴夫人的心頭肉。看見那條沒——就是那條白底、背上有紅斑的。上次有個日本討厭鬼出價二十五萬美元求邴夫人出售，說是這東西神似他們的國旗。我好想知道這幾條魚有沒有時差的問題？」

三人正說笑著，柯萊特裹著一襲帶帽的安哥拉披肩現身了。她身後跟著一大群人：她的母親、祖母、助理羅克珊、剛才那幾個女孩，還有隨身服侍的女傭。柯萊特看到他們三人，不開心地噘著嘴：「那群蠢蛋就讓你們先登機了？我還想親自帶瑞秋和尼克參觀呢！」

瑞秋安慰她說：「我們也是剛到，只參觀了這間大廳。」

「那就好！妳肯定對浴室感興趣，我先帶妳見識見識這裡的水療設備！」說完，柯萊特突然湊到瑞秋耳邊，「先聲明哈——我爸媽裝修這架飛機的時候，我還在倫敦攝政大學讀書。這莫名其妙的裝修風格可不關我的事。」

瑞秋跟她保證：「柯萊特，妳的要求太高了！我覺著這裝修簡直不可思議！」

柯萊特鬆了一口氣，笑道：「來見見我的祖母。奶奶，這兩位是我來自美國的朋友，瑞秋和尼克。」

柯萊特的祖母是一位身材臃腫的老太太，燙著一頭典型的中式奶奶鬈髮。她疲累地朝眾人笑了笑，露出幾顆金假牙。看這副筋疲力盡的模樣，彷彿剛從睡夢中被拉起來，塞進一件小兩碼的聖約翰針織毛衣裡，然後被扔上飛機似的。

柯萊特環顧機艙，臉又拉了下來，吩咐羅克珊道：「叫費爾南多立刻來見我。」

座艙長很快就現身了。柯萊特瞪了他一眼，責問道：「茶呢？我母親和祖母登機十分鐘內，乘務組那邊就應該準備好熱騰騰的雀舌龍井，和起飛時嚼的話梅[93]。你們沒人讀過《機組員工手冊》嗎？」

「很抱歉，小姐。我們剛著陸不到一小時，沒有足夠的時間準備，請見諒。」

「剛著陸？什麼意思？Trenta 這週末不是一直停在這嗎？」

「不是的，小姐。邴先生剛從洛杉磯回來。」

「這樣嗎？我怎麼不知道？算了，快去準備茶點，告訴機長準備起飛。」

「我們立刻去準備。」座艙長說，準備離開。

93 中國人緩解噁心的「神器」，但對我只有反效果。

「等等……」

「是的，小姐？」

「今晚艙內的空氣好像有些問題。」

「我這就派人去檢查恆溫系統。」

「不是溫度，是氣味！你沒聞到嗎，費爾南多？我的鼻子不會錯的，這味道是弗雷德利克·馬盧（Frédéric Malle）的侏羅紀香氛！誰沒經過我的允許就擅自更換了香氛？」

「我不清楚，小姐。」

座艙長離開後，柯萊特又對羅克珊說：「等我們到了巴黎，要去多印一套《機組員工手冊》，機組成員每人發一本，並叫他們背熟。返航時，我要舉辦一場機組須知問答比賽。」

新加坡，克盧尼公園路

卡門．羅正在客廳開始一組肩倒立式，電話答錄機就響了。自動接聽後，聽筒裡傳來熟悉的聲音：「卡門，是我，媽媽。玉珠打電話來了，說是妳 C.K. 叔父剛住進託福園安寧療護醫院。醫生說他要是能熬過今晚，就能再撐一個星期。我要去醫院探望，妳最好也一起來……不如這樣，妳明天六點到莉蓮．梅－陳家來接我。只要李詠嫻別半路殺出來，那個時候我們的麻將局應該能結束。妳得準時，醫院的探視時間最晚只到八點。還有，我今天在 NTUC（新加坡職工總會平價合作社）碰見耿蓮了，她從寶拉那邊聽說，妳想賣掉邱吉爾俱樂部的會員資格，用這些錢來投資潛水事業。我說：『胡說！我女兒不可能做出這種荒唐事。』」

卡門解除姿勢，暗罵自己失算，竟忘了把這該死的機器關掉，這下可好了，難得的閒情逸致被一通電話給毀了。卡門不情不願地走到電話旁，拿起話筒：「媽，C.K. 叔父怎麼又被送進醫院了？他們家不是請了二十四小時的看護，讓叔父在家裡度過最後的時光嗎？那家人怎麼這麼小氣啊？」

「哎呀，叔父也想在自己家臨終啊！但那幫不孝兒女，怕家裡死人會影響房價。」

卡門惱怒地翻了個白眼。早在礦產大亨 C.K．王收到癌細胞擴散的核磁共振結果之前，他家的那些子女們就開始算計遺產了。早年的房產仲介，早晨的首要任務就是過一遍報紙上的訃聞，盼望著某位大亨能「登榜」——那意味著有大批不動產要公開售賣。而現今，隨著高檔的房子越來越少，頂級房產仲介的主戰場逐漸轉向了各大醫院。五個月前，Mango Tee 地產的董事長，也就是卡門的老闆歐文・郭，把卡門叫進辦公室問道：「我在 Mount E.（伊莉莎白醫院）的 lobang[94] 看到 C.K・王去做化療，妳好像是他的親戚？」

「是的，他是我父親的表兄弟。」卡門如實回答。

「他在克盧尼公園附近的房子可足足有十八畝呢！而且，那可是現存為數不多的優質洋房[95]之一了。」

「我知道，我可以算是在那裡長大的。」

歐文躺上舒適的簇絨革辦公椅中，追問道：「我只知道他的長子叫昆丁，他應該不只這一個孩子吧？」

「對，他還有兩個兒子和一個女兒。」卡門很清楚老闆問此事的意圖何在。

「若我沒猜錯，兩個兒子都在國外？」

「是的。」卡門不耐煩地回答，只希望對方能快點進入正題。

「王先生逝世後，他的家人應該會想出售房產吧？」

---

94 馬來俚語，既「線人」。

95 說來可笑，這棟所謂的「新加坡真正的豪宅」，占地不過一千四百平方公尺，樓高不過兩層。在人口多達五百三十萬的新加坡，同類的優質洋房僅餘一千套左右。它們大多分佈在十、十一、二十一、二十三住宅區。只要四千五百萬美元，你就能在高檔住宅區裡享受新加坡式富豪生活。

「天啊！歐文，我叔父上周日還在普勞俱樂部打高爾夫球呢，我們這就開始打他遺產的主意了？」

「我知道啦……但身為老闆，我得確保他家人決定出售後，MangoTee 能有這筆獨家生意！」

「別這麼 kiasu[96]，歐文。你知道這筆生意會由我來做。」卡門語氣不善。

「妳錯怪我了，我只是想知道妳準備好了沒有……我聽說 Eon 地產的威利・沈已經在蠢蠢欲動了。妳知道嗎，他前幾天剛招待昆丁・王到萊佛士吃飯？」

「他要幹嘛是他的事，反正這單是我的。」

半年後的今日，卡門就身處 C.K. 叔父老宅頂層的小閣樓裡，向她的好友艾絲翠介紹這棟房子的歷史。

艾絲翠環顧四周，驚喜地問：「我喜歡這個小閣樓！這裡原本是做什麼用的？」

「建造這棟房子的先人說這裡是『瞭望台』。據說，當時的女主人是一位詩人，她嫌家中的孩子太吵鬧，便躲到這裡來創作。透過這扇窗戶，她能即時掌握房子的人員進出，久而久之就把這裡稱為瞭望台了。我叔父買下這棟房子時，這裡只是間儲藏室。還記得我小的時候，表兄弟們把這裡當作遊戲室，我們都戲稱它為『阿道克船長』（《丁丁歷險記》中的男配角）的祕密基地。」

96 閩南語，意為不淡定、患得患失。

「卡西恩一定會愛上這裡，賴著不願出來的！」艾絲翠看向窗外，正巧看見麥可的 1956 黑色保時捷 Speedster 開上車道。

「妳家的詹姆斯．狄恩到啦！」卡門面無表情地說。

「哈哈！他看起來確實挺叛逆的，對吧？」

「我就知道乖乖女最終還是愛上了壞小子！來吧，我們帶他參觀參觀。」

卡門拉著艾絲翠到門口迎接，看見麥可從那輛復古跑車裡下來時，簡直不敢相信自己的眼睛。算起來，卡門上次與麥可見面，還是在兩年前艾絲翠娘家的派對上。那時的麥可，上身 Polo 衫，下身工裝褲，還留著陸戰隊的小平頭；如今，一席伯爾魯帝（Berluti）灰色西裝、Robert Marc 墨鏡，一頭時髦的凌亂髮型，這真的是同一個人？

「又見面啦，卡門！髮型不錯，我喜歡！」麥可風度翩翩地在卡門的臉頰上貼了一下。

「謝謝誇獎！」卡門前陣子剛把一頭黑色長直髮，剪成了俐落的鮑伯頭，麥可還是第一個誇讚新髮型的異性。

「我聽說妳叔父的事了，請節哀，他真的是位很了不起的人物。」

「謝謝。這棟房子明天就要公開售賣了。在此之前，有你這樣的人物願意來看房，叔父肯定會開心的。」

「這得歸功於艾絲翠，我今天本來走不開，但她堅持要我來一趟。」

「我敢保證，這房產一旦公開售賣，一定會引起軒然大波的。要知道，這樣的房子已經有好幾年沒在房產市場上出現過了，搞不好還會變成拍賣呢！」

麥可環顧眼前這個被茂盛棕櫚樹包圍的寬闊前院，贊同道：「嗯，可以想像……這裡共幾坪？一千還是一千五？算是周邊社區的嗎？開發商肯定也在覬覦這塊土地。」

「是的，這也就是我的家人破例讓你提前看房的原因，我們不想看到家產被拆掉，淪落為開發商的搖錢樹。」

麥可疑惑地看了妻子一眼，「嗯？這裡沒有要拆？我還以為妳想請個法國建築師，在這塊地上重新設計一棟房子呢。」

「你搞錯了。我想重建的是Trevose Crescent那邊的房子。這間房子是件瑰寶，不可能拆掉的。」艾絲翠強調。

「我喜歡這裡，但房子有什麼特別的嗎？看起來不像是有年頭的古宅。」

「這幢房子比那些所謂的古宅要珍稀得多。它的『生父』，是新加坡最知名的建築泰斗弗蘭克·布魯爾，國泰大廈就是他親手操刀設計的。我帶你四處看看，先看一下房子的外觀吧。」

三人環繞房子走了一圈，艾絲翠向麥可一一指出：那滿滿都鐸王朝風格的半木製山形牆、門廊通道處的優雅拱門……還有許多精巧細節，像是麥金托什概念的網格排風口，它讓整棟房子都隔離於熱帶氣候之外等等。「看，這就叫工藝美學、查理斯·麥金托什概念（Charles Rennie Mackintosh）與西班牙傳教所風格三者的完美融合，在這世界上，你絕對找不到第二棟同類型的房子。」

「親愛的，這房子確實不錯。但在新加坡，妳大概是唯一懂得欣賞這些細節的人，」麥可轉問卡門，「在妳親戚之前，有誰住過這裡？」

「這棟房子最早的主人是星獅集團的總裁，之後轉讓給了比利時大使。」卡門如實回答，還不忘補上一句，「這是貨真價實的新加坡文化瑰寶。」

三人步入室內。參觀完一樓的各個區域後，麥可也逐漸被這分典雅吸引，「我喜歡這一樓的挑高。」

「室內有點老朽了，有些地方嘎吱作響。不過沒關係，請建築師修復就行了。我知道一位建築大師，他曾在我舅公阿爾弗雷德家工作。聽說他最近剛幫威爾士王子翻修了蘇格蘭的鄧弗里斯莊園。」

三人來到客廳，和煦的陽光透過窗戶，在實木地板上映照出各種折紙藝術般的陰影。眼前這間適高雅的空間，讓麥可不禁回想起最初踏進泰瑟爾莊園的震驚和敬畏。他就是在類似的客廳裡，和艾絲翠的祖母見面的。此刻，麥可彷彿看到這棟宅邸被自己打造成當代博物館的模樣；他甚至能預見三十年後，白髮蒼蒼、功成名就的自己，坐鎮在這座「宮殿」之中，向全世界展覽畢生收藏，接受世界各地的人來朝聖的景象……

想到這裡，麥可情不自禁地一拳擊在牆上，興奮地跟艾絲翠說：「我就喜歡這樣結實的石頭構造，不像妳爸那棟搖搖晃晃的房子。」

「你喜歡就再好不過了，這和我爸家是兩種不同的感覺。」艾絲翠謹慎地回答道。

這比妳爸的房子要大得多，麥可暗想。他已經在想像兄弟們登門造訪時，一個個*我的天呀，這房子太氣派了*！麥可沾沾自喜，問卡門道：「所以需要多少錢，才能夠把這房子的鑰匙塞進口袋？」

卡門斟酌了一下，慎重地答覆道：「這棟房子的市價至少在六千萬到七千五百萬新幣之間，你要是願意，恐怕得多出一些，讓賣家取消明早的公開售賣。」

麥可輕撫欄杆上的木雕，其充滿藝術感的光澤，讓他聯想到克萊斯勒大廈。「沒記錯的話，C.K．王有四個孩子？這樣吧，我出七千四百萬，這四百萬就當是我給他們的額外補償。」

「我問問我表姐玉珠。」卡門說完，從聖羅蘭手提袋裡拿出手機，走出了客廳。數分鐘後，她一臉嚴肅地回來，「玉珠表姐很感謝你的慷慨，但考慮到印花稅，還有我的佣金部分，這價格恐怕不合適。但如果你願意出八千萬，明天就可以簽約。」

「我就知道妳會這麼說。」麥可露出笑容，轉頭問艾絲翠道：「親愛的，妳有多想搬到這裡？」

等等，是你想要搬家的啊！艾絲翠心想，但她還是謹慎地回答：「只要你也喜歡，能搬到這裡我會非常高興。」

「好，那就八千萬。」

卡門微笑，這比她想像的要順利多了。她走到客廳外向表姐彙報消息。

客廳裡再次剩下夫妻二人，麥可問妻子道：「妳覺得裝潢要花多少錢？」

「那得看我們想要的效果了。我有個想法，這房子挺像科茨沃爾德的鄉村莊園，我們完全可以把它裝修成樸素的英式鄉村風格，再混搭些傑佛瑞．班尼森（Geoffrey Bennison）的設計項目。這樣裝修，你的古董文物，和我的中國字畫擺在裡面才不會太突兀。先說樓下，我們可以……」

「一樓要弄成我的古董車展覽廳。」麥可打岔。

「一樓全部？」

「當然，我剛走進大門，腦子裡就構想好了。很簡單，把所有牆壁都拆了，會客室呀玄關什麼的，全都打通成一個整體的空間！我的古董車就擺在巨型輪盤上全方位展示。妳能想像那場景有多麼壯觀嗎？」

艾絲翠盯著他，卻遲遲沒等到「開玩笑的啦」這句話。發現丈夫是認真的，她勉強附和道：「你喜歡就好。」

麥可焦急地問道：「妳朋友怎麼過那麼久了還沒回來？別告訴我王家那麼貪婪，又要抬高價錢。」

片刻後，卡門終於現身了。但這一次，她滿臉漲得通紅，「非常抱歉，我剛剛在屋外有沒有喊得太大聲？」

「沒有呀，怎麼回事？」艾絲翠問。

卡門難以啟齒，「呃……我真不知道要怎麼說……我剛得到消息，這房子已經被其他買家預訂了……」

「什麼！我以為我們有優先出價權？」

「真的非常抱歉，我也以為是這樣，但我那該死的表哥昆丁耍我，他已經和其他買家在談了，還用你的出價去哄抬那邊的價格，簡直混帳透頂！」

麥可驕傲地說：「那邊買家出多少？我保證比他們的價格高！」

「我就是這麼說的，但顯然那邊已經成交了。他們出了你的價格的兩倍——最後是一億六千萬成交的。」

「一億六!?瘋了嗎？這買家究竟是誰？」

「我不知道，連我表哥都不知道，對方顯然是匿名，只知道是中國的某家企業。」

「中國人，那當然了。」艾絲翠輕聲說道。

麥可怒不可遏地用力踹了欄杆一腳，爆出一句粗魯至極的髒話：「Kan ni na bu chao chee bye！[97]」

「麥可！」艾絲翠大驚失色。

「怎麼？」麥可嫌棄地瞪了她一眼，「該死的都是妳的錯！真不敢相信妳竟敢浪費我寶貴的時間！」

卡門勸道：「你妻子有什麼錯？要怪也該怪我！」

「妳們都有責任！艾絲翠，你知不知道我今天很忙？你要我抽空來看房，我來了。但妳至少得搞清楚這房子到底能不能買！然後是妳，卡門，妳的房產仲介資格是花錢買的嗎？我沒空陪妳們玩這些！」麥可留下一串咒罵，直接摔門而出。

艾絲翠兩腿一軟，癱坐在階梯上，把腦袋埋在雙臂之間，「卡門，我很抱歉……」

「艾絲翠，妳可千萬別這樣說，該道歉的是我才對！」

「欄杆沒被踢壞吧？」艾絲翠疲憊地摸了摸麥可剛才踹過的地方。

97 閩南語中最不堪入耳，但使用率最高的髒話。

「欄杆很堅固，壞不了。我更擔心妳……」

「我沒事。這房子很棒，但我不介意能否住在這裡。」

「我擔心的不是這個，而是……」卡門停頓了一會，猶豫著要不要打開潘朵拉的寶盒，「艾絲翠，到底出了什麼事？」

「妳指的是？」

「好吧，我們這麼多年的朋友，就不拐彎抹角了。我不敢相信麥可會這樣對妳，妳為什麼任他惡言相向？」

「妳想太多了。麥可他只是沒買到所以心中懊惱罷了。他要是看上了什麼東西，就一定要弄到手。」

「氣急敗壞的客戶我見多了，早就習以為常。從他踏進這間房子的那刻起，我就很不滿他對妳說話的方式。」

「怎麼說？」

「妳是裝傻，還是真傻？我不信妳一點都沒感覺到他的變化。」卡門沮喪地歎口氣，「算起來，我最初認識麥可，是在六年前吧？那天他木訥地跟在妳身後，顯得挺笨拙的；但是看到他看妳的眼神，我就知道：『哇，這男孩是真的在乎艾絲翠，我怎麼就碰不到這樣一個好男人呢？』我見慣了飯來張口，衣來伸手的媽寶男，我前男友就是那樣。但妳身後的那個男人不一樣，那個高大、寡言，默默照顧妳的男人。妳還記不記得，我們一起去派翠克畫廊購物的那天？只因為妳無意間提起當年保姆帶妳在老式鐵車那買了塊嘟嘟糕[98]，麥可二話不說，花了一個鐘頭跑遍了整個中國城，幫妳帶回了一塊。」

「他現在也還是會做些事情逗我開心的——」

「這不是重點。剛才那個看房子的男人，根本不是我認識的那個躲在妳身後的人。」

「他確實比以前更有自信了，畢竟事業大獲成功，誰都會改變的。」

「問題是這些改變究竟是好是壞。麥可剛到的時候，給了我一個紳士的吻，我當時就嚇壞了——這人真是那個老實的大男孩嗎？然後，他又直接地讚美我的新髮型，但卻把穿著我此生見過最美的 Dries Van Noten 連身裙的妻子晾在一邊，一句話都沒說。」

「算了吧，我們也是老夫老妻啦，早就不期待一見面就互相誇讚了。」

「我爸爸可是一有機會，就把我媽媽誇上天，他們都結婚四十年了。撇開這些不說，我在乎的是他對妳的態度和他的行為舉止。這些細節，比千萬句虛華的奉承都更有說服力。」

艾絲翠試著一笑置之。

「這不是在開玩笑。妳身在其中卻不自知，這才是最可怕的。說嚴重點，我都懷疑妳是斯德哥爾摩症候群了。昔日的女神是怎麼了？我認識的艾絲翠，絕不會忍受這種委屈。」

艾絲翠沉默了一會，幽幽地說：「我知道，卡門，我完全感受得到。」

98 新加坡傳統糕點，花朵外形的蒸米糕，內有紅糖、花生，或椰蓉的餡料，通常盛放在自帶芬芳的班蘭葉之上。從前，推著三輪車的嘟嘟糕小販在新加坡的唐人街上隨處可見，而如今卻快要絕跡了。

「那妳為什麼還任由他繼續？聽我說，這種關係一旦建立，就無法回頭了。別看現在只是些小事情，某一天妳會突然發現，不知從何時起，自己和丈夫已經無法正常交流了。」

「這件事，比妳想像得要複雜千萬倍，卡門……」艾絲翠深吸了一口氣，「事已至此，我就不瞞妳了。早在幾年前，我和麥可的關係就急轉直下，甚至還分居了一段時間，一度面臨離婚的邊緣。」

卡門瞪大雙眼：「什麼時候的事？」

「三年前。亞拉敏塔的婚禮前後。妳是唯一一個知道這件事的。」

「到底出了什麼事？」

「說來話長。簡單地說，亞拉敏塔的盛大婚禮，直接增加了麥可的壓力，妳知道的，無非就是關於錢的那些事。我想替他分擔些，但他的自尊心不允許我這樣做。他覺得自己像個被包養的丈夫，我家人對他的態度更是火上加油。」

「這我可以理解，要做哈利．梁的女婿，哪有那麼輕鬆？但他實現了世間所有男人的夢想呀。」

「這恰好是癥結所在。麥可跟大部分的男人不同。這也是他吸引我的原因。他才華橫溢、心懷抱負，一心想拚出屬於自己的事業，絕不允許自己靠我家族的關係提升事業上的成就。結婚這些年來，他沒用過我的一分錢。」

「這就是你們當年執意要擠在克萊蒙梭大道上那間小公寓裡的原因？」

「當然，那是他用自己的錢買的。」

「沒人知道這回事！知道當年大家是怎樣在背後說妳的嗎——你相信嗎？艾絲翠・梁嫁給那個前部隊成員，搬進一間超小的房子，女神終於墮入凡間了。」

「麥可娶我不是因為我是什麼『女神』。如今，他成功闖出了自己的一片天，我更應該盡到妻子的本分，默默地在背後支持他，讓他全心衝刺他的事業。」

「只要妳不要迷失了自己。」

「放心吧卡門，我會讓那種事發生嗎？妳知道的，我很高興麥可有了跟我相似的興趣，例如說他開始關注穿著、開始在意生活品質。還有，他越來越勇於發表自己的意見了，雖然時不時會和我吵架，但這其實是件好事。讓我想起這就是最初他吸引我的地方。」

「好吧，只要妳快樂就好。」卡門讓步。

「卡門，看著我的眼睛。我很幸福，我從來沒有這麼幸福過。」

巴黎

瑞秋日記節選

六月十六日　星期天

來一趟柯萊特・邴風格的巴黎之旅，像是進入另一個時空。我從沒想過這輩子竟有機會在離地面一萬公尺、比頤和園還氣派的餐廳裡吃北京烤鴨，觀看 IMAX《超人：鋼鐵英雄》（這部片在美國才剛上映，多虧了艾黛爾・鄧的父親是世界級的影城大亨，我們才得以搶先「嘗鮮」）。我也沒想到竟有機會在擁有大理石牆及五顏六色 LED 燈的空中 KTV 裡，看著六位酩酊大醉的中國女生，大合唱中文降 key 版的〈Call Me Maybe〉。然而，我才剛從一連串的震驚中回過神來，飛機已經降落在巴黎－勒布爾熱機場了。果然不出我所料，不需要排隊、通關等各種麻煩的手續；等待我們的只有三名在護照上迅速蓋戳的海關人員，和一排威風凜凜的黑色 Range Rover 極致豪華休旅車。噢耶，還有六名神似亞蘭・德倫的保鑣。柯萊特請了法國前外籍傭兵團，提供二十四小時保全服務。她稱這些人「走在街上，就能製造頭條」。

黑色車隊把我們送到市中心的香格里拉酒店，柯萊特一口氣包下了頂樓兩層，這裡簡直就是一棟高空別墅。聽說它曾經是拿破崙的孫子——路易．波拿巴[99]的行宮，酒店方花了整整四年的時間，將此處翻修一新。豪華套房中的一磚一瓦、一桌一椅，全部呈高貴的乳白、青瓷色調；其中最吸引我的，就是那張精緻的三折鏡化妝台，我從各個角度拍了幾十張照片。我認識一個布魯克林的大工匠，只要有照片，他肯定能複製出這張桌子。我逼自己像尼克那樣睡一下，但我實在太興奮了，且又有時差，再加上宿醉，真是半分睡意都沒有。

十一個小時的航程＋一個手藝高超的菲律賓酒保＝一夜無眠。

六月十七日　星期一

早上醒來，尼克那可愛性感的俏臀與艾菲爾鐵塔構成一幅夢幻的剪影，我還在做夢吧……不對，我現在就在浪漫之都！巴黎之旅的第一天，尼克逛遍了拉丁區的各家書店；而我陪著幾個女孩開始第一回合的「採購大戰」。我搭上蒂凡尼．葉的SUV，她一一幫我介紹了這群女孩的背景：首先是史蒂芬妮．史，這位端莊的淑女來自高級政治世家，她母親旗下的礦產和房產遍佈全國；艾黛爾．鄧，那頭俐落的鬈髮從幼稚園起就沒變過，她的娘家壟斷了中國內地的影城和超市產業，她老公也是位政府高官；文芘芳是石油大亨的千金；整張臉剛「裝修」過的佩玲．王也是坐擁龐大財富的人，十年前，她老爸還在自家客廳裡開網路商店，現在已經成為中國的比爾．蓋茲了。

99 糾正一下，路易．波拿巴，即拿破崙三世其實是拿破崙孫侄，並非孫子，看來瑞秋被一連串的震驚弄暈了。

蒂凡尼她自己呢？她只說：「我？我家沒什麼特別的。」不過最讓人稀奇的是，這些人竟全是P.J．惠特尼銀行的員工，且每個人都有個響亮的頭銜。例如說，蒂凡尼是「私人客戶部副總」。我問她，妳們這樣結伴翹班出來旅行，公司那邊不會有問題嗎？她回答：「當然不會。」

她們的第一站是聖奧諾雷路。眾人下車後各自奔向心儀的精品店：艾黛爾和芘芳直奔巴黎世家（Balenciaga）；蒂凡尼和佩玲瘋狂衝進Mulberry；邴夫人為首的媽媽團則熱衷於戈雅的皮箱；至於我們的領隊柯萊特，一下車就不見人影了。我陪史蒂芬妮去摩納（Moynat），在這之前我根本沒聽過這個皮件精品。我好喜歡精緻的Rejane系列晚宴包，但我絕不可能花六千歐元買一塊皮革，就算這塊牛皮能防蚊。至於史蒂芬妮，她在一面展示牆前來回踱步，仔細研究每個包，接著指了指三個包。

櫃姐見狀，連忙殷勤地問道：「請問您要看這三個包包嗎？」

「不。這面牆，除了這三件，其他全部包起來。」史蒂芬妮俐落地掏出一張黑色鈀金卡。

#OMFG # 真人真事

六月十八日　星期二

我只能說，中國最殘暴的六台「消費兵器」此刻都已齊聚巴黎。今天一早，當地的各大頂級精品店陸續來到酒店，親自奉上邀請函，還提供了專屬的優惠和包場服務。

我們收拾完畢後，就直奔「第二戰場」蒙田大道。這裡的香奈兒專程為我們提早營業，還看在柯萊特的面子上，為我們準備了精緻的早餐。我還在大快朵頤此生吃過最蓬鬆的歐姆蛋時，其他人已經忽略食物投身到精品的海洋中了。之後呢，我們在蔻依(Chloé)吃午餐，在迪奧喝了下午茶。

我認識的人之中，吳裴琳和亞拉敏塔．李的奢華程度已經讓人跌破眼鏡，但卻遠遠不及這六個女孩的程度。我長這麼大，還是第一次目睹這種規模的消費，怎麼形容呢？她們就像蜂湧而至的蝗蟲——振翅之處，無一精品生還。柯萊特把買到的每一樣東西都拍照上傳。在如此消費熱潮的推動下，我竟也買了這輩子第一件精品——一條百搭的海軍藍休閒褲。它孤零零地掛在蔻依的折扣區。很顯然，折扣區在她們看來連擺設都不如，她們眼中只有下一季的最新款。

尼克受夠了香奈兒，提前離開到附近的動物標本博物館了，卡爾頓則非常有耐心地全程陪在柯萊特身邊，欣賞她挑選各種時髦精品的樣子。他還不承認，但大家都知道這就是真愛——一個年輕人，竟能陪一群女孩外加她們的媽媽連續購物十五個小時，誰會相信這不是愛的力量？當然了，卡爾頓的信用卡也沒閒著，但他速戰速決得多：當邴夫人還在六百八十萬歐元的寶格麗紅寶石項鍊和八百四十萬歐元的伯夐（Boucheron）之間苦苦糾結時，卡爾頓默默消失二十分鐘；回來時雙手提了十幾個夏維（Charvet）的購物袋，並偷偷塞一個給我。回到酒店後，我打開袋子一看，裡面是一件純手工縫製的淡粉紅底白色直條紋襯衫，我從未碰過這麼柔軟的質料。他一定覺得這件衣服可以搭配我剛買的褲子。真是太貼心了！

六月十九日　星期三

今天正好是當地的時裝節。上午，我們先後參觀了 Bouchra Jarrar 和艾歷克西斯．馬畢（Alexis

Mabille）舉辦的私人時尚秀。在Bouchra，我目睹了從未見過的奇景：現場女性為了一件褲子，陷入極致的瘋狂。顯然Bouchra這特殊剪裁的褲子在她們眼裡，就如同耶穌降臨。在下一站時裝秀的尾聲，艾歷克西斯本人突然現身，女孩們瞬間化身為一世代演唱會上的狂熱粉絲，爭先恐後地在偶像面前表現，生怕第一手的訂單被別人搶走。尼克要我也挑幾件喜歡的，但我說我正在努力存翻修浴室的資金。

「得了吧！目前已經足夠裝修八百遍了！聽我的，去挑一件。」尼克堅持。

我從數百件夢幻的晚禮服裡，選了件精緻的黑色夾克。它的袖子上是純手繪的漸層色彩，腰部有條高雅的藍色絲帶，我可以穿它直到一百歲！

量尺寸的時候，女店員堅持要精準測量我全身的每個部位，看來尼克告訴她們我還要那條手繪褲子！我這輩子竟能親眼目睹女裁縫的高超技藝，竟能擁有一套屬於自己的高級訂製時裝……那一瞬間，我腦海裡浮現媽媽以前加班工作，但仍有時間替我改造親戚舊衣的樣子，讓我在學校看起來相當體面。我要在巴黎買點特別的禮物給她。

時裝秀結束後，我們在孚日廣場吃了一頓值得登上我心中年度大獎的豐盛午餐（感謝佩玲請客）。尼克和卡爾頓離隊，一起去參觀莫爾塞姆的布加迪跑車工廠。邴夫人還沒買夠，堅持要去塞夫勒路上的愛馬仕旗艦店（她的腳看起來沒問題，即使已經在路上走了整整三天）。我一直不懂愛馬仕的時尚，但這家旗艦店確實讓人眼睛一亮：它位於盧滕西亞酒店原本室內游泳池的位置，琳琅滿目的商品不規則地陳列在店內的各個角落。

店長不願意提供包場服務給我們，佩玲很生氣，當場決定回國後呼籲抵制這家店。她一邊購物，一邊把氣出在身邊的中國客人上，抱怨道：「我竟然淪落到要和這堆暴發戶一起購物！」

我開玩笑道：「妳好像對中國有錢人頗有成見呀？」

佩玲冷笑：「有錢人？他們充其量只是亨利一族（HENRYs）罷了。」

「亨利？」

「妳不是經濟學家嗎，妳不知道亨利？」我想了半天還是不懂，她就說：「高薪，但不算有錢（High Earners, Not Rich Yet.）。」

六月二十日　星期四

今天，我和尼克決定做一天「逃兵」，享受一番巴黎的文化氣息。我們一大早起床，打算趁大家不注意時，偷偷溜去居斯塔夫．莫羅美術館，誰知道還是在電梯裡遇到柯萊特。她堅持不讓我們走，說是在盧森堡公園為大家準備了特別的早餐。因為上次來過之後，我就很喜歡這座公園，便歡天喜地地去了。

清晨的公園真是神清氣爽。沒有聒噪的遊客，只有推著娃娃車的時髦媽媽、閱讀早報的老先生，還有我看過最愜意的胖鴿子。我們走上美第奇噴泉旁的石階，來到一家別致的室外咖啡廳。大家點了奶油咖啡或瑪戴茶，柯萊特還點了一打巧克力可頌麵包。

服務生很快就端來了十二碟麵包。我正要咬下去，卻被柯萊特制止：「等等！別吃！」

咖啡提神的效果還沒完全發揮，我還一頭霧水，不明白發生了什麼事，只見柯萊特跳到羅克珊身旁，低聲催促道：「快！趁服務員沒在看這邊，趕緊動手！」羅克珊迅速地打開疑似 SM 用的黑皮背包，拿出一個裝滿巧克力可頌麵包的紙袋。下一秒簡直讓卡爾頓和尼克笑到肚子抽筋，更讓隔壁桌兩位規規矩矩的情侶目瞪口呆：只見柯萊特主僕二人七手八腳地把碟子上的麵包全部調換為紙袋裡的麵包。兩人完工後，柯萊特若無其事地說：「好了，可以吃了。」

我咬了一口麵包，簡直棒呆了。蓬鬆、濃郁奶油香、苦中帶甜的巧克力，堪稱傑作。柯萊特解釋：「這些麵包，可是我特別請 Gérard Mulot 做的。他家的甜點是我的最愛，可惜那裡沒有座位。而我吃巧克力麵包絕對不能沒有一杯好茶。問題是我喜歡的咖啡廳沒有合格的麵包，但又禁止攜帶外食。所以只好找些變通的方法囉。雖然麻煩了點，但很值得，我們現在正在世上最棒的公園，吃最美味的麵包，喝最純正的早茶，多完美呀！」

卡爾頓搖搖頭道：「柯萊特，真是太瘋狂了！」說完，啃了兩大口巧克力麵包。

下午，大家休息夠了，又去參加 L'Eclaireur 的私人購物派對，我們和史蒂芬妮母女一起去克雷默藝廊參觀，因為尼克認識那裡的古董商。他戲稱這間藝廊是「億萬富翁的宜家家居」，我親眼所見後，才明白這不是開玩笑。它坐落於蒙梭公園旁的宏偉宮殿中，裡面展示的傢俱和裝飾全都是博物館水準，說它們的前任主人是國王或皇后也絕對沒有人會懷疑。高高瘦瘦的史太太在精彩的時裝秀前都不為所動，到了這裡，卻瞬間變得像重度電視購物上癮者一樣，幾乎買下所有物品。尼克則在一旁和克雷默先生聊天。不久後克雷默先生拿出一本年代久遠的帳簿，出乎尼克的意料，上面竟然有他的曾祖父在二十世紀初的購買記錄，

六月二十一日　星期五

猜猜誰來巴黎了？里奇．楊！他當然不甘心落在卡爾頓之後，他本來也想住在香格里拉，可是頂級套房被我們這群人全包了，只好退而求其次，勉強住在文華頂樓的總統套房。他今天一早來香格里拉，幫邴太太帶了Hédiard的昂貴鮮果禮盒。卡爾頓見狀，順便表示自己買了輛復古跑車，要到巴黎外的某處去和車主見面。我本來說要跟他去，但他找了一些藉口後就自己離開了。我不確定自己相不相信那些藉口，但他就這樣離開未免太奇怪了，怎麼他的情敵一來，他反而溜了？

晚上，里奇執意邀請大家去「巴黎最最最高級、預約座位都能鬧出人命」的餐廳吃飯。該怎樣形容這家餐廳呢？我不太明白，好好的餐廳為什麼要弄成公司會議室的風格？里奇為我們準備了主廚推薦的菜單，菜單的名字叫「十六步內的歡樂與慌張」，聽起來真是倒胃口，但實際上桌的菜餚卻豐盛且別出心裁，尤其是那道洋薊白松露湯和糖蒜沙巴雍竹蟶。在座的媽媽們顯然被眼前這些鮮活的食材嚇得不輕，特別是柯萊特的祖母——老太太沒見過蒸汽活海鮮，更別說那五顏六色的泡沫和千奇百怪的蔬菜了，她戰戰兢兢地問女兒：「這些外國人是不是欺負我們是中國人？怎麼故意給我們蔬菜碎屑？」邴太太回答道：「沒有，妳看隔壁的法國人，吃的也和我們一樣！這家飯店肯定道地。」

晚餐過後，媽媽們都回酒店休息了。「穿著花服的魔笛手」里奇慫恿大家去大衛．林奇開的巴黎最高檔的夜店，他吹噓自己是那裡的元老級會員，創立的第一天就加入了。我和尼克乞求「請假」，享受塞納河畔的漫步時光。回到酒店，我們在走廊上遇到邴太太，她正在房門前和一名女傭竊竊私語。

發現我們後，邴太太興奮地說：「瑞秋！瑞秋！看那女傭小妹給了我什麼好東西！」她手中是一個白色塑膠袋，裡面裝滿了寶格麗的沐浴露、洗髮精和護髮乳，「妳們要嗎？她還可以弄到很多！」

我和尼克趕緊婉拒，藉口說我們都用自己的衛浴用品。邴太太一聽更興奮了，「那可以都給我嗎？還有浴帽！」

我們把衛浴用品全送到邴太太那裡。她就像吸毒者見到了免費的頂級海洛因，懊惱道：「唉呀！早知道早點跟你們要，都一個禮拜了……你們先別走！」邴太太進去，出來時提著五瓶礦泉水，「拿去喝吧，我和我媽都是自己燒水喝，這樣就不用付這錢了！」

尼克試著維持正常的表情，這時柯萊特奶奶現身了：「萊娣，妳怎麼不請客人進來坐坐？」

我們進房後，發現潘娣阿姨、史太太以及文太太都在裡面。媽媽團正圍坐在餐廳的攜帶式火爐旁嘰嘰喳喳地閒聊，桌邊還有一口超大的路易．威登（Louis Vuitton）行李箱，裡面塞滿了各種口味的袋裝泡麵……

潘娣阿姨夾了一團麵條，問我們：「你們要什麼口味的？豬肉蝦仁怎麼樣？」

邴太太鬼鬼祟祟地提醒道：「我們每晚都在這邊煮火鍋，自己煮的拉麵比那些五星級的法國菜好多了，千萬別告訴柯萊特。」

文太太也說道：「哎呀！天天吃起司，搞得我都便秘了！」

我問她們為什麼不去樓下的米其林中餐廳香宮（Shang Palace）吃晚餐，剛買了一個四百二十萬歐元的復古時鐘的史太太說：「吃完那恐怖的法國菜後我們就去過了。那裡一碗炒飯就要二十五歐，太坑人了！」

六月二十二日　星期六

天還沒亮，柯萊特就來敲我們的房門，劈頭就問我們有沒有看到卡爾頓，有沒有接到他的電話。顯然卡爾頓昨晚一夜未歸，還不接電話。柯萊特看上去心急如焚，尼克卻覺得不必擔心。「放心吧，他會出現的，有時候買車就是會花點時間。我猜他應該正在和賣家交涉吧。」

這時，里奇邀請大家傍晚到他的總統套房，說是打算在包下的文華屋頂舉辦一場日落雞尾酒派對，他說是：「為柯萊特辦場小派對。」

旅途進入尾聲，大家只想放鬆。午餐後，女孩們一起去做 SPA；我和尼克則在蒙梭公園的草地上小睡片刻。

傍晚，我們抵達文華酒店，卻被守在 VIP 電梯口的保全擋下，顯然我們的名字沒在受邀名單上。我們打給柯萊特求救後，才得以進入。搭電梯到屋頂的天台後，我們發現這哪裡是什麼小派對啊!?屋頂上站滿了衣著光鮮的男男女女，現場弄得像是高科技產品發表會，環繞四周的護欄邊上，豎立著高聳灌木，在燈光的照耀下熠熠生輝。一邊是華麗的舞臺，另一邊是用餐區，數十名五星級大廚正在大顯神威。

我瞬間覺得我穿的藍色連身裙和休閒涼鞋格格不入，覺得像沒穿一樣，尤其是今晚的女主角柯萊特盛裝登場時——她脖子上是邴太太昨天剛買的黃鑽項鍊，一席讓人挪不開視線的黑色史蒂芬·羅蘭（Stéphane Rolland）仿舊露肩長裙，裙襬上的皺褶看起來就像已經穿著它走過了千里之遠。邴太太今晚化了濃妝，有些認不出來，她的頭髮梳成高聳的蜂窩頭，一席低胸紅色艾莉·薩博禮服搭配了一條引人注目的藍寶石項鍊。

然而最讓我吃驚的是——卡爾頓出現了。他依舊維持平日的風采，但絕口不提過去二十四小時去哪了。賓客中似乎有許多卡爾頓在上海、杜拜及倫敦的朋友，我瞬間被捲入到介紹的狂潮之中，並先後認識了尚恩和安東尼兄弟（當晚的DJ）、卡爾頓在斯托的同學阿拉伯王子，還有幾位忍不住向我埋怨美國移民政策的法國伯爵夫人……接著數名當紅中國歌星登臺，搞得全場更加瘋狂，我終於明白了——這根本不是普通的朋友聚會嘛！

文華酒店

◆法國，巴黎

尼克走上屋頂的天臺，想遠離吵雜的人群圖個清淨。他不太喜歡這種所有人瘋狂尖叫的派對，尤其像這樣身邊的人都是些整天搭乘私人飛機到處飛的超級富豪，簡直就像是各種自負、較量的秀場。

忽然，他身後那排精心修剪的義大利翠柏盆栽窸窸窣窣地抖動，接著是男人歡愉的喘息聲：「寶貝……寶貝……噢！」尼克小心地轉身準備撤退，但還是晚了一步。只見里奇從盆栽後現身，一邊把襯衫紮進褲子，他的女伴則偷偷摸摸地往另個方向溜走了。

「噢，是你啊，」里奇一點都不害臊地打招呼，「玩得開心嗎？」

「這裡的夜景真是棒極了。」尼克客套道。

「不是嗎？要是那些愚蠢的巴黎人願意蓋些摩天大樓，景色肯定美到難以置信，到時絕對能大賺一筆。嘿，你就當作沒有遇到我，可以嗎？」

「當然。」

「也沒有看到那個女孩，嗯？」

「什麼女孩？」

里奇滿意地一笑：「哈哈！你是我好友清單裡的A咖了！對了，剛剛在電梯口真是不好意思，但我能理解我的那些保鑣，無意冒犯，但你這身打扮確實不像是要參加派對。」

「該道歉的是我才對。我們在公園裡睡了一下午，瑞秋原本是打算回酒店換身正式服裝的，但我以為今晚只是幾個朋友的小聚會。要是我知道你會穿這身酒紅色西裝，我們一定會穿得像樣一點。」

「瑞秋看起來很棒，女孩穿什麼都很時尚，但我們男人就比較費力了，不是嗎？其實你也用不著盛裝，搭配個『億萬富翁手環』就可以了。」

「那是什麼？」

里奇指了指尼克的手錶：「你現在戴的是百達翡麗最新款。」

「新款？其實這是我爺爺的。[100]」

「保存得很好，但你應該清楚，百達翡麗這幾年已淪為中產階級的配件了。看看我的最新款理查．米爾陀飛輪，這才能夠彰顯億萬富翁的身分。」里奇把手腕舉到尼克眼前，「我是理查．米爾陀的VIC，也就是重要客戶（Very Important Client）。所以這款手錶在巴塞爾鐘錶展上一登場我就能直接入手；而官方正式發售要等到十月。」

100　極其珍稀的百達翡麗18K金錶，垂直定位，Ref.130分區式錶盤，一九二八年純手工製造。尼克二十一歲生日時，他爺爺送的禮物。

「一看外形就知道不簡單。」

「不只是外形獨特，內部的精密內核就多達七十七組，全部由鈦矽化合物製造而成，在微型離心機上達到分子層面的高速運轉。」

「哇。」

「只要戴上它，即便是穿T恤和破洞牛仔褲，也能在國際頂尖的俱樂部和餐廳暢行無阻。只要是高級場所的警衛和服務生，腦袋上都裝有『理查探測器』，一哩之外就能探測到，他們很清楚這玩意的價值超過一輛遊艇。嘿嘿，『億萬富翁手環』就是這意思！」

「這錶要怎麼看時間？」

「你仔細看，是不是有兩組邊緣有綠色星星的錶盤？」

尼克瞇著眼睛說：「嗯……」

「這些星星會和錶盤上的齒輪彙集……看，這就是分針和時針。這些齒輪的零件是未分類的實驗金屬，將是下個世代軍事無人機的指定素材。」

「真的假的？」尼克假裝很驚訝。

「沒錯，這款錶的耐受力可高達一萬Gs，就算戴著它搭火箭穿透大氣層後掉到外太空，它照樣能走！」

「但人都死了……」

「哈哈，幽默！但只要知道自己的錶會存活下來，就值得擁有一只了，不是嗎？來，讓你體驗一下戴它的感覺！」

「不用啦，這怎麼好意思。」

突然一陣手機鈴聲轉移了里奇的注意力，「哇！猜誰來了？莫梅特．薩班哲！那傢伙的家族擁有整個希臘。」

「其實是土耳其。」尼克反射性地糾正。

「噢，你知道他？」

「他是我最好的朋友之一。」

里奇看起來頗為驚訝，問：「他？你怎麼會認識他？」

「在斯托時認識的。」

「滑雪？」

「不是佛蒙特州的斯托鎮，是英國的斯托中學。」

「噢，我是哈佛商學院的。」

「嗯，你說過好多次了。」

這時，電梯門打開，莫梅特走進會場。里奇的視線立刻就被他的女伴吸引，興奮地喊：「哇，他帶來的正妹是誰？」

尼克也驚訝不已地看著她：「天哪……難以置信。」

主會場上，卡爾頓和劍橋老友哈利．溫特沃斯－戴維斯遠離人群，倚靠在欄杆上欣賞夜景。

「我建議你試試這裡的鵝肝醬甜甜圈，比古柯鹼還帶勁！還有，那廚師就是整天上電視的那個嗎？真沒想到我有生之年竟能讓這種廚藝界的超級大咖一對一服務！」

「這就是里奇的交友手段了。貴到讓人不忍下嚥的美食，還有奢靡至極的所謂朋友小聚。但許多人就吃這套。」卡爾頓話裡帶著毫不掩飾的輕蔑。

「正點——沒有多少人能抵擋得住羅曼尼．康帝的誘惑！」哈利說，將高腳杯裡的紅酒一飲而盡。

「我可不吃這套，但我還是得幫他們處理些庫存，不然浪費了多可惜。」卡爾頓自嘲道。

哈利提醒：「你是打算不醉不歸了？待會才是重頭戲呢，你最好保持清醒。」

「你說得對，現在最好是別再喝了。」卡爾頓故意這麼說，脖子一仰，又吞下一杯紅酒。他看了眼會場，果然放眼望去都是里奇的酒肉朋友。不知道柯萊特有沒有起疑心。他後悔來這裡了，眼前這些裝模作樣的男女，只會讓自己血壓升高。四小時前他還在安特衛普，原打算再到布魯塞爾，接著搭下一班飛機飛回上海。其實他最想回的是英國，但老秦特別交代這幾年最好不要再踏入那裡。想到這裡，卡爾頓就恨不得賞自己一巴掌，自作孽不可活，搞得連唯一能暢快呼吸的地方都去不了。

「柯萊特可真是女神。」哈利緊盯著柯萊特，她正跟瑞秋在香檳塔旁拍照。

「你才知道。」卡爾頓說。

「和她一起拍照的那個女孩跟你長得好像。」

「那是我姐。」卡爾頓冷冷地回答道。不得不承認，瑞秋就是他逼自己回來的理由。他此刻真的有點氣這位姐姐，但同時他又覺得自己有責任保護她。他不能把瑞秋一個人扔在巴黎這個地方。其實在和瑞秋見面之前，他痛恨這個不知道哪裡冒出來的人，莫名其妙地把他家搞得雞犬不寧。但兩人相面後，他發現瑞秋和他想像地完全不一樣，就連尼克也和自己合得來。是因為尼克是斯托校友的原因嗎？還是因為他和在場包括自己在內的所有「寄生蟲」都不同，不屑於和里奇一爭高下？

哈利打斷了卡爾頓的思緒：「你什麼時候冒出個姐姐？我怎麼不知道？」

「我也是剛知道不久，她比我大了好幾歲。」

「你們簡直就是雙胞胎嘛！你們中國的女孩都這樣，年齡永遠不會寫在臉上。」

「不盡然，通常都會有個臨界點，搞不好今天看起來像是二十歲，過了一晚就變成兩百歲高齡了。」

「沒關係啦，要是她們都像柯萊特和你姐那樣正點，我來者不拒！告訴我，你和柯萊特這段時間到底在搞什麼名堂？怎麼分分合合的？我真是跟不上你們的節奏。」

「我自己也搞不清楚。」卡爾頓疲倦地回應。說真的，他已經厭倦這種曖昧遊戲了。在過去的一周裡，每光顧一家珠寶店，柯萊特就會有意無意地暗示些什麼。卡爾頓心裡知道，因為週二他拒絕和柯萊特一起去夢寶星（Mouboussin），所以她就採用了里奇這個備案，把里奇叫來巴黎。她有時就是這麼幼稚，她真以為叫里奇用他老爸那點臭錢幫她辦場派對，就能讓自己羨慕嫉妒恨了？

哈利戳了戳老友的手臂：「嘿！你認識那個女人嗎？九點鐘方向，穿白色裙子的。」

「哈利，有天你會知道，不是全亞洲人都認識彼此。」

「你往那邊看看，就知道我為何這麼興奮了──天哪！我這輩子還沒如此一見鍾情過！」

「心動不如行動，跟我來。」卡爾頓下定決心，柯萊特想玩這個遊戲，那麼他樂意奉陪到底。他整理一下外套領口，從路過的服務生那裡抓了兩杯紅酒，自信滿滿地走向白衣女子。他正準備搭訕對方，尼克卻搶在他前面；接下來這一幕，讓他嚇得差點拿不穩杯子──尼克竟熱情地擁抱對方！

「艾絲翠！妳怎麼在這裡？」尼克興奮地問。

「尼基！」艾絲翠驚訝地尖叫，「我還想問你呢！你不是跟瑞秋在中國度蜜月嗎？」

「是呀，但我們臨時決定陪瑞秋的弟弟，還有一些新朋友來巴黎逛逛。噢，說曹操，曹操到。妳後面這位就是瑞秋的弟弟卡爾頓。卡爾頓，這是我在新加坡的表姐，艾絲翠。」

「你好。」艾絲翠向嚇到癡呆的卡爾頓伸出手。*這絕世美女是尼克的表姐？*

「還有這位是我的死黨，莫梅特。」尼克介紹完，還不忘調侃道，「你這個傢伙，使了什麼手段把我表姐拐到巴黎？」

莫梅特用力地拍了尼克的肩膀，「我哪有那個能耐啊？就是巧合，巧合！我是來巴黎辦正事的，恰巧在伏爾泰酒店遇到你表姐。我當時正在和客戶吃午餐，就看到夏洛特．甘斯柏和艾絲翠走進來！我當然應該要上前去打聲招呼，讓我的客戶嫉妒一下才對。接著艾絲翠邀我一起吃晚餐，正好我晚上要來這，就把她帶來了。」

瑞秋和柯萊特也加入他們，「艾絲翠！莫梅特！我的天，你們是從哪裡冒出來的？」瑞秋又驚又喜，上前抱住兩人。

柯萊特被介紹給眾人認識，她的一雙眼睛完全沒從艾絲翠身上離開過。所以這位就是瑞秋說的高級訂製服表姐。若她沒看錯，對方腳上那雙性感的金色涼鞋產自卡布里島，是達・科斯坦諾純手工製作的；手上的復古白漆皮手拿包是安德列・庫雷熱；那伊特魯里亞風格的金色獅頭手鐲是拉洛尼斯的；唯獨那身略帶皺褶的純白色禮服，柯萊特認不出品牌。天哪，只能用完美形容。輕薄的布料將身形襯托得恰到好處，緊身的程度能讓男人想入非非，卻又能免於庸俗。衣領處的皺褶隱隱凸顯了鎖骨的魅惑。她必須知道是誰設計的！

「您好，我是時尚部落客，請問方便讓我拍張照嗎？」柯萊特問道。

尼克笑道：「柯萊特這是在謙虛呢！她是中國**最有名的**時尚部落客。」

「啊！當然……」艾絲翠驚訝地說。

「羅克珊！」柯萊特高聲呼喚，助理羅克珊應聲出現，「啪啪啪」就幫兩人拍了幾張合照；接著拿出紙筆，準備替柯萊特做筆記。

「我還得附些文字說明。鞋子和包包就不用問了，還有這手鐲是拉洛尼斯的……」

「不是的。」艾絲翠打斷道。

「哎？那是？」

「是伊特魯里亞人設計的。」

「這我知道，但我問的是具體的設計師？」

「這我不知道，這是西元前六百五十年製作的。」

柯萊特驚訝地盯著這博物館文物隨性地掛在艾絲翠的手腕上。接著她問了關鍵的問題：「好吧，接下來才是重點。妳這件裙子，是哪位天才設計的？是喬瑟普．方特，對不對？」

「這衣服？這是我今天在Zara買的。」

羅克珊這輩子都忘不了柯萊特此時此刻的表情。

數小時後，瑞秋和尼克陪同艾絲翠和莫梅特到藍色先生餐廳吃飯。這是一家位於東京宮後方的法式小餐館。瑞秋吃了口乾煎比目魚，環顧一圈四周的環境，神祕的光線照得大理石座位以及牆上的青銅浮雕閃閃發光。「艾絲翠，謝謝妳。我們來巴黎的這個星期不是五星級，就是米其林，這頓宵夜是我最喜歡的一餐。」

莫梅特附和道：「可不是嘛！這間餐廳就厲害在既親民又奢華，同時還很內斂。雖說食物比不上大餐廳，但到這裡吃飯的顧客，就是為了感受這特別的氣氛的。」

艾絲翠微笑著說：「很高興你們喜歡。我之所以選這裡，純粹是想看看這家餐廳的裝潢，聽說這裡是約瑟夫．戴蘭德親自設計的。老實說，我和麥可決定請這位大師幫我們設計新房子，這也是我來巴黎的目的。」

「真期待成果。」莫梅特說。

尼克吃驚：「你們不是去年才剛搬進新家嗎？怎麼又要搬？」

「是呀，要怪就怪麥可今年賺得太多了。我們差一點點就能買下克盧尼公園路上的古老房子，可惜最後還是錯過了。所以我們決定要在我在武吉知馬路的那塊地蓋棟新房子。」

尼克看了桌子一圈後笑道：「我還是不敢相信我們四人竟然在這一起吃飯，世界真是太小了。」

莫梅特表示：「這就是緣分！我本來不願意參加這種沒營養的派對的，但想到我爸最近在和楊家談生意，覺得還是有必要露露臉，就硬著頭皮來了。」

「事實證明，我這趟真是不虛此行。」艾絲翠興奮道，「真神奇呀，先是偶遇莫梅特，現在又是你們，瑞秋，真可惜妳弟弟和他女朋友不能一起來。」

「卡爾頓應該是想跟著我們開溜的，但他必須留下來陪柯萊特。至於柯萊特，她就更不能中途離場了，畢竟這派對是為她準備的。」

「這女孩真是……有個性，我還是第一次遇到對我的穿著這麼追根究底的人呢。我好怕她下一句就要問我的內衣牌子。」

瑞秋笑噴，調侃道：「要不是妳說衣服是在 Zara 買的把她嚇壞了，她可能真的問得出口。」

「店裡買了件衣服而已，我真不懂為何大家要這麼驚訝，我有些衣服還是在二手店、路邊攤買的呢。」

尼克笑道：「沒辦法，柯萊特和她的朋友們這輩子應該都沒碰過普通衣服。說實話，和她們相處的這段日子，我真是大開眼界。」

「從踏上巴黎的那一刻起，這群年輕人就買東西買到停不下來。剛開始的兩天還覺得很棒，但之後就越來越難熬了。」瑞秋解釋，「柯萊特很熱情，很照顧我們，我不想抱怨，但我會來只是因為想跟弟弟多相處一些。」

艾絲翠湊到瑞秋身旁，好奇問道：「怎麼樣？和妳的新家人相處得融洽嗎？」

「老實說很失望。我到中國後，只和爸爸見過一次面。」

「一次？」

「我們不知道到底發生了什麼事，但我們覺得應該跟我爸的老婆有關。我們到中國那麼多天，一次都沒見到她，很奇怪吧？」

「或許你們應該暫時離開中國，來新加坡幾天。」艾絲翠建議。

尼克不禁皺眉，陪瑞秋來中國見家人已經困難重重了，他真不敢想像在新加坡還有怎樣的地雷等著他，且他和瑞秋要住哪？

艾絲翠似乎看穿了尼克的煩惱，說道：「你們可以住我家，卡西恩看到你一定會很高興，相信很多人都是。」

尼克沉默，瑞秋不知道該說什麼。莫梅特試圖打破這尷尬的氣氛：「或許你們可以跟我回伊斯坦堡。」

「噢！我超想去土耳其的！」瑞秋心動地說。

「坐我的飛機，從巴黎到那邊只要三小時，且今年夏天天氣非常棒。」莫梅特繼續，「艾絲翠，妳也一起來玩幾天吧。」

愉快的宵夜結束，四人悠閒地沿著東京宮的石階，漫步在威爾遜總統大道上。瑞秋拿出手機，螢幕上跳出一串柯萊特的訊息：

10:26p.m.-Sat

瑞秋，卡爾頓有沒有跟你們去吃宵夜？

10:57p.m.-Sat

瑞秋，要是卡爾頓有和妳連絡，馬上通知我！

11:19p.m.-Sat

沒事了……找到他了。

11:47p.m.-Sat

拜託馬上打給我！

12:28a.m.-Sun

緊急!!馬上打給我!!

瑞秋讀完最後一條訊息，立刻打給柯萊特。

「喂？」柯萊特聽起來很疲憊。

「柯萊特？我是瑞秋，我剛看到訊息……」

「瑞秋！我的天！妳在哪？」

「柯萊特，妳先別急，發生什麼事了？」聽到柯萊特歇斯底里的聲音，瑞秋感到不對勁。

「卡爾頓他……瑞秋，妳一定要幫我！」

香格里拉

◆法國，巴黎

「瑞秋，妳終於回來了！」柯萊特激動地把瑞秋一行四人請進超大房間。瑞秋安慰地把柯萊特摟進懷裡，她立刻忍不住啜泣。

「柯萊特，到底怎麼了？卡爾頓還好嗎？」瑞秋輕聲問道，扶著心碎的女孩走到最近的沙發坐下。

「怎麼就妳一個，其他人呢？」尼克從進門起就覺得不對勁，柯萊特身邊竟沒有好友、傭人相陪，這可不尋常。

「我說我累了，請他們各自回房間休息去了……不能讓他們知道出了什麼事！」

「那到底是出了什麼事？」瑞秋有些心急了。

柯萊特強作堅強道：「糟透了！真的是糟透了！就在你們離開後不久，工作人員忽然搬了台三角鋼琴到舞臺上，然後約翰．梅傑上臺，說是要為我演奏一曲，叫我站在他身邊……」

「前英國首相為妳演奏？」尼克打岔，一臉茫然。

「抱歉，是約翰．傳奇。」

「嚇死我了。」莫梅特對著艾絲翠苦笑。

「然後，約翰就開始彈唱〈*All of Me*〉了，」柯萊特的聲音又開始顫抖，「歌曲結束後，里奇突然上臺，單膝下跪向我求婚。」

瑞秋和尼克倒抽一口氣。

「他在大庭廣眾之下，殺得我措手不及！我媽和史蒂芬妮她們顯然都被他收買了！派對上那麼多中國的熟面孔，我早該看出端倪的！我真的太傻眼了，在場那麼多公眾人物，我能怎麼回答？戈登·拉姆齊就站在松露薯條攤位那邊等著我的答覆，我要是拒絕他會怎麼想？」

「妳到底是怎麼回答的？」瑞秋催促道。

「我就試著開玩笑說：『別鬧了里奇，你以為我會上當？』然後他就說：『妳以為這是玩笑嗎？』說完，就從口袋裡掏出了一個絲絨小盒子遞到我面前，裡面是一只Repossi三十二克拉藍寶石鑽戒。我心想，他真以為我會戴Repossi的戒指嗎？根本一點都不瞭解我，且我又不愛他。所以我就說：『我很開心，但你至少給我些時間考慮考慮……』他卻堅持說：『時間？我們都已經交往三年了，』我反駁：『別鬧了，我們並沒有交往。』誰知那傢伙瞬間翻臉咆哮道：『妳到底什麼意思!?整整耍了我三年，我不想等了！我也不想再玩妳那套遊戲！妳知道我為今晚花了多少錢嗎？妳以為約翰·傳奇是想請就能請得動的嘛!?』他話還沒說完，卡爾頓就衝到台前大罵：『渾蛋！你耳朵聾了？**她不想嫁給你！**』我都還沒反應過來，里奇就氣得跳下舞臺，狠狠揍了卡爾頓一拳……」

瑞秋驚呼道：「天啊！卡爾頓還好嗎？」

「卡爾頓還好，只是有點破皮，但馬雷歐．巴塔利就……」

「名廚馬雷歐？他怎麼了？」艾絲翠問。

「兩個失去理智的男人在地上扭打，我的保鑣前去勸架，混亂中不知道是誰撞翻了馬雷歐的廚台——他當時正在炸海鮮，整鍋的橄欖油灑到火上，下一秒他的馬尾就燒起來了。」

「哦不！馬雷歐太可憐了！」艾絲翠嚇得掩面哀號。

「幸好史夫人那時剛好在馬雷歐旁邊，她抓了一罐蘇打粉往他頭上倒，真是救了他的命。」

「沒事就好……」艾絲翠鬆了口氣。

「然後呢？」尼克焦急地說。

「事情發展到這個地步，派對當然是提前結束了。我把卡爾頓拉回酒店，正要幫他處理傷口時，卻跟他大吵一架，天呀，我們第一次吵得這麼兇。我知道他喝醉了，但他開始說些難聽的話，他罵我利用他玩弄里奇，還說我是這一切的罪魁禍首，然後就頭也不回地摔門離開了。」

瑞秋心裡認為卡爾頓的說法不完全是錯的，但她還是勸慰道：「沒事的，讓他冷靜一下，明天早上一切都會恢復正常的。」

「等不到明天早上了！卡爾頓走後，我接到赫尼．蔡的電話……赫尼是八卦專欄的寫手，雖然她人在上海，但第一時間就聽說了這場鬧劇。她告訴我一件更糟糕的事，幾個月前里奇說要跟卡爾頓單挑直線加速賽，時間就是今晚！」

「直線加速賽？妳在開玩笑吧？」瑞秋說。

「我看起來像是在開玩笑嗎？」

「他們是還沒長大嗎？」「直線加速」這幾個字對她來說很幼稚，讓她聯想到《養子不教誰之過》裡的叛逆青年。

「妳不懂！這可不是小孩子的胡鬧。他們會開超跑在市中心全速狂奔，一路逃避警察的追捕。一不小心就會鬧出人命的！赫尼．蔡還說，圈子裡的人都在替這場比賽下注，卡爾頓和里奇就各自幫自己下了一千萬。所以今晚的派對才會有這麼多里奇的朋友，那些人都很熱衷賽車！」

尼克插嘴：「我在報紙上讀過一篇文章，上面說中國的富家子弟熱衷於在多倫多、香港、雪梨等城市舉辦非法賽事。這種比賽會導致城市交通癱瘓，沿途造成的公共損失更是不計其數。難怪卡爾頓那天要一圈又一圈地測試那輛布加迪，原來是在熱身！」

柯萊特懊悔地點頭：「我真的錯了。我一直以為他買那輛車是要搞副業，沒想到是為了這個。還有他這幾天非常情緒化：失蹤、酗酒、打架……都是為了那該死的比賽！我真是白癡，我早該看出來的。」

「別自責，我們不也都被蒙在鼓裡嗎？」瑞秋安慰道。

柯萊特心虛地環顧四周，不知該不該繼續往下說，「你們知道，這不是卡爾頓跟里奇第一次比賽了。之前在倫敦也發生過……」

「卡爾頓那次出了車禍，對不對？」尼克問道。

柯萊特點頭，「那天的比賽地點是斯隆大街，卡爾頓的車子……」她的聲音顫抖，「他的車子突然失控，整個撞進了某家店。」

「等等，我好像看過這篇報導。他開的是法拉利，撞進一家周仰傑精品店，對不對？」艾絲翠突然說道。

「對！但媒體掩蓋了部分事實。法拉利上除了卡爾頓，還有另外兩個女生，其中的英國女生下半輩子都必須依靠輪椅，而中國女生……當場就死了。這是一樁很可怕的悲劇，但消息都被鮑家壓了下去，所以知道的人不多。」

瑞秋臉色慘白，問道：「妳怎麼知道的？卡爾頓告訴妳的？」

「我就在現場。我當時就坐在里奇的藍寶堅尼裡。過世的那位女孩是我在 LSE 的同學……」說到這裡，柯萊特終於忍不住哭了出來。

所有人都震驚地看著她。

尼克喃喃地說道：「原來是這樣。」他想到埃利諾之前說的關於車禍的事情。

柯萊特繼續說：「出事以後，卡爾頓就徹底變了。我知道他根本就沒有走出陰影。他痛恨自己、痛恨里奇。我懷疑他想藉由今晚的比賽來獲得自我救贖，但我們絕不能再讓他坐上任何一台車了！無論是身體還是心理，他都還沒有痊癒。他現在完全不接我的電話，瑞秋，只有妳可能勸得動卡爾頓！」

情況如此沉重又緊急，瑞秋立刻拿出手機打給卡爾頓，「不行，直接轉到語音信箱了。」

柯萊特失望地說：「我以為他看到妳的號碼就會接……」

「我們直接去找他。比賽地點在哪裡？」尼克問。

「問題就出在這裡——我不知道。所有人都不知去向，羅克珊跟我的保鑣們已經去找了，但至今沒有任何消息。」

艾絲翠忽然問道：「卡爾頓的手機號碼是多少？」

「86-135-8580-9999，怎麼了？」

艾絲翠沒有回答，只是拿出手機打給查理．胡的私人專線，「嘿！是我，我很好，別擔心。希望你不會介意，我需要請你幫個忙，那位駭客還有替你工作嗎？」她停頓一下，壓低聲音說：「就是兩年前只透過手機號碼就查到那個人位置的駭客，太好了，能幫我查這支手機的位置嗎？不，我沒事，我好得很。是要幫一位朋友查，之後再告訴你詳情。」

幾分鐘後，艾絲翠的手機收到新訊息，「找到了！卡爾頓在馬拉科夫大道上的某個停車場，就在馬約門旁邊。」

巴黎，凌晨兩點四十五分

瑞秋、尼克和柯萊特三人靜靜地坐在Range Rover之中，疾馳的車速讓他們緊緊貼在椅背上。車廂內充滿令人窒息的沉默，瑞秋雙眼無神地望著窗外十六區的寂靜街景，巴黎特有的昏黃街燈，讓高雅的路邊建築多了一分憂傷。瑞秋正苦惱要如何才能勸住意氣用事的弟弟，但前提是他們得趕得上。

突然，車子嘎吱一聲停在馬拉科夫大道上。司機指了指前方的停車場，那裡顯然在舉行某項活動。親眼看到這場密謀了幾個月的比賽，瑞秋才意識到自己把事情想得太簡單了。透過半開的車庫門，瑞秋隱約能看到一群技師正圍著一台布加迪．威龍超跑[101]左右忙碌，陣仗簡直像是一級方程式的總決賽。在車庫外的人群中，瑞秋認出了好幾張熟面孔，她小聲地對柯萊特說：「沒想到這非法比賽的規模這麼大！」

「妳已經見識到了那幾個女人的花錢方法，現在換男人的了。」尼克小心地說。

柯萊特激動地指著前方：「快看那邊！卡爾頓在那！他旁邊是哈利．溫特沃斯－戴維斯？天哪，我早該知道的，那個傢伙現身肯定沒好事！」

瑞秋深吸一口氣，「我自己過去和他談吧，要是他看到我們一起，反應可能會太大。」

柯萊特焦慮地點頭：「好，好，我們在車上等妳。」

瑞秋下車，小心翼翼地靠近車庫。但卡爾頓在第一時間就注意到他們了，他厭惡地翻了個白眼，蹣跚地走到路中間擋在瑞秋前面，質問道：「你們怎麼會知道我在這裡？快回去，這不是你們該來的地方！」

「你別管我們怎麼知道的。」瑞秋看著弟弟，關心地看著他。他左眼和下巴的瘀青還沒消，下嘴唇有一道傷口，且天知道賽車服下是不是傷痕累累，「卡爾頓，別拿性命開玩笑。你明明知道你現在完全不在狀態內。」

「我很清醒，知道自己在做什麼。」

101 布加迪．威龍被稱為「世界上最快的公路合法交通工具」，最高時速可達267.856mph。兩百七十萬美元，把它開進你家的車庫！

清醒個鬼！瑞秋知道無法和喝醉的人講道理，就換了種方式：「卡爾頓，我聽說派對上發生的事了，我能理解你的憤怒。」

「我不認為妳能理解。」

瑞秋抓住弟弟的手臂：「你想想，里奇已經無法和你爭了，他已經徹底輸給你了。你沒看見柯萊特在派對上狠狠羞辱他了嗎？你還沒發現柯萊特有多愛你嗎？成熟點，別再繼續這場愚蠢的比賽了。」

卡爾頓完全不吃這一套，粗魯地甩開瑞秋的手，他說：「別在這裡裝什麼好姐姐，快點離開吧。」

瑞秋毫不退縮，直視著弟弟的眼睛，「卡爾頓，我聽說倫敦發生的事了，柯萊特全跟我說了，我能理解你此刻的感受。」

卡爾頓的眼神有些慌亂，但立刻就露出怒意：「妳到中國才半個月，就對我們所有人瞭若指掌了？聽著，妳什麼都不懂。妳根本就不瞭解我，更不瞭解我的感受，妳不知道妳給我、還有我家添了多大的麻煩！」

「你這是什麼意思？」瑞秋驚訝地問。

「妳知道妳這次來中國，讓我爸壓力多大嗎？妳沒感覺到他一直在躲妳嗎？妳還不知道為什麼你們住在酒店？告訴妳吧——因為我媽說了，她寧願去死也不讓妳踏入我們家門半步。妳知不知道我這段時間陪你們，只是在故意和她作對罷了？妳就不能放過我們，別多管閒事了行不行？」

卡爾頓的話就如一把尖刀刺在瑞秋的心上。她覺得一陣暈眩，往後踉蹌了幾步。柯萊特發瘋似地衝出車廂，用腳上的沃爾特．斯泰格獨角獸高跟鞋（Walter Steiger Unicorn）猛踹卡爾頓，破口大罵道：「你怎麼能這樣對自己的姐姐說話！是呀，你根本就不覺得有人關心你是多幸運的事。我們都欠你的，你是唯一的受害者，滿意了吧？我知道你一直沒辦法放下倫敦發生的事情，但那不是你的錯！你可以怪里奇，甚至可以怪我！贏了今晚的比賽，也無法讓時光倒流、死者復活，更不能幫你走出陰影！是，我沒資格管你。你和里奇自便吧，你們就算撞上凱旋門也不關我的事！」

卡爾頓僵硬地站著，過一下才回過神來，他沒有看向任何人：「去你的！去你們的！」吼完就頭也不回地走向車庫去了。

柯萊特眼神裡滿是絕望，她強忍著淚水走回 SUV。大家都沒料到，卡爾頓突然一屁股坐在路邊，發狂似地抓著自己的頭髮，彷彿腦袋快要爆炸一樣。瑞秋連忙走上前，此刻的卡爾頓就像是個不知所措的孩子。瑞秋在他身邊坐下，輕拍著他的背：「卡爾頓，我很抱歉，沒想到我的出現，會給你家帶來這樣大的傷害。我只是想見見你，還有多認識你爸爸還有你媽媽。要是我知道會這樣就不會去中國了。只要你中止這場比賽，我發誓我會馬上回紐約。我不能眼睜睜看著你去冒險，你是我弟弟，該死的，你是我唯一的弟弟。」

卡爾頓的眼裡滿是淚水，狠狠地捶了幾下自己的腦袋，說：「對不起，我不知道我是怎麼了，我不知道我怎麼會說這種話。對不起，那些不是我的真心話。」

「我懂，我都懂……」瑞秋輕拍著弟弟的背。

柯萊特看情形有所好轉，來到他們面前，小心翼翼地說：「卡爾頓，我拒絕了里奇的求婚，那你能不能也取消這場比賽？」

卡爾頓疲憊地點點頭，大家才鬆了一口氣。

第三部

財富身後必有罪惡。

——巴爾札克

石澳◆香港

凱蒂在管家的指引下來到露天座位。柯琳娜滿意地說：「很好，妳今天很早。」

「天哪！這景致！這裡真是香港嗎？」凱蒂由衷地讚歎道。她此刻身處高－佟家位於香港南區石澳半島的別墅，在峭壁邊的天臺上凝視眼前波光粼粼的中國南海。

「呵呵，每個來這裡的人都這樣說。」柯琳娜很滿意凱蒂的反應。她之所以邀請凱蒂共進午餐，為的就是彌補前幾日在天際教會的事情。

「我來香港這麼久了，從沒見過這樣美麗的房子！令堂也住在這嗎？」凱蒂好奇地問道，在拱門下的席位就座。

「我家平時沒人住在這裡。這房子以前是我祖父的避暑山莊。他臨終前，怕後輩爭奪遺產，就直接把這棟房子的產權捐給了高－佟集團。所以這裡算是我們家族的公共財產吧。我的家人只把這裡當作私人會所，其實，主要還是高－佟集團的活動場所。」

「這裡就是高－佟老夫人每隔幾個月，宴請牛津劍橋女爵的地方嗎？」

「不只是宴請女爵，我記得，一九六六年瑪嘉烈公主和斯諾頓勳爵訪問香港，我母親就邀請過他們……對了，之後好像還宴請過亞麗珊德拉公主。」

「公主？她們都是哪國的公主？」

柯琳娜忍住翻白眼的衝動，說：「瑪嘉烈公主是伊莉莎白二世女王陛下的妹妹，亞麗珊德拉公主——又稱肯特公主，是女王陛下的表妹。」

「哇！英國王室有這麼多公主？我只知道戴安娜和凱特王妃……」

「凱特只是暱稱，她的全名是凱薩琳，劍橋公爵夫人，並不是皇室的直系公主；但嫁給威廉王子之後，她……算了。」柯琳娜中斷這個話題，「做好準備，艾達和費歐娜馬上就要到了。記住，對費歐娜有禮貌點，艾達可是她強力說服來的。」

凱蒂問：「這位費歐娜．佟－鄭為什麼對我這麼好？」

「其一，費歐娜和天際的大多數偽教徒不同，她信仰虔誠，真的相信所謂的救贖；其二，她是我表妹，當然會給我面子；其三……哼，艾達對這房子日思夜想好多年了，只是一直沒機會進來瞧瞧。」

「我完全能理解。就在今天之前，我還以為香港的頂級豪宅都在淺水灣和深水灣呢。真想不到如今的香港，還有像這樣屹立在峭壁之上的豪宅。」

「這正是我們喜歡它的原因。古老的家族都傾向把家產安在與世隔絕的隱秘之處。石澳的海岬和絕壁確實是不二之選。」

「我應該要搬到這裡，住這裡開門就是夏威夷！」

柯琳娜傲慢地笑了笑，「凱蒂，妳不能在這裡買房子。首先，這個地區的房子非常少，而且多是代代相傳，不可能轉售的；其次，即便機緣巧合有了要出售的房子，妳想買，還得有石澳發展委員會的許可才行，他們幾乎控制了這裡所有的土地；最後，能住在這裡，就相當於已經躋身香港的頂級俱樂部了，事實上，香港高級俱樂部的大部分會員都是石澳的居民。」

「那麼，妳能不能幫我住進來？這才是我們合作的重點，不是嗎？」且我每個月還付妳該死的一大筆錢。

「這還得取決於妳今後的表現。這就是為什麼『形象重塑計畫』如此重要——妳的孫輩或許能在這裡置產。」柯琳娜認真地說。

孫輩？我現在就想搬進來，我要在自家陽臺上享受全裸日光浴！

「妳待會要跟艾達道歉的話背熟了沒有？」

「我都倒背如流了，還和女傭排練了一上午，她們說看起來非常有誠意。」

「很好，我要的就是誠意。凱蒂，我要妳把這次道歉當作這輩子唯一一次爭奪奧斯卡的機會。我不期望妳馬上就和艾達成為好朋友，但至少不能像仇人。她的諒解，是妳能否被上流社會接受的關鍵。」

「我會盡力的。妳看，我今天都老老實實按妳的吩咐穿衣服了。」凱蒂歎息道。此刻，她穿的是柯琳娜幫她挑選的是普林格（Pringle）桃色羊毛衫、珍妮．帕克漢（Jenny Packham）淡色印花裙，她覺得自己像隻待宰的羔羊。

「妳能採納我的意見，我很高興。再聽我一句話，把羊毛衫的扣子再往上扣一個……對啦！這就完美了。」

片刻後，管家通報：「夫人，潘太太和佟－鄭女士到了。」他剛說完，兩位女士便步入陽臺。費歐娜禮貌地向在座二人送上飛吻，艾達卻當凱蒂是空氣，直接和柯琳娜熱情擁抱，讚歎道：「上帝啊！柯琳娜，我這是穿越到伊甸豪海角酒店了嗎？」

傭人端上尼斯沙拉。寒暄過後，凱蒂深吸一口氣，拿出最真摯的眼神望向艾達，「潘太太，我知道現在說這話已經太遲了，但我真的非常後悔自己在晚宴上的行為，我到現在都無法原諒自己。我實在是太愚蠢，我千不該萬不該，不該在法蘭西斯爵士領獎時上臺去丟人現眼！但您看——我當時實在是太激動了。現在我要告訴妳一些我從來不曾跟別人說過的事情，」凱蒂暫停，環顧在座三人，醞釀足情緒後繼續道，「那晚，當法蘭西斯爵士提及非洲兒童深陷肺結核之苦時，我不禁想起了自己的童年。很多人以為我是臺灣人，但其實，我生長於青海省的某個小村莊，我們是最窮的農夫，窮到無法在村裡定居。我的家，是廢鐵皮和硬紙板搭成的小棚屋，父母常年在廣州的紡織廠裡打工賺錢，我是奶奶一手拉拔大的，我們在河邊的沼澤地種菜，每天都是勉強度日。然而，在我十二歲那年，奶奶她……」說到這裡，凱蒂突然哽咽，「奶奶她突然得了肺結核，她……」

「凱蒂，別說了……」費歐娜輕輕摟住凱蒂安慰道。

「不，我必須往下說！」凱蒂佯裝堅決地搖搖頭，把淚水收了回去，「潘太太，我說這些，是想請求您諒解我那晚的失禮之舉。我奶奶身患肺結核，我不得不輟學在家照顧她。即便如此，她還是在三個月後離世了。所以，我得知爵士在和非洲肺結核抗爭後，才會控制不住感情，當場捐出兩千萬港幣支票！我真不敢相信，自己這樣出身卑微的女孩子，竟有機會幫助那些結核病患者。那一刻，我完全沒意識到自己做了多麼嚴重而荒唐的事。您的丈夫——法蘭西斯先生，他就是我心目中的英雄！還有您——潘太太，您不知道我有多欣賞您，我敬佩您對香港的貢獻，敬佩您防治乳癌的事業，是您讓我重新檢視了自己的乳房。然而，我卻對自己這輩子最敬仰的兩位前輩以及整個潘氏家族，做了這麼不可饒恕的事情！我真的羞愧不已……」凱蒂說到這裡，早已泣不成聲。

天啊，這演技比凱特．布蘭琪還厲害！柯琳娜看著凱蒂一把鼻涕一把淚的樣子，忍不住心想。至於艾達，聽凱蒂解釋的時候全程繃著一張撲克臉，此時卻突然露出僵硬的笑容，「我能理解。這件事就到此為止吧，過去的事就別提了。」

費歐娜溼了眼眶，緊緊握住凱蒂的手，「凱蒂，我真沒想到妳一路走來這麼艱辛。好不容易熬出了頭，卻又嫁給伯納德那樣的……唉，妳真命苦。」

凱蒂瞥了對方一眼，她在說什麼？

「其實，我一直在為伯納德禱告。雖然我和他不熟，但我老公和他是老朋友了，艾迪一直把他當成自己的兄弟。」

「真的嗎？我從沒聽伯納德提起過。」

「他們兩個曾是P.J. 惠特尼的同僚，經常結伴到一家名叫Scores的運動俱樂部消遣。那段時間，我打電話給艾迪的時候，他總在氣喘吁吁地和伯納德比賽。總之，我相信上帝會創造奇蹟，伯納德一定會康復的。」

「希望如此。」凱蒂輕聲回答，的確需要借助上帝的力量。

艾達也把身子向前傾：「恕我冒昧，診斷的結果怎麼樣了？這病真的會遺傳嗎？」

凱蒂茫然地看著她們說：「唔，我們也不知道……」

艾達和費歐娜告辭後，柯琳娜吩咐管家拿來一瓶香檳，欣喜地說：「凱蒂，一百分！今天我可真是對妳刮目相看了。」說完，就和凱蒂碰了碰酒杯。

「不不，這完全是妳的功勞！奶奶生病和河邊破屋這種故事，我想破腦袋也編不出來。妳到底是怎麼想到的？」

「噢，我只不過是模仿了去年看過的一部紀錄片而已。了不起的是妳，把劇本演活了。有那麼一瞬間，連我都要信以為真了呢。」

「不過，艾達真的吃這一套？這樣向她道歉，再吹捧一下她，就能讓她盡釋前嫌？」

「我認識艾達很多年了，我很瞭解她。說實話，我想她根本不在乎妳那所謂的道歉。她最想聽到的，不過是妳承認自己身世卑微罷了。她需要覺得自己高妳一等。所以，妳能主動匍匐在她的腳下，當然再好不過了。她現在看妳順眼多了，等著吧，從現在開始，妳的上流之路一定會順利很多。」

「我真不敢相信，費歐娜竟邀請我參加下周的慈善派對，我可以去嗎？」

「是在景賢里舉辦的那場？當然。費歐娜會期待妳簽下一張大支票。」

「她今天對我真是熱情，是因為伯納德嗎？」

「我想是的。不過妳得搞清楚，同情心不會幫妳太久。今天這場苦情戲，她們能信個兩三分，就算大獲成功了。如妳所見，艾達不像費歐娜那麼好呼攏。凱蒂，妳要做好心理準備，大家會在背後對伯納德和妳女兒指指點點。」

凱蒂注視著遠方的某座小島，「他們想說什麼就說吧。」

「妳能告訴我真實情況嗎？伯納德他真的病了？他真的把病傳染給妳女兒了？」提起這件事，凱蒂哭了出來。柯琳娜知道這次她的眼淚是真的。凱蒂說道：「我無法解釋，我不知道該怎麼解釋。」

柯琳娜微微歎息，「那妳能帶我去看嗎？如果妳希望我幫你，就必須要讓我知道真相。妳得明白，只要關於伯納德的流言蜚語不結束，妳在香港的形象就不可能好轉。」

凱蒂用刺繡手帕擦掉眼淚，點頭道：「好，我會帶妳去見伯納德。」

「這週四以後，我隨時能去澳門。」

「不是澳門，我們很久以前就不住在那裡了。妳得和我去洛杉磯。」

「洛杉磯？」柯琳娜吃驚。

「是的。」凱蒂咬牙道。

樟宜機場

◆ 新加坡

艾絲翠下飛機，經過第三航廈的 Times Travel 時，正好看到店員把最新一期的《尖峰》擺到架上，她隱約瞥見雜誌的封面是一名男子抱著一個小男孩，那孩子真可愛。《尖峰》以往的封面照都是修圖過度的名媛，她完全沒興趣知道她們是誰。艾絲翠突然停步，又走回雜誌架旁。當她看清楚了封面上的兩人時，嚇得倒抽一口氣。

「父子專欄」標題下的兩張面孔，艾絲翠再熟悉不過了——沒錯，正是她的丈夫和兒子。丈夫的頭上還有行小標題：「麥可&卡西恩．張揚帆遠航！」照片中，麥可威風凜凜地站在某艘遊艇的船頭，身著海軍條紋衫，肩膀上還披了件藍色開襟羊毛衫。他的手以極其彆扭的姿勢放在圍欄上，為了炫耀那款勞力士『保羅．紐曼』Daytona 手錶；卡西恩則半蹲在父親膝蓋中間，身著藍色格子襯衫，海軍夾克上的金色鈕扣非常搶眼，但最尷尬的還是那頭彷彿用了半罐髮膠的頭髮，還有臉頰上的兩團腮紅……

媽呀！他們究竟對我兒子做了些什麼？艾絲翠抓起一本雜誌，翻了五百頁珠寶和名錶的廣告後，終於找到那篇讓人抓狂的文章。開頭的跨頁是另一張父子合影，這回是麥可帶著兒子坐在他那輛法拉利 275GTB 的敞篷車中，兩人身穿同款的 Brunello Cucinelli 麂皮賽車夾克和 Persol 墨鏡。這是什麼時候拍的？照片下方，白色粗體字寫著：

年度爸爸：麥可．張

大家都只知道麥可．張坐擁新加坡最有前景的科技公司，但誰又知道，他的私生活更是羨煞旁人：嬌妻、愛子、豪宅，還有那每日更新的復古名車收藏……更令人羨慕的是，這樣一位完美的男人，還擁有堪比 CK 內褲御用模特兒的身材，以及線條俐落足以切割鑽石的臉龐。本專題筆者奧利維亞．依拉維吉亞有幸近距離接觸這位男神，為各位挖掘其隱藏在光芒萬丈的表面之下，更深層的祕密……

在超現代主義的衣帽間裡，眾人還在為數以百計的布里奧尼（Brioni）、卡拉切尼（Caraceni）、希佛內里（Cifonelli）歎為觀止時，麥可指了指牆上老舊的鈦製相框問大家：「你們知道那是什麼嗎？」

相框上的字跡已模糊得無法辨認，最後的署名卻讓人大驚失色：亞伯拉罕．林肯！麥可見大家有所察覺，便微笑道：「沒錯，這是《獨立宣言》的副本。這樣的副本，全世界只有七份，其中一份就在各位眼前。」他看上去非常自豪，「我把它掛在鏡子的正對面，每天穿衣服的時候，它總能提醒我：我到底是誰。」

沒錯，麥可．張就是這樣一位特立獨行的男人，不接受任何外界的質疑。多年以前他還沒沒無聞，只是裕廊開發區內數以萬計的創業大軍中的一員。「沒辦法，誰叫我父親只是大巴窯裡朝九晚五的中產階級呢？」麥可絲毫不以卑微的出身為恥，他憑藉自身的勤奮努力，被聖安德魯學校錄取，畢業後成為新加坡國防部傑出的一員。

「早在入學之初，麥可．張就嶄露頭角，向我們證明了誰是新生中的佼佼者。」曾擔任麥可教官的迪克．張少校（無血緣關係）回憶起那段往事，「他的自持、自律超乎常人；但助他登頂的，還是那極高的天賦和才智。」麥可透過不懈的努力，獲得加州理工學院電腦工程系的留學獎學金，並在畢業時榮獲拉丁文學位榮譽（Summa Cum Laude）。深造歸國後，他不忘初心，便來到國防部任職。

我們採訪了另一位軍隊高層——納溫．辛哈中校。提到麥可，他說：「麥可．張的工作內容是軍方的一級機密，恕我不能透露。但我可以告訴你們的是，他的表現，確實地推進了我們國防科技實力的進步。他選擇離開國防部，我們非常遺憾。」

那麼究竟是什麼，讓麥可放棄國防部的前途，選擇自行創業呢？

「愛情。」麥可說出這個詞時，他那獵鷹般的眼神充滿感情，「我遇到了命中註定的人，和她結了婚。那時，我就決定要擔起自己對家庭的責任。不停地到各個軍事基地出差、通宵工作，這些已經不再適合我了。而且，為了妻兒，我必須建立一個屬於我自己的帝國。」

我們問及張太太時，他似乎有些閃爍其詞，「她很低調，不喜歡吸引外界的關注。」

在臥室裡，我看見床頭有張黑白照片，照片裡是位驚為天人的少女，便問道：「那便是您的妻子嗎？」

麥可點頭：「是的，不過這張照片是很多年以前的了。」

在他的默許下，我湊近仔細觀察這張照片，發現右下角有一行小字：「贈艾絲翠，讓我至今仍魂牽夢縈的女孩，迪克。」我好奇地問道：「迪克是誰？」

「一位叫做理查．伯頓的攝影師，聽說不久前去世了。」麥可回答道。

「等等，」我恍然大悟，「是那位傳奇時尚攝影師理查．阿維頓嗎？」

「啊……對，就是這個名字。」

這一段小插曲，讓我對這位神祕的張太太有了興趣，莫非她曾是紐約的超模？在此之前，媒體口中的艾絲翠．張並無顯赫的背景，只是又一個幸運的女人——曾經的校花，在嫁對了潛力股之後成為了家庭主婦。之前的尖峰晚宴後，有媒體說她是哈利．梁與費莉希蒂．梁的獨生女。這兩個名字，對大部分讀者來說或許很陌生，但在某些圈子裡，卻是極具影響力的人。

為探求真相，我們專程採訪了一位致力於研究東南亞豪門望族的專業人士（本人要求匿名）：「說起梁氏家族，你們不會在公開的文獻上找到他們的蛛絲馬跡。這個家族一向小心謹慎，深諳隱世之道。誰又能想到，這樣一個海峽華人家族，旗下的產業竟遍布全亞洲。其涉足的產業更是從原材料、農產品到房地產，而且無一不是壟斷地位。艾絲翠的祖父S.W.梁，被稱作『婆羅洲的棕櫚油之王』。不誇張，他們的財產能買下半個東南亞。如果新加坡是帝制國家，那麼毫無疑問，艾絲翠就是一位公主。」

我們還拜訪了某位新加坡傳統豪門老夫人，談到這位張太太，她說道：「你要是以為她的背景只有梁氏家族，那可就大錯特錯了。她的母親是費莉希蒂．楊。告訴你吧，楊氏家族的子女多與錢氏、尚氏通婚，普通的豪門和他們相比，不過是貧民而已……阿啦嘛！不行，我已經說得太多了。」

妻子的顯赫背景，是否是張氏商業帝國迅速崛起背後的神祕助力？「當然不是！」麥可生氣地否認，但下一秒又笑了出來，「不得不承認，我確實高攀了。但是現在，我已經得到了他們家族的認可，原因很簡單，我從未向他們尋求過任何幫助。今日的成就，完全是靠我自己打拚出來的。」

麥可的成就確實有目共睹。三年前，他那間剛剛起步的軟體公司與矽谷某集團建立合作關係後，市值在一夜之間就翻倍至千萬美元。那一年，全新加坡都在忙著對安娜貝爾．李的豪華度假山莊品頭論足；麥可則默默讓公司市值翻倍，並成立了屬於自己的科技風險投資公司。

麥可表示：「作為企業家，決不能在三十三歲這個年紀耽於享樂。我手握千載難逢的良機，不能辜負命運女神的眷顧。新加坡潛藏著非常多精妙絕倫的創意。我已經取得了事業上的成功，有責任替亞洲下一代的謝爾蓋．布林們搭建實現夢想的舞臺。」如今，麥可的宏偉藍圖遠不止是展翅翱翔，而是有如搭乘火箭登陸月球。他創建的APP「Gong Simi?」和「Ziak Simi?」改變了當代新加坡人的社交和美食評論方式，他投資的數個項目已獲得谷歌、阿里巴巴、騰訊等業界巨頭的青睞。據赫倫財富統計，張氏商業帝國的市值已突破十億美元大關，誰能想像它那年僅三十六歲的擁有者，在上大學之前，甚至連一張屬於自己的床鋪都沒有呢？

說到這裡，讀者朋友們一定對這位俊傑富豪「揮霍」錢財的方式很感興趣吧？首先，不得不提我們目前所在的這棟位於武吉知馬路上的豪宅，你們若開車經過，千萬別把它誤認成安縵度假酒店，此處的奢華遠凌駕於安縵之上。如我所見，整棟主宅被無邊際水池與地中海風格的庭園環繞，而上千平方公尺的室內空間，竟幾乎容納不下這家主人收藏的古董與名車。「你們太早來了，我們正在整修另一棟新房，還邀請了倫佐．皮亞諾（Renzo Piano）、尚．努維爾（Jean Nouvel）等當代建築巨匠參與設計，將會為新加坡帶來一些與眾不同的建築風格。」

採訪接近尾聲時，我們有幸參觀了麥可這幾年來的收藏。在一樓的藝廊裡，我們見識到了國家博物館都難以匹敵的古董收藏：江戶時代的武士刀、拿破崙戰爭中的火炮……當然，還有他最引以為傲的保時捷、法拉利、奧斯頓．馬丁復古跑車。「我的夢想，是集齊西半球的所有頂級復古跑車。你看，那輛是一九六三年的法拉利摩德納 Spyder。」麥可愛憐地用食指輕撫車身，「這輛車就是《翹課天才》（*Ferris Bueller's Day Off*）裡男主角開的那台。」

我們準備離開的時候，麥可迷人的兒子卡西恩從幼稚園放學回來了。孩子很活潑，進門後還一連做了數個側手翻。麥可抓著兒子的衣領，一把將他抱在懷裡，「即便能擁有一切，要是少了這個小淘氣，那也都是徒然。」

卡西恩，這個活潑好動的孩子過了今年生日就六歲了，他完美地繼承了父母在外貌上的優良基因。麥可已決定將他培養成張氏商業帝國的接班人。「在育兒方面，我堅信一句諺語——嚴師出高徒，棍棒出孝子。對待孩子，只有嚴加管束，才能激發他們最大的潛能。我的兒子天資聰穎，在我看來，幼稚園的教育對他而言毫無難度。請恕我直言，我想新加坡的小學教育都未必能讓他有所提升。」

如此看來，麥可是打算把剛邁入學齡的兒子送到國外去接受教育？「我和他媽媽還在商量中，目前暫定蘇格蘭的高登斯頓（Gordonstoun，菲利普、查理親王的母校）或瑞士的蘿西學院（Le Rosey）。只要用錢可以買到，我都會竭盡所能為他提供最優質的教育。我希望能讓他和未來的王子公爵、國家首腦等足以撼動世界的人一起學習。」毋庸置疑，麥可．張就是其中之一。

這份對兒子無私的父愛，讓麥可當仁不讓地成為新加坡的「年度爸爸」！

艾絲翠馬不停蹄地趕回家，開門就看見丈夫站在階梯上，正在幫心愛的尼祿王大理石半身像調整燈光。她怒氣沖沖地問道：「麥可！你做了些什麼？」

「寶貝，妳回來啦。」

艾絲翠舉起雜誌，「這採訪是怎麼回事？」

麥可看了眼雜誌封面，興奮地說：「哎呀，這麼快就出版了！」

「是呀，出版了！你怎麼能放任這種三流雜誌在這裡胡說八道！」

「放任？不不不，是我要求他們這樣寫的。這照片是妳去加州參加尼克婚禮的時候拍的。妳知道嗎？這封面本來是洪秉祥父子的，不過，既然要登我的採訪，當然得把他換掉。SPG的策劃安吉麗娜．趙果然厲害，不枉我出那麼多錢請她做公關顧問。妳覺得照片如何？」

「我覺得如何？我覺得蠢透了，無論是照片，還是文章！」

麥可面帶譏諷，說：「別嫉妒了，我知道妳是在氣我們沒帶妳一起。」

「天哪！你根本不知道自己錯在哪裡！你讀過這篇文章了嗎？」

「我才剛看到雜誌，怎麼讀？不過妳放心，我接受採訪的時候特別注意了，完全沒提到妳和妳那高傲的家族。」

「你根本不用提，你都讓那群狗仔進家門了，還進了房間！她自己挖出了一堆事情！」

「妳別這麼歇斯底里。妳不明白嗎？適度的曝光對我和我們家都有好處。」

「你先看文章再說吧，看完你就知道了。我看你還得考慮怎麼跟我爸解釋，而不是跟我強詞奪理。」

「妳爸，妳爸，動不動就妳爸……」麥可碎碎念，繼續調整展示燈。

艾絲翠說：「你做好準備吧，他會比你所能想像地還要生氣。到時別怪我沒有提醒過你。」

麥可失望地搖搖頭，爬下梯子說：「妳想想，這是特地為妳準備的禮物。」

「禮物？」艾絲翠沒跟上丈夫的邏輯。

「拍照時卡西恩很興奮，他期待要給媽媽一個驚喜。」

「嗯，我確實很吃驚。」

「說實話，我也很吃驚，妳離家差不多一整個星期，回來以後首先做的事不是去看兒子，而是抓著雜誌不放。」

艾絲翠感到不可思議，說道：「你是想讓我當壞人嗎？」

「行動勝過雄辯。兒子就在樓上徹夜等著媽媽回家；而妳還站在這裡批評我。」

艾絲翠一句話也沒說，離開房間上樓去了。

進賢路

◆上海

飛機抵達上海數小時後，在半島酒店休息的瑞秋接到卡爾頓的電話。

「一切都還好嗎？」卡爾頓關切地問。

「還可以，但還有點時差。至於尼克，他跟往常一樣頭一碰到枕頭就呼呼大睡了，真是太不公平了。」

「呃，我想找妳出來一起吃個晚飯，就我們兩個……尼克應該不會介意吧？」卡爾頓怯生生地問。

瑞秋乾脆地回答：「當然不會！更何況，他應該還會再睡十個小時。」

傍晚，卡爾頓開車到酒店接瑞秋（這回開的是低調的賓士 G-Wagen），兩人一同前往進賢路。這條狹長的街道以前是法租界，如今擠滿了各種老店鋪。

卡爾頓緩緩減速，說道：「這裡就是餐廳了，但停車是個問題。」

瑞秋看向掛著白色窗簾的低調門面，路邊停了一排名車。卡爾頓又開了半個街區才找到車位。離吃飯時間還早，他們悠閒地走去餐廳，順便逛了逛沿途古色古香的小酒吧、古董屋，還有各種精品旗艦店。

兩人抵達餐廳，瑞秋本來滿心以為是金碧輝煌的五星級餐廳，但竟然是間只有五張桌子的小餐廳，閃爍的日光燈、嘎吱作響的風扇、泛黃的白牆壁，這不就是市區裡常見的小餐館嗎？但卻擠滿打扮時髦的人們。

「這裡是美食家的打卡點？」瑞秋說，好奇地打量著眼前的客人：一對男女帶著兩個小學生模樣的孩子擠在桌邊吃飯，看兩個孩子精緻的灰白色校服，就知道學費不便宜。另一桌是兩位身穿格子上衣的德國潮人，筷子拿得跟本地人一樣熟練。

一位白衣黑褲的服務生走上前用中文說：「請問是馮先生嗎？」

「不，我姓鮑，預約了七點半的位子，兩位。」卡爾頓回答道。

服務生點點頭，把兩人帶向座位。一位兩手濕搭搭的阿姨招呼說：「上樓坐，上樓坐，別客氣！」兩人走上又窄又陡的木梯，腳下嘎吱作響。走到一半時，有一塊直通後頭廚房的小平臺，可以看見兩個阿姨正在爐前劈裡啪啦地翻鍋，讓樓梯間充滿了油煙。

樓梯的頂端是一間小房間，裡面有一張床，外加一張梳粧檯，上面的衣服疊得高高的，床前擺了一張小圓桌，還有幾張椅子。角落裡的老式電視沒有訊號，嗡嗡作響。瑞秋驚訝地問：「我們要在人家的房間裡吃飯嗎？」

卡爾頓神祕地笑道：「我覺得很好呀！這裡可是這家餐廳的 VIP 包廂呢。可以嗎？」

「你在開玩笑嗎？那這真是我見過最酷的餐廳了！」瑞秋很興奮，好奇地向窗外張望，只見一條晾衣繩跨過窄窄的街道，直接掛到對面人家的窗臺上。

卡爾頓解釋：「可別小看這棟不起眼的住宅，這裡可是公認最道地的上海家常菜。這裡沒有菜單，他們今天煮什麼，我們就吃什麼。每一樣都是當季且新鮮的。」

「一周巴黎之旅後，我只能說，太合我意了！」

「別站著了，坐吧！妳坐床上，那是主位。」卡爾頓說。瑞秋舒服地坐在床墊上。她還是第一次坐在別人的床上吃飯。這體驗真是奇怪又刺激。

不久後，兩位阿姨端來了一道道熱騰騰的菜餚。很快地，兩人面前的富美家餐桌就被紅燒肉、醬鴨、酒釀草頭、乾燒鯧魚、醃篤鮮擺得滿滿滿。

瑞秋笑道：「我們怎麼吃得了這麼多啊！」

「相信我，這些菜會讓妳吃得比平常多更多。」

「我擔心的就是這個。」

「放心啦，就算吃不下，我們還可以打包，留些給尼克當宵夜。」卡爾頓建議。

「那他今晚可有口福了。」

瑞秋和卡爾頓隨意地碰了碰青島啤酒，就開始專心「對付」起眼前的美食來，連話都捨不得多說一句。解決掉紅燒肉後，卡爾頓抬起頭，誠懇地對瑞秋說：「我今晚之所以單獨約妳出來，是想正式向妳說聲對不起。」

「我知道，但你已經道過歉了。」

「不，還不算正式的……我這幾天不停地想，一想起巴黎發生的事情，就覺得非常恐怖。謝謝妳在緊要關頭拉住我。我當時那種狀態還想和里奇賽車，簡直是太白癡了。」

「你能明白就好。」

「還有……我得為我那晚所說的話向妳道歉。我完全是太震驚、太羞愧了——沒想到妳已經知道了倫敦發生的事，所以我忍不住把所有情緒都發洩在妳身上。我真希望能收回那些話。」

瑞秋沉默了一會後說：「事實上我很感謝你告訴我那些，否則我到現在還被蒙在鼓裡，這解開了我到中國以來的許多疑惑。」

「我能想像。」

「聽了你的話以後，我又想了很多，在這種情況下，你父親確實很為難。該道歉的是我，給你們家帶來許多麻煩。尤其是你媽媽。我能理解她心裡的矛盾。這種事，換作是誰都沒辦法接受。我希望她不要因此恨我。」

「她沒有恨妳，她根本不認識妳。她只是……我媽過去這一年裡承受的壓力太大了，先是兒子出車禍命懸一線，緊接著又知道了妳的事情，知道我爸以前的那些事。她是個非常有條理的人，把每件事都安排得很完美，像是公司、還有我爸的事業，她是他政治路上幕後的推手。同樣地，她也為我的將來鋪了道路。我出車禍這事對她打擊很大，她很怕再多一點傷害，就會讓我的未來毀於一旦。」

「她替你規劃了前程？她希望你也從政嗎？」

「是的。」

「你呢？你自己有什麼打算？」

卡爾頓歎息。「我不知道自己想要什麼。」

「沒關係，你還年輕。」瑞秋安慰道。

「年輕？事實上我一直在浪費時間，身邊同年齡的人早就把我遠遠甩在後面了。其實我原本是有些想法的，但那場事故改變了一切。妳二十三歲的時候在做什麼？」

瑞秋邊喝竹筍排骨湯邊思考對方的問題，她閉上雙眼，暫時被湯的香氣轉移注意力。卡爾頓見狀，忍不住笑道：「怎麼樣？這道湯可是這裡的招牌菜。」

瑞秋讚歎道：「舌頭都要融化了。我覺得我能喝掉一整鍋。」

「回答我的問題吧。」

瑞秋說道：「二十三歲的時候，我在芝加哥念大學，正在準備要去西北大學讀研究所，另外我還在迦納待了半年。」

「妳去非洲？」

「是呀，我選了『小額貸款』作為論文題目，得到那裡實地考察。」

「太酷了！我一直想去納米比亞的骷髏海岸看看。」

「你可以跟尼克聊聊，他去過那裡。」

「真的？」

「是呀，尼克當年和他的朋友柯林一起住在英國時，整天就喜歡往這種稀奇古怪的地方跑。尼克以前的生活就是那樣，遇到我之後才安定下來。」

卡爾頓羨慕地說：「你們現在的生活看起來很棒。」

「卡爾頓，你可以擁有任何你想要的人生。」

「你要是見到我媽，就不會這樣想了。你們應該很快就能見面了。我已經和爸談過了，他必須和我媽講清楚，這種愚蠢的隔閡要是再持續下去，對所有人都沒有好處。妳們見面互相瞭解以後，她就能卸下對妳的心防。她肯定會喜歡妳的，相信我。」

「卡爾頓，謝謝你能這樣想。但我和尼克商量過了，我們在考慮是不是要改變旅行計畫。我的朋友裴琳打算週四從新加坡飛來見我，她邀請我這週末到杭州來一場SPA之旅，正好尼克要去北京的國家圖書館搞他的研究。接著下個禮拜我們就回紐約。」

「下周？妳不是準備待到八月嗎？不行，妳不能這麼快就回去。」卡爾頓抗議道。

「這樣對大家都好。我想通了，從一開始我就不該來。我完全沒考慮過阿姨的感受，更沒給她適應的時間。我最不希望的就是你的父母之間出現裂痕，真的。」

「你讓我再和他們談談。不管怎麼說，妳走之前總要和老爸道個別吧？我還是想讓我媽媽見妳一面，她必須見妳一面。」

瑞秋斟酌了片刻，妥協道：「你決定吧。但事到如今我也不想再強求什麼了，我已經給你們添了太多麻煩了。聽著，我們這次來中國真的玩得很開心，不僅有你的陪伴，還認識了許多好朋友。」

卡爾頓注視著姐姐，無需言語。

維多利亞大廈

◆上海

在上海本地人眼裡，真正的「老上海」永遠是浦西，浦東再繁華靡麗，也都只是外地。若把上海比喻為美國，浦西就是當仁不讓的紐約，浦東不過是後起之秀的紐澤西罷了。不過，對於外地人——來自浙江寧波的傑克．邴而言，就沒有所謂的東西之爭了。身為浦東人，他打心底以此為傲。邴家住在江濱－維多利亞大廈頂樓八千八百八十八平方英尺的三層複式豪宅中。這棟摩天樓是邴家旗下的產業，地處浦東江濱商業中心。每次有客人來，傑克都會帶領他們登上頂樓的空中花園，指著一望無際的都市天際線，自豪地說：「你能相信嗎？就在幾十年前，這裡還是莽荒的農田，如今卻成了世界的中心。」

現在，傑克．邴正悠閒地半躺在馬克．紐森設計的原羚沙發上，品嚐著二〇〇五年的彼得綠紅酒，回憶著數年前在凡爾賽宮獨自度過的愜意午後。那日，那座路易十四時期的宏偉行宮正在舉辦中國藝術品的小型展覽。鏡廳旁的小展廳裡，傑克在一幅乾隆肖像前駐足，他沉浸在往日帝王的風采中，一群遊客聒噪地湧入展廳。一位身著Stefano Ricci的大叔擠到傑克身邊，指著畫中滿洲裝扮的帝王，興奮地叫道：「快來看，快來看！是成吉思汗！」

傑克避之唯恐不及地逃出展廳，生怕被誤認成是那位大叔的同伴。他心裡鄙視道：呵呵，成吉思汗？這堆人連統治了中國整整六十年的一代明君都不認得，還敢到這裡來丟人現眼？他避開喧鬧的人群，獨自沿著庭院中的運河漫步。望著這條將凡爾賽宮「一分為二」的水源，傑克不由得感到惆悵：不只是我們中國人，就連他們法國人，又有多少能認得一手建造眼前這些神跡的君王呢？思緒回到當下，同樣地，眺望著自己在江濱之上締造的「王國」，數百年後，還有多少人在意它的創建者是誰呢？

傑克正在感慨千萬，樓梯口處傳來了咯噠咯噠的聲音，這聲音傑克再熟悉不過了，是女兒的高跟鞋。他迅速抓出酒杯裡的冰塊，扔進旁邊的曇花盆栽——沒辦法，若是被女兒看見自己吃冰的，免不了又是一頓說教。這座明代陶瓷花盆有點太小了，其中一顆冰塊沒丟進，在帝王大理石地面上留下了一抹淡淡的紫色。

柯萊特神色匆匆地闖進書房，劈頭就問：「發生什麼事了？媽又不舒服了嗎？還是奶奶她……」

傑克冷靜地打斷道：「別胡說！妳奶奶健康得很，倒是妳媽，又跑去腳底按摩了。」

「那你幹嘛急著叫我回來？我正在陪幾位國際級的名廚吃飯呢！」

「妳這丫頭，那比見父親還重要嗎？妳從巴黎回來就跑去陪幾個幫傭吃飯？」

「你打來的時候，同席的松露商人剛要給我些白松露呢。這下可好，全被艾瑞克．里佩爾獨吞了，虧我還想帶回來孝敬你呢！」

傑克哼了一聲：「孝敬我？妳一次次地讓我傷心，就夠我驚訝了。」

柯萊特疑惑地看者他：「我怎麼讓你傷心了？」

「別裝了！妳真的什麼都不知道？我煞費苦心地幫里奇準備了一場浪漫的求婚典禮，妳是怎麼回報我的？」

「你也是其中一分子？好吧，我早該料到的，難怪東西那麼難吃。」

「這是重點嗎？重點是妳的答覆！我替妳把這世上身價最高的情歌天王都請來了，妳就不能像普通女孩那樣，感動地說句『我願意』？」

柯萊特翻了個白眼，說：「我是很喜歡約翰．傳奇沒錯，但這和求婚有什麼關係。別說約翰．傳奇了，就算你把約翰．藍儂從墳墓裡挖出來，叫他來唱《你只需要愛》，我的答案一樣是不願意。」

柯萊特的餘光瞄到些動靜，轉頭一看竟是她媽鬼鬼祟祟地躲在門後，「妳躲在那裡做什麼？妳這星期都在家嗎？妳早就知道爸和里奇的鬼把戲了，是不是？」

邴太太坐上鑲金的沙發，歎息地說：「哎呀！妳怎麼能讓里奇下不了台呢？里奇哪裡不好了？我和妳爸從三年前——你們剛開始交往的時候，就認定他是女婿了。」

「我又不只和他一個人約會，我和好幾個男人都有約會。」

邴夫人責備道：「以前妳把談戀愛當兒戲，我們不管，但妳也應該玩夠了。現在已經到了適婚年齡，我在妳這個歲數時，早就生下妳了！」

「這種荒謬的話你們怎麼說得出口，你們想要我年紀輕輕就相夫教子，又何必費盡心思送我去英國留學？我在攝政大學裡的努力算什麼？我還有那麼多人生目標沒實現，為什麼現在就要用婚姻來綁住自己？」

「妳的人生目標和婚姻有什麼關係？結了婚，妳照樣能去追夢。」傑克爭辯道。

「爸、媽，現在不是你們那個年代了。別說急不急著結婚，我還考慮過到底要不要結婚呢！沒有男人我照樣能活得好好的。」

邴夫人不客氣地問：「妳打算讓我們等多久？」

「這可不好說，十年內大概都不可能吧。」柯萊特說。

「我的天啊！到時妳都三十三歲了，卵子都老了！完了完了，我的外孫不是畸形就是弱智了！」邴夫人歇斯底里地哀號。

「媽！妳知道自己這話有多愚蠢嗎？虧妳三天兩頭地看醫生！別說三十歲了，以現在的醫學技術，四十歲的女人都能生出健康寶寶！」

「你看看，這就是你教出來的好女兒！」邴夫人指著丈夫的鼻子吼道。

傑克從剛才起就一聲不吭，坐在一邊看母女二人爭辯，他挖苦道：「關年紀什麼事，我們的女兒是愛上那個卡爾頓．鮑了。」

「是又怎樣，我也沒打算這麼快就嫁給他。」柯萊特反擊。

「妳怎麼就認為我會讓妳嫁給他？」

柯萊特惱怒地看著父親。「卡爾頓哪裡比那個里奇差了？他們都是頂尖大學畢業的，都是來自有名望的家庭，甚至楊家根本不能和鮑家相提並論。」

邴夫人鼻孔出氣：「我就是看不慣鮑邵燕那自視甚高的樣子，好像她比我聰明似的！」

「她確實比妳聰明。人家是生物製藥學的博士，掌管著市值上百億的公司。妳呢？」

「妳怎麼敢這樣說我！妳知道我當年陪妳爸吃了多少苦嗎？他能有今天的成就，全靠我……」

傑克高聲打斷兩人道：「**卡爾頓．鮑**他家頂多就只有二十億，楊家完全是另一個等級。我們這個等級。妳不知道這是一樁完美的世紀聯姻嗎？只要你們兩個結婚，邴、楊兩家勢必能成為全中國最有影響力的家族，妳難道不想在歷史上留名？」

柯萊特語帶譏諷：「那可真是抱歉了，我可沒興趣做你稱霸世界的棋子。」

傑克一拳砸在桌子上，指著她怒斥：「妳不是我的棋子！妳是我引以為傲的掌上明珠！我要讓妳嫁給這世上最傑出的男人，過著女王的生活！」

「但你說的傑出男人我可不認為，這有什麼意義！」

「好，既然卡爾頓是最棒的男人，那我問妳，他怎麼不向妳求婚了？」

「哈！只要我開口，你信不信他馬上就會拎著聘禮上門？我說過多少次了，你怎麼就是不明白——**我還不想結婚**！要是哪天我想嫁人了，對象如果是卡爾頓，我跟你保證，鮑家的資產到時肯定超過楊家。你們不瞭解卡爾頓，不知道他有多聰明！一旦哪天他將心力放在他們家的事業，肯定會做得非常好，你們等著看吧。」

「我和你媽有生之年能等得到那天？我們不年輕了，唯一的願望就是趁身體還健康，能看著孫子長大，就這麼簡單！」

柯萊特瞇起眼睛盯著爸爸：「也就是說，你們這樣逼我結婚，只是急著想抱孫？」

「當然！我們奮鬥了大半輩子，難道不是希望有很多很多的孫子？」

「真是太好笑了……現在是二十一世紀沒錯吧？那萬一我生的都是女兒呢？要是我根本就不想要孩子呢？」

「妳別扯這些廢話！」邴夫人厲聲道。

柯萊特準備反駁時，卻忽然意識到了一個事實——母親叫「萊娣」，諧音不就是「來弟」嗎？重男輕女的觀念就像這名字一樣，從她出生的那一刻起，便烙印在了她的身上。柯萊特直直地注視著雙親，冷冰冰地說：「爸、媽，你們或許是在農村那樣的環境長大，但我不是——過去不是，將來更不可能是。現在是二〇一三年，我不可能為了滿足你們兒孫滿堂的願望就生一大堆孩子。」

「不孝女！我們白生妳養妳了！」邴夫人怒不可遏。

「謝謝，你們真的給了我很棒的生活。我會把它活得比誰都精彩！」柯萊特留下這句話，摔門而去。

傑克露出一個尖銳的微笑：「等我這就凍結了她的帳戶，看她怎麼活得精彩。」

普勞俱樂部

◆新加坡

麥可正在和公司的首席投機夥伴、科技顧問商討一場重大發表會的事宜，手機突然嗡嗡震動，是來自妻子艾絲翠的訊息：

老婆：我媽打電話來了。他們看到那篇文章，現在氣壞了。

張：真是沒想到。

老婆：我爸要你十點半到普勞俱樂部見他。

張：抱歉，那個時候我在開會。

老婆：你遲早要面對的。

張：我知道，但我真的走不開。總得有人**辛苦工作，賺錢養家**。

老婆：我只是傳個話。

張：那就幫我也傳個話，我今早和新加坡金融管理局有重要會議，稍後我的助理會和他的秘書再約時間。

老婆：很好，祝你會議順利。

過沒多久，辦公室的電話響起，麥可的私人助理克莉斯多報告道：「麥可，您岳父的秘書蔡小姐剛來電話了，說是您岳父要您在半小時內到普勞俱樂部見他，您看……」

麥可翻了一個白眼，「我知道了，我會處理。現在我不想被這些瑣事打擾，發表會還有一個小時就要開始了。」他轉頭對合作夥伴強顏歡笑，「抱歉，一些家事……剛才講到哪了？對，我們要強調這套財務APP的核算速度比彭博（Bloomberg）終端快〇・二五秒……」

麥可的話還沒說完，又被電話鈴聲給打斷，聽筒裡的克莉斯多欲言又止：「麥可，抱歉，我知道不要打擾……」

「妳是不是聽不懂我的話？」麥可對助理怒吼道。

「剛剛我接到Gahmen[102]那邊打來的電話，說是要延後發表會……」

麥可難以置信：「Gahmen？新加坡金融管理局那邊？」

「是的。」

「延到什麼時候？」

「只說延後，其他什麼都沒說。」

102 「政府（Government）」的正統新加坡英語發音。

「WTF[103]？」

「還有，您岳父的助理辦公室剛也打來傳了句話，蔡小姐囑咐我一定要大聲念給您聽。內容是：請在十點之前到普勞俱樂部，勿再找藉口推辭。」

「Kan ni nah!」麥可忍無可忍，一腳踹在辦公桌上。

身處普勞俱樂部島嶼主題球場的第三球洞旁，任誰都會有一種穿越史前的錯覺，因此這裡也被圈內人稱作「原始球場」。球場周圍環繞著種植於三〇年代的純天然叢林，起伏不平的山丘上種滿了木麻黃和香灰莉，遠處則是綠洲一樣的貝雅士蓄水池。若非親眼所見，誰相信早已都市化的新加坡還有這樣一片原生態的景致？

哈利．梁今天身穿他往常的高爾夫裝扮：白色短袖棉衫，下身則是卡其褲，褪色的藍色英國皇家空軍帽[104]蓋住了他日漸稀薄的銀髮。此時，他正在幫球友調整揮杆的姿勢，而他的女婿帶著怒意出現在球場入口處。

哈利對球友說：「啊——他來了。臉色看起來比鬼還陰沉。走，我們去找他玩。」說完，便朝著麥可的方向大聲說，「美好的一天，不是嗎？」

「本來是的，要不是您……」麥可抱怨道，隨即看見岳父身邊的球友——商務部長胡立森。

103 What the fuck 的縮寫。
104 肯特公爵送他的禮物。

胡部長今天沒有一貫的西裝，只穿著簡單整潔的斯萊戈（Sligo）藍色條紋高爾夫球衫。

胡部長友善地問候道：「早啊，張先生。」

「胡部長早。」麥可硬擠出一個僵硬的笑容。去你的，難怪他這麼輕易就能延後發表會，原來他在和金融管理局的大魔王打高爾夫！

「感謝你這麼臨時趕過來。」哈利禮貌地說，「我就直說了，那篇愚蠢的雜誌專訪究竟是怎麼回事？」

麥可開口道：「爸，對不起。我沒想到會變成這樣，希望您能明白，我並非有意讓您的名字出現在文章裡。」

「你誤會了，我倒是不介意文章裡出現了我的名字。你看，我是人民公僕，誰都可以隨便議論我。問題在於，那篇文章裡還提到了其他人，那些對這種事情非常敏感的人。比如我的妻子和我的岳母，還有她們那邊的家族。我想你是清楚的，我們不該惹怒艾絲翠的阿嬤，當然了，還有阿爾弗雷德舅舅。」

胡部長笑道：「哈哈，誰都不該惹惱阿爾弗雷德．尚。」

麥可真想一句話頂回去：阿爾弗雷德．尚到底有什麼了不起，所有人一提到他就bo lam pa[105]？但他忍住後說：「我真的沒想到那個記者會挖那麼深，這本來只是一篇讚美……」

哈利打斷他：「《Tattle》雜誌的人自然知道要避開我們的背景，但你找了別家雜誌社。告訴

105 閩南語，既「沒種」、「沒卵蛋」。

我，你到底想要什麼？」

「我只是想在尊重艾絲翠和您家族的隱私的基礎上，提升我公司的形象。」

「你覺得目的達到了嗎？我想你應該已經讀過那篇文章了。」

麥可用力吞了口水。「有些……和我想的不太一樣。」

「你也看出來了，不是嗎？他們把你寫成一個狂妄自大的小丑。」哈利說。他抽出一根球杆遞給球友，說：「立森，試試這支Honma。」

麥可覺得很氣惱，要不是商務部長在場，他一定會和眼前這位老古板爭論一番。胡部長輕輕推杆，球順利滾進洞裡。麥可道：「好球。」

胡部長滿意地笑道：「張先生打高爾夫嗎？」

「閒暇時打一下。」麥可謙虛地表示。

胡部長看了眼去拿新球的哈利，笑道：「老梁呀，你真是幸運，能找到愛打高爾夫的女婿。不像我家那些小孩，業餘生活精彩得很，根本不願意陪我打球。」

麥可趁機推薦道：「我都去聖淘沙的高爾夫俱樂部。那邊的海景非常棒。」

哈利揮舞球杆的手停了下來，說道：「你知道我從來沒去過那裡打高爾夫，未來也沒打算去。在我看來，這世上真正能打球的地方只有三個：聖．安德魯俱樂部、佩布林．比奇球場，然後就是這裡。」

「英雄所見略同呀，哈利！」部長深以為然，「你以前不是週五下班後都要搭協和號飛去倫敦，再穿越整個愛丁堡，千里迢迢只為在聖．安德魯俱樂部打上一把高爾夫嗎？」

「哈哈，那時還年輕，只有周末有空。我現在處於半退休狀態，只要願意，到佩布林．比奇球場待個一周都不成問題。」

麥可忍住怒火，他可沒心情聽這兩位老人感懷青春。哈利察覺到女婿的不耐，注視著他的眼睛，「該說的我都說完了。現在我需要你做一件事：親自去向你的岳母道歉。」

「當然。如果您覺得需要的話，我還可以寫封信叫雜誌撤掉這篇報導。」

「沒必要。我已經買下全部，其他期別的也已全部從書店撤下並銷毀。」哈利淡淡地說。

麥可瞪大雙眼。

胡部長笑道：「哈哈！《尖峰》的讀者一定很納悶這個月的雜誌都到哪去了。」

「我不久留你了，麥可，我知道你很忙。十一點半的時候，我妻子會去 Dor La Mode 沙龍弄頭髮，你最好在那之前去見她。」

「我這就出發。」麥可巴不得對方趕快把自己趕走，他又說了一次：「再向您道歉一次。我所做的一切，初衷都是為了艾絲翠和卡西恩著想，希望您能理解。要知道，一篇報導我成功的文章，能讓我的聲譽……」

哈利突然震怒，厲聲呵斥道：「你成不成功和我沒有任何關係。更何況，你不過是賣了幾家沒意義的公司，賺了些錢，就把自己當成功人士了？你不過是撿了現成罷了。記住，你的首要任務就是保護好我的女兒，保護好她的隱私。第二任務是要照顧好我的外孫。而現在，這兩件事你都失敗了。」

麥可因憤怒和尷尬漲紅了臉，他注視著岳父準備說些什麼，然而對方卻不給他發洩的機會：

六名黑衣黑褲的保鑣突然現身，收拾了球具，哈利瞬間換了張臉，轉頭對球友笑道：「走，我們去四號洞打幾杆。」

奧斯頓・馬丁DB5抵達亞當路，麥可一把怒火難以平息。這老不死的，竟敢在商務部長面前那樣羞辱我！說我是狂妄的小丑？也不看看他自己，短短的週末還要趕去佩布林・比奇球場打球！還有什麼叫他媽的我「撿現成」？他口袋裡的那堆髒錢，哪一毛是自己賺的!?我這麼拚命地工作，他只用坐在那繼承那些汙穢的財產！

突然麥可腦子裡閃過一個可怕的猜想。岳母所在的納西姆路就在前方不遠，但他猛踩一腳煞車，掉頭駛回公司。

克莉絲多正在上網查馬爾地夫的廉價機票，麥可砰一聲推開辦公室大門後直奔檔案櫃，嚇了她一大跳。

「我出售我的第一家公司雲九科技的相關資料在哪？」

「我想那些舊資料應該在四十三樓的檔案室裡。」

「快來幫我一起找，我現在就要！」

兩人匆匆跑到檔案室。麥可以前從沒來過這裡，他一頭鑽進堆積如山的檔案裡，「我需要二〇一〇年的原始合約！」

「哇！這裡有這麼多文件，看來得找到吐血了。」克莉斯多抱怨道。

兩人忙了二十分鐘，終於找到一疊橙色的文件盒，麥可興奮地大喊：「找到了，就是這些！」

「幸運！還真讓我們找到了！」克莉斯多歡呼。

「克莉斯多，去忙妳的吧，我自己查就行。」麥可打發走助理，開始獨自一本本地翻閱資料。很快他就找到了目標。這是一份股權讓渡協議，乙方是加州山景城的漫步科技有限公司。麥可掃過無數名股東資料，難以置信地盯著其中一筆，這是一家總部位於模里西斯的汽車收購控股集團，它的名稱讓麥可的心臟憤怒地狂跳——佩布林．比奇控股集團——他從未感受過如此的屈辱和自卑。

你不過是撿了現成罷了。岳父的話瞬間有了全新的意思。

御寶軒

◆上海

卡爾頓帶柯萊特走進私人包廂，輕鬆地跟父母打招呼：「我把柯萊特也帶來了，您們應該不會介意吧？」

鮑氏夫婦聽聞了巴黎的鬧劇，立刻找兒子出來一起吃飯，卻沒想到鬧劇的女主角也來了，她那如影隨形的助理羅克珊手裡還提著大包小包的禮盒。

「柯萊特，見到妳很高興。」鮑高良硬擠出一個微笑，同時略帶怒氣地瞥了眼兒子瘀青的眼眶。所以和里奇．楊打架的事情是真的？

邵燕就沒這麼有定性了，她衝到兒子面前，雙手捧著他的臉檢查，「看看你，看看你！簡直像隻豐唇手術失敗的狸貓！老天爺，你才剛做完重建手術沒多久，怎麼又這樣亂來！」

「我很好，媽。這沒什麼。」卡爾頓生硬地說，急著想甩開媽媽的手。

柯萊特忙打圓場，指了指羅克珊手中的禮盒，「鮑阿姨，聽卡爾頓說您愛吃 Hediard 的水果軟糖，我們特別從巴黎帶了一些回來給您。」

「哎呀！柯萊特，早知道妳要來，我就選一家更像樣的餐廳了。我們也是臨時決定要家庭聚餐的。」邵燕特別強調「家庭」兩個字，希望能讓這女孩知道自己不被歡迎。

「我們家也很喜歡來這裡吃飯！這裡的菜單我熟悉得很！」柯萊特雀躍道，看來完全沒注意到緊繃的氣氛。

邵燕假裝殷勤地說：「那就讓妳點菜了吧，點些妳愛吃的，別客氣。」

「我們就來些簡單的吧。」柯萊特轉向服務生笑道：「先來份乾蔥蟹角炒蝦球、XO醬蒸蛤蜊、蜜汁叉燒、義大利白松露炒扇貝、燉雞煲翅。噢還要烤乳豬，越肥越好，再來道蓮花葉清蒸石斑魚佐蘑菇、炒青菜搭配酥脆堅果、乾燒蟹黃蟹肉意麵。至於飯後甜點嘛，就冰糖燕窩吧！」

羅克珊輕聲交代服務生：「提醒廚師，這是邴家小姐要的，就說按照規矩：冰糖燕窩加九滴義大利苦杏酒，還要撒一匙24K金箔。」

高良跟妻子交換了一個眼神。這柯萊特．邴未免太超過了。邵燕惡狠狠地瞪了兒子一眼，說道：「怪不得我們家的理財顧問上周提醒我，說你的帳戶有異常的大筆消費呢，看來你們兩人在巴黎玩得挺開心的？」

「簡直像在天堂。」柯萊特歎息道。

「是呀，很開心。」卡爾頓有些心虛，不敢大聲。

「這麼說，和里奇．楊的賽車也很開心囉？」邵燕語帶譏諷道。

「什麼意思？我沒有和他比賽。」卡爾頓小心翼翼地回答。

「但你本來打算這麼做，是吧？」

「媽，沒比就是沒比。」卡爾頓反駁道。

高良重重地歎了口氣：「兒子，不管你有沒有比成，真正讓我們失望的，是你一點判斷能力都沒有，我真不敢相信，你竟然還想再來一次上次發生意外的事情！更糟的是你為這場比賽下的賭注——沒想到你這麼大膽，和里奇．楊打賭一千萬！」

柯萊特急忙替卡爾頓辯護道：「叔叔、阿姨，我知道我不該插嘴，但我還是得說，無論是比賽還是賭注，都是里奇．楊先挑起的。那次意外以後，卡爾頓可以說是受盡了里奇的冷嘲熱諷。我知道他純粹是想在我面前逞強。如果巴黎發生的鬧劇真的要怪誰的話，你們就怪我好了。至於卡爾頓，你們應該為他做了正確的決定感到驕傲才對。你們能想像里奇贏下那場比賽的後果嗎？輸掉一千萬？不，這錢對你們來說沒什麼；重點是你們鮑家的顏面！」

高良和邵燕看著柯萊特，驚訝地不知道該說什麼。剛好這時柯萊特的手機嗡嗡作響，「說曹操，曹操到，是里奇打來的。看看他還不死心，一天打好幾次電話給我！要不讓他也加入對話？叫他作證這一切。」

他們可不想跟著年輕人胡鬧，急忙搖頭。

柯萊特嘿嘿一笑，「那我就拒接了！」說完，隨手把手機扔在隔壁的座位上。

服務生陸續上菜，四人在尷尬的氣氛中默默地吃東西，直到服務生費力地端上裝在大銀盤上的烤乳豬，卡爾頓才下定決心：「爸、媽，我不想把責任推給別人，要怪就怪我自己，蠢到和里奇胡鬧。對，我本來打算和他比賽，還好瑞秋及時拉住我。」

聽到這個名字，邵燕臉色一沉，卡爾頓繼續道：「瑞秋知道倫敦發生的事了，她完全能理解我當時的心情，但她仍竭盡全力地說服我。我真的非常感謝她，不誇張，要是沒有她，或許我現在就不會坐在這裡告訴你們這些了。」

邵燕拚命抑制住情緒，強作鎮定地說：「這麼說，她知道跟意外有關的所有事情？」她知道有人死於那場意外？

「是的，所有。」卡爾頓毫無畏懼地直視著母親。

邵燕沒說話，但眼神彷彿在嘶吼——愚蠢、愚蠢、愚蠢、愚蠢！

卡爾頓讀懂了母親的眼神，回應道：「我相信她，媽，不管妳接不接受，瑞秋她就是我們的家人。目前她跟新加坡的朋友在杭州，等她回到上海，我希望妳不要再逃避了。這樣的僵局已經持續夠久了。我保證妳只要見到她，就會馬上喜歡上她。」

邵燕低頭盯著還未開動的香脆豬皮，無言以對。卡爾頓換個方法：「妳要是不信可以問柯萊特，她最知道！柯萊特，妳說，在巴黎那幾天，妳那些朋友——史蒂芬妮·史、艾黛爾·鄧，還有蒂凡尼·葉——是不是全都很喜歡瑞秋？」

柯萊特點點頭，「是呀，她跟我那些朋友們都相處得很好。鮑阿姨，瑞秋真的不是妳想像得那樣，她雖然在美國長大，但思維觀念卻都恰到好處。說實話，只要她願意換掉她那個包包，上海跟北京的上流社會一定會很歡迎她。阿姨，妳有那麼多愛馬仕，只要送她一個，就能換來一個完美的女兒！」

邵燕仍板著一張臉，高良有意轉移話題，對兒子說：「我很高興瑞秋幫助了你，但這也不能掩飾你的其他行為。在巴黎揮霍、打架、非法車賽，考慮到這些，我只能說你還不具備……」

卡爾頓粗魯地站起來：「我已經道歉了，很抱歉讓你們失望了。我總是讓你們失望。但我不想繼續坐在這裡接受你們的審問，尤其是你們根本不願意反省自己的問題。柯萊特，我們走！」

柯萊特不太情願，「現在？我的燕窩還沒來耶。」

卡爾頓翻了個白眼，一言不發地摔門離去。柯萊特噘起嘴唇說：「我覺得我最好還是跟上去，但首先，今晚我買單。」

高良回答：「妳的好意我們心領了，但我們來就行了。」

「不不，菜都是我點的，當然是我來付錢。」柯萊特就事論事，向羅克珊使了個眼色，後者鄭重地拿出信用卡，遞給服務生。

「這可不行，我們來付！」邵燕立刻起身，搶先把信用卡塞給服務生。

「阿姨，您太見外了！」柯萊特高聲道，一把從不知所措的服務生手中搶過邵燕的信用卡。

「哎呀！結個賬而已，妳們爭什麼？」高良說。

「是呀，阿姨，有什麼好爭的。」柯萊特露出勝利的笑容。

片刻之後，服務生帶著柯萊特的信用卡回來，他膽怯地瞥了柯萊特一眼，在羅克珊耳邊低語了幾句。

「不可能，再試一次。」羅克珊淡定地說道。

「我們試好幾次了，都不行……」服務生小聲地說，「會不會是刷爆了？」

羅克珊把服務生拉出包廂，怒吼道：「你知道你手上拿的是什麼卡嗎？這是P.J‧惠特尼鉑金卡，只有最頂級的人士才配擁有，是沒有上限的！只要我想要，我可以用這張卡買一架飛機！給我再去刷一次！」

柯萊特聽到外面的動靜，跟了出來：「怎麼回事？」

羅克珊嫌惡地搖頭道：「他說卡刷不了。」

柯萊特笑道：「怎麼會刷不了？卡也會鬧脾氣？」

「不是的，通常信用卡會有額度，一旦刷超過了這個額度，就沒法繼續刷了，但妳的卡不可能發生這種事。」

很快的，服務生領班出現了，身後還跟著身穿凡賽斯（Versace）印花襯衫及黑色緊身褲的餐廳經理。經理禮貌地說道：「邴小姐，我們試過各種辦法了，但還是刷不了。請問您還有其他的卡嗎？」

柯萊特困惑地看著羅克珊，她還是第一次遇到這種情況，「我還有別的卡嗎？」

羅克珊無奈，遞給經理一張黑卡，「這樣吧，先刷我的卡。」

柯萊特二人離開包廂後，夫妻二人沉默了一會。

「你滿意了吧？」邵燕先開口。

高良皺眉，「什麼意思？」

「還能是什麼意思？你那賢慧的女兒立了大功，你覺得一切都沒問題了。」

「隨妳怎麼想。」

邵燕冷冷地看著他，她刻意放緩語氣：「我怎麼想得不重要。重要的是，全中國的上流社會，現在都知道你鮑高良在外面有個私生女；重要的是，我們鮑家現在成了全社會的笑柄。我想你的政治生涯到此為止了，而卡爾頓的機會也沒了。」

高良疲憊地歎了口氣，「我現在只擔心兒子的心理狀況，而不是什麼前途。妳說，我們一直以來對他的教育到底是哪裡出了問題？我們怎麼會教出一個孩子荒唐到替一場賽車下注一千萬？我已經完全不認得我的兒子了！」

「所以呢，把他逐出家門？」邵燕皮笑肉不笑。

「不只是這樣。我可以取消他的繼承權。若是知道自己沒有錢可以揮霍，或許他會收斂一些。」高良說道。

邵燕警覺地睜大眼睛。「你在說笑。」

「我不會徹底取消他的繼承權。但發生了這麼多事情，我明白了把一切都交給卡爾頓是行不通的。他會毀了我們奮鬥半生打拚下來的事業。尤其是妳，妳接手了我父親的醫藥公司，費盡心血地把它發展成如今這個醫藥帝國，妳真放心交給現在的卡爾頓？我認為可以讓瑞秋多接觸一些生意方面的東西，她是位受尊敬的經濟學家——至少她不會讓公司倒閉。」

這時羅克珊進門，「噢……二位還沒走嗎？抱歉打攪了，柯萊特忘記拿手機了。」

高良看見座位上的手機，拿起來遞給羅克珊，便再次關上門。邵燕這才怒斥道：「你要把私生女安排進公司？你有沒有考慮過卡爾頓的感受？」

「卡爾頓他不會在乎的，妳還不瞭解自己的兒子嗎？他根本就對那些正事不感興趣，而且他……」

「他剛康復，還是個病人！」

高良憤怒地搖搖頭：「和事故沒關係！妳捫心自問，卡爾頓這幾年除了闖禍，幹過幾件正經事？而妳每次都會幫他收拾殘局。他在倫敦賽車差點送命，妳還不准我罵他，說會影響他的康復；他回國後整天不務正業，和柯萊特・邴鬼混，我也睜一隻眼閉一隻眼。這次他竟然魯莽到要在巴黎重蹈覆轍，而妳還在維護他。」

「我不是在維護他！我能理解他內心的掙扎！」邵燕爭辯道。要是高良知道關於倫敦的真相，他就會理解……但是絕對不能讓他知道。

「他有什麼掙扎？依我看，妳的縱容會毀了他，這才是最大的掙扎。」

這句話真是致命一擊。邵燕發出一陣生氣的冷笑：「所以都是我的錯就對了？你真是被鬼遮眼，完全看不到自己的過錯。是你把私生女帶回國，是她摧毀了我們家的和諧。她才是卡爾頓異常舉動的罪魁禍首！」

「荒謬！妳沒聽到卡爾頓剛才是怎麼說的嗎？是瑞秋教會他生命的可貴！」

「你這個做父親的根本從來沒有關心過兒子的死活，從他出生起，你就不像我那樣關心他、愛他。我現在總算明白了，你從一開始就沒忘記那個野女人——凱芮・朱，更沒忘記你失散多年的寶貝女兒！」

「別無理取鬧了！妳明明知道，我根本就不知道凱芮還活著，更別說知道有這個女兒了！」

「所以你就父愛氾濫了？你就決定要將家族的未來託付給認識不到一個月的女兒？我嘔心瀝血扶持你家這該死的公司二十年，你卻要把它送給你那個私生女？這就是你報答我的方式？不如先殺了我吧！」邵燕失控地尖叫，抓起桌上的茶壺砸向玻璃牆。

高良注視著滿地的陶瓷碎片和玻璃牆上的琥珀色茶漬，漠然地說：「妳瘋了，我無法和這樣的妳溝通。」他留下這句話後隨即離開。

邵燕朝丈夫的背影咆哮道：「我瘋？那也是你鮑高良把我逼瘋的！」

西湖

◆中國，杭州

清晨的第一縷晨霧如一抹薄紗籠罩在平靜的西湖上，耳邊迴蕩著木槳拍打湖面的水花聲。一艘古舊的小木舟載著船伕、瑞秋和裴琳三人，緩緩地滑進一條尚未開發的原始水道。

傳統的中式木舟上，瑞秋暢快地舒展四肢，吸入新鮮的空氣，讚歎道：「裴琳，怪不得妳天還沒亮就要叫我起床，這裡簡直超乎我的想像！」

「對吧，清晨的西湖是最美的。」裴琳得意地說。她望向水天相接處那富有詩意的山巒，甚至能辨認出山頂那若隱若現的古廟。此景確實美得找不到言語來形容，怪不得中國的詩人和藝術家都備受西湖啟發。

木舟穿過一座外形浪漫的石橋，瑞秋好奇地問船伕：「這些石橋是什麼時候蓋的呀？」

「不清楚。杭州在中國五千年的歷史裡，一直都是各代統治者最喜歡的度假勝地。馬可波羅稱這裡是『天堂之城』。」

「完全同意。」瑞秋又喝了一口船伕特別為她準備的上等龍井。木舟滑進了一片野生蓮花叢中。剛好有一隻靈巧的翠鳥停在一朵蓮花上，緊緊地盯著水面下的魚，伺機待發。

「真希望尼克能看到這些。」瑞秋感慨地說。

「我也是，但再過不久你們就能見面了，我想妳應該被杭州的蟲子們咬過了吧？」

「真是相見恨晚！說實話，來之前妳跟我說這裡是中國的科莫湖（Lake Como），我還以為妳是為了把我拐來，故意說大話呢！但昨天妳帶我參觀了茶園，還在山頂的寺廟吃了齋飯，我才知道自己真的錯怪妳了。」

裴琳開玩笑道：「想像一下，要是喬治．克隆尼站在那棵柳樹下，那場景……」

木舟返程，停泊在杭州四季酒店前古色古香的船塢裡，她們依依不捨地上岸，仍對這趟幽靜安逸的湖上之旅意猶未盡。裴琳興奮地說：「SPA 的預約時間要到了。做好心理準備，那地方會刷新妳對 SPA 的認識！」兩人走過廊道，道路的盡頭是一棟優雅的白牆青瓦建築，SPA 中心就在那裡。

「妳想先做哪種療程？」裴琳好奇地問道。

「蓮玨按摩，我覺得這個療程比較適合早上。」

裴琳抬起眉毛：「嗯……那是什麼樣的……是按哪個部位？」

「他們會在妳身上灑滿蓮花籽和翡翠玉磨成的粉末，然後幫妳深層按摩……妳呢？妳要先做哪個？」

「我的最愛——後宮花香浴。聽說以前的後宮妃嬪每晚就是這樣洗澡的。就是先在漂滿橙花和梔子花的浴桶裡洗淨身體，然後是輕緩地按摩全身穴道；他們會在妳身上灑滿珍珠和杏仁粉，再用雪白的陶瓷黏土把人包裹起來；最後把妳送進個人蒸氣室裡睡一下。不誇張，從蒸氣室裡走出來的那一刻，全身肌膚彷彿年輕五歲。」

「這麼神奇？那我今晚可得好好地體驗一番。不對，我已經預約了今晚的皇家魚子醬臉部護理了。可惡，我們時間不夠體驗所有療程！」

「等一下，我要是沒記錯的話，瑞秋．朱大學時連修腳指甲都沒做過，怎麼突然變成一個SPA蟲了？」

瑞秋笑道：「這些日子都和那些上海千金小姐相處，被傳染了唄！」

數小時奢侈的享受後，瑞秋和裴琳到餐廳吃飯。包廂在一棟寶塔風格的建築中，開窗就能俯視恬靜的湖面。精美的胡桃木餐桌上，懸掛著一盞樓蘭風格的琉璃吊燈。瑞秋開玩笑：「真不應該來這裡，這下好了，回美國以後肯定看什麼都不順眼。誰能想到短短十年，中國的變化這麼大？還記得十年前我在成都教書的時候，住在所謂的『高級』公寓裡，也只不過每層一間公用廁所而已，他們還說我貪圖享受……」

裴琳自豪地說：「哈哈！妳真得故地重遊去看看！如今的成都可是中國的矽谷，全世界五分之一的電腦都是那裡生產的！」

瑞秋讚歎道：「經濟學完全解釋不通嘛！才沒幾年，中國到底是怎麼實現這種噴射式的經濟發展？身為一名經濟學家，我本來以為這是曇花一現，但周邊的種種現象，真是推翻了我的認知！還記得前幾天在上海，我和尼克想從新天地搭計程車回酒店，竟然一輛車都攔不到！最後旁邊一個澳洲女孩看不下去了，問我們：『你們沒有叫車App嗎？』我們一頭霧水：『那是什麼？』結果妳猜怎樣……在中國，尖峰時段叫車得用 App 競標，競價最高者才有車可以搭！」

裴琳笑道：「哈哈哈！市場經濟，市場經濟！」

她們聊得正起勁，服務生端上了第一道菜。這是一碟散發出珍珠般光澤的蝦仁。裴琳介紹：「這是杭州名菜蒜炒鮮蝦，妳在別地方絕對找不到這麼新鮮的活蝦。當初我們約好在杭州見面時，我就在想一定要吃這道菜。」她邊說，邊幫瑞秋盛了滿滿一盤。

瑞秋試了一粒晶瑩剔透的蝦仁，睜大眼睛讚歎道：「哇……好鮮甜！」

「怎樣，厲害吧？」

「從巴黎回中國後，我就沒吃過這麼新鮮的海鮮了。」

「我常說，只有法國的海鮮料理能和中國匹敵。你們這次去巴黎應該大飽口福了吧？」

「我和尼克吃得很開心，但柯萊特和她的朋友們顯然心思不在美食上。還記得每次尼曼（Neiman Marcus）邀請妳參加箱包展時，我都會譴責妳不理性的消費嗎？而柯萊特她們在巴黎簡直是瘋狂！她們每天從早到晚洗劫各大商店，我們身後還跟了三輛 Range Rover，為的就是用來放成堆的購物袋！」

裴琳笑了笑：「見怪不怪了。這群 PRC[106] 富豪們也經常到新加坡掃貨。妳懂得，對他們來說，在海外瘋狂購物不僅是事業成功的象徵，更是對艱苦過往的一種變相補償。」

「我完全不能理解。我來自一個很不錯的移民家庭，然後嫁給一個超級有錢人，但一提到購

106 年輕一代的新加坡人喜歡稱中國人為「PRC（People's Republic of China 簡稱）」，老一輩就直呼「中國內地人」。

物，我心裡還是有一條隱形的底線，絕對不會跨越。舉例來說吧，每當妳們買一件價格昂貴的高級訂製服，那個價格甚至高過替一千名孩童施打痲疹疫苗，或是替整個村莊引進乾淨的水源。這太超過了。」

裴琳不以為然道：「這兩者有關係嗎？對於貧民窟的難民來說，妳穿一件兩百美元的 Rag & Bone，不也是奢華揮霍嗎？真正買高級訂製服的人會說，那些衣服光是一件就要十二名裁縫師耗時三個月趕工而成，這無形中就養活了十二個家庭。再舉個例子吧，我媽在德國看上了一座宮殿的巴洛克壁畫，想把自己臥室天花板也裝飾成那個樣子。這項工程大概耗費了五十萬美元，由兩名捷克籍畫家完成，總共花了三個月。之後，其中一名畫家因此有了足夠的錢在他們的首都布拉格購買、裝修一棟房子，另一名則有能力把孩子送去賓州州立大學留學。消費的方式有千百種，說到底，我們只不過是選擇了其中的一種罷了。妳想想看，這要放在二十年前，這些奢侈的千金小姐哪有那麼多選擇？毛澤東外套——咖啡色還是灰色？」

瑞秋笑了：「好啦！我懂妳的意思了，但這沒法改變我的消費觀念。別在享受美食的時候談論這種俗氣的話題啦，搞得我都沒辦法專心看這道燉肉丸子了——它們的顏色看起來就像一件毛外套。」

午餐過後，瑞秋和裴琳計畫在度假山莊裡四處逛逛。此處占地總共七萬平方公尺，結構設計完全模仿頤和園。她們漫步在幽靜的林間小道上，鼻間是沁人心脾的櫻花香，眼前是清澈明亮的池塘。瑞秋突然覺得胃部一陣絞痛。兩人經過一座遍地景觀石的花園，她終於忍不住找了張長椅坐下。

「怎麼了，身體不舒服嗎？」裴琳問，發現瑞秋臉色非常蒼白。

「可能這裡有點太潮濕了，我得回房間休息一下。」瑞秋皺眉道。

「可能妳還沒有適應吧，和新加坡比起來，這裡的氣候簡直是天堂。要不要到湖邊放鬆放鬆？」裴琳建議道。

「不了，我只想躺一下。」

「好吧，我送妳回去。」

瑞秋急忙說：「不用不用，我還沒那麼虛弱。妳繼續逛吧，我自己回去。」

「妳確定沒問題？好吧，妳先回去休息，我們四點在露臺集合喝下午茶？」

「嗯，好。」

裴琳繼續在庭院裡逛了一會兒，在一處隱蔽的岩洞裡發現一尊笑面佛。她上了炷香，幫家人朋友們祈福，便打算回房間換比基尼去游泳。

裴琳剛推開房門，就注意到電話留言的提示燈在閃爍。她按下播放鍵，沒想到傳來瑞秋虛弱的聲音：「嗯……裴琳，妳可以來我房間一趟嗎？」

裴琳急忙抓起手機……糟糕，瑞秋之前已經打了三通電話給她了。她衝出門，在走廊上狂奔到瑞秋房間，可是她在門外喊了老半天，裡面就是沒人回應。剛好一位服務生經過，裴琳攔住他，問道：「你能幫我打開這房門嗎？我朋友可能出事了！」

過了一會，經理匆匆趕到，身後跟了數名保全人員，「小姐，請問需要幫忙嗎？」

「我朋友剛才身體不舒服，就回房間休息了，她剛剛打了三通求助電話，現在敲門都沒有回應，我怕她出事了！」

經理猜測道：「呃，或許她睡著了？」

「也或許她快死了！快打開這該死的門！」裴琳尖叫道。

經理拿出備用鑰匙開門，床鋪和陽臺上都沒看見瑞秋的蹤影。裴琳趕忙闖進浴室——瑞秋失去意識躺在浴缸旁邊，渾身浸泡在墨綠色的膽汁之中。

國家圖書館

◆ 中國，北京

下午三點五十四分

手機響起時，尼克正在國家圖書館的外文閱覽室埋頭捧著一本泛黃的傳記，仔細鑽研沙遜家族的歷史。他在書裡放了張書籤，走到走廊上接電話。

是裴琳，聽起來快要哭了：「尼克，你終於接電話了！我不知道該怎麼跟你說，我現在跟瑞秋在醫院的急診室。瑞秋她，她突然在酒店的房間裡昏倒了。」

尼克震驚道：「什麼？她還好嗎？發生什麼事？」

「我……我不知道。她還沒有恢復意識，醫生說她的白血球指數非常低，但血壓卻非常高。他們幫瑞秋注射鎂，才能穩定住狀況，醫生懷疑這是嚴重的食物中毒。」

尼克果斷地說：「我會搭下一班飛機去杭州。」

下午四點二十五分

尼克抵達首都機場，剛走到中國航空的櫃臺，裴琳又來電了。

「裴琳，我試著趕四點五十五分的航班。」

「尼克，我不想嚇你，但瑞秋的狀況更糟了。醫生說她還沒恢復意識，腎臟機能也停止了。他們用盡方法檢查，還是沒查出病因。我現在不太相信這裡的醫療，我們要不要現在把瑞秋轉到香港的醫院？」

「我相信妳的判斷。妳要是覺得有必要，那就這麼做。要我包一架飛機嗎？」

「不用，別擔心，我已經安排好了。」

「裴琳，幸好有妳陪在瑞秋身邊。」尼克感激地說。

「你直接飛來香港吧！」

「好，我會聯繫麥爾坎姑丈，他是香港的心臟外科專家，他會幫我們的。」

傍晚六點四十八分

裴琳的灣流V降落在香港國際機場，一架醫用直升機已在停機坪上等候多時。裴琳正想跟瑞秋一起上直升機，一位身穿 Rubinacci 藍色夾克、芥黃色牛仔褲的年輕男子走上前來，在螺旋槳的嗡嗚聲之中大喊：「我是尼克的表哥艾迪森．鄭，直升機上沒有多餘的位置了，請您坐我的賓利吧。」

裴琳跟著他上車。在前往醫院的路上，艾迪說明狀況：「我父親正在休士頓的德貝基醫學基金會領獎，但妳放心，他已經和瑪麗醫院打過招呼了。那裡的急救中心是亞洲最頂尖的，全港一流的腎臟專家都已在那裡待命。」

「非常感謝您。」裴琳說。

「還有，妳知道明家慶吧？他的兒子李奧．明是我的好友。明先生親自打了電話給醫院的高層，噢，差點忘了說，瑪麗醫院的急救中心大樓就是這位明先生捐贈的。所以，醫院一定會以VVIP的規格禮待瑞秋的。」

妳以為她現在會在意這個嗎！裴琳說道：「只要能把瑞秋**治好**，其他都無所謂。」

車內一時陷入尷尬的沉默。片刻後，艾迪問道：「那架GV是您的，還是您租的？」

「是我家的。」裴琳冷冰冰地回答。我猜他要開始打聽我家了。

「真棒。冒昧問一下，您家是從事哪個行業的？」她長得很像福建人，家裡不是搞銀行的，就是搞房地產的。

「建築和房地產都有。」接下來他肯定要追問公司名字，我得吊吊他胃口才行。

艾迪露出誠懇的笑容。該死的新加坡人！她要是香港人或中國人，在她踏下飛機的那一刻，我就能把她家的一切摸清楚。「是商業建設還是住宅？」

裴琳看對方窮追不捨的樣子，懶得再兜圈子，實話實說道：「我們家創立近西集團。」

艾迪的眼睛瞬間亮了。叮叮叮！赫倫財富榜上排行第一百七十八的吳家！他假裝不在意，「要是我沒記錯，最近新加坡剛完工了一棟配有空中車庫的公寓，那就是您家的產業吧？」

「是的。」這聒噪的男人要自我介紹了，看他這身打扮，我猜應該是氣象播報員，或是髮型師吧？

「我是列支敦堡集團的亞洲區總經理。」

「哎呀，幸會。」又是個銀行家。裴琳在心裡打個呵欠。

搞清楚對方的底細，艾迪開始露出職業式的微笑：「吳小姐，恕我冒昧，您滿意您家目前的私人理財顧問嗎？」

「非常滿意。」我真不敢相信這個賤人！瑞秋被緊急送往醫院，他還在這邊開發新客戶！

晚上七點四十五分

賓利終於抵達醫院的急診室。兩人下車後直奔櫃臺，裴琳問值班護士：「打擾一下，請問瑞秋．楊在幾號病房？她應該剛到不久，是搭直升機過來的。」

「請問兩位是病人的家屬嗎？」護士禮貌地問道。

「是的。」兩人回答。

「請稍等。」護士在電腦上輸入了一些資訊，「請問這位病人的全名是？」

「瑞秋．楊。噢，如果沒有，也可以試試瑞秋．朱。」裴琳答道。

護士看了眼螢幕，搖搖頭說：「很抱歉，我這邊沒有找到這位病人的資料。二位或許應該先到接待大廳……」

艾迪覺得顏面盡失，暴躁地吼道：「別浪費我們的時間！妳知道我是誰嗎？我叫艾迪森．鄭！我父親是麥爾坎．鄭醫師——是心臟病學首席專家！咖啡廳就是以他的名字命名的！我現在就要知道瑞秋．楊在哪，不然妳明天就不用來上班了！」

就在這時，身後有一個聲音叫道：「艾迪，這邊！」尼克的頭從一扇門後探出來。

「尼克！你怎麼比我們還快？」裴琳驚訝地問，一邊跑向他。

「我動用了一些特殊管道。」尼克禮節性地擁抱妻子的好友。

艾迪也很震驚：「你是找柯克船長幫忙嗎？從北京到香港至少也要一個小時吧。」

「我想辦法登上了一架軍用運輸機，節省了很多時間，而且時速至少三馬赫吧。」

「讓我猜猜，你是找阿爾弗雷德舅公幫忙了？」

尼克點點頭。他帶著兩人來到一間成人加護病房的等候室，那裡有一排高檔皮革沙發。「醫生只讓我進病房探視幾分鐘，就把我趕出來了。他們正在盡力恢復瑞秋的腎臟機能。裴琳，還好妳來了，醫生有些問題要問妳。」

幾分鐘過後，一位女醫生走進等候室。尼克介紹：「這位是負責此次急救的雅各森醫師。」

艾迪站起來，殷勤地走上前去和雅各森醫師握手，鄭重地自我介紹道：「幸會，我是艾迪森・鄭。麥爾坎・鄭醫師是我的父親。」

這位頭髮梳得油亮的中年女醫師面露難色：「抱歉，請問他是……」

艾迪顯得很震驚，醫生隨即笑道：「開玩笑的，我當然知道令尊。」

艾迪這輩子第一次如此如釋重負。

「我妻子現在情況怎麼樣了？」尼克問。

「病人的內臟機能暫且算是穩定住了，但我們還在診斷病因。說實話，有點棘手，這種急性多內臟同時衰竭的情況十分少見，顯然是她體內有某種致命的毒素。」說到這裡，醫生看向裴琳，「您能告訴我們病人過去二十四小時吃喝的所有食物嗎？越詳細越好。」

「我想想……我們昨晚抵達四季酒店後，瑞秋沒胃口，只吃了份柯布沙拉，還有吃一些草莓荔枝慕斯。今天我們沒吃早餐，午餐很簡單，只有杭州河蝦、清炒小筍，還有烤鴨湯麵。對了，酒店客房有巧克力生薑，我沒有吃那個，但是不知道瑞秋有沒有吃。噢，差點忘了，她今天早上做了蓮玨按摩，這種按摩要在身上灑滿玉和蓮花籽的粉末。」

「嗯，看來有必要研究一下。我們會聯繫度假山莊，查清病人可能接觸過哪些可疑物質。」

「醫生，您覺得可能會是什麼？我們到杭州後吃的東西基本上都是一樣的，可是我完全沒事。」裴琳問。

醫生解釋：「這很難說，每個人的體質不同。我不想在完成毒素測試之前做出任何判斷。」

「以您的經驗看來，情況如何呢？」尼克擔憂地問。

醫生沉默了一下，說道：「我實話實說，情況現在非常嚴峻。我們或許會用經頸靜脈肝內門體靜脈支架分流術來緩解病人的肝臟衰竭，如果引發了腦部病變，我們會用藥物誘導昏迷，為她的身體爭取更多的機會。」

「藥物誘導昏迷……」裴琳顫抖地說，忍不住哭了出來。尼克摟住她，也強撐著讓自己不要崩潰。

艾迪對醫生說：「您一定要盡全力救她。要是這位病人出了什麼意外，麥爾坎・鄭醫師和明家慶都會讓妳為自己的失職付出代價。」

雅各森醫生目帶怒色，冷冰冰地說：「鄭先生，我們會竭盡所能醫治所有病人，無論他們是什麼背景。」

裴琳哀求道：「我們可以進去看她一眼嗎？」

「可以，但一次只能進來一個人。」

「尼克，你先去吧。」裴琳說，然後身心俱疲地癱坐在沙發上。

晚上八點四十分

尼克無助地佇立在床腳，眼見醫生和護士們團團圍住瑞秋的病床，深感自己的無能。就在四十八小時前，瑞秋還在半島酒店的套房裡興高采烈地收拾行李，臉上寫滿了對這趟 SPA 之旅的期待。「你自己去北京可別玩得太嗨哦，不准跟性感的圖書館管理員眉來眼去，除非對方是帕克・波西！」瑞秋開他玩笑，臨行前給了他一個深情的吻。而現在她卻面色慘白地躺在那裡，脖頸、腹部都插滿了密密麻麻的導管和針頭，一切都如此不真實。他美麗的妻子到底怎麼了？為什麼情況一點都沒有好轉？他無法想像失去她會怎麼樣。

尼克恨不得狠狠賞自己一巴掌，不行，怎麼能有這麼荒謬的念頭！瑞秋如此堅強又健康，她一定會好起來的。他們前方還有無數美好的日子。

尼克悵然若失地離開病房，朝等候室走去。中途經過無障礙洗手間時，他進去鎖上了門。在洗手台深呼吸，洗了把臉，透過鏡子看著自己。他注意到這是一面精緻的背光圓鏡，看起來像是來自價格不斐的設計展廳。他環顧周圍，才發現這間洗手間裝潢嶄新，顯然剛翻新不久。想到這裡，淚水滑過他的臉頰。要是瑞秋能……不對，等瑞秋熬過這次，他一定要為她蓋一間全世界最獨一無二、最美麗的浴室。

晚上九點二十二分

尼克冷靜下來，回到等候室，看到裴琳和艾迪面前多了幾組免洗碗筷，碗裡是熱騰騰的餛飩麵。原來是雅莉絲姑媽和阿歷斯泰來了。阿歷斯泰起身上前給了他一個溫暖的擁抱。

雅莉絲擔憂地說：「尼基，真是傷腦筋……瑞秋怎麼樣了？」

「現在還沒什麼變化。」尼克疲憊地答道。

「放心，雅各森醫生的醫術很高明，有她在，瑞秋不會有事的。」

「謝謝……有您這句話，我放心多了。」

「還有，你姑父剛剛打電話來了，醫院向他彙報了最新的治療進度，他已經拜託同事來醫院看看情況了。這位同事是香港數一數二的肝膽科專家。一定會沒事的。」

「我真不知該如何報答他……」

「什麼報答？他很懊惱自己不在這裡，未免也太巧了，情況緊急時他剛好不在！我們幫你們買了叉燒跟餛飩麵，應該餓了吧？」

「謝謝姑媽，我應該要吃點東西。」尼克恍惚地坐下，雅莉絲從塑膠袋裡拿出塑膠餐具，轉眼間桌子就被各式各樣的香港小吃擺滿了。

「尼基，我們還沒把瑞秋的事告訴其他人。我本來是想第一時間聯繫埃莉諾的，但想了想，還是覺得要先問一下你的意見。要是告訴了你媽媽，就等於是告訴所有人了。」

「姑媽，謝謝您。我現在確實沒辦法應付我媽。」

「瑞秋的媽媽呢？你聯繫她了嗎？」裴琳問道。

尼克歎口氣：「我待會再打給她。現在還不知道到底怎麼回事，沒必要讓她擔心。」

這時，艾迪的妹妹賽希莉亞走進來，捧著一瓶精心擺設過的百合花。

「看來，大家都聚到這裡來了。」尼克強顏歡笑道。

「你知道的，我是最愛湊熱鬧的人，但真不想以這種方式。」賽希莉亞輕吻尼克的臉頰，把花放在旁邊的座位上。

「看看這個！太謝謝妳了，其實不必帶東西來的。」

「你說這花？你誤會了，這不是我帶來的，是樓下櫃臺要我轉交給你的。」

尼克吞下幾口麵，疑惑地說：「真奇怪，是誰送的花？除了你們，應該沒有人知道我和瑞秋在這裡。」

裴琳解開花瓶上的緞帶，塑膠包裝拆開後，一張卡片掉了出來。她打開卡片開始閱讀。「媽啊！我糙！」她嚇得推開花瓶，花瓶哐啷一聲掉到地上，水花濺了一地。

尼克從沙發上彈起來，問：「怎麼了？」

裴琳將卡片遞給尼克，上面是歪歪扭扭的筆跡——

瑞秋：

甲醌的滋味如何？

告訴醫生妳中了足以致死的劑量，

他們會找到方法救妳的。

奉勸妳一句，妳要是不想死，
就不准跟任何人提起這件事。
別再踏進中國。
要是妳不聽勸，下回就不是警告這麼簡單了。

萊道路

◆ **新加坡**

艾絲翠打開筆電，字斟句酌地寫了一封郵件：

查理：

抱歉又來打擾你，但我急需你幫我調查一家公司。你有沒有聽說過在加州的山景城，有一家叫「漫步科技」的軟體公司？你有和它合作過嗎？這家公司收購了麥可的第一家公司雲九科技。我想知道更多關於這家公司的資訊，尤其是股東名單。感謝！

xo，艾絲翠

艾絲翠把郵件發出去還不到一分鐘，查理就在Google Chat上發了訊息過來。

胡：嘿，很高興能幫妳這個忙。

梁：真不好意思，最近總找你幫忙。

胡：妳怎麼突然要查這家公司？

梁：說來話長，算是給自己一個答案吧……你聽說過這公司嗎？

梁：聽說過。但麥可不應該很瞭解這家公司嗎？

梁：很明顯，他並不知道所有事情。我主要是想知道，漫步科技的股東裡有沒有亞洲財團？或者說，完全是亞洲財團控股的？

胡：出什麼事了嗎？

艾絲翠猶豫了一會兒，不確定要不要把麥可遇到的事情全部告訴查理。

梁：其實，我是在幫麥可找答案。整件事說起來有點複雜，我不想把你牽扯進來。

胡：我現在已經跟這件事有關係了。算了，妳要是不想說，我也不會逼妳。不過如果我能知道大概是什麼情況，也許更容易幫妳。

艾絲翠坐在床沿上，想著：為什麼要瞞著查理呢？他是唯一能理解的人了。

梁：那我告訴你吧，最近麥可懷疑收購他第一家公司的是我父親，或者是我家族旗下的某個企業，所謂的漫步科技只是幌子。

胡：他怎麼會突然這樣想？

梁：說來話長，他翻出舊合約，上面有漫步科技的股東名單，其中有一家公司叫佩布林．比奇控股集團。麥可知道我爸最喜歡去佩布林．比奇球場打高爾夫，所以就有了這個猜想。

胡：妳應該已經問過妳爸了吧？

梁：我問了，他當然是否認了。他說：我幹嘛要花錢買麥可的公司，那間小公司的價值從一開始就被高估了。

胡：典型的哈利．梁！

梁：沒錯。

胡：我想他應該和這件事沒關係。不過話說回來，就算真是他做的，又有什麼大不了的？

梁：別開玩笑了，麥可自始至終都以「白手起家」為傲，要是我家真在幕後推動了他的事業，他絕對會精神崩潰的。他覺得我爸又要試圖擺佈他的事業和我們的生活。我們還沒像昨天吵得那麼厲害過。

胡：真糟糕，不要緊吧？

梁：我昨晚離開家裡了，否則恐怕要鬧到報警。我現在在濱海灣金沙酒店。

過了十五分鐘左右，艾絲翠的手機響了，是查理打來的電話。她按下接聽鍵，開玩笑道：「請問需要客房服務嗎？」

「呃，對，請立刻派人到我家來，我遇到了一個很嚴重的問題，需要有人幫我處理。」查理機靈地跟上了艾絲翠的玩笑。

「請問您遇到了什麼麻煩？」

「一群蛋糕愛好者在我家裡開派對，現在至少有三十個 LANA 糕點屋的蛋糕，平均分布在我家的地毯、牆壁，還有床鋪上。場景之壯烈，就像一對男女泡了個蛋糕浴，不擦身體，直接在房間裡解鎖《慾經》（*KAMA SUTRA*）的各種姿勢。」

艾絲翠笑出來：「哈哈，別鬧了！你還編得出這種故事呢！」

「我哪有那本事。是我昨天晚上上網的時候剛好看到一篇文章，裡面說有人坐在蛋糕上會興奮。」

「我可沒問你在香港都在看些什麼網站——不用說，它們在新加坡肯定都被封鎖了。」艾絲翠說。

「哼，我也沒打算問妳怎麼會住在金沙，新加坡沒有其他更像樣的酒店嗎？」

艾絲翠歎了口氣：「沒辦法，要在新加坡找一家沒人認識我的酒店可不容易，這裡還可以，幾乎都是觀光客。」

「都是遊客，一個本地人都沒有？」

「誰知道，還記得剛開幕的時候，我媽邀李詠嫻老太太以及婆羅洲的王太后來這裡的空中花園參觀。你猜怎麼樣？她們看到一個人門票要二十塊美元，就打退堂鼓了。李太太還當場哭說：

這麼貴！哇謀錢！[107]所以她們最後去了賣場裡的土司工坊。」

查理笑了，說：「我真無法理解她們。我媽也是，她以前瀟灑得很，花起錢來超級大方；反而是年紀大了以後變得越來越小氣了。妳知道嗎，她現在規定家裡的廚師在晚上七點半以前不能開廚房裡的燈。我過去看她的時候，看見幾個廚師摸黑忙成一團。」

「這也太誇張了。不過我媽也是這樣，我們現在去外面吃飯，她還要店裡的人把吃剩下的滷汁打包。我沒開玩笑，她說：『這些滷汁我們也付了錢，怎麼能讓他們倒掉？再說這滷汁味道也很好，讓羅茜加到明天的午飯裡，一定會很好吃的。』」

「那，說正經的，妳打算就這樣一直躲在酒店裡？」查理笑著問。

「我不是躲在這裡，我只是想休息一下。卡西恩和保姆也一起來了，這孩子可喜歡空中花園的泳池了。」

「妳知道，一般出去的都是丈夫。每次我和伊莎貝爾鬧翻，躲出去的那個總是我。我可想像不出，怎麼能讓妻子和孩子出去住。」

「你和麥可又不是同一種人。再說，麥可沒有趕我，是我自己離開的。他太生氣了導致有點肢體動作。」

「什麼？他打你嗎？」查理震驚地問。要是他敢動妳，我一定殺了他。

「你誤會啦，他不會傷害我的。我是擔心他那些保時捷會遭殃。我可不想眼睜睜地看他用武

107 閩南語，「我沒錢！」

士刀在引擎蓋上洩憤，糟蹋東西。」

查理反倒更警覺了：「什麼？就因為不知道誰買了那家公司？」

「這只是導火線而已，你有所不知，最近發生的事情沒一件讓他開心的：先是和IBM的合作破局，緊接著喜歡的房子被搶走，還有那篇讓他被我們全家人埋怨的報導，這陣子真的是……」

我說太多了，不能總是這麼自私造成他的負擔。

即使是透過電話，查理仍察覺到對方的哽咽，他幾乎快把手機捏碎了。她在哭，她在酒店房間裡流淚。

艾絲翠用力吸了一下鼻子後說：「抱歉，你還在工作吧？我不該用這些事情煩你。」

「我今天沒什麼工作，別擔心，這棟大樓裡沒人能開除我，妳隨時都能打來。」

「嗯，你或許是這世上唯一懂我、瞭解我家庭的人了。要是換成其他人，只會把我和麥可的問題當成夫妻間普通的小吵架吧。」

「你家裡那些兄弟姐妹呢？他們的婚姻都算美滿嗎？」

「美滿？別鬧了……據我所知，他們都有各自的心酸，只不過大家都憋在肚子裡不說罷了。嚴禁訴苦，這是我們家的傳統。或許真正幸福的只有在洛杉磯的亞歷山大吧。他勇於掙脫家族的束縛，去追求真愛；但這可委屈薩麗麥了，家裡的長輩們至今還不肯接受這位馬來女孩——很諷刺對不對？我們梁家大部分的錢財都是來自馬來西亞，但卻容不下一個馬來媳婦。」

「至少他們很幸福，這比什麼都重要，不是嗎？」

「我幾個月前去看過他們，我當時就想：這不就是我想要的生活嗎？真的，有時候我真想立刻拎一個包飛去加州，找個沒人認識我的小城鎮安安靜靜地過生活。在那裡，卡西恩也能無憂無慮地長大，不用承受那些為時過早的壓力。對了，要是再給我一棟海灘上的小木屋，那就太完美了。」

我可以給妳這些。查理心想。

短暫的沉默後，查理先開口：「妳現在打算怎麼辦？」

「沒打算，麥可過兩天就會消氣了，到時再回家。如果你能幫我證明我爸和公司的收購無關，或許我就能早幾天回去。」

查理想了一下：「好，我會盡全力幫妳。」

「查理，我很幸運，有你這樣的朋友。」

通話結束後，查理打給他的首席財務官：「艾倫，你還記得三年前我們收購雲九科技的事嗎？對，就是那家麥可．張的公司。」

「我哪忘的了？我們到現在都還在填補那次買賣的虧損。」艾倫回答。

「你說你取什麼名字都好，偏偏要叫佩布林．比奇？」

「拜託，你當時打給我叫我買下這間公司的時候，我就站在佩布林．比奇球場的十八號洞旁邊。你要是在場，一定會懾服於我那神跡似的一桿。你怎麼突然問這個？」

「算了沒事。」

瑪麗醫院

◆ 香港，薄扶林

尼克正用 iPad 玩《紐約時報》上的填字遊戲，病房門口的警衛探頭進來說道：「先生，櫃臺有一對年輕夫妻想探望朱小姐，他們還帶了兩台推車的食物。男性說他是朱小姐的弟弟。」

「哦，好的。」尼克微笑。在瑞秋耳邊輕聲問道，「寶貝，妳醒了嗎？卡爾頓和柯萊特來了，現在有辦法見他們嗎？」

瑞秋一整個早上睡睡醒醒。她昏沉地睜開眼睛：「嗯……好。」

「麻煩讓他們進來吧。」尼克吩咐警衛。

瑞秋三天前從加護病房轉到私人病房。醫生明確知道毒素後，果斷地對症下藥，瑞秋的狀況持續好轉中。

片刻後，焦急的敲門聲響起，卡爾頓和柯萊特走入房內。「嘿，老姐，杭州四季酒店和我想像中的真不一樣。」卡爾頓開玩笑，走到床邊輕握住瑞秋的手。

瑞秋虛弱地笑道：「我已經好很多了，你們不必大老遠跑這一趟……」

「噢拜託！我們可是一接到尼克的電話，就搭第一班飛機過來了。」卡爾頓說，「而且，這幾天 Joyce 在特賣，柯萊特想去看看。」

柯萊特沒好氣地拍了卡爾頓一下。「你們到週一了還是一點消息都沒有，我還以為妳們在杭州玩得太開心呢。」

「如妳所見，確實是非凡的體驗。」瑞秋伸長手臂，秀出上面的輸液管。

「真不敢相信妳這個年紀竟然會有膽結石？我以為只有老人才會這樣。」柯萊特說道。

「事實上，這和年齡無關。」尼克說。

柯萊特坐上床沿，笑道：「不過，很高興妳逐漸康復了。」

瑞秋問：「你們這次是搭比較小的那架飛機嗎？Grande？」

「噢，妳說的是 Venti？不是。」柯萊特翻個白眼，「我爸限制我用飛機了！上次在巴黎，我不是拒絕里奇的求婚嗎？就因為這件事，我爸媽超生氣，口口聲聲說要讓我上一課，竟然把我的銀行帳戶全凍結了，搞得我連鉑金卡都用不了。但是呢，你們猜怎麼辦？沒有他們的錢，我照樣能過得很好——你們眼前這位，可是 Prêt-à-Couture 的國際品牌形象大使！」

「柯萊特剛和他們簽了好幾百萬的合約！」

「恭喜！太棒了！」瑞秋替好友感到高興。

「還好啦，我主要是和上次那個維吉尼．德．巴斯雷合作。我們打算下周在尊邸會所舉辦一場宴會，維吉尼把籌備工作全權交給我。這場宴會是要幫下一季的 Prêt-à-Couture 造勢的，蒂姆．沃克（Tim Walker）也會來捧場。希望到時你們也能來參加。」

尼克和瑞秋沉默。

「這個瘋女孩堅持要帶一堆戴爾斯福德有機食物給你們，可是警衛不讓我們把推車帶上樓。」卡爾頓說道。

柯萊特不服氣，「哼！醫院的食物肯定不好吃啊。」

尼克笑道：「嘿，這妳可就錯了。我昨天在樓下餐廳吃了份牛排，相當不錯呢。」

「謝謝妳，柯萊特。剛好我從今天早上開始可以吃些固態食物了，我現在超想來點甜的。」瑞秋說。

「走吧，我們去樓下幫瑞秋走私些白巧克力檸檬餅乾！」柯萊特說完，拉住卡爾頓的手臂就要走。

「不然我跟你下樓，他們應該會讓我們帶些食物回來。」尼克向卡爾頓建議道。

在電梯裡時，卡爾頓說：「看到瑞秋沒什麼大礙，我就放心了。但為什麼到處都是警察？」

尼克嚴肅地說：「我有些事要跟你說，但你得保證千萬不能讓別人知道，行嗎？」

「當然。」

尼克深呼吸。「瑞秋不是因為膽結石住院的，她中毒了。」

「食物中毒嗎？」卡爾頓疑惑地問。

「不，是有人蓄意下毒。」

卡爾頓驚恐地瞪著尼克，「你在開玩笑嗎？」

「我倒希望現在還能開得出玩笑。瑞秋不想把事情鬧大，但要知道那天她差點就沒命了。她的內臟一個一個衰竭，連醫生都無助地找不出原因，直到我們發現她是被下毒。」

「媽的難以置信！你們是怎麼發現的？」

「我們收到一封恐嚇信。」

卡爾頓又驚又怒：「什麼？是誰會對瑞秋下毒？」

「警方還在調查，相信很快就會有結果。幸好雅莉絲姑媽跟香港首席行政長官很熟，這起下毒案，現在成了香港跟中國警方共同偵辦的案件。」尼克剛說完，電梯叮咚抵達一樓，尼克將卡爾頓拉到無人的角落，確認旁邊沒人以後，低聲問道：「我問你，以你對里奇．楊的瞭解，他有沒有可能做出這種事？」

卡爾頓遲疑了一下，「里奇？你覺得那混帳和這件事有關？」

「沒辦法不這樣想。在巴黎的時候，你害得他在朋友面前丟臉，柯萊特讓大家都知道她選擇的是你——」

「所以他就發洩在瑞秋身上？這也太卑鄙無恥了，這人比我想得還更混帳。要真是這樣，叫我怎麼對得起瑞秋……」

「別急，這只是我的推測而已。即使是再微小的動機，我們也不能漏掉。待會警方應該會問你和柯萊特一些事情，最好做些準備。」

「我們肯定會全力配合調查的。」卡爾頓的眉頭擠成一團，「對了，你們查清楚具體的毒素了嗎？」

「是一種叫甲醌的製藥物質。醫生說這種物質是用來治療多發性硬化症的，從普通管道根本弄不到，只有以色列有技術提煉，據說以前是摩薩德專用的暗殺用藥。」

卡爾頓的臉色瞬間慘白。

當晚，上海
鮑家

鮑高良夫婦正站在位於舊法租界的豪宅花園內向離去的賓客揮手道別，卡爾頓的車突然急速駛上環形車道。

「哎喲喂，皇上駕到了？我們真是榮幸。」看著卡爾頓步上台階朝他們走去，邵燕諷刺地說道。

「你們馬上到書房！」卡爾頓咬牙切齒地說。

高良怒斥道：「不准用這種態度對你媽媽說話！」

「不然呢？先來一個重逢的吻？」卡爾頓憤怒地進門。

三人進入書房後，邵燕坐上柔軟的真皮沙發，脫下Zanotti高跟鞋時鬆了一口氣。「我們剛在接待蒙古外交大使。不像你，我和你爸還懂得在情況必需時以禮相待。」

卡爾頓嫌惡地搖搖頭，「我真不敢相信妳還能穿著晚禮服若無其事地坐在這裡！」

「你在說什麼鬼話？」高良語氣裡盡是疲憊。

卡爾頓嫌棄地看了母親一眼，說道：「怎麼樣，妳自己坦白，還是我替妳說？」

邵燕冷若冰霜：「我不知道你要我坦白什麼。」

卡爾頓轉向父親：「你跟你老婆坐在這裡招待客人的時候，你的女兒——你的骨肉——正躺在香港的醫院裡——」

「瑞秋住院了？」高良打斷他的話。

「你不知道？她好幾天以前就從杭州的醫院轉到香港的了。」

「怎麼回事？」高良盯著兒子問道。

「有人下毒害她，她在加護病房裡掙扎了三天，差一點就沒命了。」

高良驚訝地問：「是誰？誰會對她下毒？」

「我不知道……你得問她！」卡爾頓手指母親。

邵燕迅速從沙發上跳起來，尖叫道：「**你在說什麼屁話**！你是不是忘記吃藥了，卡爾頓？該不會是你的幻覺吧？」

「我知道妳或許只是想給她一個警告，但妳差點殺了她！媽，我真搞不懂妳，妳怎麼能做出這種事？」卡爾頓說到激動處哽咽了起來。

邵燕震驚地看向丈夫。「你聽聽！我們的兒子竟然指控自己的母親是殺人犯！卡爾頓，你怎麼認為我會做這種事？」

「我知道妳是怎麼幹的，妳當然不會親手做這種事，肯定是妳的哪個奴才幹的。瑞秋是甲醌中毒——這種毒素，正是最近我們替特拉維夫的貓眼石製藥廠研製的物質！」

「我的天哪……」邵燕輕聲驚呼，高良更是被卡爾頓的話怔住了。

「想不到吧？平日裡不務正業的不孝子竟然有在關心自家公司。真是太驚訝了。我還知道妳和貓眼石背地裡都搞了些什麼見不得人的勾當！」

「什麼叫勾當？我們家和全世界的公司都有機密合作。對，貓眼石確實委託我們研製甲醌，但這就能代表我對瑞秋下毒？我有什麼動機？」

卡爾頓咄咄逼人地盯著母親說：「拜託！誰不知道妳從一開始就視瑞秋為眼中釘！需要我一筆一筆和妳算嗎？」

高良終於搞懂了狀況，便低聲道：「卡爾頓，別鬧了，**她沒有下毒**！你怎麼可以這樣指控自己的媽媽？」

「爸，你知道她背地裡是怎麼說瑞秋的嗎？我不相信你知道了以後，還會這樣護著她。」

「你媽和瑞秋只是存在些誤會，但她不可能傷害瑞秋的。」

卡爾頓苦笑道：「哦？你是這樣想的？看來你不知道她的能耐？你當然不知道——你不知道她之前——」

「**卡爾頓！**」邵燕警告道。

「你根本就不知道她在倫敦做了什麼！」

「你在說什麼？」高良問道。

「她掩蓋了倫敦的真相……只為了保護你。」

「**卡爾頓！閉嘴！**」邵燕衝到卡爾頓身旁，驚恐地拉著他的手臂。

「**不！我不會閉嘴的！**我快要被這件事憋瘋了！」卡爾頓歇斯底里地吼道。

「那你快說！倫敦到底發生什麼事？」高良命令道。

邵燕失控地哀求：「拜託，卡爾頓，你知道這是為你好，求求你快閉嘴……」

「那場車禍，有個女孩死在我車裡！」卡爾頓大吼。

「別聽他胡說！他喝醉了，腦袋不清醒！」邵燕邊尖叫邊設法摀住兒子的嘴。

「你們到底在說什麼？我以為是癱瘓了。」高良不明白。

卡爾頓粗暴地掙開母親的手，跑到房間另一端，「當時我那台法拉利上有兩個女孩！一個活下來了，但另一個當場就死了！媽花錢把事情壓了下來，她吩咐老秦和你在香港的理財顧問用錢封住了所有人的嘴！她要讓你被蒙在鼓裡，為的就是保護你現在的地位！她不讓我說，她不想讓你知道我是一個渾蛋！但我現在得承認——我殺死了一個女孩！」

高良驚恐地看著兩人。邵燕癱倒在地上抽泣。

卡爾頓繼續說：「我這輩子都不會原諒自己，我也不可能忘記這件事。但是爸，我試著為這件事負責。事情已經發生了沒辦法改變，但我可以改變自己。在巴黎的時候，是瑞秋讓我明白了這一點。但是，媽怕她洩露那起事故的真相，這就是她下毒的原因。」

「不是！不是我！我沒有！」邵燕哭著否認。

「妳現在感覺如何？真相大白了，妳整天掛在嘴邊的『鮑家垮了』的預言也實現了。但妳還是猜錯了一點：毀了鮑家的不是我這個不孝子，更不是瑞秋，而是妳——即將入獄的妳！」

卡爾頓咬牙切齒地吐出最後一個字，便奪門而出。獨留邵燕如失了魂一般癱坐在地，而高良在她旁邊雙手抱頭。

咖啡山墓園

◆ 新加坡

每年父親的忌日，尚素儀和弟弟阿爾弗雷德都會結伴到父母的墳前祭拜，家族裡的小輩們就更不用說了。按照往年的慣例，素儀的親屬和平日比較親近的親戚都會先在泰瑟爾莊園集合，吃過早餐後再一起前往墓園；不過，今年大家直接到墓園集合，省了很多麻煩。艾絲翠一大早把兒子送到遠東幼稚園後，便立刻前往目的地咖啡山墓園，沒想到自己竟然是第一個到的。她逛了一圈這座新加坡最古老的墓園，半個人都沒遇到。

咖啡山墓園從一九七〇年開始謝絕新「住戶」，在那之後，園內外的植被便得以無限制地生長。短短四十年，這片新加坡元老建設者們的最終棲身之地，已成了全島最珍貴的野生伊甸園。艾絲翠漫步在靜謐的墓園之中，心中不禁湧起了一種莫名的與世隔絕之感。

遠處的矮坡上，坐落著更為奢華、更有排場的中式陵墓。有些墓前還擴展出一片前院，供祭拜者駐足；有些則鋪有色彩斑斕的娘惹，墓前佇立著跟人同高的錫克守衛或其他神明的雕塑。艾絲翠心懷敬意，默默念著每尊墓碑上的銘文——陳謙福、王三龍、李珠娘、陳延謙……耳熟能詳的新加坡先驅們都在這裡。

十點整，一列整齊的車隊劃破了墓園的寧靜，帶頭的一九九〇年捷豹 Vanden Plas 裡坐的正是艾絲翠的母親、素儀的長女——費莉希蒂·梁。艾絲翠的父親哈利和弟弟亨利·梁 Jr.[108] 在緊隨其後的起亞 Picanto 車上。最後面的復古深紫紅色戴姆勒裡，是維多利亞、莉蓮·梅－陳，還有新加坡的天主教神父。

片刻之後，一輛配有暗色車窗的賓士 600-Pullman 出現，車子還沒停妥，兩名廓爾喀族保鑣便率先推門而出，神情戒備地打開後車門。只見已邁入杖朝之年、矮小且大腹便便的阿爾弗雷德·尚跨出車廂，滿頭的銀髮打理得一絲不亂。車外耀眼的晨光讓阿爾弗雷德戴上了時髦的無框墨鏡，他回頭攙扶姐姐素儀下車。老夫人今天身穿奶白色襯衫搭配藏紅色羊毛衣，下身是低調的棕色休閒褲，手戴褐色山羊皮手套，頭頂休閒的編織女帽，鼻樑上還架著一副玳瑁框的墨鏡，身後緊隨著兩名身穿藍色絲裙的女僕，這身行頭與其說是來掃墓的，倒更像是到自家後院做園藝活動。素儀一眼便看見主教施倍賢從前頭的戴姆勒裡爬出來，忍不住滿臉嫌棄地對弟弟埋怨道：

「維多利亞當我的話是耳邊風嗎？又邀請這個大嘴巴神父了！父親會氣得活過來的！」

眾人在大門處簡單地寒暄後，便安靜地走上了墓園內的林中小道。當然，隊伍必須講究輩份：一家之主素儀走在最前面，身邊的廓爾喀族保鑣小心翼翼地為主人撐起黃色蕾絲邊陽傘。尚龍馬的安息之地位於墓園的最高處，此處群蔭環繞，簡直是座天然壁壘；墓碑本身或許不像別家

108 亨利·梁 JR 的預估個人淨值高達四·二億美元，這還不包括家族的財產（考慮到哈利身體還算康健）。至於這低調的座駕（起亞）——亨利在兀蘭鎮上班，每日通勤往返，自然要選一輛節能減碳的座駕。他的妻子，大律師凱思琳·賈，是嘉欽基財富的女繼承人，每日則從家（那森路上神似領事館的一座豪宅）步行到公車站，再乘坐七十五路公車前往萊佛士坊上班。

那麼氣派，但光滑的帝王石鋪設的扇形廣場和描繪《三國演義》情節的浮雕，足以讓這區有別於千篇一律的「鄰居」們。負責法事的高僧早已在墓前恭候，廣場前搭了一座臨時帳篷，帳篷下是一張宴會桌，桌上整齊地擺放著十九世紀銀色與淡黃色的瑋緻活（Wedgwood）瓷具，素儀每次到戶外活動，總會特地帶上它們。

莉蓮‧梅—陳看見桌子中央那隻口含櫻桃的烤乳豬，還有帳篷旁一列泰瑟爾莊園的傭人，興奮地說：「哎喲！我們不會要在這裡吃午餐吧？」

維多利亞低聲道：「是的。媽覺得換成在這裡吃飯感覺應該不錯。」

家人們在墓碑前集合，和尚們開始誦經。佛家法事結束後，施主教上前一步，開始為尚龍馬與黃蘭茵夫婦的靈魂做簡單的禱告。由於尚龍馬夫婦沒有受洗，因此只祈禱他們對新加坡做出的貢獻能讓他們免於詛咒。維多利亞虔誠地點頭回應，渾然不顧她母親銳利的目光。

主教退下後，泰籍女傭為素儀姐弟二人奉上裝有肥皂水的銀製水桶和毛刷。兩位尚家大長輩走到墳前，小心翼翼地用毛刷擦拭著墓碑。每次看到年逾耄耋的祖母無微不至地替自己父母的墓碑刷去污漬，艾絲翠都會被這樣的孝心感動。

掃墓環節完畢，素儀在父親墳前放上一束石斛蘭，阿爾弗雷德則獻上一瓶山茶花給母親。緊隨兩人之後，其餘晚輩也輪流在墳前獻上水果與糕點，過沒多久，豐盛的食物便組成了一幅卡拉瓦喬的靜物畫。和尚點香，念了最後幾段經文，儀式才正式結束。

休息一下後，眾人齊聚帳篷下用餐。阿爾弗雷德趁大家聊得正起勁，悄悄地來到哈利‧梁身邊，從口袋裡掏出一張紙條，低聲說：「哈利，這是你想要的資訊，這到底是要幹嘛的？費了我好大一番功夫。」

「待會兒再和您細說。這周五泰瑟爾的晚宴，您應該不會缺席吧？」

「我能不出席嗎？」阿爾弗雷德苦笑道。

哈利接過紙條，迅速地瞥了一眼，便塞回口袋裡，轉頭喝了一口剛上桌的冰鎮綠豆湯。

莉蓮・梅－陳放下湯匙，問道：「對了，艾絲翠，聽說妳剛從巴黎回來？怎麼樣？那裡還是老樣子嗎？」

「那裡還是一樣迷人，但最大的驚喜是遇到尼基。」

「尼基！真假？我都幾百年沒看到他了！」

艾絲翠小心翼翼地瞥了眼桌子另一頭的祖母，低聲道：「他和瑞秋在一起，我們小聚了一晚，很開心。」

「告訴我，他老婆看上去如何？」提到瑞秋，莉蓮的語氣不由得鬼鬼祟祟起來。

「妳知道的，我很喜歡瑞秋。別說她現在是我們的家人，即便她沒嫁給尼克，我也想和她做好朋友，而且……」

這時，艾絲翠忽然感覺肩膀被拍了一下——素儀的貼身侍女在她身後，並湊到她耳邊說：「您祖母讓我告訴您，立刻停止討論尼可拉斯，否則請您離開這裡。」

午餐結束，大家往車子方向走的時候。哈利走到女兒身邊問道：「妳和那個查理・胡還有聯繫？」

「我和他的聯繫從來就沒斷過，怎麼突然問這個？」

「阿爾弗雷德舅舅剛為我帶來一則耐人尋味的消息。妳前幾天不是質問我有沒有插手麥可第一家公司的收購嗎？當然，我的答案還是我沒有。但他那筆便宜買賣確實挺古怪的，怎麼能賣那麼多錢？我就深入調查了一下。」

「查理不會是你的幫兇吧？」

「不，艾絲翠——查理．胡就是那家公司的幕後買主。」

艾絲翠猛然駐足。「爸，這個玩笑可一點都不好笑。」

「確實，真正好笑的是查理．胡花三百萬美元買一家剛起步的小科技公司。」

「爸，你確定這是真的嗎？」

哈利把那張紙條遞給她，「這消息可是費了好大一番工夫才拿到手的。我的手下雖然都是些金融界的老手，但卻都查不出來；所以我專程拜託阿爾弗雷德舅舅幫忙。在妳的印象中，他有說過不可信的話嗎？不得不承認，查理．胡對此事的保密工作做得非常到位，但妳手上的那份資訊就是鐵打的證據。我現在只想知道，他的目的到底是什麼？」

艾絲翠難以置信地讀著紙條上的內容。「爸，答應我一個請求，在我把這件事搞清楚之前，不要向任何人透露，尤其是麥可。」

眾人離去，只有艾絲翠還逗留在重歸寧靜的墓園裡。她坐在車裡，把空調開到最強，任憑冷風拍打自己的臉頰。她剛準備踩油門，突然又改變主意，便熄火下車。她需要走一走。剛才那驚人的消息仍讓她頭昏腦脹。為什麼查理要偷偷買下自己丈夫的公司？為什麼瞞著她？莫非這兩個男人之間有某種協議？還是說，隱藏著更不為人知的祕密？她不知道該怎麼想，她覺得被查理背叛。艾絲翠無所適從。這就是自己真誠對待他換來的回報嗎？

艾絲翠失魂落魄地朝樹林深處走去，道路兩邊遍佈充斥著爬蟲類動物的大樹，以及滿布青苔的古墓，頭頂上時不時傳來清脆的鳥鳴聲，形態各異的蝴蝶在樹叢中穿梭。不知走了多遠，艾絲翠終於冷靜下來，周遭的環境彷彿是兒時泰瑟爾莊園的遊樂場，令她心安。

午後和煦的陽光透過嫩綠的枝葉灑在草坪上，艾絲翠靜靜地享受著此刻的寧靜，身旁的大榕樹下，一尊不起眼的墓碑吸引了她的注意：有別於其他墓碑的莊重，這尊墓碑頂端的雕塑竟是展翅高飛的小天使！艾絲翠走近一看，碑面上鑲著早已褪色的遺照……原來如此，照片中是一位身穿白色襯衫的小男孩，年紀與卡西恩差不多。這座墓碑有著神奇又美麗的魔力，讓艾絲翠不由得想起巴黎的拉雪茲神父公墓。

記得當年，她和查理一起在歐洲念大學，在一次巴黎之旅中，查理帶她去拜訪阿伯拉爾（Abelard）和艾洛伊絲（Héloïse）的墓地。他們抵達目的地後，發現墓碑上放滿了密密麻麻的情書，查理娓娓道來：

「阿伯拉爾是十二世紀的偉大哲學家，而艾洛伊絲是聖母院神父卡農·福爾伯特的侄女——地位尊崇的貴族女子。卡農請阿伯拉爾做侄女的家庭教師，師生二人墜入愛河。艾洛伊絲懷孕後，兩人祕密結婚。神父得知這段不倫之戀後勃然大怒，下令將阿伯拉爾閹割，並將侄女送到修道院。這對夫妻再也無緣相見，餘生只能以書信互通情愫。幸運的是，這些刻骨銘心的文字被世人妥善保存，兩人的悲戀得以流傳。直到一八一七年，夫妻兩人的遺骨才被合葬在一處。在那以後，每次有情侶來訪，都會在這塊墓碑上留下各自的愛情誓言。」

「好浪漫！」艾絲翠歎息，「你也會一直寫情書給我嗎？」

查理在她光滑的手背上輕輕吻了一下，說：「我保證我會不斷寫情書給妳，直到我死去的那一天。」

艾絲翠獨自站在林中回想查理的誓言。樹洞深處的窸窣聲、樹葉的沙沙聲，彷彿周圍的一切都在向她竊竊私語，使這話語越來越清晰：他這麼做是為了愛，為了妳。一瞬間艾絲翠全明白了。查理之所以如此，不正是為了拯救她的婚姻嗎？他花了數百萬買下麥可的公司，就是為了讓麥可擁有自己的財富，助他克服自卑。這是何等義無反顧、無私的愛。如此想來，查理三年前的態度就有跡可循了。當時，他極力勸她不要離婚——至少，再給麥可一年的時間。我有預感麥可會改變。誰知道，他確實改變了，但卻不是以眾人期待的方式。他簡直完全變了一個人。曾經那個謙卑客氣、寡言少語的士兵，如今變成了一個急躁、瘋狂的億萬富翁。且這男人竟還想改變她，要她做一個更能匹配他的妻子。艾絲翠明白這改變有多煎熬，且她一點也不願意做這些改變。這一刻，她才猶如醍醐灌頂——這並不是自己想要的。她要的愛是對方接受她原本的樣子。就像查理那樣。噢，查理……自己和他原本有機會幸福快樂地走下去。要是自己沒有傷他的心；要是當初自己能更勇敢強硬地反抗父母；要是這樣他就不會和別人結婚，並有了兩個美麗的女兒……要是……

馬維斯達

◆ 加州，洛杉磯

凱蒂和柯琳娜一到洛杉磯，就坐上等候她們的特斯拉。柯琳娜隨意地說：「妳上次和他們見面，是什麼時候的事情了？」

「大概是三周前吧。我每個月都會儘量擠出一周的時間來這裡探望他們。說實話，最初我還很期待能和他們團聚；但現在，我女兒的生活規則越來越嚴苛，難得的團聚也成了挑戰。」

「這麼說，伯納德和女兒的病……真的不是謠言？」

凱蒂苦笑：「我不知道那些傳言是從哪裡冒出來的。伯納德確實在接受治療，但絕不是妳想的那樣。」

「那到底是什麼疑難雜症？」柯琳娜好奇，眼睛睜得大大的。

凱蒂重重地歎了口氣，沉默數秒後說道：「我們在拉斯維加斯結婚的那段時間。婚禮後，我們計畫在當地多玩幾天。一天晚上，伯納德堅持要拉我一起去看最新的《蝙蝠俠》電影。結婚以前，我就知道伯納德是蝙蝠俠的鐵粉——從他那輛奇形怪狀的蝙蝠跑車，和令人毛骨悚然的室內裝潢，就能看得出來。但我真沒想到，他竟癡迷到把自己當成亞洲版的布魯斯．韋恩。回到香港後，他堅持要把自己整型成克里斯汀．貝爾的樣子，還特地跑到首爾找一位專門把人整型成明星的醫生。我們商量很久。我是不介意老公長得跟帥氣男演員一樣啦，甚至我還挺興奮的，但是……」

柯琳娜從座位上彈起來，驚嚇地問道：「該不會手術失敗了吧!?」

「不、不，事實上手術很成功。但是，手術前的準備階段出了重大錯誤。是電腦的錯誤……現在韓國的頂級整型機構都開始運用AutoCAD 3D影像技術，新臉的設計全靠電腦。問題就出在這一步驟，那個護士聽錯醫生告訴她的名字，把錯的名字輸入到電腦裡。所以他們就做出了錯誤的模型。伯納德走出手術室，看起來完全不是他想要的樣子。」

「我必須問，那護士到底聽成哪位明星的名字？」

凱蒂歎了口氣說：「她把『克里斯汀』聽成『克莉絲汀』。」

柯琳娜的下巴差點掉到地上：「克莉絲汀．貝爾!?《花邊教主》裡的那個金髮女演員？」

「是，他們成功完成了一例變性手術。」

「所以他才躲到美國？」

「是的，應該說一開始是這樣沒錯。但這件事還沒結束。手術以後，我們來到拉斯維加斯，在當地一位名醫那裡花了一段時間，總算恢復了他原本的樣子。然而，這次鬧劇帶來的後遺症，遠比我想像得還要嚴重。」

「什麼意思？」

「這些手術徹底改變了伯納德。不只是外表，還有他的心理。等妳看到他就全明白了。」

凱蒂說完，車子便抵達馬維斯達某棟二層英式小洋房。只見院子裡一大一小兩位男女，正跟著一個身材火辣的金髮教練練瑜伽。柯琳娜一雙眼睛被小女孩吸引了，只見她綁著兩條俏皮的辮子，年紀雖小，下犬式卻十分標準。

「我的天哪，那個可愛的女孩就是妳女兒？」

「嗯，她叫吉賽兒。手伸過來，妳見她前得先來點有機洗手液。」

小女孩注意到下車的兩人，立刻爬起身，像隻小蝴蝶似地飛了過來。遠處的伯納德急忙問道：「妳用布朗博士[109]洗手了沒？」

「當然！」凱蒂大聲回答丈夫，一把將女兒抱入懷中，「小寶貝，可想死媽媽了！」

「我提醒過多少次了，不要這樣和女兒說話，妳會把她寵壞的！」伯納德開口挑毛病了，「而且，妳得和她說中文，我說英文和粵語，知道嗎？」

「但今天是西班牙文日呀！」小女孩皺眉說道。

柯琳娜驚歎道：「天啊！她現在才幾歲，西班牙文就說得這麼好了！別告訴我她還會其他語言！」

「五種而已。照顧她的阿姨和她說西班牙文，我們的主廚說法文，久而久之，她就都會了。」凱蒂回答。「吉賽兒，這是柯琳娜阿姨。來，和阿姨打聲招呼！」

「早安，柯琳娜阿姨。」吉賽兒甜甜地問候道。

109 美國的有機肥皂和個人護理產品品牌。

伯納德走上前來打招呼，笑道：「等她三歲，我們打算再幫她請個俄文老師。」

「哎呀呀，伯納德！上次和你見面已經好幾年了吧？」柯琳娜努力把驚愕壓在心底不表現出來。她和這個男人在公眾活動中有過數面之緣，但眼前這張臉卻讓人完全找不到過去的痕跡。記憶中那張典型的廣東人的圓臉，竟被硬生生地削成了尖下巴，還搭上一只違和的鷹鉤鼻；顴骨打磨得還算精緻，但這雙貓眼是怎麼回事？這人簡直就是傑・雷諾和妙麗（沒錯，就是《哈利波特》裡的妙麗）的兒子！柯琳娜心想，遲遲無法將視線從這張臉上挪開。

「別站在外面了，吉賽兒該做頭薦骨療法了，我們邊吃午餐邊聊。」伯納德一面說，一面催女兒回房。

若非親眼所見，柯琳娜打死也不會相信，揮金如土的戴大少爺會甘心屈居在這樣不起眼的環境中。不僅如此，屋裡的情況才真叫人傻眼——這客廳分明就是間小型診所。不算寬敞的空間被各式各樣稀奇古怪的治療設備塞滿。吉賽兒一進門，就熟門熟路地躺在一張專業按摩床上，讓按摩師按摩自己的頭皮。隔壁是一間斯堪地納維亞風格的小教室，木桌木椅搭配麻纖維地毯，木板牆上還貼著數幅孩子的塗鴉。

伯納德在一旁解釋：「這裡本來是餐廳，但我們家都習慣在廚房用餐，乾脆就把這裡改造成孩子的學習場所了。最近，吉賽兒每週都要在這裡上三堂解碼課。來，我帶妳去客房，妳可以在午飯前先洗個澡放鬆一下。」

在狹窄的客房裡，柯琳娜勉強整理好行李，拿出一罐昂貴的樂家糖果走下樓。只見一家三口坐在後院的小木桌旁。

「吉賽兒，看看阿姨帶了什麼禮物給妳！」柯琳娜把粉紅色的糖果罐遞給她。這兩歲半的小女孩則是困惑地盯著手中的糖罐。

「天哪！塑膠！吉賽兒，別碰它！」伯納德慘叫。

「抱歉，我忘了跟妳說，我們家不能有塑膠。」凱蒂低聲解釋。

柯琳娜冷靜地說：「沒關係，是我疏忽了。給我吧，我把糖果倒出來，然後把罐子扔了。」

伯納德卻嚴厲地看了柯琳娜一眼，「吉賽兒正在執行原始人飲食法，只能吃無糖、無麩質、農場直送的有機食物。」

「對不起，我不知道。」

看對方的表情，伯納德的態度軟了下來，「不怪妳，是我們沒有及時提醒，我不奢望造訪我家的客人，尤其像是妳這樣來自亞洲的客人，能理解我們的生活方式；但我希望妳能欣賞我們家的原生態飲食。我在托潘加有一座農場，專門種植我們的日常飲食。妳來得正是時候，農場昨天剛豐收了一批作物。來，先嚐嚐這個茴香餡的小南瓜，裡面的茴香可是吉賽兒親手塞的，是吧，吉賽兒？」

小女孩抬起頭，用西班牙文自豪地說：「我們只吃自己種的！」三分熟的純草飼菲力牛排把她的小臉蛋塞得鼓鼓的。

柯琳娜苦笑道：「好吧，我還專程帶了一瓶約翰走路黑牌呢，看來也帶錯了……」

「承蒙您的好意，我最近只喝逆滲透淨水。」

承蒙您的好意？我的媽呀，看看這香港人來到加州後變成什麼樣了？柯琳娜驚恐地想著。

柯琳娜禮貌地吞下最後一口此生吃過最清淡的餐點。她來到玄關旁，看到伯納德正在幫女兒穿戴 TOMS 運動鞋和遮陽帽。凱蒂見狀埋怨道：「我們才剛到，你就不能讓女兒放天假陪陪我？我想帶她去 Fred Segal 買些可愛的新衣服呢！」

「我不准妳再帶她去那裡買衣服！那裡簡直是享樂主義的氾濫之地，沒一處對孩子有幫助的！妳上次幫她買的那堆粉色公主洋裝，我已經全捐給慈善機構了。我不會再讓女兒穿那些會助長性別刻板印象的童話故事衣服。」

「好、好、好，都聽你的。去海邊放鬆放鬆總行吧？別告訴我沙子也算麩質？」

伯納德把她拉到角落，激動地說：「妳這媽媽是怎麼當的？根本不理解兩週一次的感官剝奪全漂浮式正念課程對我們的女兒有多重要！她的靈氣老師告訴我，孩子的心裡仍殘留著通過產道時留下的陰影和焦慮！」

「心理陰影？哦，伯納德，即便有陰影，那也是我有！你那時堅持不讓我打無痛分娩，她簡直要撕爛我的產道了！」凱蒂哀號道。

「噓！妳想再多增加她的心理壓力嗎？反正，我們會在六點前趕回來的。威尼斯海灘那邊的正念課程要花四十五分鐘；結束後，我還打算帶她去康普頓跟真實世界沉浸會的朋友們體驗一個小時的無定向遊戲。」

「怎麼要耗到六點？現在才一點不到呀！」

伯納德不耐煩地瞪了妻子一眼，「塞車啊！妳知道我們這一趟要上多少次405號州際公路[110]嗎？」

凱蒂小心地把女兒安置在特斯拉的兒童座椅上，道別後，兩個女人回屋裡坐下。柯琳娜歎道：「親眼所見，我總算懂妳的意思了！事情怎麼會變成這樣？」

凱蒂感慨：「唉！說來話長，這得從我們剛來洛杉磯時說起。最初，伯納德整天泡在戈德堡醫生的診所裡，他在那裡認識了許多病友，其實大多都是些精力過剩的西區年輕媽媽。一天，他受其中一位病友邀請，參加了塞多那市的週末靜修會，這就是一切的癥結所在了。那次治療回新加坡後，伯納德突然性情大變，宣稱要中止修復手術，接受自己的新容貌。他開始整天向我吐露心事，傾訴自己的童年是如何的淒慘，父親如何冷落自己（只會朝他丟鈔票），母親如何沉溺在教會事業而不顧家庭……而他，決心要做一位睿智且照亮孩子心靈的父親，絕不讓這種傷害再延續到女兒身上。其實現在這樣還算安定了，吉賽兒剛出生的第一年簡直就是災難。孩子出生還不到兩個月，他就不顧反對，要搬家到洛杉磯，理由是新加坡的環境汙染無益於嬰兒的成長，更不能讓孩子受到爺爺奶奶的『荼毒』！這棟房子對我而言簡直就是座監獄，整天活在伯納德的監視下，稍有不合他心意的舉動，劈頭就是一頓說教。在他眼裡，我就是個曝露狂媽媽，但我唯一在孩子面前露出的也只有胸部而已！每次只要有一點小事，他都能在一周之內，帶我們去看至少

110 405號州際公路的交通堵塞由來已久，甚至有笑話稱「該州際公路被命名為405（four o five）是因為無論前往哪裡，車流行進速度都是每小時4、5（4 or 5）英里」。

五十位不同的兒童心理專家！這些我能忍就忍，妳知道壓倒我的最後一根稻草是什麼嗎？伯納德竟改裝了主臥室，來配合他所謂的吉賽兒的睡眠模式，那堆詭異的LED燈光、過度純淨的空氣，還有搖籃裡播放一整天的莫札特音樂，這我怎麼睡得著？自那時起，我每個月都要逃回香港。我受不了了。妳也都看見了，能理解嗎？」

柯琳娜深以為然地點點頭，「當然理解。說實話，從我踏進這棟房子起，就覺得渾身不自在。你們怎麼會選在這裡……」

「我們一開始是住在貝賴爾的高級公寓那邊，但伯納德認為優渥的生活環境不利於孩子認識真實的世界。他堅信在低收入的生活環境，能讓吉賽兒發憤圖強，考上哈佛……」

「伯納德都沒問過妳這個媽媽的想法嗎？」

凱蒂越說越控制不住情緒：「妳指望我這個新手媽媽能提什麼想法？我能感覺到，伯納德比較希望我待在香港，他怕我的愚蠢會傳染給孩子。他根本完全不在乎我，只在乎珍貴的女兒，一天二十四小時都閒不下來。」

柯琳娜同情地說：「凱蒂，想聽聽我的想法嗎？當然了，此刻我不再是公關顧問，作為一位母親，我必須要提醒妳：如果妳想讓女兒正常地長大，如果妳希望她進入亞洲的上流社會，就得立刻結束伯納德的荒謬行為。」

凱蒂輕聲說：「我明白。其實我已經有計畫了。」

「那就再好不過了。要是戴拿督知道自己的親孫女被這樣瞎折騰，他還不從棺材裡跳出來！最起碼，必須給她一間單獨的臥室吧？不論是在愛士特女皇園還是深水灣，她都應該要有一間比這整棟房子還要大的房間，而不是每天跟父母一起睡！」柯琳娜語氣不由得有些強硬。

「阿門！」

柯琳娜拍了一下桌子，說：「這小女孩需要被適當地撫養——交由一群明智的廣東保母，不需要父母的干涉！」

「妳說得太對了！」

「我們應該要讓她穿上最美麗的瑪麗·珊圖，帶她去文華喝最優雅的下午茶，吃最正宗的馬卡龍！」

「就是這樣！去他的狗屁正念吧！」凱蒂大吼。

凱旋大廈

◆香港，太平山

尼克和瑞秋並肩坐在陽臺的長椅上，緊握著對方溫暖的手，眺望著全島首屈一指的都市景觀。艾迪的頂層公寓宛如坐落在太平山頂端的雄鷹巢穴，俯視望去，高聳的鋼筋水泥建築和碧藍的維多利亞港灣彷彿沙盤一般，能放在手心把玩。

「這可真不賴。」尼克舒服地伸了個懶腰，享受和煦的陽光和涼爽的微風。

「何止是不賴呀！」瑞秋出院已經兩天了，在病床上熬了這麼多天，她現在恨不得每分每秒都待在戶外，「說真的，艾迪那天說費歐娜和孩子不在，邀請我們到家裡住幾天，我心裡還有點害怕。事實證明，這裡真的很舒服。他說在這裡就像待在埃斯特別墅，還真不是吹牛。」

這時女傭拉爾尼來到陽臺，手裡端著兩大杯裝有冰塊的阿諾德帕爾默（Arnold Palmer），杯口還插了把可愛的小紙傘。

瑞秋忙起身，「拉爾尼，妳太客氣啦！」

拉爾尼和善地笑道：「先生特別交代，您必須多喝東西，這樣有助於康復。」

「我真不知該如何形容……拉爾尼真的對我太好了，我真是不太習慣。昨晚我要去找卡爾頓吃午餐，你知道她做了什麼嗎？她堅持要護送我下樓，還幫我開車門。這還不算什麼，她竟然還彎腰進車子裡**幫我繫安全帶！**」

「感覺如何？第一次享受到這麼周全的待遇吧？」尼克揶揄道。

瑞秋又好氣又好笑：「你還笑我？有那麼一瞬間我還以為她是彎的，要把我呢！嚇死我了。事後我問她，是不是也會幫艾迪夫婦繫安全帶？她理所當然地回答說：『是的，我們會幫全家人繫好安全帶。』你的表兄弟們還真是嬌貴呀，連安全帶都不用自己繫。」

「歡迎來到香港。」尼克調侃道。

瑞秋的手機突然響起，她看了眼螢幕，猶豫幾秒後才接通，「啊，爸……嗯，嗯，謝謝……放心，我好多了。你今天會來香港？當然沒問題，五點會到……嗯，我們閒著呢……好，好的，一路小心。」

瑞秋掛斷電話看向尼克：「我爸傍晚會到香港，想見我們。」

「妳覺得如何？」尼克問道。卡爾頓已經毫無保留地透露了他回家找父母興師問罪的整個過程，但這段日子裡，鮑家那邊始終保持沉默。

「我是想見他，但就怕到時候會尷尬。」淡淡的陰霾覆上了瑞秋的臉龐。

「尷尬的應該是他們吧？他老婆可是洗脫不了毒害妳的嫌疑了。但好歹他還是頂住壓力主動來找妳了。」

瑞秋難過地搖搖頭，「天啊，這一切真是亂七八糟！你說我們是不是和亞洲有仇？別回答，我不想聽！」

「要是他直接來這裡，妳會不會比較好受？就怕艾迪會趁此機會，大肆炫耀他的比德邁傢俱和恒溫鞋櫃。」

「說到他的鞋櫃，你有沒有發現，櫃子裡的鞋子竟是按品牌首字母順序排列的！我真是大開眼界了。」

「當然看見了。怎麼樣？妳還覺得我有鞋子強迫症嗎？」

「不敢，不敢。你那點強迫和這位比起來，真是小巫見大巫。」

再十五分鐘就五點了，艾迪像管家婆似地在公寓裡忙前忙後、大呼小叫地使喚女傭們：「拉爾尼！我叫妳放貝波．吉兒柏托的音樂，不是艾斯特吉芭托！」他的音量簡直要把天花板掀開了，「鮑先生是貴客，伊帕內馬女人那破嗓子只會弄髒他的耳朵！給我換上〈*Tanto Tempo*〉！」

「對不起，先生，我馬上換！」拉爾尼被主人這麼一罵，手忙腳亂地在 LINN 音樂系統上找歌。她不太會用這麼高科技的設備，尤其是手上還戴著笨拙的棉手套，更無法順暢地操縱遙控設備。沒辦法，鄭先生從不准拉爾尼直接觸碰這些寶貝，成天念說這套設備的價格可以買下她的家鄉馬京達瑙的整座村莊。

艾迪挑過客廳的毛病後，轉戰廚房，正巧逮到兩個女傭擠在電視前看《非誠勿擾》。她們一見到主人，立刻從吧台椅上跳起來。「李靜，魚子醬準備好了沒有？」艾迪用中文問道。

「準備好了，先生。」女傭戰戰兢兢地回道。

「拿出來我看看。」艾迪命令。

名叫李靜的女傭打開 Subzero 冰箱，從裡面拿出一尊純銀器皿，裡面盛滿了誘人的魚子醬。她獻寶似地端到主人面前，滿心等待被稱讚，誰知道艾迪大發雷霆：「錯了，大錯特錯！我要妳把魚子醬冷藏，妳幹嘛把器皿也放進去!?我可不想看到這器皿像柬埔寨妓女一樣汗流浹背！立刻把器皿擦乾！等客人來了再加入冰塊，然後把整個玻璃碗放在上面——像這樣，懂了沒？還有，妳得加冰箱裡的碎冰，而不是直接從製冰機裡拿出冰塊！」

這群女傭真是太沒用，太沒用了。艾迪疲倦地回臥室換衣服，心裡不斷自憐。艾迪家的女傭一年就換一批——沒辦法，主人這德行，沒人願意續約。他曾試圖從新加坡的阿嬤身邊挖走幾個訓練有素的忠僕，但那群傭人簡直比納粹還忠心。

艾迪站在維也納分離派（Viennese Secession）全身鏡前，仔細地清理休閒夾克上的毛球，這已經是他今天第十次做同樣的事了；他還特地搭配了一條 DSquared 修身牛仔褲，試圖讓自己看起來日常隨意一點。他正上下打量著自己，樓下突然傳來門鈴聲。艾迪心裡暗罵：媽的！鮑高良提早到了！

艾迪狂奔至前廳大吼道：「拉拉拉拉爾尼！音樂呢!?查麗蒂，燈光！還有，妳今天的髮型看起來滿有精神的，妳去開門！」他自己也沒閒著，發狂似地朝沙發靠枕施展空手道手刀，想讓它們更蓬鬆些。尼克看見他這個模樣覺得很驚奇。

瑞秋搶在女傭前頭來到門前，「查麗蒂，我來開門吧。」

艾迪撇撇嘴，湊到表弟耳邊：「尼基，你真該教教瑞秋別總和下人搶事情做。」

尼克回應，「她就是這樣，我沒打算改變她。」

艾迪不以為然地說：「唉呀！你們當初堅持要搬到美國住，我就知道會是這個下場。」

瑞秋深吸一口氣，一把推開門。短短幾周不見，父親就彷彿老了十歲，他的頭髮不像之前那樣一絲不亂，眼下還有厚厚的眼袋。他伸手緊緊抱住瑞秋，這一刻瑞秋不再感到絲毫的不自在。簡單寒暄後，兩人並肩來到客廳。

艾迪殷勤地走上前：「鮑部長，您能光臨寒舍真是莫大的榮幸！」

「真的很謝謝您邀請我來。」高良打過招呼後，再次溫柔地看向女兒，「看妳現在這麼健康，我就放心了。真的很抱歉讓妳的旅行變成這個糟糕的樣子，這真的不是我邀請妳來中國想看到的局面。我不是說這次的……呃……意外，我是說我自己，我這邊有些複雜的狀況，所以沒法多陪陪妳……」

「沒關係的，爸。我一點都不後悔來到這裡，我很高興認識了卡爾頓。」瑞秋安慰父親道。

「他也很高興認識妳。對了，謝謝妳在巴黎拉了卡爾頓一把。」

「這都是我應該做的。」

「當然了，我這趟來香港，除了向妳道謝之外，還有其他更重要的原因，該如何跟妳解釋呢……這段時間，我每天都和杭州警方開會，我還在香港見了他的副手郭隊長。現在我能確定我太太和妳中毒的事完全沒有關係。事到如今也沒必要瞞妳了，相信妳已經知道邵燕她確實對妳有些芥蒂，這都怪我沒有好好處理這件事。但是，妳一定要相信，邵燕她絕對不會傷害別人。」

瑞秋不知該如何回答，只能點點頭。

高良歎了口氣，「無論如何，請相信我，我一定會竭盡所能找出兇手。北京警方已經將里奇・楊列為重要嫌疑人，現在正二十四小時監控他，杭州警方更是展開了全市搜查，相信很快就會真相大白的。」

一時之間，屋內陷入沉默，大家都不知道該說什麼。剛好這時女傭李靜推著盛放魚子醬的銀製餐車走進客廳。艾迪一眼看見魚子醬的碗底有冰塊，而不是自己千交代萬交代的碎冰，頓時怒火中燒——這下好了，玻璃碗在冰塊上根本放不穩，有點歪歪的。艾迪強迫自己不去注意這件事，接著查麗蒂端著剛開瓶的庫克安邦內黑鑽（Krug Clos d'Ambonnay）和四個香檳杯進入客廳，艾迪簡直要抓狂了，廢物，廢物，廢物！不是說要用維尼尼（Venini）復古高腳杯嗎？拿著巴卡拉（Baccarat）出來現眼，是故意讓我丟臉嗎!?

艾迪狠狠地瞪了女傭一眼，立刻又朝客人換了張燦爛的笑臉，「要來些魚子醬或香檳嗎？」可憐兮兮的查麗蒂被主人這麼一瞪，不明白做錯了什麼。酒太早上了？沒有呀，先生說客人進門後八分鐘上酒，自己明明是按照老爺鐘計時的。先生一直盯著酒杯看，啊媽的！用錯杯子了！

瑞秋和尼克自己拿了些魚子醬和香檳，但高良婉拒了。

「您喝不慣香檳嗎？鮑部長。」失望之情溢於言表，早知道他不喝香檳，準備唐培裡儂（Dom Perignon）應付尼克和瑞秋就好了。

「不，給我杯熱水就行了。」

中國人和他們心愛的白開水！「查麗蒂，還不快幫鮑先生倒杯熱水！」

高良的注意力全在瑞秋和尼克身上，「最重要的是，我得讓你們知道，邵燕她也在全力配合警方的調查。這段時間以來，她數不清被警方傳喚過多少次了，甚至同意讓警方調取深圳製藥廠的全部監控資料。這些足以證明她的清白了。」

「爸，謝謝您千里迢迢來告訴我們這一切。我知道這對您來說也不容易。」瑞秋說道。

「和妳的遭遇比起來，這不算什麼！」

這時，查麗蒂端著玻璃水瓶和一只維尼尼高腳杯回到客廳。不等艾迪反應過來是怎麼回事，她便把高腳杯放在客人面前，俐落地將滾燙的開水倒入八十年威尼斯式的玻璃杯中，緊接而來的是尖銳的碎裂聲，玻璃杯開始粉碎。

「不！！！！！！」艾迪慘叫，從沙發上一躍而起，撞翻了魚子醬的推車，數以萬計的小顆粒瞬間就消失在薩伏內里（Savonnerie）古董地毯中……屋子裡的女傭聞聲趕來幫忙，艾迪驚恐地盯著地上，吼道：「都別動！別過來！這地毯花了我九百五十萬歐元，妳們會毀了它的，通通不准動！」

瑞秋湊到拉爾尼身旁，冷靜地問：「你們家有吸塵器嗎？」

這場魚子醬之災總算是解決了，損失止於一只古董高腳杯，還有地毯的一小撮繩結。眾人端著開胃酒，到陽臺上欣賞落日美景。高良已經卸下心理負擔，也敢暢所欲言了。艾迪寸步不離地跟在貴賓後面，向他介紹太平山上的每一幢豪門宅邸，還不忘附帶房產估價；瑞秋和尼克則躲在一旁，享受難得的片刻寧靜。

「現在感覺如何？」尼克仍擔心妻子。

「感覺很棒！很高興終於解決和爸爸的疙瘩了，我準備好回美國了。」瑞秋愉悅地說。

「那我就放心了。郭隊長說這周要是還沒進展，我們就可以先回美國等消息。我答應妳，情況許可我就馬上帶妳回家。」尼克摟著瑞秋的肩膀，眺望著都市裡的燈火。

當晚，艾迪和他媽媽雅莉絲邀請大家到洛克俱樂部吃飯。晚餐進行到一半，高良的手機響了，他看是上海警局來電便起身離席，到走廊上去接電話。不久後，他神色焦慮地回到桌旁，「案件調查有進展了！已經進入逮捕程序！警方要我們馬上回上海！」

瑞秋感到一陣緊繃。「我一定得到場嗎？」

「妳必須去指認。」高良嚴肅地說。

短短三個小時後，瑞秋和尼克已隨高良抵達上海，登上了前來接機的奧迪。在前往福州路的市警局途中，瑞秋問道：「還是沒有卡爾頓的消息嗎？」

「呃，沒有。」去香港的飛機起飛前，他嘗試聯絡卡爾頓和邵燕，但他們的手機都轉入語音信箱，重播鍵都快被他按壞了。

車子抵達警局後，三人被警員帶到一間燈光非常明亮的接待室裡，一位有三層下巴的胖警官進來，恭敬地朝高良敬禮道：「鮑部長，謝謝您及時趕回來。這位就是朱小姐嗎？」

「是的。」瑞秋說。

「我是調查員，我姓張。請您隨我來審訊室一趟，有幾名嫌疑人需要您的指認。您和嫌疑人之間隔著一面雙向玻璃，您看得見他們，但他們看不見也聽不見您，所以請放心有話直說。有什麼不清楚的嗎？」

「能讓我丈夫陪我一起去嗎？」

「恐怕不行，不過別擔心，我會全程陪伴，現場還有幾位員警，確保您的安全。」

「沒事的，我們就在門口等妳。」尼克緊握妻子的手，鼓勵道。

瑞秋勉強地點了點頭，隨調查員向審訊室走去。兩名員警已在此處待命了，其中一名扯下一根繩索，雙向玻璃前的窗簾唰地收了起來，調查員問道：「朱小姐，您認得這個人嗎？」

瑞秋的心臟簡直跳到喉嚨：「認得！他是在杭州西湖幫我們划船的船伕。」

「他不是真的船伕。據我們調查得知，他受雇扮成船伕，並在您的茶裡下了毒。」

「我的天！我差點忘了，我在游湖時喝過龍井！」瑞秋驚愕道，「這人是誰？到底是誰要害我？」

「幕後真凶的身分，我們還在緊密調查中。請隨我到隔壁。」

瑞秋隨員警來到隔壁審訊室，員警拉開窗簾，玻璃對面的人物，讓瑞秋簡直不敢相信自己的眼睛，「她怎麼會在這裡!?」

「您認得她嗎？」

「她……」瑞秋結巴，「她是羅克珊．馬……柯萊特．邴的私人助理。」

上海市警察局

◆ **上海，福州路**

對羅克珊的審訊正式開始後，警方才准許尼克和高良進入審訊室和瑞秋一同旁聽。

面對警方的訊問，羅克珊疲憊地說：「要我解釋多少次，你們才肯相信？你們誤會了！我只是想傳個話給瑞秋，就這樣。」

「妳覺得用高劑量的毒藥，害她的腎臟和肝臟停止運作，甚至害她差點送命，這叫作傳個話？」

「不是那樣，那藥只會讓她上吐下瀉、肚子絞痛而已。它會讓你覺得自己快死了，但絕對不會致命的！我們原本計劃是讓瑞秋住進醫院，然後用那張紙條嚇嚇她。誰知道花還沒送到，她就被轉到香港的醫院去了，我哪知道會這樣？」

「據我所知，那花瓶和恐嚇信，都是被害人轉到香港瑪麗醫院一段時間之後才送到的。」

「瑞秋從杭州消失後，我就動用了上海、北京，甚至全國各大醫院的一切人脈，但根本找不到她！幸好我們在海關的人查到了她的入境香港記錄。我只是想讓她自動離開中國，真的沒想到事情會發展到這個地步！」

「那麼妳為什麼要恐嚇她？」

「我解釋過很多次了！我的老闆柯萊特害怕瑞秋．朱從卡爾頓．鮑那裡搶走鮑家的財產。」

在玻璃對面，高良聽到這句話後下巴差點掉下來。瑞秋和尼克則困惑地望著彼此。

「財產？這又是怎麼回事？」調查員繼續盤問。

「鮑氏夫婦知道兒子在巴黎的荒唐行徑後勃然大怒。」

「就是妳剛才說的，他們在御寶軒的爭吵？」

「是的，他們在吵卡爾頓的事情，鮑高良打算取消他的繼承權。」

「妳和柯萊特．邴親耳聽到他們的爭吵，對不對？」

「不，我們離開後他們才開始爭吵，我故意把柯萊特的手機留在包廂，還開啟錄音功能。」

高良扶額，嫌惡地搖頭。另一邊，調查員繼續問道：「也就是說，妳們偷聽到他們說要取消繼承權？」

「是的，柯萊特沒辦法接受這個事實。她一心想緩和鮑家父子的關係，沒想到適得其反。我勸她很多次了，這是卡爾頓．鮑的報應，只能認命。」

「卡爾頓．鮑能否繼承財產，關柯萊特．邴什麼事？」

「這還用問？她無可救藥地愛上那個混蛋了。」

「所以說，這一切都是柯萊特．邴在幕後主使的？」

「不，我說過很多次了，這件事與她無關！她只是很難過覺得都是自己的錯，她哭個不停，且一直咒罵瑞秋．朱，所以我就跟她保證說我能搞定一切。」

「所以她知道妳毒害瑞秋。」

「不！她完全不知道我要幹嘛，我只是說我會處理。」

周隊長直言：「這麼重要的任務，她會不知情？」

「**她完全不知道！**且這哪算什麼重要的任務。」

「別再袒護她了！她命令妳這麼做，是不是？妳只不過是代替她執行這件髒事的奴才。」

「我不是她的奴才，我是她的私人助理，私人助理懂不懂？我掌管四十幾名員工，一年有六十五萬美金的收入。」

「她付妳這麼多錢，卻不知道妳都做些什麼，真是難以相信。」

羅克珊輕蔑地睨了對方一眼，「你知道所謂的億萬富翁嗎？你有認識其中一位嗎？你知道他們的生活是什麼樣嗎？柯萊特．邴是世上最富有的女人之一，她非常忙碌且非常有影響力。在微博上，有超過三千五百萬雙眼睛日以繼夜地盯著她。她馬上還要擔任某國際知名品牌的形象大使。她的行程塞得滿滿滿，有至少三四個社群帳號，她每晚都得在上面露臉。她名下有六間豪宅、三架飛機、十台名車，每週至少會出境一次。聽了這些，你還覺得她能事必親躬，隨時關注手下的動態嗎？她每天都得跟潘婷婷、艾薇薇這些世界知名的名人會面；而我這個私人助理的職責，就是盡力安排好她的事業和生活。我幫她上傳照片！幫她跟合作對象討價還價！還得確保她那兩隻狗的大便是漂亮的楓糖色！確保六間豪宅的花！確保三架飛機上的完美樣子！你能想像邴家請了多少位花卉設計師，而他們之間又上演著多麼精彩的明爭暗鬥嗎!?這些傢伙為了爭奪柯萊特的關愛，多麼骯髒下流的手段都使得出來！我每天要幫她排除這堆成千上萬的麻煩事，她又能知道多少？」

「哦？這麼說，瑞秋．朱女士就是需要排除的麻煩事囉？」

羅克珊憤恨地看向對方：「我只是在做自己的工作。」

玻璃對面，尼克的眼裡滿是怒火，沉聲道：「我實在聽不下去了，走吧。」

SUV穿梭在昏暗的黃浦街道上，三人一路沉默，各自消化這個駭人聽聞的內幕。

副駕駛座上的高良不同於瑞秋和尼克，除了對羅克珊、柯萊特的不恥之外，更多的是自責。追根究底，這件事完全是因為自己而起的，是自己和邵燕導致事情一發不可收拾，以及關於卡爾頓的祕密謊言，全部都連累了無辜的瑞秋。瑞秋，一心只想與失散多年的親人相聚。她值得更好的，而不是這個病態的家庭。

後座上，尼克沉默地摟著瑞秋，但怒火在心中不斷翻騰。去你的柯萊特．邴。她就是害瑞秋遭受這麼多痛苦的罪魁禍首！他要她跟羅克珊皆付出代價。羅克珊可能得去坐牢，柯萊特卻仍逍遙法外，這種事情絕對無法容忍。話雖如此，尼克心裡卻比誰都清楚，在柯萊特這種級別的權貴面前，法律只不過是一張白紙。要是瑞秋此刻已不在他身邊，他絕對會立刻開車撞開邴家大門，在席琳．狄翁的高音下，一巴掌把柯萊特甩進那愚蠢的無邊際水池內。

倚在尼克懷裡的瑞秋此刻心裡卻莫名的寧靜。親耳聽到羅克珊坦白的那一刻，懸在她心上的大石總算落了地——終於結束了！要害她性命的，不是陌生的變態殺人狂，而是她弟弟女友的私人助理。說真的，她甚至有點同情這個為雇主賣命的女人。瑞秋現在什麼都不要，只想回去飯店躺在那舒適的床上，蓋著那套芙蕾特絲綢被、倚著柔軟的枕頭睡一覺。

奧迪駛進河南南路，尼克注意到這不是回酒店的方向，問道：「我們不是要回外灘嗎？」

「嗯，今晚不回酒店，去住我家。那本來就是你們該去的地方。」

車子開進一片幽靜的住宅區。經過一條由茂密懸鈴樹枝作拱門的街道後，停在一間高聳的警衛室旁。警衛看見是自家主人的車，急忙打開烏黑的鍛鐵大門。SUV剛停到燈火通明的法式宅邸門前，三名女傭就打開橡木大門，下樓來迎接主人。

「嗨阿婷，太太在不在家？」高良問女管家。

「太太正在樓上休息。」

「跟妳介紹一下，這兩位是我的女兒和女婿。妳待會聯繫半島酒店，把他們在那邊的行李送來。還有，請廚房幫他們準備一些宵夜，就蝦仁湯麵如何？」

阿婷驚訝地盯著瑞秋。他女兒？

「還有，安排他們住藍色房間。」

「藍色房間？」阿婷以為自己聽錯了，藍色房間是專門為最尊貴的客人準備的。

「對。」高良嚴厲地說。看到二樓主臥室窗簾上隱約映出妻子的影子。

阿婷張了張嘴，像是有話想說，但還是作罷，轉身對兩位女傭發號施令去了。高良笑著對瑞秋和尼克說：「今天發生了這麼多事，想必你們也累了。希望你們不介意我現在道晚安。明天早上見。」

「晚安。」瑞秋和尼克異口同聲道，目送著高良疲倦的背影離去。

隔天清晨，瑞秋被窗外一陣清脆的鳥鳴聲驚醒。晨光穿透窗簾，替屋內的淺藍色牆壁罩上了一層金色的薄紗。瑞秋爬下四柱大床，走到窗邊，發現鳥叫聲來自屋簷下的鳥巢。只見三隻嗷嗷待哺的小雛鳥正爭先恐後地仰著腦袋，等待雌鳥的餵食。瑞秋忙從枕邊拿來 iPhone，大膽地將身子探出窗外，把這珍貴的一幕留在了相簿裡。雌鳥黑頭灰身，雙翼上有一抹俐落的藍色。她忍不住多拍了幾張，剛心滿意足地放下手機就被嚇了一大跳。不遠處的花園中央，一位身穿淺黃色旗袍的中年婦女正目光如炬地盯著自己。是卡爾頓的媽媽。

瑞秋不知所措，急忙道了聲：「早安。」

「早。」婦人簡單地回應，接著輕鬆地說道：「看來妳發現我家的喜鵲了？」

「是的，我還拍了幾張照。」瑞秋說完後暗罵自己很傻，剛剛對方不都看到了嗎？

「來點咖啡嗎？」

「謝謝，我馬上來。」瑞秋急忙回房盥洗，簡單地綁了個馬尾，全程躡手躡腳，以免吵醒尼克。她正煩惱到底要穿什麼，就想到剛才穿著超大運動服跟尼克舊短褲的樣子都被看到了。瑞秋突然心想：她真的是卡爾頓的媽媽？她匆匆套上一件刺繡白色毛料連身裙，戰戰兢兢地走下螺旋梯。她為何要這麼緊張？她知道鮑家夫婦昨晚幾乎沒睡——隱隱約約的爭吵聲傳遍了房子的各個角落。

她緊張地瞄了眼擺滿中、法式古董的休息室，連一個人影都沒看見。她好奇卡爾頓的媽媽要跟自己說些什麼？想到這裡，瑞秋不由得想起卡爾頓那晚在巴黎說的話——她寧願去死也不讓妳踏入我們家門半步！

正巧一位手捧銀質咖啡器皿的女傭經過走廊，看見探頭探腦的瑞秋，恭敬地說：「朱小姐，請跟我來。」兩人穿過走廊盡頭的落地窗，來到鋪設石板的寬闊陽臺上。剛才那位婦人正優雅地坐在薔薇木茶桌旁，眺望著遠方的風景。瑞秋慢慢走向她，喉嚨瞬間乾得不像話。

邵燕看著女孩走過走廊。這就是我老公的女兒，差點因卡爾頓喪命的女孩。看清楚對方長相後，心裡一陣驚訝。我的天啊，長得真像。她就是卡爾頓的姐姐。忽然間，過去那些強壓在心中的恐懼、那些幾乎撕裂她的想法，全都變得毫無意義。

瑞秋走近桌子，女士起身並伸出手。「我是鮑邵燕，歡迎來到我家。」

「我是瑞秋．朱，很高興來到這裡。」

里德路

◆ 新加坡

泰瑟爾莊園的週五晚宴結束之後，艾絲翠獨自回家，一開門就被響徹天花板的齊柏林飛船（Led Zeppelin）搖滾樂嚇了一跳。聲音是從丈夫的書房裡傳出來的，他顯然把音量調到了最大。艾絲翠沒有急著去一探究竟，而是先把昏昏欲睡的卡西恩帶到臥室，交給呂蒂文照顧。

將兒子安置妥當後，艾絲翠才問保姆：「這情況持續多久了？」

「我一個小時前才到家，那時是播金屬製品（Metallica）。」呂蒂文如實彙報道。艾絲翠關緊卡西恩的房門後回到樓下。她看向書房，只見麥可正一動也不動地坐在阿納．雅各森（Arne Jacobsen）辦公椅上，房裡一片漆黑。「你可以把音量調小一點嗎？卡西恩已經睡了，且現在是半夜。」

麥可一鍵關掉音樂，仍然一動也不動。書房的空氣裡隱約彌漫著酒精味，艾絲翠不想吵架，只好強顏歡笑道：「你今晚真不該缺席。阿爾弗雷德舅公突然超愛榴槤，大家集體出動到實龍崗路的 717 Trading 去採購榴槤，真希望你也在——大家都知道你是挑榴槤的專家！」

麥可冷笑一聲，嘲諷道：「我是有多無聊，才要陪著你家那兩位老爺聊榴槤。」

艾絲翠走進房裡把燈打開，拉了張矮凳坐在他面前。「聽我說，你不能一直這樣躲著我爸，你們遲早要和睦相處啊。」

「是他先挑起戰爭的，我為何要跟他和睦相處？」

艾絲翠的語氣不由得加重了：「什麼戰爭？要我重複多少遍，你才肯相信我爸和公司的收購無關？退一萬步講，就算他有參與，這又能證明什麼呢？你憑自己的努力，讓這第一桶金翻了好幾倍！我的父母、兄弟姐妹、整個家族，甚至全世界，誰能否定你的才華？誰不讚歎你如今的成就？你還有什麼不滿意的？」

「妳當時不在場，根本不知道妳父親是怎樣踐踏我尊嚴的，他語氣裡那赤裸裸的輕蔑，我怎麼會聽不出來？他從一開始就看不起我，這點永遠不會改變。」

艾絲翠歎道：「他看不起所有人。即使是他的孩子們也不例外。他就是這樣的人，如果你還搞不清楚這點，那我真的不知道該說什麼。」

「我要妳以後別再參加那無聊透頂的週五例行晚宴，也別每個星期都去見妳的父母。」麥可宣布道。

艾絲翠愣了一下。「要是這麼做真能改變現狀，我不會猶豫的。麥可，我知道你最近心情不好，但我也知道我的家人並不是讓你不開心的原因。」

「妳說得沒錯。如果妳不再背叛我，我應該會開心一點。」

艾絲翠笑了。「你真的醉了。」

「我沒醉，我只不過喝了四杯威士忌。就算醉了，也沒醉到有辦法忽略我看到的事實。」

艾絲翠直視他，搞不清楚他到底是不是認真的。「麥可，你一點都沒察覺嗎？我一直耐心地維持我們的婚姻，但你這樣我真的很難……」

「所以妳跟查理．胡上床，是為了維持我們的婚姻？」

「查理．胡？難道你指的背叛就是在說我跟查理？你怎麼會有這麼詭異的想法？」艾絲翠問，心裡擔心難道他發現了公司收購的實情？

「我從一開始就知道妳和他之間的事。」

「如果你指的是我們前段時間和阿歷斯泰一起的加州之旅，那就真是太愚蠢了。麥可，你知道我們只是老朋友。」

「老朋友？**哦，查理，你是唯一一個真正了解我的人。**」麥可模仿女人腔調，陰陽怪氣道。

艾絲翠感到一陣寒意，聲音顫抖著問：「你什麼時候開始偷聽我的電話的？」

「從一開始，艾絲翠。不只是通話，還有你們的郵件。你們寫的每一個字我都看過了。」

「你怎麼……你為什麼要這樣做？」

「二〇一〇年時，我老婆和競爭對手一起在香港待了兩個禮拜。作為丈夫，我不該採取些必要的措施？妳別忘了，我是國防部的資訊精英，動動手指就能查到你們那點底細。」

艾絲翠驚訝及憤怒到渾身顫抖，好長一段時間無法動作。她望著眼前的男人，他到底是誰？她曾認為他是全世界最帥氣的男人，而如今，他卻跟惡魔一樣可怕。那一刻，她明白自己不能繼續和他生活在同一個屋簷下。

艾絲翠沉默地站起身，走過走廊，經過倒影池，來到通往卡西恩房間的樓梯。她踏上台階，敲了敲呂蒂文的房門。

「嗯？請進。」艾絲翠開門，呂蒂文正躺在床上和衝浪的好友聊天。

「呂蒂文，麻煩妳幫卡西恩收拾一下行李，還有妳自己的。我們要搬去我媽媽家。」

「什麼時候？」

「現在。」

之後，艾絲翠飛奔回臥室，把錢包和車鑰匙塞進口袋裡後，帶著收拾完畢的保姆和兒子下樓。沒想到麥可站在走廊中央，嘴角還掛著可憎的微笑。艾絲翠把車鑰匙交給保姆，低聲交代：「和孩子上車等我。要是我五分鐘內沒出現，妳就直接開到那森路。」

「呂蒂文，妳要是敢動一步，我就扭斷妳的脖子！」麥可咆哮。呂蒂文不敢動彈；卡西恩則睜大眼睛望著自己的爸爸。

艾絲翠盯著他道：「在孩子面前，你的用詞真是太好了，麥可。你知道的，這段時間下來我累了，我真的累了。我原以為有辦法為了孩子努力挽救我們的婚姻，但事實卻是你以如此方法侵犯我的隱私，這讓我看清楚了我們的婚姻已經破碎到何種程度。你不尊重我，更重要的是，你不信任我，從來不曾信任我！既然如此為什麼要阻止我們離開呢？看看我，我已不再是你想要的那種妻子，是你自己不願承認罷了。」

麥可沒有回應，轉身走去鎖上大門。他一把扯下裝飾在牆壁上的十五世紀巴伐利亞戰斧，揮舞著威脅艾絲翠：「妳要去哪不關我的事。但妳敢把我的兒子帶出這房子一步，信不信我報警告妳綁架！卡西恩，乖乖到我這邊來！」

卡西恩號啕大哭起來。呂蒂文緊緊抱住他，嘴裡用法語咒罵道：「簡直渾蛋透頂！」

「把手上的東西放下！你嚇壞孩子了！」艾絲翠生氣地說。

「我就是要把妳和妳全家人拖下水！妳做好準備榮登《海峽時報》（*The Straits Times*）的頭條吧！我還要起訴妳出軌，起訴妳拋夫棄子——別想賴掉，我手上可是有你們所有的電話錄音和信件記錄呢！」

「正巧相反，你這些所謂的證據，只能證明我的清白！你心裡比誰都清楚，這些記錄裡，我有說過任何出軌的詞嗎？它們只能證明我和查理之間是朋友關係。他是個多好的朋友，恐怕你根本無法想像。」艾絲翠說，聲音激動地顫抖。

「妳保密工作做得好，可不代表那勾引別人老婆的敗類也是這樣！」

「你什麼意思？」

「這不是很明顯嗎？艾絲翠，那傢伙瘋狂地愛著妳，他的每一封郵件都像是可悲的情書，我都要為他感到難過了。」

艾絲翠突然意識到，麥可說的是真的。查理在電話中、在郵件裡的字字句句，不都含有淡淡的情愫嗎？他從未打破誓言——自從去到巴黎那對悲戀情侶墓前開始。突然間，艾絲翠渾身充滿了前所未有的力量，「麥可，我再給你一次機會，從那扇門前讓開，別逼我報警！」

「報！妳這就去報！大不了明早一起上頭條！」麥可怒吼。

艾絲翠沒再多說什麼，拿出自己的手機打了999，臉上還帶著若有似無的笑意，「麥可，你不知道我的祖母和舅公掌控著全新加坡的媒體業嗎？我們不會上報紙的，永遠不會。」

太原路188號

◆上海

「為什麼我得從埃利諾・楊那邊得知女兒差點死掉的消息？」電話裡的凱芮・朱埋怨道。

「媽，我才沒有差點死掉呢！」瑞秋回應，在鮑家房間裡的沙發上舒展四肢。

「唉呀！埃莉諾說妳半隻腳都踏進鬼門關了！明天一早我就去上海！」凱芮堅持道。

「不用啦，媽。我保證我沒有遇到任何危險，我好得不得了。」瑞秋笑到，試著輕鬆帶過。

「尼克為什麼不早點聯繫我？為什麼我是最後一個知道的，這像話嗎？」

「我不就是住了幾天院嘛，一下就好起來了，實在是沒理由讓妳擔心。還有，什麼時候開始，埃利諾說什麼妳就信什麼了？妳們現在是好姐妹了嗎？」

「沒這回事。不過她每個星期都會打好幾次電話給我，我總不能不接吧？」

「等等，她為什麼每個星期要打好幾次電話給妳？」

「哎呀！還不是上次婚禮，她不知從哪打聽到了我專門幫庫比蒂諾和帕羅奧多的科技人員推銷房產。從那之後，她每隔幾天就來向我打聽科技股的最新動態。她還順便打聽了妳的消息，過幾天就想知道有沒有最新進度。」

「關於我和尼克的蜜月旅行？」

「這倒是問都沒問。她關心的當然是妳的肚子！」

「我的天哪！已經開始了！」瑞秋驚恐萬分。

「說真的，要是你們在上海的時候懷孕，那不是很棒嗎！希望妳跟尼克認真一點。」

瑞秋發出一個怪異的笑聲：「停！媽，我不想跟妳討論這個！界線！」

「界線？妳可是從我陰道裡跑出來的，我們之間哪有什麼界線？妳都已經三十二歲了，連孩子的影子都沒看到，妳打算什麼時候才開始？」

「知道了知道了。」

凱芮歎息道：「所以聽說警方已經查到下毒的兇手了？判死刑了沒有？」

「我不知道。希望沒有。」

「妳這是什麼傻話？她差點殺了妳！」

「事情比妳想得複雜多了，電話裡說不清楚。媽，這是個很長的故事，大概只有在中國才會發生。」

凱芮生氣地說：「妳老是忘記我是中國人！女兒，我比妳了解那裡多了。」

「當然，媽，我不是那個意思。只是妳不了解我在這裡遇到的人和發生的事情。」說到這裡，瑞秋想到認識柯萊特的那天，忍不住一陣感傷。

他們回到上海那天，瑞秋剛起床，柯萊特的語音留言便排山倒海向她的手機襲來：

「瑞秋，對不起，對不起！羅克珊跟我交代了這一切，我真不知該怎樣獲得妳的原諒……

妳要是聽到這段留言，拜託打個電話給我。」

幾分鐘後，「瑞秋，妳在哪兒？我聯繫了半島，你們換酒店了？鮑家人和你們在一起嗎？請儘快回電！」

不到半小時，「抱歉，又來打擾妳了。卡爾頓在妳身邊嗎？他又失蹤了，電話也不接。妳和他聯繫過嗎？等妳電話！」

一直到下午，對方仍不放棄，這回已經帶著哭腔了：「瑞秋，我不奢求妳的原諒，但請妳至少給我一次解釋的機會。我真的對這件事情毫不知情，羅克珊一直瞞著我。」

尼克的態度很堅決——不要理她。「毫不知情？妳相信這女人真如羅克珊說的那樣清白嗎？即便真是如此，這場悲劇歸根究底也是因為她的任性而起的。反正我是打算對她敬而遠之了。」

瑞秋顯得比較有同情心，「她確實是被寵壞的小公主。但你不能否認，在中國的這段時間，她確實對我們很好。」

「我知道，我只是不想讓妳再遇到危險了。」尼克皺著眉頭擔憂地說道。

「我懂，但我也相信柯萊特不會害我，過去不會，今後更不可能。我們至少給她一次解釋的機會，好嗎？」

當日傍晚五點，瑞秋在兩名鮑家保鏢的陪同下（尼克堅持），踏入外灘邊上的華爾道夫酒店。見面的地點是酒店一樓的百味園，餐廳呈橢圓形，高聳的大理石立柱直逼二樓，還配有一百多平方公尺的寬敞內院。柯萊特一看到瑞秋就起身撲向她。

「瑞秋，真高興妳來了，我本來還在想妳到底會不會出現。」

「當然會。」瑞秋說。

「這裡的下午茶很棒，妳試試看他們的司康，一點也不輸克拉里奇酒店。妳要喝點什麼嗎？我想要大吉嶺，這裡的大吉嶺是最棒的。」柯萊特嘰嘰喳喳地說了一大串，但還是能明顯看出她很緊張。

「和妳一樣就行了。」瑞秋儘量表現得輕鬆一點。眼前的女孩跟之前的打扮完全不一樣，她穿著一件優雅樸素的黑白長裙，全身上下唯一的首飾只有舊翡翠雕琢而成的馬爾他十字架，臉上更是只有淡妝，她的眼睛都哭腫了。

柯萊特率先打破了尷尬的沉默：「瑞秋，我真沒想到羅克珊會做出那樣殘忍的事情來，更不可能會有傷害好友的心思。妳願意相信我是清白的嗎？」

「我相信妳。」瑞秋點頭。

「謝天謝地，謝天謝地。」柯萊特歎口氣，「我還以為，妳會永遠恨我呢。」

「我不會恨妳的，柯萊特。」瑞秋溫柔地握住柯萊特的手。

服務生端來兩壺熱茶和五層點心塔，銀質的塔盤上擺滿了三明治、司康，還有各種誘人的小甜點。柯萊特開始拚命往瑞秋盤子裡疊上精緻的糕點和蓬鬆的司康，嘴上繼續說道：「就連用手機偷聽卡爾頓爸媽說話，也是羅克珊自作主張。我承認，得知鮑叔叔要取消卡爾頓的繼承權時，我確實慌了，但僅此而已。事情發展到這個地步，我有不可推卸的責任，是我害他面臨這種情況。有一瞬間，真的是一瞬間，我的確失去了理智——不是針對妳，而是對一連串的事件——很顯然，羅克珊誤解我的意思了。」

「她完全誤解了。」瑞秋糾正。

「是，但是……我和羅克珊之間不只是主僕關係那麼簡單。她是我爸送我的十八歲『生日禮物』，到今年已經整整五年了。毫不誇張地說，她是除父母以外，這世上和我最親近的人。做我的助理之前，她在P.J．惠特尼做著一份朝九晚五的枯燥工作。所以她很感激我，是我讓她實現了人生的價值，給了她如今的全部。羅克珊就像《迷霧莊園》（*Gosford Park*）裡那個無可挑剔的女管家——一心只為我考慮，甚至不用我開口，就能把一切打理得非常完美。但是這次，她真的越界了！我已經開除她了。得知真相後，我第一時間就傳訊息開除她了！」

嗯，她的牢房裡肯定有很棒的Wi-Fi，瑞秋心想。「柯萊特，有一點我不明白，妳得知卡爾頓有可能失去繼承權後，怎麼會這麼失望呢？這對妳有這麼重要嗎？」

柯萊特看著盤子，撥弄著司康上的葡萄乾，「瑞秋，這麼說吧，妳或許會覺得很可笑……可妳根本不知道我承受了多大的壓力。我知道，我知道在某種程度上，我是這世上最幸運的女孩。但就是這份不勞而獲的幸運，壓得我喘不過氣來。我是邴家的獨生女，從出生起就背負了全家人的期望。長輩們盡全力提供我最好的資源，送我去頂尖名校，帶我看權威名醫——妳知道嗎？我這雙眼皮，是六歲時我媽帶我去割的。青少年時期，當身邊的人都在享受校園生活時，我父母每年都帶我去各大整形醫院，只為了讓我看起來更漂亮。然而，這些恩惠卻不是無償的。作為報答，我得滿足他們對我的所有期待，例如說，第一名的學業成績。一直以來，我都天真地以為父母不過是希望我在商業上有所成就，能接下家族的重擔。但我真沒想到，他們把我塑造得無可挑剔，只是為了讓我找個金龜婿，讓他們能早點抱外孫！更可笑的是，他們親自為我挑選了里奇·

楊！在他們眼裡，我和里奇的結合就是公主配王子……結果妳也知道了——我拒絕了。里奇・楊算什麼？我眼裡只有卡爾頓！雖然我現在根本不想結婚，但等到哪天我準備好了，新郎非卡爾頓不可。他是最理想的鏡頭夥伴，無論是那口優雅的英腔、適中的身材，還是英俊的外表——我們會有世界上最漂亮的小孩。但我爸媽根本看不到那些，他們根本不懂得欣賞卡爾頓的優點，反倒是對里奇讚不絕口。所以說，卡爾頓的處境已經岌岌可危了，要是再失去他的財產，哪怕只是些零頭，我和他也徹底不可能了。」

「但妳家的財產足夠普通人過五百輩子了吧？」

「我知道以妳的角度來看確實很不可理喻。但相信我，我爸的字典裡從來就沒有『滿足』這兩個字。」

瑞秋無奈地搖了搖頭：「我勸妳做好和父母對抗的心理準備。」

「不用準備，我們已經鬧翻了，因為我拒絕了里奇。但我正在證明，不靠他們我照樣能養活自己。我知道我爸是在試探我——他老是這樣——但他不會真的切斷我的經濟來源，光是我那郊外別墅，就有幾百個人等著領薪水呢。但現在我需要妳的幫忙。」

「我能做什麼？」

柯萊特紅著眼眶說：「卡爾頓現在不接我電話了。最後一次通話時，他……他說了好多狠心的話，他說他再也不想見到我。我知道，他是在為妳遭遇的事感到內疚、自責。所以我想請妳告訴他妳沒事了，已經原諒我了，我們還是好朋友。還有，我有要事和他商量，我需要儘快見到他。妳願意幫我嗎？」

瑞秋安靜地坐著，看著眼淚滑下柯萊特的臉頰：「妳知道，我回上海後還沒見到卡爾頓。他沒有聯繫我也沒有打給他爸媽，看來他暫時不想跟任何人連絡。」

「他馬上就會主動聯繫妳的，瑞秋。而且，我大概能猜到他現在躲在哪裡，應該是波特曼麗思－卡爾頓的總統套房。他每次不開心就會躲到那裡。瑞秋，妳能去幫我看看他嗎？」

「柯萊特，不是我不想幫妳，但我不想強逼卡爾頓見面。而且，我覺得我不應該插手你們之間的事。我所說的話並不能改變他的想法，相信我，我們必須給他點時間，讓卡爾頓自己明白自己想要的究竟是什麼。」

「問題就在於他自己根本就想不明白，妳得指引他呀！」柯萊特苦苦哀求，「就他那個固執的個性，我怕他會不斷鑽牛角尖。上次車禍就是血淋淋的教訓，那次事故害他腦子都傻了，妳指望他能悟出什麼道理來？」

「柯萊特，我不知道該怎麼跟妳說。但人就是這樣，生活就是這樣。事情不會總是按照我們的期望發展。」

「不是的，上天總會眷顧我的。」柯萊特否認。

「是嗎？但願這次也能如此吧。」

「所以妳不願意去一趟波特曼？」

「我不是不願意，是我實在想不通這樣做有什麼意義。」

柯萊特的眼睛裡閃過一絲惱怒，咬牙切齒地說：「我明白了，妳根本就不想看到我和卡爾頓和好，對不對?!」

「妳誤會了。」瑞秋不知該如何解釋。

「說白了，妳是要以此來報復我？」

「妳從一開始就沒原諒我，妳覺得是我指使羅克珊……」

「我不明白——」

瑞秋失望地看著對方，說道：「我沒有生妳的氣。我很同情妳。」

「同情我？」

「妳身上發生的這一切都讓我同情，究竟是什麼樣的困境，才會逼得羅克珊這樣極端？」

柯萊特憤怒地拍桌，大吼道：「妳以為你是誰？憑什麼同情我？」

瑞秋嚇了一跳，連忙解釋道：「柯萊特，妳誤會了。我不是在小看妳，我只是……」

「我才要同情妳呢，瑞秋．朱！妳這個來自美國的貧窮的孤兒！我請妳吃好的、邀請妳來我家、讓妳上我的飛機、替妳的巴黎之旅買單，妳有資格同情我？我帶妳出入頂尖場所，結識重要的名人。而妳呢，卻不願意幫我一個小忙？」

媽呀，她失控了。瑞秋盡力保持冷靜，安撫對方道：「柯萊特，別激動，我們坐下來好好談。我和尼克都很感激妳這一路來的照顧，但是我真的無權去干涉妳和卡爾頓之間的矛盾……」

柯萊特目露輕蔑，冷笑道：「妳從來都不是我的朋友，對吧？我看清楚了，看清了妳那身廉價的美國衣服和廉價首飾！」

瑞秋難以置信地盯著她。到底是什麼情形？她可以感覺到周圍的顧客全都在注意這邊的爭吵，鮑家的兩名保鑣趕到瑞秋身邊，問道：「小姐，需要幫忙嗎？」

「妳還帶了保鑣？妳以為妳是誰？太好笑了，妳不會在模仿我吧？我的安全防護程度可是妳的兩倍！羅克珊說得對——妳遲早會忌妒我們優渥的生活！妳會想盡辦法從我、從鮑家手中奪走卡爾頓，這樣，妳就能把鮑家的財產收入囊中了！事實上，妳已經達到目的了，不是嗎？現在，抓緊妳那可憐兮兮的一點五億美元，有多遠就滾多遠吧！那跟我家比起來根本什麼都不是，妳花再多錢也休想買到我的風格和品味，因為妳的臉上就刻著『平庸』二字！妳就是個『平庸』的私生女！」

瑞秋一言不發，臉上紅一陣白一陣地任由柯萊特惡語相向。可對方非但不收斂，還變本加厲起來，這讓瑞秋忍無可忍，她霍然起身道：「妳知道嗎？這真是太荒謬了。妳害我差點丟了性命，我不怪妳，反而有些內疚。但現在我只覺得妳很可悲。有句話妳說對了：我永遠無法像妳一樣——非常謝謝妳的讚美！妳只不過是個被寵壞的驕縱小婊子。不像妳，我以自己的家庭為傲——我不是在說我爸，我是在說誠實、努力工作將我養大的我媽，還有永遠支持她的親戚們。我們沒嘗過一夜致富的滋味，也沒請頂級管家來教我們待人接物之禮。妳根本就沒活在真實世界，妳不曾有過，所以我也沒打算跟妳吵——這麼做有損我的格調。妳一直活在妳那極致奢華的小泡泡裡，而妳父親的工廠就是全中國最大的汙染源。就算妳富可敵國又怎麼樣？妳是我見過內心最貧瘠的小孩！成熟點吧，柯萊特，好好過生活吧！」

瑞秋說完轉身就走，身後跟著兩名保鑣。其中一名問道：「小姐，要叫車嗎？」

「如果你們不介意的話，我想單獨走走。待會家裡見。」瑞秋疲憊地說道。

打發走保鑣後，瑞秋獨自走在著名的外灘大道上，路旁是燈火通明的歐式古典建築，屋頂上飄著莊重的中國國旗。她正在和平飯店前旁觀一對拍婚紗照的新婚夫妻時，手機突然響了，螢幕上是卡爾頓的名字。

「瑞秋！妳還好吧？」卡爾頓劈頭就問，語氣很焦慮，但又有點雀躍。

「我好得很，怎麼了？」

「妳還問我？妳怎麼和柯萊特吵起來了？」

瑞秋一驚：「你怎麼知道？」

「有人在餐廳二樓把妳們爭吵的過程錄下來了！這段影片現在在微信朋友圈裡瘋傳，標題是『驕縱小婊子的隕落』，點擊數超過九百萬了！」

各國報紙

《紐約日報》

馬維斯達幼童被綁架至私人飛機上

緊急快報——昨晚九點五十分，凡尼斯機場上演了一場精彩絕倫的高速追逐大戰。洛杉磯警局接獲通報，位於機場16R跑道上私人飛機裡的嫌疑人，綁架了一名兩歲半的女童。至少四輛警車在跑道上全速攔截滑行中的飛機，但最後以失敗告終，只能目送該飛機離開美國領空。

報案的是被綁架孩子的父親，伯納德．戴。昨晚大約九點半，戴先生報警稱自己的女兒吉賽兒在家中遭綁架。據戴先生描述，當晚趁他外出期間，一名身分不明的女子造訪位於維多利亞大道11950號的戴家住宅，吉賽兒的保姆讓其進屋等待主人。隨後，該女子拐走了家中的孩子。警方接到報案後立刻展開了調查，一路追蹤線索到凡尼斯機場。警方趕到機場時，該女子已經登機了。

戴先生為新加坡人，兩年前定居洛杉磯。他向洛杉磯警方表明，自己現在無業，在家全職照顧女兒。目前戴先生未透露更進一步的資訊。警方也未向媒體公佈綁架案的最新調查進展。

《洛杉磯時報》

奇案！母親綁架女兒？

洛杉磯警方終於公佈了兩天前私人飛機綁架案的最新調查進展。讓所有人感到意外的是，綁架馬維斯達女童吉賽兒．戴的是她的母親——原香港肥皂劇女星凱蒂．龐。據了解，伯納德．戴的真實身分是香港商業集團TTL控股的非執行副董事，而吉賽兒．戴是他的獨生女，戴家唯一的繼承人。

伯納德．戴在此前的證詞中自稱無業，但他其實坐擁四億美元的財產和遍佈世界的房產；不僅如此，他還是一百一十八公尺巨型遊輪『凱蒂之饋贈』的主人。然而，在過去的兩年裡，這位亞洲富豪一直默默無聞地隱居在馬維斯達不過七十坪的中產階級住宅區之中。我們專程採訪了與他一起參加Nia律動課程的斯考特小姐：「我早就猜到伯納德很有錢，但真沒想到是這麼有錢。我知道他之所以搬到馬維斯達，是為了給吉賽兒營造一個理想的成長環境。他是位了不起的父親。至於他的妻子，很抱歉，我從未見過。」

案發當晚，戴先生外出，他的私人廚師米拉．里格內負責照顧吉賽兒。戴先生的妻子凱蒂．龐突然造訪（和丈夫分居，現居香港），並將女兒帶走。事後，里格內很歉疚：「太太吩咐我去廚房做一份蛋餅，我只離開五分鐘，她和小姐就都失蹤了。」

幾乎同一時間，正在聖莫妮卡進行有聲水療的戴先生收到了一份離婚協議書。他立刻聯繫里格內，得知情況後，就懷疑妻子要把孩子帶回香港。戴先生在女兒的TOMS鞋裡安裝了GPS定位裝置，因此警方得以在第一時間趕往凡尼斯機場，但還是沒能攔下那架波音 747-81。參與攔截行動的史考特．石原先生回憶當時的情況：「我們盡力了，但僅憑幾輛警車，怎麼可能攔得住四百五十噸重的鋼鐵巨獸！」

戴先生已經在洛杉磯當地法院以綁架罪起訴了妻子，香港 TTL 股份有限公司對此事尚未發表意見。

《南華早報》

凱蒂．戴攜女逃離美國，逃跑所用飛機竟在中國富豪名下

（香港社）據洛杉磯警署和凡尼斯機場方面的共同調查，基本上目前可以確定凱蒂．戴綁架其女吉賽兒．戴所用的波音 747-81，屬於中國企業家傑克．邴所有。

邴先生是中國傑出企業家，名下資產高達二十一億美元。據傳，他是受某位友人之托，將這架價值三點五億美元的私人飛機借給凱蒂．戴使用。對此，外界有頗多質疑。邴氏官方發言人公開聲明：「邴先生經常將飛機無償借予慈善機構或個人使用。他與這位戴夫人素昧蒙面，只知道對方要將其用以人道主義營救，便慷慨相助了。無論是邴先生本人，還是邴氏家族，都與戴氏的家庭糾紛沒有任何瓜葛。」

私人飛機短暫停留上海後，便直飛新加坡。戴夫人的發言人聲明，戴夫人已向丈夫提出離婚申請，並要爭奪女兒的撫養權。戴先生於今早趕回新加坡，他拒簽離婚協議書，並再次在新加坡

控告妻子綁架孩子。

我們在樟宜機場採訪了剛剛抵達的戴先生，這是他婚後首次露面。整容手術徹底改變了他的樣貌，記者團隊差點和他擦身而過。「我妻子從來沒有履行過做母親的職責。你隨便翻一本過去兩年內的時尚雜誌就知道了，她三天兩頭地出席各種活動，怎麼可能有空陪伴遠在洛杉磯的女兒？只有在洛杉磯，吉賽兒才能接受適當的教育。女兒此刻需要的是愛她、關心她的父親，而不是整天應酬交際、冷落家庭的母親。」

戴夫人對丈夫的指控尚未表態……

NOBLESTMAGAZINE.COM.CN

中國最受歡迎的社會專欄作家赫尼·蔡，為大家帶來最前線的消息：

各位讀者，請儘速就位！若是可以請點一份大杯的香蕉聖代——今日的頭條可不是三言兩語就能說完的！

首先，伯納德·戴的妻子——前肥皂劇演員凱蒂·龐，竟是企業家傑克·邴的情婦！據知情人士透露，兩人的私密關係已持續兩年之久，而他們的邂逅之處，就是凱蒂的公公——拿督戴東履的葬禮！戴、邴兩家素來在生意上有密切合作，這葬禮上迸發出的「愛情火花」，勢必能讓兩家的關係更為緊密。消息曝光之後，邴太太對丈夫的背叛傷心欲絕，立即前往德國巴登巴登，入住布萊娜公園酒店，以SPA療養精神。至於女兒柯萊特·邴，據可靠消息，她一怒之下離開了上海，有人在伊維薩島的某酒吧目睹她跟某位臭名昭彰的花花公子熱吻。

下一條熱騰騰的消息就是關於柯萊特．邴。這兩天在網路上瘋傳的偷拍影片《驕縱小婊子的隕落》，想必地球人都看過了吧？影片中，平日不可一世的柯萊特，竟被一位身分不明的女士罵得狗血淋頭！這段影片，讓Prêt-à-Couture不惜賠償百萬違約金，也要撤回和柯萊特的品牌形象合作。而影片中的另一位女主角，如今已被「非億萬群體（其實只是沒上赫倫排行榜而已）」奉為了女鬥士。據傳，這位「女鬥士」不是別人，正是柯萊特的前備胎——鮑家少爺卡爾頓．鮑的姐姐！（大家有跟上嗎？）影片裡提到柯萊特已與卡爾頓分手，我昨晚專程到DR Bar跟卡爾頓確認此事，他顯然不太高興，回答我說：「分手？我和她什麼時候牽過手了？沒錯，我們曾經是好朋友，祝她一切順利。」嗯，好吧，很優雅的回答。

說到優雅，鮑高良及鮑邵燕夫婦在雍福會為瑞秋．朱及其夫尼可拉斯．楊教授餞行（兩人過幾天就要回美國了）。在富麗堂皇的宴會現場，鮑高良當眾向失散多年的女兒致歉，並講述了自己艱辛的青年歲月，以及將這對可憐的母女從混帳丈夫的家暴危險下拯救出來的驚險故事，在場所有人都感動不已。值得一提的是，香港IT巨擘查理．胡竟也在現場，他幾周前剛高調宣布和妻子伊莎貝爾離婚，在香港上流社會引起了軒然大波。而昨晚，查理．胡全程黏在一位身穿迷人白色百褶裙的美女身邊。她好像與在場的賓客都很熟絡，但我真的查不到她的資料。

雍福會、家暴、白裙美女，這期精彩的專欄終於要進入尾聲啦！意猶未盡的朋友們可以隨時關注我的動態，敬請期待邴龐戀情的後續消息！

「妳到底在搞什麼鬼？」柯琳娜終於聯繫上了凱蒂，劈頭第一句話就滿腔怒火。

「哎呀！妳是不是看了今早的報紙？還是看了赫尼．蔡的最新專欄？」凱蒂咯咯笑道。

「聽妳的語氣，好像還挺自豪的？」

「能不自豪嗎？我憑一己之力搶回了吉賽兒！」

柯琳娜哀號道：「傻瓜！妳的瘋狂舉動，把我們至今投注的心血全毀了！邴龐戀的緋聞，會讓妳在香港上流社會永無翻身之日的！」

凱蒂絲毫不以為意，笑道：「妳知道嗎？經過這番折騰，我徹底想通了。艾達．潘？就讓她擁有整個香港吧，我在新加坡，身邊的朋友來自世界各地，大家相處得非常快樂，誰也沒那無聊的階級意識。我已經搬到克倫公園路上的新家，事實上那是一棟很老的房子，妳明白我的意思嗎？」

「不會吧——難道妳就是以天價購入弗蘭克．布魯爾古宅的幕後富豪？」

「哈哈，答對了！告訴妳一個祕密，這是傑克送我的禮物。」

「所以赫尼．蔡沒有瞎掰？妳真的是傑克．邴的小三！」

「我才不是小三，我是他女朋友。傑克對我非常好，買了好多東西給我。最重要的是，他把我和吉賽兒從馬維斯達那貧民窟裡拯救出來。那社區的名字未免太可笑——意思是『絕美海景』，海景在哪？根本只看得到 405 高速公路。」

柯琳娜微歎，「我想我不能怪妳逃離那地方。吉賽兒呢？能適應新環境嗎？」

「吉賽兒正和其他同齡的女孩子一樣，陪祖母在花園裡盪鞦韆呢！她發現了許多新大陸，比如說鳳梨酥呀，芭比娃娃之類的。」

「希望妳日後不會後悔。」柯琳娜擔憂地說。

「我覺得還得再掛高一點，」凱蒂一時間轉移注意力，沒聽見柯琳娜的話，「抱歉，剛在和裝修工人說話，妳說到哪了？」

「我是說……算了。希望妳能友好地處理跟伯納德的問題。」

「什麼叫友好地？」

「理智且和平地處理這場戰爭。」

「我並不想跟他打仗。我只是也想親自照顧吉賽兒。」

「話是這麼說沒錯，但……祝妳好運吧。下次來香港別忘了找我。」

「我會的。我們之前約好了，要帶吉賽兒到四季去體驗最上等的 High Tea！」

「不對，是文華。只有文華。而且不要說 High Tea，那是工人喝的，我們喝的下午茶叫 Low Tea。」

「當然，管他是什麼，妳說的都對，柯琳娜。」

掛掉電話後，凱蒂往後退幾步注視著眼前的牆壁，「奧利佛，你說得對，還是不要掛太高。麻煩你掛回原來的位置吧。」

奧利佛．錢向她眨眨眼。「我什麼時候錯過？這房子，還有這幅畫，可都是我推薦妳的。我就說嘛，這間客廳就該配上這樣古色古香的名畫，是不是很讚？多虧有這透過古舊鉛玻璃窗照射進來的自然光。」

「沒錯，一切都超讚的。」凱蒂望向窗外。工人們正在重新調整《十八成宮》圖屏的位置。

高寶書版集團
gobooks.com.tw

TN 258
瘋狂亞洲富豪 II：女人有錢真好
China Rich Girlfriend
作　　者　關凱文（Kevin Kwan）
譯　　者　黃哲昕
責任編輯　蕭季瑄
內頁排版　賴姵均
封面設計　張閔涵
企　　劃　鍾惠鈞

發 行 人　朱凱蕾
出　　版　英屬維京群島商高寶國際有限公司台灣分公司
　　　　　Global Group Holdings, Ltd.
地　　址　台北市內湖區洲子街88號3樓
網　　址　gobooks.com.tw
電　　話　(02) 27992788
電　　郵　readers@gobooks.com.tw（讀者服務部）
　　　　　pr@gobooks.com.tw（公關諮詢部）
傳　　真　出版部　(02) 27990909　行銷部 (02) 27993088
郵政劃撥　19394552
戶　　名　英屬維京群島商高寶國際有限公司台灣分公司
發　　行　英屬維京群島商高寶國際有限公司台灣分公司
初　　版　2019 年 10 月

國家圖書館出版品預行編目(CIP)資料

瘋狂亞洲富豪II：女人有錢真好／關凱文(Kevin Kwan)著; 黃哲昕譯 -- 初版. -- 臺北市：高寶國際出版：高寶國際發行, 2019.10
　面；　公分. -- (文學新象；TN 258)
譯自：China rich girlfriend

ISBN 978-986-361-738-9(平裝)

874.57　　108013544